Die Landschaft des Todes

Ein Yorkshire-Krimi

Tom Raven Buch 1

M S MORRIS

Veröffentlicht von Landmark Media, einer Division von Landmark Internet Ltd.

Tom Raven® und M S Morris® sind eingetragene Marken von Landmark Internet Ltd.

msmorrisbooks.com

KAPITEL 1

Es war erst acht Uhr an einem Montagmorgen, und schon hatte ein Mann sein Leben verloren. Detective Sergeant Becca Shawcross bahnte sich mit sicheren Schritten ihren Weg über den felsigen Strand in die Richtung, die ihr der uniformierte Beamte, den sie an der Ufermauer getroffen hatte, gezeigt hatte. Ihr jüngerer Kollege, Detective Constable Dan Bennett, stolperte keuchend und schimpfend hinter ihr her. In seinem schicken Anzug und den glänzenden Lederschuhen wirkte er in dieser wasserreichen Umgebung völlig fehl am Platz. Jedes Mal, wenn er auf nassem Seetang ausrutschte oder bis zu den Knöcheln in einer Pfütze Meerwasser steckte, fluchte er lautstark. Becca seufzte über seine Tollpatschigkeit. Zweifellos waren seine Schuhe bereits ruiniert.

Becca war in Scarborough geboren und aufgewachsen und hatte ihre Kindheit damit verbracht, mit ihrem Bruder jeden Zentimeter dieser Küste zu erkunden, immer auf der Jagd nach Schätzen. Man wusste nie, was das Meer ans Ufer spülen würde. Meistens Treibholz, das in ihrer kindlichen Fantasie von havarierten Piratenschiffen oder

Wikingerbooten stammte.

An diesem Morgen hatte das Meer eine Leiche angespült.

„Könnte ein Unfall gewesen sein, Sarge. Ein Fischer vielleicht?" Dans Stimme klang weit entfernt, seine Worte wurden vom böigen Wind davongetragen. Möwen kreisten über dem Wasser, ihre Schreie durchdringend und schrill.

„Hm." Becca wollte keine Spekulationen anstellen, bevor sie sich die Sache genauer angesehen hatte. Ihrer Erfahrung nach war es am besten, erst einmal die Fakten zu sammeln. Über Nacht waren bei der Küstenwache keine Meldungen eingegangen, dass jemand über Bord gefallen oder auf See in Schwierigkeiten geraten war. Es gab keinen Hinweis darauf, woher die Leiche stammen könnte.

Sie hob die Hand, um einen zweiten uniformierten Beamten zu begrüßen, der neben der Leiche stand und dessen fluoreszierende Jacke im Wind flatterte. Es war ein stürmischer Morgen Ende Oktober, und die schwache Sonne kämpfte sich gerade erst über den flachen Meereshorizont. Es war Becca schwergefallen, sich aus dem warmen Bett zu quälen, als der Anruf eingegangen war, aber jetzt, wo sie hier war, fühlte sie sich hellwach und voller Energie. Die Arbeit als Detective war für sie mehr als nur ein Job. Sie gab ihr die Kraft, jeden Tag weiterzumachen.

„Oder war er vielleicht betrunken, ist ausgerutscht und ins Wasser gefallen?", schlug Dan vor.

Diesmal drehte Becca sich zu ihm um und starrte ihn an, die Hände in die Hüften gestemmt. „Das glaubst du?" Sie befanden sich am äußersten Ende der North Bay, in der Nähe des Sea Life Centres, weit entfernt von den Bars und Spielhallen, die sich in der South Bay drängten. Die einzige Kneipe in der Nähe war der Old Scalby Mills Pub. Es war auf jeden Fall schwer vorstellbar, dass der Mann ausgerutscht und versehentlich über die Kaimauer gestürzt war.

„Vielleicht war es auch Selbstmord", meinte Dan.

Becca stapfte die letzten Meter über den harten, nassen Sand zu dem Polizisten, der die Hände hinter dem Rücken verschränkt hatte, die großen Stiefel fest in den Boden gestemmt, um dem Wind zu trotzen. Nur seine geröteten Wangen verrieten die Kälte und die salzige Gischt in der Luft.

„Morgen", sagte Becca. „Ganz schön steifer Nordostwind heute."

„Aye, das kann man wohl sagen." Das Meer hatte das triste Grau von Waffenstahl, der Himmel war nicht viel heller. Wahrscheinlich würde es später regnen. Im Oktober regnete es in Scarborough später immer. Es sei denn, es regnete bereits.

„Dann wollen wir mal sehen, was wir hier haben", sagte sie und zog sich ein Paar blaue Latexhandschuhe über.

Die Leiche lag eingekeilt zwischen niedrigen Felsen, umgeben von Seetang, Plastikflaschen und anderem Unrat, den das Meer angespült hatte. Bei Flut reichte das Wasser bis zur Kaimauer, aber jetzt plätscherte es drei Meter oder mehr unter der Stelle, an der die Leiche lag.

Becca beugte sich über den Mann und verschaffte sich einen ersten Eindruck. Er lag auf dem Rücken, einen Arm unnatürlich hinter dem Rücken verdreht, den anderen ausgestreckt, die leeren Augen gen Himmel gerichtet. Jung, Anfang bis Mitte zwanzig, schätzte sie. Blondes, schulterlanges Haar. Gekleidet in Jeans und T-Shirt. Für diese Jahreszeit keine besonders sinnvolle Outdoor-Kleidung.

„Hat er einen Ausweis dabei?", fragte sie.

„Nicht, dass ich wüsste", antwortete der Beamte. „Kein Telefon, keine Brieftasche. Nichts."

„Was denkst du jetzt?", fragte sie und wandte sich an Dan. Der DC war seltsam still geworden, als er mit einer echten Leiche konfrontiert wurde, statt mit den Trainingsübungen, die sie auf der Polizeischule absolvierten.

„Bin mir nicht sicher", sagte Dan und nestelte nervös an seinen Manschettenknöpfen. „Sollten wir ihn nicht besser wegbringen, bevor die Flut kommt?"

„Die Flut war schon da. So ist er ja hier angespült worden."

Dan warf ihr einen unsicheren Blick zu. „Woher willst du das wissen?"

„Weil der Sand und die Felsen nass sind. Und seine Kleidung auch." Becca fing den Blick des uniformierten Beamten auf, der ihr ein schiefes Grinsen schenkte.

Es gab Anzeichen dafür, dass die Leiche schon eine Weile im Wasser gelegen hatte. Die Haut des Mannes war blass und aufgeschwemmt, seine Lippen bläulich gefärbt, sein Körper aufgedunsen und von Seetang umhüllt.

„Also ertrunken", schloss Dan.

„Oder die Kugel hat ihn getötet."

„Was? Aber da ist kein Blut." Dan klang abwehrend, als ob er glaubte, sie würde ihn auf den Arm nehmen.

„Vom Meer weggespült." Becca kniete sich hin, strich das zerknitterte T-Shirt glatt und zeigte auf ein Loch im Stoff in der Nähe seines Herzens. Sie hob das Shirt an, um die Wunde in der Brust des Mannes freizulegen. Definitiv ein Einschussloch.

Dan schluckte und wich einen Schritt zurück. Seine Haut war fast so blass geworden wie die des Toten.

Ein Mann, erschossen und ins Meer geworfen. Kein angenehmer Start in Beccas Arbeitstag. Und nicht der erste Mord dieser Art, der ihr zu Ohren gekommen war.

Aber woher war er gekommen? Im Meer vor Scarborough gab es starke Strömungen. Im Sommer war ein Surfer unten in der Cayton Bay von einer reißenden Welle erfasst worden, und ein Junge war in der Nähe des Kurhauses unter Wasser gezogen worden. Die Strömung bewegte sich in südliche Richtung, so dass er, wenn er hier angespült worden war, auch weiter nördlich an einem unbewohnten Küstenabschnitt ins Wasser gelangt sein konnte. Sobald sie die Obduktion durchgeführt und eine Vorstellung davon hatten, wie lange er im Meer gewesen war, konnten sie mit der Küstenwache sprechen und versuchen, den Umkreis einzugrenzen. Aber das würde bestenfalls ein ungefährer Bereich sein.

Becca neigte den Kopf in Richtung einer Frau, die in einiger Entfernung auf einem Felsen saß. „Ist sie diejenige, die ihn gefunden hat?"

„Aye, das ist sie", sagte der Beamte. „Sie war mit ihrem Hund spazieren."

„Ich werde kurz mit ihr sprechen."

Die Frau stand auf, als Becca sich ihr näherte. Sie war Ende fünfzig – etwa so alt wie Beccas Mutter – und für den Strandspaziergang passend mit gepunkteten Gummistiefeln und einem langen, gewachsten Mantel bekleidet. Ein struppiger Cockerspaniel schnüffelte an den Felsbecken in der Nähe herum. Der Hund trottete auf Becca zu, und sie bückte sich, um ihm die Ohren zu kraulen. Dan hielt Abstand zu dem Tier.

„Guten Morgen", sagte Becca und streckte ihr die Hand entgegen. „Ich bin Detective Sergeant Becca Shawcross, und das ist mein Kollege Detective Constable Dan Bennett. Wir sind von der Polizei von North Yorkshire und arbeiten hier in Scarborough."

„Barbara Smith", sagte die Frau und schüttelte Beccas Hand. Unter einer handgestrickten Mütze lugten graue Haarsträhnen hervor.

„Sie hatten heute Morgen einen schlimmen Schreck", sagte Becca. Sie wünschte, sie hätte daran gedacht, eine Thermoskanne mit Tee mitzunehmen. Die Frau sah aus, als könnte sie etwas Wärme gebrauchen, und ihre Hand war eiskalt gewesen. „Können Sie mir erklären, was passiert ist?" Sie bedeutete Dan, sich Notizen zu machen, und nach einem Moment verstand er den Wink und holte einen Notizblock und einen Stift aus seiner Jackentasche.

„Ich war mit Charlie Gassi." Beim Klang seines Namens blickte der Hund erwartungsvoll auf. „Er rennt gerne am Strand entlang und untersucht die Felsbecken. Aber heute Morgen, als ich ihn rief, kam er nicht zurück, das ist gar nicht seine Art. Er ist wirklich ein braver Hund."

„Da bin ich mir sicher." Becca hatte sich schon immer einen Hund gewünscht, aber im Haus ihrer Eltern, das gleichzeitig ein Bed & Breakfast war, ging das nicht.

„Jedenfalls, als ich ihn schließlich eingeholt hatte", fuhr die Frau fort, „sah ich, was er gefunden hatte." Sie blickte vorsichtig in Richtung der Leiche. Das CSI-Team, die Spurensicherung, war eingetroffen und bahnte sich nun mit seiner gesamten Ausrüstung einen Weg über die Felsen. Die Frau richtete ihre Aufmerksamkeit wieder auf Becca. „Dieser arme Junge – na ja, eigentlich ist er wohl ein junger Mann – lag einfach so da. Er war offensichtlich tot, ich konnte nichts tun, außer die Polizei zu rufen. Viel mehr gibt es eigentlich nicht zu sagen. Außer, dass ich die Leiche nicht angefasst habe, weil ich weiß, dass man sich nicht an den Beweisen zu schaffen machen darf. Aber Charlie hat an ihm herumgeschnüffelt, bevor ich ihn aufhalten konnte."

„Das ist in Ordnung", sagte Becca und betrachtete den Hund liebevoll. „Ich bin sicher, er hat keinen Schaden angerichtet. Wann war das?"

„Um sieben Uhr fünfzehn. Ich erinnere mich, dass ich die Zeit auf meinem Handy gesehen habe, als ich die Polizei anrief."

„Und war sonst noch jemand in der Nähe?"

„Keine Menschenseele. Es war noch ziemlich dunkel. Deshalb gefällt es mir hier. Charlie und ich haben den Strand meist für uns allein."

„Kommen Sie oft hierher?"

„Fast jeden Morgen, zumindest wenn es nicht in Strömen regnet oder stürmt."

„Sie wohnen in der Nähe?"

„Scholes Park Road in Scalby."

„Das kenne ich", sagte Becca. Ihre Großeltern mütterlicherseits wohnten in einem Bungalow in der Scalby Mills Road, mit Blick auf den Golfplatz. Vielleicht kannten ihre Oma und ihr Opa Barbara Smith und ihren Hund Charlie flüchtig, aber jetzt war nicht der richtige Zeitpunkt für lokalen Klatsch und Tratsch. „Okay", sagte Becca, „wenn Sie DC Bennett hier Ihre Kontaktdaten geben, bringt er Ihnen den Bericht zur Unterschrift vorbei.

Wäre das in Ordnung?"

Barbara Smith nickte eifrig. „Natürlich, alles, was ich tun kann, um zu helfen."

Becca kraulte noch einmal Charlies Ohren und wurde mit einem Schlecken seiner rosa Zunge belohnt. Sie wartete, bis sie sicher war, dass Dan wusste, was er tat, dann ging sie zum CSI-Team, das sich abmühte, ein Zelt gegen den Wind aufzustellen.

„Scheiß drauf", sagte eine Frauenstimme unter einem Tuch aus wogendem weißem Polyester. „Vergesst das Zelt. Wir werden nicht lange genug hier sein, als dass es sich lohnen würde. Wir kommen auch ohne klar."

Die Leiterin des CSI-Teams entledigte sich des flatternden Stoffes, der Schutzanzug bereits voller nassem Sand, und überließ es ihrer jungen Assistentin, den Kampf mit dem widerspenstigen Zelt fortzusetzen. Holly Chang war Anfang vierzig, eine Hongkong-Chinesin der zweiten Generation und von zierlicher Statur, aber so hartnäckig und eigensinnig wie jede Yorkshire-Frau, die Becca kannte. Holly hatte sich zu einer der angesehensten Ermittlerinnen der Spurensicherung bei der Polizei von North Yorkshire hochgearbeitet. Sie war bekannt für ihre Gründlichkeit und so hartnäckig wie ein Yorkshire-Terrier. Außerdem besaß sie die Fähigkeit, selbst angesichts der brutalsten Verbrechen heiter und völlig gelassen zu bleiben.

„Morgen", sagte Holly fröhlich, als stünden sie gerade in einem warmen Büro an der Kaffeemaschine. „Sie haben dich also früh hier rausgeholt?"

„Ich wohne in der Nähe", sagte Becca. Vom Bed & Breakfast ihrer Eltern in der North Marine Road waren es nur fünf Minuten bis zum Sea Life Centre, wo sie ihr Auto geparkt hatte.

„Ein einzelner Schuss in die Brust", sagte Holly mit einem Nicken in Richtung des Opfers. „Aber ich nehme an, das hast du schon herausgefunden."

„Aber wie es aussieht, hat er keinen Ausweis bei sich."

Holly schüttelte den Kopf. „Kein Telefon, keine

Brieftasche, aber ich habe das hier von der Leiche entfernt." Sie hielt einen durchsichtigem Asservatenbeutel hoch. Darin lag ein goldener Ring.

Becca hielt ihn gegen das graue Licht, konnte aber nichts Besonderes an dem Ring erkennen. Sie spürte, dass die Leiterin des CSI-Teams darauf wartete, dass ihr etwas auffiel.

„Sieh genauer hin", sagte Holly. „Die Innenseite."

Becca spähte durch die Plastiktüte. Tatsächlich waren auf der Innenseite des Rings zwei Namen in kunstvollen Schriftzügen eingraviert. „*Tristan & Isolde*", las sie laut vor. Sie hob die Augenbrauen und sah Holly an.

Holly zuckte mit den Schultern. „Frag mich nicht, was das zu bedeuten hat. Ich sammle nur die Beweise. Was du damit machst, liegt an dir."

Becca nickte. „Ich werde warten, bis ihr die Gegend abgesucht habt."

„Warte nicht zu lange", sagte Holly. „Das Meer hat wahrscheinlich alles weggespült."

Becca steckte die Hände in die Taschen und wünschte sich einmal mehr eine heiße Tasse Tee. Über ihnen krächzten die Möwen, und auf der Landzunge blickten die Ruinen der Burg mit ihren leeren Fenstern wie mit wachsamen Augen auf die Bucht hinunter. Aber was immer diese Augen gesehen hatten, sie behielten es für sich.

KAPITEL 2

Es war die Landschaft, die ihm verriet, dass er zu Hause war. Nicht die Menschen, nicht das Wetter – obwohl beides hier ganz anders war als an dem Ort, den er hinter sich gelassen hatte –, sondern die Gipfel und Täler des Landstrichs. In London konnte man den Himmel nur in den engen Zwischenräumen zwischen Beton und Glas erahnen. Hier jedoch war er überall. Groß, hell und immer in Bewegung, genau wie das Meer, das sich ihm an der fernen Linie des Horizonts näherte.

Tom Raven stand auf einer Anhöhe des Woodlands-Friedhofs und betrachtete die ferne Landzunge, den Mantel bis obenhin zugeknöpft gegen den schneidenden Nordostwind, der aus Skandinavien herüberwehte.

Die Beerdigung seines Vaters war eine formale Angelegenheit gewesen, die erste an diesem Tag im Krematorium, und der Geistliche, der sie leitete, hatte den Eindruck vermittelt, das Ganze möglichst schnell hinter sich bringen zu wollen, um zu den besser besuchten Zeremonien überzugehen. Raven nahm es ihm nicht übel. Er selbst hatte es auch schnell hinter sich bringen wollen. Die beiden alten Männer, die sich hustend und keuchend durch die Zeremonie gequält hatten, kannte er nicht. Wahrscheinlich Saufkumpanen aus dem Golden Ball in Sandside oder wo auch immer Alan Raven die letzten Jahre seines Lebens versoffen hatte. Raven würde es nie erfahren. Er hatte seinen Vater fast dreißig Jahre nicht gesehen. Und jetzt würde er ihn nie wiedersehen.

Es war der Anwalt, ein gewisser Mr. Harker von einer kleinen Kanzlei in York Place, der ihn in London ausfindig gemacht und ihn telefonisch über den Tod seines Vaters informiert hatte. „Ein plötzlicher Herzstillstand auf dem Heimweg vom Pub", hatte Harker mit der Art von Stimme erklärt, die darauf trainiert war, schlechte Nachrichten zu überbringen, ohne Emotionen zu wecken. „Es muss sehr schnell gegangen sein, da bin ich mir sicher. Passanten haben einen Krankenwagen gerufen, aber weder sie noch die Sanitäter konnten etwas tun. Es tut mir sehr leid." Raven bedankte sich bei dem Anwalt für den Anruf und machte sich sofort wieder an die Arbeit, um für die Staatsanwaltschaft eine Anklage wegen schweren Einbruchs und schwerer Körperverletzung gegen einen Mann vorzubereiten. Der sadistische Überfall auf eine ältere Frau in ihrem eigenen Zuhause hatte nicht annähernd so schnell geendet wie Alan Ravens Herzinfarkt, und der Frau waren auch keine freundlichen Passanten zu Hilfe gekommen. Nun konnte Raven bestenfalls hoffen, dass der Täter ein paar Jahre hinter Gittern bekam. Sein Opfer würde nichts bekommen. Bei solchen Fällen fragte sich Raven, ob seine Arbeit wirklich einen Unterschied im Leben der Menschen machte. Leid und Elend waren in diesen Tagen sein täglich Brot.

Es hatte eine Weile gedauert, bis die Nachricht vom Tod seines Vaters zu ihm durchgedrungen war. Wenn er ehrlich zu sich selbst war, wunderte er sich, dass der alte Mann überhaupt so lange durchgehalten hatte. *Noch nicht tot* war wahrscheinlich eine treffende Beschreibung für die letzten Jahre seines Vaters. Seine Leber musste inzwischen wie ein eingelegter Hering ausgesehen haben. Nun, jetzt war er tot. Und Raven war sich nicht sicher, was er dabei empfand. Sollte man sich nicht schuldig fühlen, weil man es nicht geschafft hatte, eine Beziehung zu kitten, die vor Jahrzehnten zerbrochen war? Aber es gehörten zwei dazu, eine zerbrochene Brücke zu reparieren, und Alan Raven hatte nie das geringste Interesse gezeigt, auf seinen Sohn zuzugehen.

Er hob den Blick zu den schweren Wolken, die tief über ihm hingen. Sein Vater hatte nie an Gott geglaubt, und es war schwer, ihn sich jetzt im Himmel vorzustellen, es sei denn, der Himmel wäre mit genügend Whiskyflaschen bestückt, um eine Ewigkeit lang Reue und Selbstmitleid zu ertränken. Was ihn selbst anging, so sehnte er sich danach, an eine bessere Welt als diese zu glauben, aber sein Vertrauen war zu oft gebrochen worden, um an ein Leben nach dem Tod zu glauben.

Nachdem er vom Tod seines Vaters erfahren hatte, hatte er mit seinem Chef bei der Met gesprochen und um zwei Wochen Urlaub gebeten. Nicht so sehr aus emotionalen Gründen, sondern aus praktischen Erwägungen. Als einziger lebender Angehöriger fiel ihm die Last zu, die weltlichen Angelegenheiten seines Vaters zu regeln.

„Nehmen Sie sich so viel Zeit, wie Sie brauchen, Tom", hatte der Chief Super gesagt und kurz von seinem Schreibtisch aufgeschaut. „Mein Beileid." Mechanische Worte, die Raven selbst in seinem Beruf schon oft benutzt hatte, und die so wenig bedeuteten wie *Hallo* oder *Guten Morgen*.

„Zwei Wochen reichen völlig", hatte Raven ihm versichert. Angesichts der spärlichen Besitztümer seines Vaters und dessen einsamer Existenz rechnete er damit, in weniger als einer Woche fertig zu sein.

Am nächsten Tag war er nach Scarborough gefahren und hatte eigentlich in einem der vielen Hotels der Stadt übernachten wollen – in der Nebensaison hätte er auch kurzfristig etwas Nettes finden können, aber irgendwie war er wieder im Haus seines Vaters – seinem eigenen Elternhaus – in der Quay Street in der Nähe des Hafens gelandet. Der Ort war so gut wie jeder andere.

Er rieb sich die Hände und steckte sie in die Manteltaschen, während der Wind das Gras zwischen den Grabsteinen aufwirbelte. Er hätte daran denken sollen, Handschuhe mitzunehmen. Und einen Schal. An der Küste von North Yorkshire war es immer deutlich kälter als in London, und der Wind wehte einige Meilen pro Stunde schneller. Vielleicht war er zu weich geworden, weil er so lange im Süden gelebt hatte. Wenn dem so war, schien das Wetter ihn für seine mangelnde Abhärtung bestrafen zu wollen. Eisige Böen zerzausten sein Haar und brachten den salzigen Geruch des Meeres mit sich. Es war belebend, definitiv. Er atmete die beißende Luft ein und ließ seinen Atem in einem langen Seufzer entweichen. Das war etwas, was man in London nicht tun konnte – tief durchatmen. Es sei denn, man hatte Lust auf eine Lunge voller Kohlenmonoxid und Dieselpartikel.

Nach der Beerdigung hatte er noch eine Woche Zeit, bevor er an seinen Schreibtisch in London zurückkehren musste. Jetzt musste er nur noch das alte Haus seines Vaters entrümpeln und zum Verkauf anbieten. Viel würde er dafür nicht bekommen, nicht in dem Zustand. Ein optimistischer Makler hatte es als „großartige Gelegenheit für einen Käufer, der bereit ist, etwas Arbeit zu investieren" beschrieben. In Wahrheit musste das Haus entkernt werden. Ein neues Bad, eine neue Küche, eine Komplettsanierung. Die Sanitäranlagen waren hinüber, die Elektrik eine potenzielle Todesfalle. Er sollte das Haus so schnell wie möglich loswerden. Jemand anderes sollte sich darum kümmern.

Warum also hatte er den Makler noch nicht gebeten, es auf den Markt zu bringen?

Als er hier auf dem Hügel des Friedhofs stand, den Blick auf die Landzunge und das dahinter liegende stahlgraue Meer gerichtet, begann er zu verstehen, warum er zögerte. Er fühlte sich mit dieser rauen Küstenlandschaft auf eine Weise verbunden, die ihn überraschte. Es war, als ob die Landschaft selbst etwas tief in seinem Inneren bewegte und ein Gefühl der Zugehörigkeit weckte, von dem er nicht gewusst hatte, dass es existierte. Oder er hatte beschlossen, es zu verdrängen. Dreißig Jahre lang war er fort gewesen, nachdem er mit sechzehn zur Armee gegangen war und sich geschworen hatte, nie mehr zurückzukehren. Aber jetzt, als er auf die ferne Küste blickte und der Wind alles daransetzte, ihn umzuwerfen, fühlte er sich so lebendig wie schon lange nicht mehr. Vielleicht nicht mehr seit seinen Teenagerjahren.

Er hatte dem Chief Super versprochen, so schnell wie möglich an seinen Schreibtisch zurückzukehren, aber schon jetzt kam ihm sein Londoner Leben – die Einzimmerwohnung in Clapham, der tägliche Pendelstress, die Gesichter seiner Kollegen – weit entfernt vor, als hätte er das alles nur geträumt. An seinem ersten Abend in Scarborough war er an einem Fish-and-Chips-Laden vorbeigekommen, und der Geruch von Salz und Essig auf frisch frittiertem Teig hatte ihn direkt in seine Jugend zurückversetzt. Ehe er sich versah, lief er die Promenade entlang, aß fettige, saftige Pommes aus einer Papiertüte und biss in den besten Backfisch, den er seit Jahrzehnten gekostet hatte. Die Londoner Fish-and-Chips-Buden gaben ihr Bestes, aber mit denen in Scarborough konnten sie nicht mithalten.

In seinem Kopf nahm eine radikale Idee Gestalt an. Eine gefährliche Idee. Konnte er einfach hierbleiben? Nicht wie geplant nach zwei Wochen zurückkehren? Überhaupt nicht zurückkehren?

Alles, was ihn in London hielt, war sein Job als Detective Chief Inspector bei der Met. Ein Job, in dem er gut war und für den er viele Opfer gebracht hatte. Aber London war ein unpersönlicher Ort, und manchmal war es schwer, das Gefühl zu verdrängen, dass er vergeblich versuchte, eine Flut von Verbrechen aufzuhalten, die eines Tages über ihn hereinbrechen würde. Der Lebensrhythmus in der Hauptstadt war anstrengend, und auch wenn er es nicht gern zugab, wurde er nicht jünger.

Was Lisa, seine Frau seit dreiundzwanzig Jahren, anging, so war sie eines der Opfer, die er auf seinem Weg gebracht hatte. Lisa hielt ihn ganz sicher nicht mehr in London. Sie hatte ihn verlassen und war mit Graham, einem Buchhalter, zusammengezogen, dessen Hauptvorzug darin zu bestehen schien, dass er geregelte Arbeitszeiten hatte und ein vernünftiges Auto fuhr. Lisa hatte ihre Trennung von Raven damit begründet, dass sie ihn so selten sah, dass sie genauso gut hätte Single sein können. Und was war mit der wichtigsten Person in seinem Leben, seiner Tochter Hannah? So sehr er sie sich auch immer noch als sein kleines Mädchen vorstellte, er musste den Tatsachen ins Auge sehen. Sie war zwanzig und im letzten Jahr ihres Jurastudiums an der Universität Exeter. Sie sprach davon, zu reisen und Freiwilligenarbeit im Ausland zu leisten. Sie brauchte ihn nicht mehr.

Nun, er konnte nicht den ganzen Tag hier im Wind stehen und grübeln. Sein rechtes Bein begann bereits in der Kälte zu pochen – ein Überbleibsel einer alten Verletzung, die ihn dazu gezwungen hatte, die Armee zu verlassen und zur Polizei zu wechseln. Mit einem letzten Blick auf die Aussicht machte er sich auf den Weg den Hügel hinunter, zog den Mantel enger um sich und nahm sich vor, eine Entscheidung getroffen zu haben, bis er wieder in der Quay Street war.

KAPITEL 3

D u hättest ihn sehen sollen", sagte Dan Bennett zu DC Tony Bairstow, während er mit den „Händen eifrig die schaurige Szene nachzeichnete, die er an diesem Morgen am Strand beobachtet hatte. „Sein Gesicht war total aufgedunsen und Seegras klebte an seinem …"

Jetzt, wo sie zurück auf dem Revier waren, hatte Dan seine frühere Überempfindlichkeit überwunden und schilderte jedem, der es hören wollte, genüsslich alle grausigen Details des morgendlichen Fundes, wobei er sein sonst so ansehnliches, aber unauffälliges Gesicht zu einer abscheulichen Fratze verzog und die Geschichte nach Belieben ausschmückte. Man hätte meinen können, er hätte die Leiche eigenhändig aus den Wellen gezogen, anstatt Becca nur ziellos zu folgen. Sie wünschte, er würde endlich die Vermisstenliste durchgehen, wie sie es von ihm verlangt hatte. Bisher waren sie bei der Identifizierung des Opfers noch keinen Schritt weitergekommen.

Sie räusperte sich und Dan zuckte zusammen, sein dramatischer Bericht über den Fund der Leiche fand ein jähes Ende.

Tony warf ihr einen dankbaren Blick zu und widmete sich wieder den Gezeiten auf seinem Bildschirm. Tony war ein Mann der wenigen Worte und würde ihr eine Antwort geben, sobald er dazu bereit war. Aber es würde eine Antwort sein, auf die sie sich verlassen konnte.

Becca war bei Holly und dem CSI-Team geblieben, bis sie den Strand nach Beweisen abgesucht hatten, aber sie hatten nichts mehr gefunden. Zurück auf der Wache hatte sie eine hektische Betriebsamkeit erwartet. Doch obwohl das Team darauf brannte, loszulegen – ein Mord war eine willkommene Abwechslung zu Einbrüchen in Spielhallen, betrunkenen Nachtschwärmern am Foreshore und Schlägereien in Nachtclubs –, waren die Ermittlungen kaum angelaufen, und es war bereits Nachmittag. Becca hasste es, Zeit zu verschwenden. Die ersten vierundzwanzig Stunden einer Mordermittlung waren entscheidend. Das wusste jeder.

Sie hatte ihre Mutter mittags angerufen, um ihr mitzuteilen, dass sie spät nach Hause kommen würde und sie sich nicht die Mühe machen sollte, etwas zum Abendessen zu kochen. Sue Shawcross hatte mit ihrer typischen mütterlichen Fürsorge reagiert und Becca daran erinnert, anständig zu essen, während sie unverfroren nach Informationen bohrte. „War es ein Unfall? Die Flut kann tückisch sein. War es jemand, den du kennst?" Ein Journalist hatte bereits angerufen, und zweifellos würde die Geschichte bald in den *Scarborough News* erscheinen. In einem Ort von der Größe Scarboroughs konnte man eine Leiche nicht geheim halten, schon gar nicht, wenn sie am Strand angespült wurde. Aber Becca konnte ihrer Mutter nichts sagen, nicht nur, weil die Einzelheiten des Falles vertraulich waren, sondern auch, weil niemand eine Ahnung hatte, wer das Opfer war oder wie es an die Spitze der North Bay gelangt war. Was die Ermittlungen brauchten, war jemand, der ihnen eine klare Richtung vorgab.

Stattdessen hatte man ihnen Detective Inspector Derek Dinsdale aufgehalst.

Becca hatte gestöhnt, als sie hörte, dass Dinsdale die Rolle des leitenden Ermittlers zugeteilt worden war. Hätte die Superintendent nicht jemanden finden können, der inspirierender war, das Team motivieren und Ergebnisse liefern konnte? Auf dem Revier war allgemein bekannt, dass Dinsdale nur noch auf seinen Ruhestand hinarbeitete und seine Füße oft buchstäblich auf dem Schreibtisch zu finden waren. Er hatte sich bereits eine Wohnung mit Meerblick in Bridlington gekauft. Als Becca ihm an diesem Morgen Bericht erstattet hatte, hatte er eine Golfzeitschrift vor sich aufgeschlagen gehabt. Jetzt war er gerade am Telefon, und das schon seit einer halben Stunde. Es hätte sie nicht gewundert, wenn er gerade seine Altersvorsorge überprüfte oder den Sommerurlaub für das kommende Jahr plante. Er war noch nicht einmal am Fundort der Leiche gewesen. Hätte Becca die Ermittlungen geleitet, hätte sie sich den Strand selbst ansehen wollen, bevor die Gezeiten alle Spuren verwischten. Aber als Detective Sergeant war sie zu weit unten in der Rangordnung, um als leitende Ermittlerin in einem Mordfall in Frage zu kommen.

„Wie kommst du mit den Vermisstenmeldungen voran?", fragte sie Dan. Ihr fiel auf, dass er sich die Zeit genommen hatte, den Sand von seinen Schuhen zu bürsten, obwohl er es mit der eigentlichen Arbeit nicht eilig hatte.

„Es gibt niemanden in der Datenbank, der in Frage käme."

„Niemanden?" Sie blinzelte ungläubig. Alle neunzig Sekunden wurde in Großbritannien jemand als vermisst gemeldet.

„Nicht mit dem Namen Tristan", sagte Dan.

Becca sah ihn verständnislos an. „Wie bitte?"

„Nun, der Typ hatte doch seinen Namen in den Ring eingraviert, nicht wahr? Also habe ich die Listen nach einem Tristan durchsucht, aber –"

„Das ist nicht sein richtiger Name", unterbrach Becca, der es nicht gelang, die Ungeduld in ihrer Stimme zu verbergen.

„Ist es nicht?", sagte Dan. „Aber ich dachte, der Name auf dem Ring …" Seine Stimme versagte unter ihrem Blick.

Becca hatte fast Mitleid mit ihm, als er sie mit diesen Hundeaugen ansah, aber das hielt nicht lange an. „Tristan und Isolde sind fiktive Figuren aus einer alten Geschichte", erklärte sie so geduldig wie möglich. „Tristan ist ein Ritter und Isolde eine Prinzessin. Sie haben eine verhängnisvolle, verbotene Affäre, die tragisch endet." Becca hatte die Details auf ihrem Handy gegoogelt und herausgefunden, dass die Geschichte aus dem zwölften Jahrhundert stammte. Sie war mit der Artussage verbunden und von Wagner als Oper vertont worden. Offenbar war ein Liebestrank im Spiel. „Tristan und Isolde sind vermutlich nur Spitznamen."

„Oh", sagte Dan mit enttäuschter Miene.

Becca bemerkte, wie Tony ein Lächeln unterdrückte.

„Geh weiter die Listen durch", sagte sie in einem, wie sie hoffte, aufmunternden Tonfall, „und behalte alle Optionen im Auge. Denk dran, wir suchen einen Weißen, Anfang bis Mitte zwanzig, blondes Haar, etwa 1,80 m groß."

Sie blickte hinüber zu Dinsdales Büro, das durch eine Glaswand vom Hauptraum getrennt war. Er telefonierte immer noch. Das gab ihr Zeit, selbst ein wenig zu recherchieren.

Der morgendliche Fund hatte große Ähnlichkeit mit einem Fall, an dem sie vor drei Jahren als frischgebackene DC gearbeitet hatte: eine Leiche mit einer Schusswunde in der Brust, angespült am Strand. Wenn sie es sich recht überlegte, war Dinsdale auch für diesen Fall zuständig gewesen. Beccas Aufgabe hatte sich hauptsächlich auf die Aufnahme von Zeugenaussagen beschränkt. Sie war nicht in das große Ganze involviert gewesen, und es konnte nicht schaden, ihre Erinnerung an den Fall aufzufrischen. Damals hatten sie einen Mann für den Mord hinter Gitter gebracht, aber nach dem, was sie heute Morgen gesehen hatte, musste sie sich fragen, ob sie den Richtigen erwischt hatten. Sie hatte sich gerade in die Polizeidatenbank eingeloggt, als DC Jess Barraclough mit ihrer gewohnt energischen Art in den Raum stürmte.

„Ich brauche unbedingt eine Tasse Tee", sagte Jess, zog ihren Parka aus und blies sich auf die vom Wind geröteten Hände. „Braucht noch jemand einen?"

„Ich helfe dir", sagte Dan und sprang auf.

Becca und Jess wechselten einen Blick. Dass Dan in die quirlige junge Polizistin verknallt war, war kein Geheimnis. Dass er keine Chance hatte, wussten auch alle, außer ihm.

Jess und Dan kamen ein paar Minuten später mit einem Tablett voller dampfender Tassen und einem Teller mit Schokoladen-Hobnobs zurück, die Jess irgendwo aufgetrieben hatte. *Gott segne sie*, dachte Becca. Sie war genau die Art von Mensch, die man im Team brauchte. Becca nahm sich einen Tee und schnappte sich ein paar Kekse. Trotz der Ermahnungen ihrer Mutter hatte sie schon seit Stunden nichts gegessen oder getrunken.

„Wie lief die Tür-zu-Tür-Befragung?", fragte sie.

„Schlecht", sagte Jess, tunkte ihren Keks in den Tee und nahm einen Bissen. „Wir haben in Scalby an jede Tür geklopft, aber niemand wusste etwas. Auch im Sea Life Centre waren sie keine Hilfe. Der Wirt des Old Scalby Mills konnte sich nicht erinnern, jemanden gesehen zu haben, auf den die Beschreibung des Opfers passte. Ein paar alte Seebären, die zum Lunch einen Drink zu sich nahmen, meinten, er müsse weiter oben an der Küste ins Wasser gefallen sein, um dort angespült zu werden."

Weiter oben an der Küste. So viel hatte Becca bereits selbst herausgefunden. Aber das gab ihnen nicht viele Anhaltspunkte. *Weiter oben an der Küste* konnte alles zwischen Scarborough und Nordschottland bedeuten. Sie blickte noch einmal in Dinsdales Richtung. Er hatte endlich aufgelegt, und es war höchste Zeit, dass etwas passierte. Sie ergriff die Initiative, marschierte zu seinem Büro, klopfte zweimal und steckte den Kopf durch die Tür, ohne auf eine Antwort zu warten.

„Sir, soll ich alle zu einem Briefing zusammenrufen? Das Tür-zu-Tür-Team ist gerade zurückgekommen." Nicht, dass sie etwas zu berichten gehabt hätten, aber darum ging es nicht. Es war an der Zeit, dass Dinsdale dem Team eine klare Richtung vorgab. Sie hatte es satt, seine Arbeit zu erledigen und keine Anerkennung dafür zu bekommen.

„Was?" Er schob Papiere auf seinem Schreibtisch hin und her, ohne sie wirklich anzusehen. Wusste er überhaupt, wer sie war?

„Ich dachte nur, es wäre gut für die Moral des Teams, wenn wir unser bisheriges Wissen zusammentragen." Musste sie ihm das wirklich erklären?

Schließlich sah er auf. „Ja, ja, in Ordnung. Geben Sie mir nur eine Minute."

„Danke, Sir. Ich sorge dafür, dass alle bereit sind." Sie ließ die Tür offen stehen, als sie das Büro verließ. „Teambesprechung", verkündete sie, laut genug, dass Dinsdale es hören konnte.

Fünf Minuten später tauchte der DI endlich aus seinem Versteck auf. In seinem braunen Anzug mit Schuppen auf den Schultern wirkte Dinsdale nicht gerade vertrauenerweckend. Seine Krawatte saß schief und die Hemdknöpfe drückten gegen seinen Bauch. All das wäre nicht weiter schlimm gewesen, wenn sich hinter dem ungepflegten Äußeren eine charismatische Persönlichkeit oder ein scharfer Verstand verborgen hätte. Beccas Großmutter war ein großer Fan der Fernsehserie *Columbo* aus den Siebzigern mit dem gleichnamigen Detective im zerknitterten Regenmantel. Doch während Dinsdale es in Sachen Kleidung mit Columbo aufnehmen konnte, fehlte ihm dessen Charme und Intelligenz. Das Team schenkte ihm kaum Beachtung, als er zum Whiteboard schlenderte.

„In Ordnung", rief Becca und klatschte in die Hände, um auf sich aufmerksam zu machen. „Ruhe bitte."

Es wurde still und alle blickten erwartungsvoll zu ihrem Chef. Er studierte die Fotos am Whiteboard, als sähe er sie zum ersten Mal. Schließlich drehte er sich zum Team um.

„In Ordnung", begann er. „Das ist unser Opfer. Ein weißer Mann, der mit einer Kugel in der Brust an den Strand gespült wurde. Wurde er schon identifiziert? Sein Name ist Tristan, richtig?" Dinsdale warf einen Blick in die Runde und wartete auf eine Antwort.

„Sir." Becca hob die Hand. „Wir durchsuchen die Vermisstenregister, um ihn zu identifizieren. Das Opfer trug einen Ring mit der Gravur Tristan und Isolde, aber" – sie überlegte, wie sie ihre Antwort taktvoll formulieren konnte – „das könnten auch Spitznamen sein. Aber wie Sie sicher wissen, hat dieser Fall große Ähnlichkeit mit ..."

Die Tür öffnete sich und Detective Superintendent Gillian Ellis betrat den Raum. Alle sprangen sofort auf, und Becca bemerkte, wie Dan schnell sein Hemd in die Hose steckte. Dinsdale richtete seine Krawatte und fuhr sich durchs schüttere Haar.

„Setzen Sie sich", sagte die Super mit der Gelassenheit einer Frau, die wusste, dass sie Respekt, ja sogar Furcht, einflößte, und die es sich leisten konnte, gegenüber ihren Untergebenen großmütig zu sein. Ellis, eine korpulente Frau Anfang fünfzig, hatte es nicht durch Schwäche oder Nachgiebigkeit an die Spitze der Kripo in Scarborough geschafft. Sie konnte manchmal schroff sein, aber in Beccas Augen war sie hundertmal besser als Dinsdale.

Alle setzten sich wieder, diesmal jedoch aufrechter. Niemand lehnte sich in Gegenwart der Detective Superintendent entspannt zurück.

„Ich habe gerade ...", begann Dinsdale.

Ellis unterbrach ihn. „DI Dinsdale, in mein Büro, sofort, wenn es Ihnen nichts ausmacht." Ob es ihm etwas ausmachte oder nicht, schien offensichtlich keine Rolle zu spielen. Die Super wartete keine Antwort ab, sondern verließ das Büro so abrupt, wie sie gekommen war. Dinsdale folgte ihr mit verärgerter Miene.

Nun, das war's dann wohl mit der Teamsitzung, dachte Becca. Dabei hatte sie gerade erst begonnen. Sie sah auf die Uhr. Es war schon fast sechs. Wahrscheinlich zu spät, um in der Pathologie anzurufen und zu fragen, wann sie mit der Obduktion beginnen würden. Sie spürte eine allgemeine Unruhe im Team – nachdem sie ihre Arbeit für die Besprechung unterbrochen hatten, war niemand begeistert, zu seinen Aufgaben zurückzukehren. Sie konnte es ihnen nicht verübeln. Es war ein langer Tag gewesen, besonders für sie und Dan. Sie überlegte gerade, ob sie ihre Mutter anrufen und ihr sagen sollte, dass sie doch rechtzeitig zum Abendessen nach Hause kommen würde, als sich die Tür erneut öffnete und Dinsdale mit hochrotem Gesicht wieder hereinkam. Besprechungen mit der Super dauerten normalerweise länger.

Anstatt seine Position am Whiteboard wieder einzunehmen, ging er direkt in sein Büro und knallte die Tür hinter sich zu. Becca fing Jess' überraschten Blick auf. Was war denn hier los? Vielleicht hatte die Super ihm gesagt, er solle sich zusammenreißen. Durch die Glaswand sah Becca, wie Dinsdale Gegenstände in seine Aktentasche stopfte.

Eine Minute später flog seine Bürotür auf und er stürmte hinaus. Ohne ein Wort der Erklärung oder einen Blick auf das Team zu werfen, stieß er die Tür zum Einsatzraum auf und verschwand im Flur. Das Team saß in fassungslosem Schweigen da.

„Wurde er gerade rausgeschmissen?" Dan ergriff als Erster das Wort. Ausnahmsweise schien er mit seiner Vermutung nicht ganz falsch zu liegen.

Bevor die Spekulationen ernsthaft beginnen konnten, betrat Detective Superintendent Ellis erneut den Raum, gefolgt von einem großen Mann in dunklem Anzug und schwarzer Krawatte. Er sah aus, als käme er gerade von einer Beerdigung, und sein Gesichtsausdruck passte dazu, seine schweren Brauen wirkten düster und nachdenklich. Alle sprangen wieder auf, aber Ellis bedeutete ihnen mit einer Handbewegung, sich wieder hinzusetzen.

Als würde sie eine Meute Hunde kontrollieren.

Die Super nahm Dinsdales Platz vor dem Whiteboard ein, die Hände gefaltet, den Rücken kerzengerade, wie eine Schuldirektorin, die eine Schulversammlung leitete. Oder ein Militärführer, der den Sturz der Regierung verkündete.

„Das hier" – sie deutete auf den Fremden zu ihrer Rechten – „ist Detective Chief Inspector Tom Raven. Er wechselt von London in diese Abteilung und übernimmt den Fall von DI Dinsdale, der anderen Aufgaben zugeteilt wurde. DCI Raven beginnt sofort, und ich erwarte, dass jeder hier sein Bestes gibt, damit er sich willkommen fühlt. Irgendwelche Fragen?"

Alle waren zu schockiert, um ein Wort zu sagen.

KAPITEL 4

Die Möwen weckten ihn mit ihrem durchdringenden Geschrei. Touristen und Besucher von Scarborough nannten sie Seemöwen, aber als Einheimischer wusste Raven, dass es sich um Silbermöwen handelte. Sie waren groß und angriffslustig und nicht zu verwechseln mit den kleineren Dreizehenmöwen, die nur im Frühling und Sommer zum Brüten und zur Aufzucht ihrer Jungen kamen. Die Silbermöwen waren die Raufbolde des Strandes, die wie Gangmitglieder herumstolzierten, wie die Todesfeen kreischten und ahnungslosen Urlaubern die Pommes klauten. Raven hasste sie.

Aber sie waren auch ein Teil von ihm.

Als er in seinem Kinderbett im obersten Stockwerk des dreistöckigen Hauses lag, versetzte ihn das Geschrei der lautstarken Herrscher des Himmels vierzig oder mehr Jahre zurück. Er erinnerte sich lebhaft daran, wie ihm als kleiner Junge, kaum älter als sechs oder sieben, eine Möwe eine Eistüte aus der Hand gerissen hatte, gerade als er zum ersten Mal daran schlecken wollte. Der dreiste Diebstahl hatte ihm Tränen in die Augen getrieben, aber sein Vater hatte kein Mitleid gezeigt. „Was heult ein großer Junge wie du?", hatte er gesagt. „Hättest du es schneller gegessen. Nächstes Mal weißt du es." Seine Mutter hatte ihn zwar freundlich angesehen, sich aber nicht getraut, seinem Vater zu widersprechen. Keiner von beiden hatte ihm ein neues Eis gekauft.

Seine erste Verlusterfahrung, aber nicht die letzte.

Er schlug die Laken, Decken und Daunen zurück, die das Bett bedeckten, das auf die altmodische Art gemacht worden war, auf die seine Mutter immer bestanden hatte. Raven fühlte sich unter der festgezogenen Bettwäsche eingesperrt. Er konnte sich nicht erinnern, wann er das letzte Mal unter einer Decke oder einem Federbett geschlafen hatte. Aber hier war es kalt genug, um ihre Wärme zu schätzen.

Er rieb sich die Beine, um sie wieder zum Leben zu erwecken, und schwang seine Füße auf den Bettvorleger. Sein Vater hatte, wie viele alte Menschen, im Laufe der Jahre eine Vielzahl von Teppichen angesammelt. Sie lagen überall im Haus – neben den Betten, vor den Kaminen, im Flur, sogar im Bad. Auf dem oberen Treppenabsatz waren sie so dicht aneinandergereiht, dass sie sich überlappten. Es war ein Wunder, dass der alte Mann nicht gestolpert war und sich im Suff das Genick gebrochen hatte.

All diese Teppiche mussten weg.

Raven zog die Vorhänge zurück und spähte durch das salzverkrustete Fenster. Wieder ein verhangener Tag, der Himmel trüb und regenschwer. Er streckte sich, gähnte und ging die knarrende Treppe hinunter zum Badezimmer im Erdgeschoss.

Das Haus war hoch und schmal, mit einer Wendeltreppe in der Mitte. Im obersten Stockwerk befanden sich sein Kinderzimmer und ein Abstellraum. In der mittleren Etage lagen das alte Zimmer seiner Eltern und ein Gästezimmer. Nicht, dass Raven sich daran erinnern könnte, dass jemals Gäste dort übernachtet hätten. Im Erdgeschoss gab es ein Wohnzimmer, das so altmodisch war, dass es fast schon Retro-Chic hatte, eine

Küche mit einem gefährlich aussehenden Gasherd und einem kleinen Kühlschrank unter der Arbeitsplatte sowie ein winziges Badezimmer, das an der Rückseite des Hauses angebaut worden war und das alte Plumpsklo im Hof ersetzte. Es gab einen Dachboden, zu dem man über eine Falltür auf dem obersten Treppenabsatz gelangte, aber er hatte sich noch nie dorthin gewagt und hatte keine Ahnung, was sich dort befinden könnte.

Zum Glück gab es im Haus keine Fotos von seinem Vater, geschweige denn von ihm selbst. Aber in einem versilberten Rahmen auf dem Kaminsims befand sich ein verblasster Abzug, der seine Mutter am Strand vor dem Pier zeigte. Sie musste um die vierzig gewesen sein, als das Foto gemacht wurde, und sie trug ein einfaches Baumwollkleid und ein sonniges Lächeln. So hatte er sie in Erinnerung. Und so würde er sie immer in Erinnerung behalten.

Im Badezimmer gab es keine richtige Dusche, sondern nur einen Gummischlauch, der an den Wasserhahn der Badewanne angeschlossen war, damit man sich die Haare abspülen konnte. Die Badewanne selbst war nicht groß genug, um sich der Länge nach auszustrecken. Das Waschbecken war winzig und hatte keinen Stöpsel, und die Toilette hatte einen hoch an der Wand angebrachten Spülkasten mit Kettenzug. Der Boiler war launisch und entschied nach eigenem Gutdünken, ob er funktionieren wollte oder nicht. Raven ließ genug lauwarmes Wasser einlaufen, um sich in der Wanne zu waschen, dann wischte er den beschlagenen Spiegel mit einem feuchten Handtuch ab, um sich zu rasieren. Als er sein Gesicht im fleckigen Spiegel betrachtete – schwarze Stoppeln, schwere Brauen, vorzeitige Falten um Mund und Augen –, fragte er sich, was Detective Superintendent Gillian Ellis in ihm gesehen hatte, das sie gestern zu so außergewöhnlichen Maßnahmen veranlasst hatte.

Er konnte immer noch nicht ganz glauben, wie schnell sich die Ereignisse entwickelt hatten. Am Morgen hatte er sich von seinem Vater verabschiedet. Am Nachmittag war sein Versetzungsgesuch bewilligt worden und er hatte die Leitung einer Mordermittlung übernommen. Nun ja, es hatte ein paar Zwischenschritte gegeben.

Nachdem er den Friedhof verlassen hatte, war er zur Polizeiwache am Northway gegangen und hatte um ein Gespräch mit dem zuständigen Beamten gebeten. Er hatte nicht wirklich damit gerechnet, vorgelassen zu werden. Wenn niemand verfügbar gewesen wäre, wäre er direkt zum Makler gegangen und hätte das Haus auf den Markt gebracht, und das wäre es gewesen. Die Entscheidung, in Scarborough zu bleiben oder nach London zurückzukehren, wäre ihm abgenommen worden. Ein entscheidender Moment. Stattdessen hatte man ihn in das Büro von Detective Superintendent Gillian Ellis geführt. Eine große Frau, die nicht nur ihren Stuhl ausfüllte, sondern mit ihrer Präsenz den ganzen Raum beherrschte. Sie hatte seine Hand wie ein Wrestler ergriffen, ihn über den Rand ihrer Lesebrille hinweg angesehen und ihm zugehört, ohne dabei eine Miene zu verziehen. Doch schließlich hatte sich ein Lächeln auf ihrem Gesicht breitgemacht und sie hatte ihm etwas gesagt, womit er nicht gerechnet hatte.

„DCI Raven, ich glaube nicht an Wunder, aber Sie könnten die Antwort auf meine Gebete sein."

Raven war davon ausgegangen, dass eine Versetzung oder auch nur eine vorübergehende Abordnung zur Kripo in Scarborough Wochen, wenn nicht Monate dauern würde. Er hatte die Angelegenheit noch nicht einmal mit seinen Vorgesetzten in London besprochen. Aber es schien, dass Gillian Ellis, wenn sie einmal eine Entscheidung getroffen hatte, nicht lange zögerte und sich nicht von kleinlicher Bürokratie aufhalten ließ. Ein Anruf bei seinem Chef bei der Met, ein weiterer beim Assistant Chief Constable der Polizei von North Yorkshire, und die Abordnung war in kürzerer Zeit arrangiert, als es dauerte, einen Häftling in Gewahrsam zu nehmen.

„Sie sollten wissen, dass Sie vorerst auf Probe hier sind", sagte Gillian, und ihre Stimme klang wieder etwas schärfer. „Aber es ist gerade ein Fall reingekommen, und sagen wir, es würde sicher nicht schaden, wenn ein frisches Paar Hände die Leitung übernehmen würde. Jemand, der keine Vorurteile hat."

Vielleicht hätte er mehr Fragen stellen sollen. Vorurteile worüber? Und was für ein Fall? Aber es kam nicht jeden Tag vor, dass ihm jemand sagte, er sei die Antwort auf ihre Gebete. Er hatte sich geschmeichelt gefühlt. Und was sollte es. Wenn es nicht klappte, konnte er jederzeit nach London zurückkehren. Es war eine vorübergehende Abordnung, das hatte Gillian mehr als deutlich gemacht. Es würde ihm guttun, etwas Abstand zur Hauptstadt zu gewinnen. Abstand zu Lisa. Solange er hier oben war, konnte er nicht in Versuchung kommen, ihrem neuen Freund ins Gesicht zu schlagen oder die Scheinwerfer seines Volvos einzutreten. Es war für alle sicherer.

Dinsdale, der DI, den er abgelöst hatte, hatte ihn nicht gerade wohlwollend beäugt. Er war in Gillians Büro zitiert und prompt von den Ermittlungen abgezogen worden. Gillian nannte es eine *Seitwärtsversetzung,* doch offensichtlich sah Dinsdale das anders. Aber es war nicht Ravens Schuld, dass die Super dachte, der Mann sei der Aufgabe nicht gewachsen.

Er war überrascht, als er erfuhr, dass es sich bei dem Fall, den er übernehmen sollte, um eine Mordermittlung handelte. Er hätte nicht gedacht, dass es in Scarborough viele davon gab. Aber es würde ihm die Gelegenheit geben, Gillian seine Erfahrung und sein Können unter Beweis zu stellen.

Er zog erneut seine Kleidung von der Beerdigung an – der dunkle Anzug, die schwarze Krawatte und das etwas zerknitterte Hemd waren die einzigen schicken Kleidungsstücke, die er aus London mitgebracht hatte – und schnappte sich seine Autoschlüssel. Im Haus gab es nichts zum Frühstücken. Sein Vater schien keinen Vorrat an Lebensmitteln gehabt zu haben, und Raven hatte noch keine Zeit gefunden, einkaufen zu gehen. Auf der

Arbeitsplatte in der Küche hatte eine halbvolle Flasche Whisky gestanden, deren Inhalt er in die Spüle gekippt hatte, bevor er die leere Flasche in den Mülleimer warf.

Er würde sich auf der Wache einen Kaffee holen – es sei denn, er würde auf dem Weg dorthin etwas Besseres finden. Im Scarborough seiner Jugend hatte es außer in Teestuben und Pubs nichts zu trinken gegeben, aber Starbucks und Co. hatten es inzwischen sicher bis in den Norden geschafft.

Er lächelte in sich hinein, als er sein Auto sah, das wie ein treuer Freund auf ihn wartete. Die Quay Street war viel zu eng für seinen BMW M6, außerdem waren auf beiden Seiten der Straße doppelte gelbe Linien gezogen, also hatte er ihn auf dem winzigen Parkplatz am Ende der Straße abgestellt und die Parkbucht mehr als ausgefüllt.

Das lange, breite, niedrige, silbern glänzende Coupé war sein ganzer Stolz. Lisa hätte einen langweiligen fünftürigen SUV vorgezogen, wie ihn all die anderen Familien in ihrem Umfeld fuhren. Eine Kiste auf Rädern, mit anderen Worten. Sie beschwerte sich, dass der BMW mit seinen zwei Türen und den beengten Rücksitzen viel zu unpraktisch für ein Familienauto war. Nun, okay, er hatte es nie als *Familienauto* gesehen. Es war *sein* Auto.

Er hatte Lisa die Küche, das Bad, die Esszimmermöbel, die Vorhänge und so ziemlich alles andere im Haus aussuchen lassen, und sich nicht ein einziges Mal beschwert. Lisa konnte meckern, so viel sie wollte. Der M6 fraß Kilometer wie ein hungriger Surfer eine große Portion Fish and Chips. Und er schluckte Benzin wie, nun ja, wie ein Alkoholiker auf Sauftour. Aber die Karosserie müsste schon auseinanderfallen, bevor er in Betracht ziehen würde, ihn abzuschaffen. Besonders jetzt.

Jetzt, da er aus London weggezogen war, war der BMW alles, was ihm von seinem früheren Leben geblieben war. Das ganze Ausmaß dieses radikalen Schnitts war ihm noch nicht ganz bewusst. Vielleicht würde ihm die Tragweite seiner Entscheidung in den kommenden Tagen schlagartig klar werden. Oder er würde sie, wie so viele seiner

Lebensentscheidungen, tief in der Vergangenheit begraben.

Ihm wurde klar, dass er mit der Entscheidung, in Scarborough zu bleiben, Lisa endgültig aufgab. Nun, so sei es. Sie war diejenige, die ihn und sein schnelles Auto für einen Buchhalter mit Familienkutsche sitzengelassen hatte. Wann genau hatte sie ihren Sinn für Aufregung verloren? Er fragte sich, ob es irgendwie seine Schuld war, dass sie im Laufe der Jahre so bieder geworden war, oder ob es nur an der Last der Verantwortung eines Erwachsenen lag. Vielleicht war es diese Last, die sie am Ende wirklich auseinandergetrieben hatte. Es hätte eine gemeinsame Last sein sollen, doch beide hatten sich entschieden, sie allein zu schultern.

Er ließ sich auf den Fahrersitz sinken und atmete den vertrauten Geruch von abgenutztem Leder ein. Der V10-Motor erwachte zum Leben, als er den Anlasser betätigte. Siebzehn Jahre alt, und er lief immer noch gut. Waren Autojahre wie Hundejahre? Dann wäre der M6 nach menschlichen Maßstäben hundertneunzehn Jahre alt. Für eine so alte Dame war sie in bemerkenswert gutem Zustand. Er klopfte auf das Lenkrad. „Willkommen in Scarborough, altes Mädchen."

KAPITEL 5

Die plötzliche Stille, als er den Einsatzraum betrat, zeigte Raven, dass sie über ihn gesprochen hatten. Ihre Blicke folgten ihm, während er den Raum durchquerte und in Dinsdales hastig geräumtes Büro ging. Er schaute sich um. Ein kleiner Raum, durch eine Glaswand vom Rest des Raumes abgeschirmt, mit einem Schreibtisch und ein paar Regalen. Nicht gerade die schicke, moderne Umgebung, die Raven bei der Met genossen hatte, aber er machte sich nichts aus Statussymbolen. Es waren die Menschen, die zählten, nicht die Einrichtung und Ausstattung.

Er stellte einen Stuhl vor die Tür, damit sie offen blieb – er war der Meinung, dass der leitende Ermittler nicht von seinem Team abgeschottet sein sollte – und kehrte mit einem Arm voller Papiertüten in den Hauptraum zurück, die er auf einem freien Schreibtisch abstellte. Er spürte, wie alle Blicke auf ihm ruhten.

Er drehte sich um und betrachtete sein Team. Sie saßen alle an ihren Schreibtischen, eine Mischung aus verschiedenen Altersgruppen und Geschlechtern, aber niemand hatte einen höheren Dienstgrad als Detective

Sergeant. Es war ein kleineres Team, als er es gewohnt war, aber Gillian hatte ihm versichert, dass sie kompetent waren. Nun, das würde er bald selbst herausfinden.

Gillian war am Vortag mit ihm ihre Namen durchgegangen, und Raven hatte ein gutes Gedächtnis für Namen und Gesichter. In diesem Moment waren alle Augen auf ihn gerichtet. Dieser Fremde, der aus dem Nichts aufgetaucht war und den vorherigen leitenden Ermittler so plötzlich ersetzt hatte, musste wohl ein Objekt intensiver Neugier sein.

Er deutete auf die Papiertüten. „Das Frühstück geht heute auf mich", sagte er. „Aber gewöhnen Sie sich nicht daran. Normalerweise bin ich nicht so großzügig." Er hatte in der Nähe des Reviers eine Bäckerei entdeckt und sich mit Croissants und Plundergebäck eingedeckt. Es würde mehr als kostenlose Kohlenhydrate brauchen, um sich den Respekt eines neuen Teams zu verdienen, aber er wusste aus Erfahrung, dass das ein guter Anfang war.

„Vielen Dank, Sir."

Er erkannte die Sprecherin als DS Becca Shawcross. Bei Gillians Einführung war Becca als jemand aufgefallen, der wusste, wie der Hase lief, und nach Dinsdales Weggang war sie die nächsthöhere Detective in diesem Fall.

„Möchten Sie Tee oder Kaffee?", fragte sie. „Wie möchten Sie ihn?"

„Kaffee, bitte. Schwarz, ohne Zucker."

Er wartete, bis sich alle am Gebäck bedient hatten und Becca seinen Kaffee gebracht hatte. Dann zog er sein Jackett aus, krempelte die Ärmel hoch und stellte sich vor das Whiteboard. Er war bereits einen Tag im Rückstand und musste schnell aufholen.

„Gut", sagte er, „Sie wissen schon, wer ich bin, und ich kenne Sie alle mit Namen. Wir lernen uns im Laufe der Zeit besser kennen. Jetzt möchte ich erst einmal wissen, wie weit die Ermittlungen gediehen sind."

Niemand sagte ein Wort. Es war schwer zu sagen, was sie dachten. Das Gebäck kam jedenfalls gut an.

Er tippte auf das Foto des Opfers am Whiteboard. „Ein Mann wurde gestern Morgen an der North Bay gefunden, vermutlich von der Flut angespült. Eine Schusswunde in der Brust. Haben wir schon einen Namen?"

Ein junger Mann in einem glänzenden Anzug wischte sich hastig mit dem Handrücken die Krümel vom Mund. DC Dan Bennett. „Sir? Becca – ich meine DS Shawcross – hat mich gebeten, die Vermisstenmeldungen zu überprüfen."

„Ja?"

„Es gibt niemanden, auf den die Beschreibung des Opfers passt."

„Und das Opfer hatte keinen Ausweis bei sich?"

„Nun, da war ein Ring ...", sagte Dan zögernd.

„Ein Ring?"

„Sir", meldete sich Becca zu Wort, „das Opfer trug einen goldenen Ring mit zwei eingravierten Namen auf der Innenseite. Tristan und Isolde."

Raven runzelte die Stirn. Von einem Ring hatte Gillian nichts erwähnt. „Sie waren ein Liebespaar, richtig?"

„Ja, Sir", sagte Becca. „Wir vermuten, dass sich die Namen auf die Figuren aus der Sage von Tristan und Isolde beziehen könnten. Vermutlich haben sie eine persönliche Bedeutung, wie Spitznamen."

„Okay, und was wissen wir darüber, wie lange er im Wasser war und woher er gekommen sein könnte?"

Ein älterer Mann, der hinten saß, erhob sich. DC Tony Bairstow. Tonys Haar war länger als auf dem Foto, das Gillian ihm gezeigt hatte, und von grauen Strähnen durchzogen, aber es war eindeutig derselbe Mann. „Sir, die Flut war gestern Morgen um 6:36 Uhr. Die Leiche wurde kurz nach sieben gefunden, als das Meer bereits zurückging. Sobald wir den Todeszeitpunkt kennen, kann ich mit der Küstenwache sprechen und versuchen, anhand der Strömung festzustellen, wo das Opfer ins Wasser gelangt ist."

„Was?", sagte Raven. „Hat der Pathologe den Todeszeitpunkt noch nicht bestimmt?"

Tony sah Becca hilfesuchend an.

„Sir", sagte Becca, „die Obduktion steht noch aus."

Raven schlug mit der Faust gegen die Wand. „Was zum Teufel hat Dinsdale den ganzen Tag gemacht, wenn nicht die Obduktion zu arrangieren?"

Der Raum fiel in betretenes Schweigen, und Raven wurde klar, dass er sie mit seinem Wutausbruch eingeschüchtert hatte. Darauf würde er achten müssen. Er konnte es sich nicht leisten, sein Team gleich am ersten Tag zu verprellen. Vielleicht war das der Grund, warum Gillian ihn unbedingt haben wollte. Er konnte unmöglich einen schlechteren Job machen als jemand, der nicht einmal die grundlegenden Dinge in den Griff bekommen hatte.

Wieder war es Becca, die für den Rest des Teams das Wort ergriff. „Wir wissen nicht, was DI Dinsdale gestern gemacht hat. Wir hatten gerade mit der Teambesprechung begonnen, als die Super ihn durch Sie ersetzt hat."

„Nun, die Obduktion muss so schnell wie möglich durchgeführt werden", sagte Raven. „DC Bairstow, würden Sie sich bitte darum kümmern?" Der ältere Constable hatte auf ihn einen kompetenteren Eindruck gemacht als Dan Bennett, der bei der Frage nach den eingravierten Namen auf dem Ring ins Stocken geraten war.

„Wird erledigt", sagte Tony.

„Was ist mit Zeugen?", fragte Raven. „Wie viele Aussagen haben wir?"

„Sir." Eine junge Frau mit blondem, zu einem Pferdeschwanz gebundenem Haar sprang auf. Raven erkannte sie als DC Jess Barraclough. Mit ihren hohen Wangenknochen und den klaren blauen Augen war sie eine wahre Schönheit. „Ich habe gestern mit einem Team von uniformierten Beamten in Scalby Tür-zu-Tür-Befragungen durchgeführt, aber niemand konnte uns weiterhelfen. Die einzige relevante Zeugenaussage, die wir haben, stammt von der Hundebesitzerin, die die Leiche entdeckt hat, einer Mrs. Barbara Smith. Aber sie hat das

Opfer nicht erkannt."

„Was ist mit der Forensik?"

„Die Spurensicherung hat den Strand abgesucht", sagte Jess, „aber außer dem Ring haben sie nichts gefunden."

„Das ist also alles, was wir haben?", fragte Raven. Ein nicht identifizierter Mann mit einer einzigen Schusswunde in der Brust, der vom Meer angespült wurde und keinen Ausweis hatte, nur einen Ring, in den Namen aus einer mittelalterlichen Legende eingraviert waren. Das war nicht viel. Er begann sich zu fragen, ob ihm ein unlösbarer Fall übertragen worden war. In ein paar Wochen würde er mit eingezogenem Schwanz, als Versager, nach London zurückkehren.

„Sir?" Becca hob eine Hand.

„Was gibt es?"

„Es gibt Ähnlichkeiten zwischen diesem Mord und einem früheren Fall."

Raven spitzte die Ohren. „Erzählen Sie weiter."

„Vor drei Jahren wurde eine andere Leiche unter ähnlichen Umständen angeschwemmt. Sie lag weiter südlich an der Cayton Bay, aber auch dieses Opfer hatte eine einzelne Schusswunde in der Brust. Der Mann war ein bekannter Drogendealer in der Gegend."

„Wurde jemand wegen des Mordes angeklagt?"

„Ja. Ein Türsteher eines Nachtclubs. Er wurde für schuldig befunden und sitzt derzeit lebenslänglich in Full Sutton bei York."

Raven bemerkte ein leichtes Zögern in ihrer Stimme. „Haben Sie irgendwelche Zweifel an seiner Verurteilung?"

„Nein", antwortete Becca eilig. „Es gab stichhaltige forensische Beweise, und er hat seine Schuld zugegeben."

„Was dann?"

„Nun", sagte Becca, „jemand muss ihn dazu angestiftet haben. Ich meine, er war nur ein Türsteher in einem Nachtclub, kein bekannter Dealer."

„Haben Sie einen Verdacht, wer dahinterstecken könnte?"

Becca wechselte einen Blick mit Tony, der aufmunternd nickte. „Nun, der naheliegendste Verdächtige wäre sein Arbeitgeber, der Besitzer des Nachtclubs. Er ist ein Einheimischer mit allerlei Geschäftsinteressen. Aber soweit ich weiß, wurde er nie zu dem Mord befragt."

Raven kniff die Augen zusammen und dachte nach. Hinter diesem Fall steckte mehr, als es zunächst den Anschein hatte, und als Außenstehender war er eindeutig im Nachteil. Er brauchte Insiderwissen, und der beste Weg dorthin schien über DS Becca Shawcross zu führen.

„Worauf warten wir dann noch?", fragte er und griff nach seinem Jackett. „Gehen wir zu diesem Nachtclubbesitzer und hören, was er uns zu sagen hat."

KAPITEL 6

„Soll ich fahren, Sir?" Becca beeilte sich, mit ihrem neuen Chef Schritt zu halten, als er das Gebäude verließ und zum Parkplatz ging. Während DI Dinsdale nur selten den Hintern hochbekam, hatte DCI Raven seit seiner Ankunft keinen Moment stillgesessen. Sie wusste noch nicht, was sie von dem Neuen halten sollte. Die Croissants und das Plundergebäck waren eine nette Geste gewesen, die das Team durchaus zu schätzen wusste, aber er hatte eine irritierende Unruhe an sich. Sie wusste, wie man mit Dinsdale umzugehen hatte, auch wenn man ihn manchmal regelrecht anschieben musste, um ihn in Bewegung zu bringen. Raven hingegen blieb ein Rätsel.

„Fahren?", sagte er.

„Ja, Sir." Als ranghöchster Ermittler hatte Dinsdale sich immer gerne chauffieren lassen. So hatte er mehr Zeit, um Anrufe zu erledigen. Sie deutete auf ihren Honda Jazz, der unauffällig am hinteren Ende des Parkplatzes stand.

„In dem?" Ravens Mundwinkel zuckten. „Ich glaube nicht."

Becca straffte sich. „Es ist ein sehr gutes Auto, Sir."

Der Jazz war perfekt für Scarboroughs enge Straßen. Der Umwelt zuliebe wäre ihr ein reines Elektromodell lieber gewesen, aber das lag außerhalb ihrer finanziellen Möglichkeiten, und es gab nicht viele Ladestationen in der Stadt. Der Hybrid war ein guter Kompromiss.

Aber Raven hörte gar nicht zu. Er klickte bereits mit der Fernbedienung auf ein Ungetüm von Auto, das mehr als nur seinen Teil des Parkplatzes einnahm. Ein BMW-Coupé, bemerkte Becca und versuchte, nicht beeindruckt auszusehen. Man konnte viel über einen Menschen anhand seines Autos erfahren. Dieses hier war recht alt, dem Nummernschild nach zu urteilen, aber es schien in gutem Zustand zu sein. Und es war offensichtlich ein leistungsstarkes Modell. Zweifellos schluckte es viel mehr Benzin als ihr Jazz. Aber sie konnte an dem Lächeln, das sich auf Ravens Gesicht ausbreitete, erkennen, dass er in den Wagen verliebt war. *Männer und ihre Spielsachen.* Sie eilte ihm nach, als er die silberne Tür aufschwang.

„Wollen Sie nicht etwas über den vorherigen Fall erfahren, bevor wir den Nachtclubbesitzer befragen?", fragte sie.

„Sie können mich während der Fahrt ins Bild setzen", sagte Raven und ließ sich auf den Fahrersitz gleiten.

Toll, dachte Becca. Jetzt musste sie sich auf ihr Gedächtnis verlassen, anstatt ihre Notizen über den letzten Fall zur Hand zu haben.

Als sie sich auf dem Beifahrersitz niederließ, fielen Becca weitere Hinweise auf Ravens Charakter auf. Trotz des Alters des Wagens glänzte das Mahagoni-Armaturenbrett wie frisch poliert, die Teppiche im Fußraum waren frisch gesaugt, und die Türfächer waren frei von Schokoladenverpackungen, Parkscheinen und dem üblichen Unrat, der sich normalerweise in Autos ansammelte. Zumindest in Beccas Auto. Sie nahm sich vor, es gründlich zu reinigen, wenn sie nach Hause kam.

„Wohin fahren wir?", fragte Raven und startete den Motor, der laut wie eine Raubkatze brüllte.

„Die Adresse ist Weaponness Park", sagte Becca,

während Raven den Gang einlegte und Richtung Ausfahrt steuerte. „Er liegt in der besseren Gegend der Stadt, oben auf Oliver's Mount mit Blick auf die South Bay. Biegen Sie am Ende der Straße rechts ab und dann ...“

„Ich weiß, wo Weaponness Park ist.“

„Oh, gut. Ich dachte nur, da Sie neu in Scarborough sind ...“

„Ich bin nicht neu. Ich bin hier aufgewachsen.“

Das überraschte sie. Sie hatte angenommen, er sei Londoner oder zumindest aus dem Süden. In seiner Sprache war kaum eine Spur von Yorkshire-Akzent zu hören, also schätzte sie, dass er schon lange weg war. „Was hat Sie zurückgebracht, wenn ich fragen darf?“

Offenbar störte ihn die Frage, denn er ignorierte sie. Stattdessen lenkte er den Wagen in eine Lücke im Verkehr und blinkte rechts. Die Reifen des BMW quietschten, als er mit Vollgas um die Kurve schoss, gerade als die Ampel auf Rot sprang. „Erzählen Sie mir, was Sie über den früheren Mord wissen“, sagte er.

Becca holte tief Luft und versuchte, die Geschwindigkeit zu ignorieren, mit der sie nur wenige Zentimeter an einer Reihe parkender Taxis vorbeirasten. „Damals war ich DC“, sagte sie, „daher hatte ich keinen vollständigen Überblick über die Ermittlungen.“

„Das ist in Ordnung, erzählen Sie mir einfach, was Sie wissen.“

Sie fuhren am Bahnhof vorbei und passierten Wohltätigkeitsläden, Nagelstudios, Friseursalons, Wettbüros, Pizzerien und eine Reinigung, in der Becca als Teenager samstags gejobbt hatte. In der Ferne war die grüne Enklave Oliver's Mount zu sehen. Sie versuchte, sich auf den Fall zu konzentrieren und nicht auf Ravens Fahrweise.

„Okay, es ist fast drei Jahre her. Eine Leiche wurde am Strand von Cayton Bay angespült. Eine einzelne Schusswunde in der Brust, genau wie bei unserem Mann. Aber in diesem Fall war das Opfer leicht zu identifizieren. Max Hunt. Ein örtlicher Drogendealer.“

„Welche Art von Drogen? War er eine große Nummer?"

„Er war in Scarborough sehr aktiv und handelte mit Drogen der Klasse A. Kokain, Ecstasy, Heroin, LSD. Er war wegen einer Reihe von Straftaten verurteilt worden – Körperverletzung, Belästigung, Sachbeschädigung, Besitz einer gefährlichen Waffe –, ein richtig übler Typ."

„Ich wette, dass nicht viele Leute geweint haben, als Mr. Hunt tot aufgefunden wurde."

„Nein", sagte Becca, „aber trotzdem gibt es heute noch genauso viele Drogen auf den Straßen."

Raven nickte grimmig. „Ein Dealer verschwindet und ein anderer übernimmt sein Revier. Das Problem verschwindet nie." Seine Stimme klang müde und verriet sein Alter. „Sie glauben also, dass der Mord das Werk eines Rivalen war, der Hunts Revier übernehmen wollte?"

„Ich nehme es an."

„Und wer wurde wegen des Mordes verurteilt?"

„Ein Türsteher eines Nachtclubs hier in der Stadt namens Vertigo. Er heißt Lewis Briggs."

„Und Sie haben mir gesagt, dass es keinen Zweifel an seiner Verurteilung gibt."

„Ich glaube nicht", sagte Becca. „Die Waffe, mit der der Schuss abgefeuert wurde, wurde bei ihm zu Hause gefunden und war mit seinen Fingerabdrücken übersät. Als er mit den Beweisen konfrontiert wurde, hat er gestanden."

„Lewis ist also nicht gerade der Hellste. Gibt es Hinweise darauf, dass er in den Drogenhandel verwickelt war?"

„Eine Verurteilung wegen Kleindealerei, nichts Großes."

„Sie glauben, er hat für jemanden gearbeitet."

Es war keine Frage, und Becca war erleichtert, dass Raven ihre Theorie ernst nahm. „Es schien mir offensichtlich, dass jemand anderes den Mord in Auftrag gegeben hatte. Aber soweit ich weiß, wurde dem nie nachgegangen."

„Hmm." Raven schwieg, den Blick fest auf die Straße gerichtet, während sie über die Brücke flogen, die über die Valley Gardens führte. Die Straße begann anzusteigen, als sie das Geschäftszentrum der Stadt hinter sich ließen und in einen wohlhabenderen Teil der Stadt gelangten. Vor ihnen erhob sich deutlich der grüne Gipfel von Oliver's Mount. Die Wettbüros und Nagelstudios waren verschwunden – stattdessen säumten große viktorianische Häuser die Straße, flankiert von breiten Bürgersteigen und Bäumen.

„Lewis Briggs hat also abgedrückt", sagte Raven nach einer kurzen Pause, „aber wer hat den Befehl dazu gegeben?"

„Das kann ich nicht mit Sicherheit sagen", antwortete Becca. „Aber ich habe Lewis' Arbeitgeber, den Besitzer des Nachtclubs, im Verdacht."

„Gibt es einen bestimmten Grund für Ihren Verdacht, außer der Tatsache, dass die beiden sich kannten?"

„Nichts Konkretes, aber er ist der kriminelle Typ. Ich weiß, so funktionieren polizeiliche Ermittlungen eigentlich nicht", fügte sie eilig hinzu, „aber Sie werden verstehen, was ich meine, wenn Sie ihn selbst treffen. Er hat seine Finger überall drin. Ihm gehören mehrere Geschäfte in der Stadt. Spielhallen, ein oder zwei Pubs. Vielleicht auch mehr."

„Bargeldgeschäfte", sagte Raven. „Ideal für Geldwäsche."

„Genau", sagte Becca. „Wie gesagt, das sind alles nur Indizien."

„Aber es ist Ihre Vermutung", sagte Raven. „Das ist in Ordnung. Mit Vermutungen kann ich arbeiten. Vor allem, wenn wir sonst nichts haben, worauf wir uns stützen können." Sie glaubte, den Anflug eines Lächelns auf seinen Lippen zu erkennen.

Raven bog von der Filey Road in Richtung Weaponness Park ab. Die Steigung wurde steiler, die von Bäumen gesäumte Straße schlängelte sich bergauf, große Einfamilienhäuser standen hinter akkurat geschnittenen

Hecken und schattenspendenden Koniferen. Je weiter sie fuhren, desto ruhiger wurde die Straße und desto größer und abgeschiedener wurden die Anwesen. Hinter den Hecken ließen sich Tennisplätze und Wintergärten erahnen. Die Straße verengte sich zu einer fast einspurigen Fahrbahn, aber Raven ging nicht vom Gas.

„Hier", sagte Becca und deutete auf eine von Steinsäulen flankierte Einfahrt. Sie dachte schon, er würde vorbeifahren, aber Raven bremste im letzten Moment scharf ab, manövrierte den Wagen geschickt durch das offene Tor und brachte ihn zum Stehen. Er zog die Handbremse an und stellte den Motor ab. Es war eine Erleichterung, endlich anzuhalten, auch wenn Becca zugeben musste, dass sie den Nervenkitzel der Fahrt ein wenig genossen hatte.

Raven schaute aus dem Fenster. Das Haus war ein weitläufiger Tudor-Nachbau aus den Zwanzigerjahren, eingebettet in einen gepflegten Garten. Ausgewachsene Sträucher säumten die Einfahrt, und die Bäume leuchteten in herbstlich-feurigem Rot und Gold. „Also, dieser Nachtclubbesitzer. Wie heißt er?"

„Darren Jubb."

Raven riss den Kopf ruckartig zur Seite. „Jubb", murmelte er vor sich hin. „Darren Jubb."

„Sie kennen ihn?", fragte Becca.

„Ich kenne ihn. Oder zumindest kannte ich ihn. Aber das ist schon lange her. Seinem Vater Frank gehörte eine Spielhalle unten an der Strandpromenade."

„Ja. Frank ist jetzt im Ruhestand, aber Darren ist immer noch Eigentümer der Spielhalle. Er hat im Laufe der Jahre noch andere Läden dazugekauft. Wie Sie sehen können" – sie deutete auf das Haus – „geht es Darren Jubb sehr gut."

„Darren ging es immer gut."

Becca wartete darauf, dass er mehr sagte, aber sie lernte schnell, dass Raven nicht viel preisgab, besonders wenn es um sein Privatleben ging. Sie vermutete, dass er und Jubb sich vielleicht aus ihrer Kindheit kannten. Wahrscheinlich waren sie ungefähr gleich alt. Ende vierzig. „Sir", fragte sie, „gibt es etwas, das ich wissen sollte?"

„Was zum Beispiel?"

„Ich weiß nicht, Sir. Es ist nur, wenn Sie eine persönliche Verbindung zu einem Hauptverdächtigen haben ..."

„Ich habe keine persönliche Verbindung zu Darren Jubb", schnappte Raven. „Ich habe ihn seit mehr als drei Jahrzehnten nicht mehr gesehen." Er starrte sie an. „Und nennen Sie mich nicht ständig ‚Sir'. Das klingt, als wäre ich ein Lehrer."

Becca hatte Mühe, den Ärger aus ihrer Stimme zu verbannen. „Wie soll ich Sie dann nennen?", fragte sie.

Er sagte eine Sekunde lang nichts, dann verzog sich sein Gesicht zu einem Grinsen, das seine dunklen Augen schelmisch funkeln ließ. „Nennen Sie mich Raven. Das tun alle anderen auch."

KAPITEL 7

U nd da sagt man, Verbrechen lohnen sich nicht",
sagte Raven, als sie aus dem Auto stiegen.
"   Darren Jubb hatte es weit gebracht – sehr
weit. Ein großes Haus, ein gepflegter Garten, ein
nagelneuer Range Rover war am Ende der Auffahrt. Raven
nahm all das mit einem Blick wahr. War er überrascht?
Nicht wirklich. Darrens Vater Frank hatte seinem Sohn
mit der Spielhalle einen glänzenden Start ermöglicht. Und
Darren hatte schon immer diese Art an sich gehabt, das
natürliche Selbstvertrauen von jemandem, der wusste,
dass seine Sterne günstig standen. Ein verdammter
Glückspilz, mit anderen Worten.

„Er wird sich wahrscheinlich weigern, mit uns zu
sprechen", sagte Becca.

„Das glaube ich nicht", sagte Raven und ließ den Kies
unter seinen Schuhen knirschen. „Er wird mich nicht
abweisen." Er drückte auf die Klingel, die tief im Inneren
des Hauses ertönte.

Die Tür öffnete sich und gab den Blick frei auf einen
Mann Mitte bis Ende zwanzig, der eine Lederjacke und
schwarze Jeans trug. Raven betrachtete sein Gesicht

aufmerksam. Die Familienähnlichkeit war nicht sofort offensichtlich, aber je genauer Raven hinsah, desto mehr glaubte er, Spuren des Vaters in dem Sohn zu erkennen. Die Haarfarbe war dieselbe – dunkelbraun, fast schwarz – , und ja, diese stechend blauen Augen, mit denen Darren andere immer so erfolgreich für sich gewonnen hatte, starrten Raven nun aus dem jugendlichen Gesicht vor ihm an.

„Ja? Was wollen Sie?"

Raven konnte sich ein Lächeln nicht verkneifen. Sogar die forsche Art zu sprechen war dieselbe. Er zückte seinen Dienstausweis. „DCI Tom Raven, und dies ist Detective Sergeant Becca Shawcross. Wir würden gerne mit Darren Jubb sprechen."

„Worüber?"

„Eine polizeiliche Angelegenheit."

„Auf keinen Fall." Der junge Mann stellte sich mit verschränkten Armen in den Türrahmen. „Sie können nicht einfach ohne Vorwarnung hier auftauchen und verlangen, meinen Vater zu sehen."

„Nein?", sagte Raven. „Nun, genau das habe ich gerade getan. Ist Ihr Vater zu Hause?" Er spähte über die Schulter des jungen Mannes.

„Ich muss Ihnen gar nichts sagen." Jubb Junior wollte gerade die Tür schließen, als eine Gestalt hinter ihm im Flur auftauchte.

„Wer ist das, Ethan?"

Er war grauer und korpulenter als bei ihrer letzten Begegnung, doch Darren Jubb hatte die Jahre im Grunde gut überstanden. Sein Haar war an den Schläfen zurückgewichen, aber ansonsten immer noch dicht. Es war zur Seite gegelt, was ihm einen verwegenen Look verlieh, der ihm stand. Er trug ein offenes Hemd, das in eine teuer aussehende Jeans gesteckt war. Man konnte ihn sich gut in einem Nachtclub vorstellen, wie er an der Bar mit Frauen plauderte, die halb so alt waren wie er. Ein Blick auf Raven und er erstarrte.

„Sieh an, sieh an. Raven ist wieder da."

Ethan wirkte deutlich irritiert angesichts der Wendung der Ereignisse. „Du kennst diesen Polizisten, Dad?"

„Polizist?" Jubb ließ Raven keine Sekunde aus den Augen. „Wer hätte das gedacht, Tom? Und ich nehme an, das ist dein Sergeant?" Er drehte sich zu Becca um, seine azurblauen Augen musterten sie eingehend.

Becca betrachtete ihn, als wäre er eine Kakerlake. „DS Shawcross", sagte sie herausfordernd.

„Freut mich, Ihre Bekanntschaft zu machen", erwiderte Darren mit einem verschlagenen Lächeln.

„Wir sind in einer polizeilichen Angelegenheit hier", sagte Raven und unterband damit Darrens Versuch, mit Becca zu flirten. Nicht, dass sie auch nur im Entferntesten für seine Reize empfänglich gewesen wäre. „Vielleicht möchtest du uns ins Haus bitten?"

„Natürlich", sagte Darren und breitete die Arme aus. „Kommt herein. Ihr seid herzlich willkommen in meiner bescheidenen Behausung. Obwohl sie gar nicht so bescheiden ist, oder? Auch wenn ich das sage."

„Bescheidenheit war noch nie deine Stärke", sagte Raven und folgte ihm in einen Salon, der sich viel zu sehr bemühte, mit Pomp zu glänzen. Von der Decke hingen Kristallleuchter, die bleiverglasten Fenster waren mit übermäßig viel lachsfarbener Seide behangen und die riesige, geschnitzte Kaminumrandung sah aus, als stamme sie aus einem fürstlichen Herrenhaus. Und es war kaum vorstellbar, dass Darren je auf dem kleinen Flügel spielte, der auffällig in einer Ecke stand.

„Geschmackvoll", sagte Raven trocken. „Ist das das richtige Wort?" Er zwinkerte Becca zu. „O nein. Jetzt erinnere ich mich. Das Wort ist *vulgär*."

„Zieh mich auf, so viel du willst, Tom", sagte Darren mit einem dünnen Lächeln. „Es zeigt nur, wie neidisch du bist. Was verdient ein Polizist heutzutage? Nein, sag's mir nicht. Ich will nicht, dass es dir peinlich ist."

Ethan folgte ihnen in den Raum und stand an der Tür wie ein schmollendes Kind, das darauf wartete, in die Gegenwart der Erwachsenen vorgelassen zu werden.

„Wir würden gerne mit Ihrem Vater allein sprechen", sagte Raven zu ihm. „Wenn es Ihnen nichts ausmacht."

„Aber Dad ..."

Darren winkte ab. „Ist schon gut, Ethan. Tom und ich kennen uns schon sehr lange. Wir sind alte Freunde, stimmt's, Tom?"

Ethan zog sich zähneknirschend zurück und schloss die Tür hinter sich. Raven fragte sich, ob er vielleicht im Flur lauschte. Nun, sollte er doch. Vielleicht erfuhr er ja noch das eine oder andere über seinen Vater.

„Einen Drink?", fragte Darren, während er zu einer Vitrine mit Whisky- und Brandy-Karaffen sowie einer Sammlung von Kristallgläsern schlenderte. „Um der alten Zeiten willen?"

„Nicht, während ich im Dienst bin."

Darren wirkte enttäuscht, kaschierte es aber schnell. „Ich schätze, es ist tatsächlich noch ein bisschen früh am Tag, selbst für mich." Er lachte, wurde dann plötzlich ernst. „Übrigens, mein Beileid. Ich habe das mit deinem alten Herrn gehört. Herzinfarkt, oder?"

Aus den Augenwinkeln heraus bemerkte Raven Beccas Überraschung. „Danke", sagte er zu Darren in einem, wie er hoffte, abschließenden Ton. Er hatte keine Lust, über den Tod seines Vaters zu sprechen, schon gar nicht vor Becca. Aber Darren war offensichtlich in Plauderlaune.

„Setzt euch doch." Ihr Gastgeber deutete auf ein riesiges cremefarbenes Sofa. „Es ist bestimmt dreißig Jahre her, dass du das letzte Mal hier warst."

„Einunddreißig."

Raven und Becca setzten sich an die gegenüberliegenden Enden des Sofas, gut zwei Meter voneinander entfernt. Darren ließ sich in einem Sessel gegenüber nieder, die Hände auf den Armlehnen, ein Fuß lässig auf dem Knie des anderen Beins. Eine entspannte, selbstbewusste Haltung. Oder eine, die sorgfältig darauf angelegt war, diesen Eindruck zu erwecken.

„Du hast es eindeutig zu etwas gebracht", sagte Raven. „Das Geschäft läuft gut?"

Ein selbstgefälliges Lächeln umspielte Darrens Lippen. „Ich will dich nicht anlügen, Tom. Ich hatte im Laufe der Jahre einige Glückstreffer, angefangen mit dem Immobiliencrash in den Neunzigern. Ich habe meinen alten Herrn überredet, ein paar Spielhallen zu übernehmen, die Pleite gegangen waren. Zuerst war er skeptisch, aber ich habe sie wieder auf Vordermann gebracht. Im Laufe der Jahre habe ich noch ein paar Pubs in mein Portfolio aufgenommen. Als dann die Finanzkrise kam, hatte ich die Chance, einen Nachtclub zu kaufen. Er ging für einen Spottpreis weg." Er pfiff durch die Zähne.

„Glück", stimmte Raven zu. *Aber nicht für den Vorbesitzer des Nachtclubs.* Darren war immer auf die Füße gefallen, und er wusste mit Sicherheit, wie man harte Verhandlungen führte.

„Was ist mit der Pandemie?", fragte Becca. „Das muss doch schlecht fürs Geschäft gewesen sein, besonders für Pubs und Clubs."

Darren winkte ab. „Man muss die Tiefen mit den Höhen nehmen. In jedem Problem steckt eine Chance. Das ist es, was ich Ethan versucht habe, beizubringen. Er ist ganz der Vater, weißt du? Er hat das Potenzial in Ferienwohnungen früh erkannt. Staycations boomen in den letzten Jahren."

„Nicht alle in der Branche hatten so viel Glück", entgegnete Becca mit Nachdruck.

Darren schenkte ihr eines seiner charmanten Lächeln. Ein Lächeln, das Raven noch aus der Zeit kannte, als sie beide hinter demselben Mädchen her gewesen waren. „Das Glück ist mit den Mutigen."

„Was ist mit Frank?", fragte Raven. „Ist er noch in das Familiengeschäft involviert?"

„Nicht wirklich. Dad lässt es heutzutage ruhiger angehen, obwohl er immer noch in den Spielhallen vorbeischaut, um nach dem Rechten zu sehen. Ich überlege, ob ich mich zurückziehen soll, wenn ich sicher bin, dass Ethan den Anforderungen gewachsen ist. Das ist ein Job für junge Leute, nicht wahr, Tom? Man muss hungrig sein, um Erfolg zu haben. Alte Hasen wie du und ich müssen wissen, wann es Zeit ist, sich zurückzuziehen."

Raven wusste, dass das eine bewusste Provokation war. Darren Jubb war so hungrig wie eh und je. „Hast du noch andere Geschäftsinteressen?", fragte er.

„Was meinst du?" Darren fixierte ihn mit diesen stechenden blauen Augen. Einen Moment lang fühlte Raven sich wieder wie ein Dreizehnjähriger, der von demselben Blick festgenagelt wurde. Er hörte Darrens jugendliche Stimme in seinem Kopf. *Nur zu, ich fordere dich heraus.* Die Herausforderung. Die Mutprobe. Er selbst, unfähig, vor den anderen Schwäche zu zeigen. Damals hatte er nicht begriffen, dass es die wahre Stärke gewesen wäre, Darren Jubb den Rücken zuzukehren. Das Richtige.

Aber Darren war schon immer so überzeugend gewesen. Das war Teil seines Charmes gewesen. Und seine Gefahr.

In ihrer Jugend war Darren derjenige gewesen, der den Rest der Bande dazu gebracht hatte, Grenzen zu überschreiten. Meistens handelte es sich um Bagatelldelikte, wie den Diebstahl von CDs bei Woolworth oder von Schokoriegeln aus dem Laden an der Ecke. Schule schwänzen. Einbrüche in leerstehende Häuser. Ein Wunder, dass sie nie erwischt wurden. Aber so war Darren – er kam immer irgendwie ungeschoren davon. Einmal hatte er einen Vorrat an Gras in die Hände bekommen. Sie hatten es am äußersten Ende der South Bay hinter dem Kurhaus geraucht, ohne auf die ankommende Flut zu achten. Sie hätten ertrinken können. Fast wäre es passiert.

Als könnte er Ravens Gedanken lesen, beugte sich Darren zu Becca und sagte: „Ich könnte Ihnen einiges über Ihren Chef von früher erzählen." Dann zu Raven: „Keine Sorge, Tom, deine Geheimnisse sind bei mir sicher."

„Wo warst du am Sonntag?", fragte Raven. Es war der Tag vor dem Fund der Leiche. Raven stellte eine Vermutung darüber an, wann der Mann getötet worden war. Aber seine Vermutungen trafen oft ins Schwarze.

Darren lehnte sich in seinem Sessel zurück und legte die Fingerspitzen unter dem Kinn zusammen, eine Geste, die Raven nur zu gut kannte. „Geht es um die Leiche, die angespült wurde? In einem Ort von der Größe Scarboroughs sprechen sich Nachrichten schnell herum."

Ist das so?, fragte sich Raven. Die Polizei hatte noch keine Erklärung abgegeben. Aber zweifellos hatte ein Mann wie Darren Jubb Augen und Ohren auf der Straße. „Wo warst du?", wiederholte er.

„Ich weiß nicht, warum du mich das fragst", sagte Darren, „aber wenn du es unbedingt wissen musst, ich war den ganzen Tag beschäftigt. Ethan und ich hatten am Morgen ein Treffen mit unserem Buchhalter."

„An einem Sonntag?"

„Ich bezahle den Mann gut genug", sagte Darren. „Wenn ich ihn bitte, sonntags zu mir zu kommen, dann tut er das. Danach habe ich meine Frau und meine Tochter zum Lunch ausgeführt. Was ist mit dir, Tom? Hast du jemanden, den du zum Essen einladen kannst?"

Raven sagte nichts.

Darren schenkte ihm ein blutleeres Lächeln und fuhr fort. „Nach dem Mittagessen habe ich eine Runde Golf im North Cliff Club gespielt. Spielst du Golf, Tom?"

„Nie", sagte Raven.

Darren grinste breit. „Und am Abend gab es eine Wohltätigkeitsveranstaltung im Grand Hotel. Für einen guten Zweck. So bin ich eben, weißt du. Immer bereit, denen zu helfen, die weniger Glück haben als ich."

Becca war damit beschäftigt, alles in ihr Notizbuch einzutragen.

„Ich kann Ihnen alle Einzelheiten nennen, wenn Sie mein Alibi überprüfen wollen", sagte Darren zu ihr.

„Das wäre hilfreich, Mr. Jubb", erwiderte sie.

Ein Geschäftstreffen, ein Familienessen, eine Runde Golf und eine Wohltätigkeitsveranstaltung. *Wie respektabel*, dachte Raven. *Und wie praktisch, jede Minute des Tages belegen zu können.* Und seit wann engagierte sich Darren

Jubb für wohltätige Zwecke? Der Darren Jubb von früher hatte immer nur genommen, nie gegeben.

„Du hast eine Tochter erwähnt", sagte Raven. „Ist sie das?" Er deutete auf ein Foto auf einem Beistelltisch, das eine junge Frau mit einer dunklen Brille zeigte, irgendwo an einem heißen, sonnigen Ort mit einem wolkenlosen blauen Himmel im Hintergrund. Nicht Scarborough.

Ein liebevolles Lächeln huschte über Darrens Gesicht. „Ja, das ist Scarlett. Meine Prinzessin."

„Ist sie auch in das Familienunternehmen involviert?"

Darren lachte laut bei der Vorstellung. „Nein, Scarlett hat weitaus größere Pläne. Sie will berühmt werden. Wenn man ihr Glauben schenken darf, ist sie es sogar schon. Sie ist eine Social-Media-Influencerin." Er hob die Hände in einer Geste des Erstaunens. „Ich habe keine Ahnung, was das genau bedeutet, aber sie hat über zehn Millionen Follower, kannst du dir das vorstellen? Macht ein kleines Vermögen mit Sponsoring und Werbung. Wenn ich jünger und besser aussehend wäre, würde ich vielleicht dasselbe tun." Er beugte sich wieder zu Raven hinüber. „Was ist mit dir, Tom? Was würdest du anders machen, wenn du noch einmal jung wärst?" Als Raven nicht antwortete, sagte er: „Du bist weggelaufen. Du hast dreißig Jahre gebraucht, um den Mut aufzubringen, zurückzukehren. Der Rest der Gruppe ist in Scarborough geblieben. Willst du wissen, was mit ihnen passiert ist?"

„Nein", sagte Raven. Er zog ein ausgedrucktes Foto aus seiner Jacke und reichte es Darren. „Erkennst du diesen Mann?"

Darren seufzte. Er kramte in seiner Tasche nach einer Lesebrille, holte sie verlegen heraus und sagte: „Das Alter, was, Tom? Es ist eine grausame Sache." Er setzte die Brille auf und betrachtete das Bild. Zum ersten Mal in diesem Gespräch schien seine selbstbewusste Fassade zu bröckeln, und plötzlich wirkte Darren Jubb wie seine siebenundvierzig Jahre und älter. Er lächelte jetzt nicht mehr. Sein Gesicht war aschfahl. „Ist das die Leiche, die am Strand gefunden wurde?"

„Ja", sagte Raven. „Du kennst ihn, nicht wahr?"

Darren nahm seine Lesebrille ab und gab Raven das Bild zurück. „Das sollte ich wohl. Er ist mit meiner Tochter verlobt." Er stand auf. „Ich weiß nicht, wie es dir geht, Tom, aber ich werde mir jetzt verdammt noch mal einen Drink genehmigen."

KAPITEL 8

Tränen und Taschentücher. Dann wieder Tränen. Becca machte beruhigende Geräusche, während sie neben der weinenden jungen Frau auf dem Sofa saß. Raven verließ den Raum und kehrte ein paar Minuten später mit einer neuen Packung Taschentücher zurück. Weitere Tränen folgten. Schließlich versiegten die Tränen und verebbten in ein paar hustenden Schluchzern und gelegentlichem Schaudern. Scarlett Jubb wischte sich die stark geschminkten Augen und putzte sich mit dem letzten Taschentuch die Nase, bevor sie es auf den durchweichten Haufen zu ihren Füßen fallen ließ.

Raven hatte Becca gebeten, das Gespräch mit Scarlett zu führen, und sie war der Meinung, dass jetzt ein guter Zeitpunkt war, um ein paar Fragen zu stellen. Raven saß in einer Ecke des Raumes und sah zu, und Becca spürte, dass sie unter Beobachtung stand.

„Ihr Verlust tut mir sehr leid", sagte sie und meinte es aufrichtig. Es war schwer, kein Mitleid für eine junge Frau zu empfinden, deren Leben gerade in Trümmern lag. Scarlett hatte bei ihrer ersten Begegnung sehr selbstbewusst gewirkt. Aber das war, bevor man ihr die

Nachricht vom Tod ihres Verlobten überbracht hatte. Dann war die selbstsichere Fassade genauso schnell von ihrem Gesicht verschwunden wie Lidschatten und Wimperntusche. Becca glaubte nicht, dass der aufstrebende Internetstar heute Fotos für die Fans im Netz posten würde.

Becca machte sich nicht viel aus den sozialen Medien. Sie hatte immer noch einen Facebook-Account, den sie als Teenager eingerichtet hatte, als alle anderen es auch taten, aber sie hatte schon lange nichts mehr gepostet und machte sich selten die Mühe, ihren Feed zu überprüfen. Was gab es schon Interessantes über ihr Leben zu berichten? Sie arbeitete den ganzen Tag und lebte immer noch bei ihren Eltern, obwohl sie und ihr Freund einmal fast eine Anzahlung für eine kleine, aber charmante Erdgeschosswohnung in einem renovierten viktorianischen Haus geleistet hatten. Wenn Raven glaubte, dass sie als Frau in ihren Zwanzigern besser als er verstehen konnte, womit Scarlett Jubb ihren Lebensunterhalt verdiente, dann irrte er sich. *Internet-Influencerin* schien für Becca kein richtiger Beruf zu sein. Wenn jemand darüber Bescheid wusste, dann DC Jess Barraclough.

Aber was Becca verstand, war die Verzweiflung einer jungen Frau, die gerade die schlimmste Nachricht ihres Lebens erhalten hatte und verständlicherweise völlig am Boden zerstört war. Eigentlich hätte Scarletts Familie sie jetzt trösten sollen – aber ihre Mutter war nicht da, und Darren Jubb hatte sich in sein Büro zurückgezogen, um sie zu kontaktieren. Ethan, der mürrische Bruder, war nirgends zu sehen. So viel zur unterstützenden Familie.

„Waren Sie schon lange mit Patrick zusammen?", fragte sie sanft. Darren hatte ihnen den Namen des Opfers genannt. Patrick Lofthouse, Sohn eines wohlhabenden Geschäftsmannes. Ein guter Junge aus gutem Haus, so Jubb.

Scarlett hob den Kopf und schob den Schleier aus seidigem blondem Haar zurück, der ihr ins Gesicht gefallen war. Ihre unglaublich langen Fingernägel waren kunstvoll verziert, abwechselnd in metallischem Blau und glitzerndem Türkis.

„Seit ich sechzehn war", sagte sie. „Sechs ganze Jahre."

„Das ist eine lange Zeit", sagte Becca. Scarletts ganzes Erwachsenenleben, um genau zu sein. „Und Sie waren verlobt und wollten heiraten?"

Scarlett drehte den Ring an ihrer linken Hand. Ein tiefblauer, ovaler Saphir, umgeben von winzigen Diamanten, gefasst in einem Platinband. Er hatte zweifellos ein Vermögen gekostet. „Patrick hat mir im Sommer einen Antrag gemacht, und ich hatte gerade angefangen, nach Hochzeitslocations zu suchen. Ich wollte, dass alles perfekt wird. Es sollte der schönste Tag unseres Lebens werden." Wieder entfuhr ihr ein Schluchzer.

„Wie haben Sie sich kennengelernt?", fragte Becca.

„In der Schule", antwortete Scarlett. „Patrick war ein Jahr über mir. Er war mir schon vorher aufgefallen, weil er so gut aussah, aber wir hatten nie wirklich miteinander gesprochen. Eines Tages lud er mich dann zu einem Date ein." Ihre Unterlippe zitterte. „Seitdem waren wir nie wieder getrennt."

Becca griff automatisch nach mehr Taschentüchern. „Was hat Patrick beruflich gemacht?"

Scarlett tupfte sich die Augen mit einem Taschentuch ab, das anschließend schwarz vor Wimperntusche war. „Er hat für seinen Vater gearbeitet. Sein Vater hat ein Autohaus an der Straße nach Scarborough." Plötzlich hielt sie sich eine Hand vor den Mund und sah entsetzt aus. „O mein Gott, ich bin so eine egoistische Kuh. Ich rede hier über Hochzeitslocations, aber was ist mit Patricks Eltern? Wissen die, was passiert ist?"

„Ein Streifenwagen ist gerade auf dem Weg zu Mr. und Mrs. Lofthouse", sagte Becca beruhigend. „Machen Sie sich keine Sorgen. Man wird sich gut um sie kümmern."

Die Worte schienen Scarlett ein wenig zu beruhigen. Becca fuhr fort. „Wann haben Sie Patrick zuletzt gesehen?"

„Sonntagmorgen", sagte Scarlett. „Wir waren am Samstagabend in einem Club und sind dann hierher zurückgekommen."

„Und dann?"

„Mum und Dad haben mich am Sonntag zum Lunch ausgeführt. Ich hatte mich für den Abend mit Patrick verabredet, aber er schrieb mir eine Nachricht, dass er nach Redcar zu seinem Kumpel Shane fährt. Er sagte, Shane brauche ihn, und er würde in ein paar Tagen zurück sein."

Becca ging in Gedanken die zeitliche Abfolge durch. Es war jetzt Dienstag und Patricks Leiche war am Montagmorgen gefunden worden. Wenn er zuletzt am Sonntagmorgen gesehen worden war, blieb fast ein ganzer Tag ungeklärt.

„Haben Sie seine Nachricht noch?", fragte sie.

Scarlett nahm ihr iPhone zur Hand und rief mit ein paar geübten Handgriffen die Nachricht ab. Sie war kurz und bündig.

Muss zu Shane. Er braucht mich. Bin in ein paar Tagen zurück. Love Px.

Becca notierte die Uhrzeit, zu der die Nachricht verschickt worden war. 18:05 Uhr am Sonntag. Das grenzte die Zeitspanne ein wenig ein. Sie reichte das Telefon an Raven weiter und wandte sich wieder an Scarlett. „Wer ist Shane?"

Scarlett verzog das Gesicht. „Shane Denton. Ein Kumpel von Patrick." Ihr Tonfall war abweisend, fast verächtlich.

„Und er wohnt in Redcar?"

Scarlett schniefte. „Ich schätze, wir sollten Mitleid mit ihm haben."

Becca kannte die Stadt Redcar, die etwa fünfundvierzig Meilen nördlich von Scarborough lag, ziemlich gut. Als Studentin an der Universität Teesside war sie manchmal mit dem Bus dorthin gefahren, wenn sie das Meer sehen wollte. Aber obwohl Redcar eine Küstenstadt mit einem recht ansehnlichen Strandabschnitt war, fehlte ihr die Pracht ihres berühmteren Nachbarn oder der Charme von Whitby. Ein Hauch von Tristesse lag ständig über der Stadt, wozu auch die hohe Arbeitslosigkeit nach der Schließung des nahegelegenen Stahlwerks in Warrenby beitrug.

„Was macht Shane?", fragte sie.

„Nicht viel", antwortete Scarlett. „Ich verstehe nicht, warum Patrick überhaupt mit ihm befreundet ist."

Becca bemerkte, dass Scarlett dazu übergegangen war, von ihrem toten Verlobten im Präsens zu sprechen. Ein typisches Verhalten von Menschen, die gerade erst vom Tod eines geliebten Menschen erfahren hatten. „Ich muss das leider fragen", sagte sie und machte sich auf eine weitere Runde Tränen gefasst, „aber fällt Ihnen ein Grund ein, warum jemand Patrick hätte töten wollen?"

Scarlett schüttelte den Kopf, brach erneut in Tränen aus, und Becca legte tröstend den Arm um ihre Schultern.

Raven erhob sich. Eine dunkle Gestalt, die sich wie ein Turm über ihnen aufbaute. „Nur noch eine Frage", sagte er. „Sagen Ihnen die Namen *Tristan* und *Isolde* etwas?"

Scarlett blickte verständnislos zu ihm auf. „Tristan und wer?"

„Isolde", sagte Becca. Sie buchstabierte es.

„Nie von ihnen gehört", sagte Scarlett.

„Danke, Scarlett", sagte Becca. „Wir lassen Sie jetzt in Ruhe." Sie blickte zu Raven auf, der ihr kurz zunickte. Wie es aussah, hatte sie den Test bestanden.

*

„Was halten Sie von Darren Jubbs Reaktion auf das Foto?", fragte Raven Becca. Sie saßen wieder im Auto und fuhren den Weg zurück, den sie gekommen waren, den Oliver's Mount hinunter. Raven war beeindruckt, wie ruhig und einfühlsam Becca mit Scarlett umgegangen war. Jetzt wollte er unbedingt wissen, was sie von seinem ehemaligen Freund hielt.

„Er schien wirklich schockiert zu sein", sagte Becca. „Bis zu diesem Moment hatte er sich amüsiert und geprahlt. Aber sobald er das Foto sah, änderte sich sein ganzes Verhalten. Die Großspurigkeit fiel von ihm ab. Er wusste bereits, dass eine Leiche am Strand gefunden worden war, aber als er erkannte, dass es sein zukünftiger Schwiegersohn war ... Nun, ich hatte den Eindruck, er hatte erwartet, dass es jemand anderes war."

„Wer zum Beispiel?"

„Ich weiß es nicht. Jemand, den er aus dem Weg haben wollte?"

„Vielleicht wollte er Patrick aus dem Weg räumen. Vielleicht dachte er, dass dieser Patrick Lofthouse nicht gut genug für seine geliebte Tochter war."

„Den Eindruck hatte ich nicht", sagte Becca.

„Ja, nun, Darren Jubb war schon immer ein guter Schauspieler." Raven tippte mit dem rechten Fuß aufs Gaspedal, und der BMW schoss vorwärts, schmiegte sich an die Kurven des Hügels wie ein gut gezähmtes Raubtier, dessen wahre Kraft vorerst verborgen blieb. Er sehnte sich danach, auf offener Straße zu fahren, wo er richtig Gas geben konnte.

„Sie waren mal befreundet?", fragte Becca.

„Befreundet?" Raven dachte über das Wort nach und fand es unpassend. Seine Beziehung zu Darren Jubb war schon immer viel komplexer gewesen als das. „Freundschaft ist ein schlüpfriges Konzept. Manchmal kann dein bester Freund dein schlimmster Feind sein."

Er blinkte links und bog auf die Filey Road ab, die zurück in die Stadt führte. Es war ein seltsames Gefühl, nach so vielen Jahren wieder auf diesen einst so vertrauten Straßen zu fahren. Es war, als würde er Rillen folgen, die sich so tief in sein Gedächtnis eingegraben hatten, dass er nicht einmal gewusst hatte, dass sie noch da waren. Fast so, als wäre er nie weg gewesen. Nicht, dass er jemals in einem der großen Häuser am Oliver's Mount gewesen wäre. Als Teenager waren sie immer auf den Berg gefahren, um Motorradrennen zu sehen und Dosenbier zu trinken, das sie aus dem Supermarkt gestohlen hatten. „Was halten Sie von der Tochter?"

Becca dachte einen Moment lang nach. „Das ist schwer zu sagen, wenn jemand in einem so emotionalen Zustand ist, aber im Großen und Ganzen fand ich sie wortgewandt und sympathisch."

„Nicht nur selbstverliebt und oberflächlich?"

„Ich versuche, keine Vorurteile gegenüber Zeugen zu haben", sagte Becca.

Er warf ihr einen amüsierten Blick zu. Er hatte sie gebeten, die Befragung zu leiten, weil seiner Erfahrung nach weibliche Zeugen besser auf weibliche Detectives reagierten. Und er hatte recht gehabt. Scarlett hatte sich unter Beccas sanften Fragen geöffnet, während sie wahrscheinlich weniger mitteilsam gewesen wäre, wenn er sie selbst verhört hätte. Seiner Erfahrung nach gab es zwei Arten von Detectives. Diejenigen, die schmeichelten, und die, die einschüchterten. Jetzt wusste er, zu welcher Sorte Becca gehörte.

„In Ordnung." Er hielt an einer Ampel an, legte den Leerlauf ein und zog die Handbremse an. „Fanden Sie nicht, dass sie ein bisschen übertrieben hat?"

Becca drehte sich in ihrem Sitz, um ihn anzusehen. „Ganz und gar nicht. Das arme Mädchen hatte gerade den Mann verloren, den sie heiraten wollte. Natürlich war sie aufgewühlt. Sie wird eine Menge Unterstützung brauchen, um darüber hinwegzukommen. Und nur weil Sie und Darren Jubb eine Art alten Groll hegen, heißt das noch lange nicht, dass Sie das Schlimmste von allen Mitgliedern der Familie Jubb denken müssen. Vielleicht sollten Sie mal darüber nachdenken, ob Sie selbst Vorurteile gegenüber Zeugen haben, Raven."

Raven mochte es, wenn jüngere Beamte ihm die Stirn boten. Er hasste die schüchterne Unterwürfigkeit, die seine jüngeren Kollegen oft an den Tag legten. Oder schlimmer noch, den lebensmüden Zynismus, den allzu viele ältere Beamte wie einen Schutzpanzer vor sich hertrugen. Becca hatte mit einer Leidenschaft gesprochen, die zeigte, wie sehr ihr die Arbeit am Herzen lag, und er ließ ihre Worte einen Moment lang auf sich wirken und hatte das Gefühl, in die Schranken gewiesen worden zu sein. Natürlich hatte sie recht. Scarlett war nur eine junge Frau, kaum der Pubertät entwachsen. Nichts in ihrer privilegierten Erziehung hätte sie auf einen Schock wie diesen vorbereiten können.

Die Ampel schaltete um und sie fuhren schweigend weiter.

Nach einer kurzen Weile sagte Becca: „Es tut mir leid, das mit Ihrem Vater."

Es klang, als wollte sie ihren vorherigen Ausbruch wieder gutmachen. „Danke", sagte er und quittierte ihr Mitgefühl mit einem Nicken. „Aber wir hatten seit über dreißig Jahren nicht mehr miteinander gesprochen, also kein großer Verlust."

„Trotzdem", sagte sie. „Man hat nur eine Familie."

Er setzte sie vor dem Revier ab und gab ihr die Anweisung, Darrens Alibis zu überprüfen und Patricks Anruflisten zu beschaffen. Außerdem sollte sie so viel wie möglich über das Opfer herausfinden, da sie nun eine eindeutige Identifizierung hatten.

„Ich kümmere mich sofort darum. Und Sie?"

„Bin auf dem Weg in die Pathologie. Ich treffe die Eltern dort, wenn sie zur Identifizierung der Leiche hergebracht werden."

Sie warf ihm einen mitfühlenden Blick zu. Trauernde Eltern zu treffen, gehörte zu den schwierigsten Aspekten des Jobs. Aber als ranghöchster Beamter wusste Raven, dass er diese Aufgabe nicht auf jemand anderen abwälzen konnte. Er blinkte rechts und bog ab, um sich in den Verkehr einzufädeln.

KAPITEL 9

Gordon und Janet Lofthouse schienen Anfang sechzig zu sein. Er war ein breitschultriger, schwerfälliger Mann mit Händen wie große Scheiben gekochten Schinkens. Ein Kranz aus grobem grauem Haar umrundete die kahle Stelle in der Mitte seines Kopfes. Seine Frau, zierlich und gepflegt, mit kurzem, praktischem, kastanienbraunem Haar, war selbst in hohen Schuhen einen ganzen Kopf kleiner als ihr Mann. Mit ledrigen Fingern umklammerte sie seinen Arm. Aus ihrem Alter schloss Raven, dass Patrick ein Spätgeborener gewesen sein musste. Vielleicht hatte das Paar spät geheiratet, oder Patrick war eine Überraschung gewesen, nachdem sie die Hoffnung auf ein Kind aufgegeben hatten. Ein solches Kind konnte manchmal zum Objekt elterlicher Überfürsorge werden. Raven erinnerte sich daran, wie Darren Jubb Scarlett als seine „Prinzessin" bezeichnet hatte. Vielleicht hatten Patrick Lofthouse und Scarlett Jubb wirklich gut zueinander gepasst.

Raven hielt sich diskret im Hintergrund, als der Mitarbeiter der Gerichtsmedizin das weiße Laken, das den Leichnam auf der Bahre bedeckte, zurückschlug. Er wollte den Moment, in dem die Eltern ihren toten Sohn zum ersten Mal sahen, nicht stören. Die Familienkontaktbeamtin, eine kompetent wirkende Frau, die sich als PC Sharon Jarvis vorgestellt hatte, wartete im Flur.

Gordon Lofthouse tätschelte die Hand seiner Frau und nickte dem Pathologie-Assistenten zu, der das weiße Laken zurückschlug und beiseitetrat. Für einen Moment schien die Zeit stillzustehen. Dann erfüllte das unverkennbare Wehklagen einer trauernden Mutter den Raum. Raven wandte sich ab, während Gordon Lofthouse vergeblich versuchte, seine Frau zu trösten und zu beruhigen. Das war Beweis genug, dass es sich bei der an den Strand gespülten Leiche um Patrick Lofthouse handelte.

Leise verließ er den Raum und wartete mit der Kontaktbeamtin im Flur. Sie griff in eine Tasche und bot ihm eine Schachtel Zigaretten an. „Eine Zigarette, Sir?"

Raven schüttelte den Kopf. „Nein, danke. Ich rauche nicht."

Sie schob die Schachtel zurück in ihre Jacke. „Ich auch nicht. Zumindest rede ich mir das immer wieder ein."

Raven lächelte. Das war eine weitere Sache, die er schon lange nicht mehr getan hatte – eine Zigarette rauchen. Als Teenager hatte er geraucht, angestachelt von Darren Jubb. Und natürlich während seiner Zeit in der Armee – wer hatte das nicht? Aber seitdem nicht mehr. Er hatte aufgehört, als er zur Polizei ging. Was ihn zu einer Art Sonderling machte. Eigentlich sollte es ja umgekehrt sein.

Die Tür öffnete sich, Gordon Lofthouse trat heraus und führte seine Frau vor sich her. Ihr erster heftiger Traueranfall hatte sich gelegt, und sie tupfte sich die Augen mit einem spitzenbesetzten Taschentuch ab. Aber ihre Augen waren immer noch blutunterlaufen, und ihre Schultern zitterten leicht, während sie sich sanftmütig wie ein Lamm aus dem Raum führen ließ. Hinter ihnen legte der Mitarbeiter der Gerichtsmedizin das weiße Laken über den Leichnam.

Raven nickte ihnen mitfühlend zu. „Ich weiß, dass dies eine schwere Zeit für Sie beide ist, aber wenn Sie sich dazu in der Lage fühlen, würde es den Ermittlungen sehr helfen, wenn Sie uns ein paar Fragen beantworten könnten."

„Natürlich, Inspector", sagte Gordon. „Wir werden alles tun, was wir können, um zu helfen."

„Da drüben ist ein Raum, den wir nutzen können", sagte die Familienkontaktbeamtin freundlich, aber sachlich. Sie führte sie in einen kleinen Raum mit zusammengewürfelten orthopädischen Stühlen, die um einen niedrigen Tisch gruppiert waren. Raven hielt sich im Hintergrund, während sie sich um die Eltern kümmerte, sich vergewisserte, dass sie es bequem hatten, und fragte, ob sie etwas brauchten.

„Eine Tasse Tee", sagte Janet.

„Ich bringe welchen."

Raven wartete geduldig, bis sie mit drei Pappbechern zurückkam, die mit heißer, blassbrauner Flüssigkeit gefüllt waren, zweifellos das Beste, das sie dank des National Health Service auftreiben konnte. Sie stellte die Becher auf den Tisch und gab den Lofthouses und Raven je einen.

„Danke, Liebes", sagte Janet und drückte ihre Hand. „Sie waren sehr freundlich."

Es war eine Geste, die Raven schon oft beobachtet hatte – das Bedürfnis von Menschen in Not, für jede kleine Freundlichkeit übermäßig dankbar zu sein.

„Es würde mir helfen", sagte er sanft, „wenn Sie mir ein wenig über Patrick erzählen könnten."

„Er war ein guter Junge", sagte Janet.

„Da bin ich mir sicher, Mrs. Lofthouse. Können Sie mir sagen, wie alt er war?"

„Dreiundzwanzig."

„Und war er Ihr einziges Kind?"

„Ja", sagte Janet mit bebenden Lippen. Raven konnte sehen, dass sie kurz davor war, wieder in Tränen auszubrechen. Er versuchte sich vorzustellen, wie er sich fühlen würde, wenn seine eigene Tochter auf der Bahre im

Nebenzimmer läge. Hannah. Gerade einmal zwanzig Jahre alt. Trotz all der Leichen, die er im Laufe seiner Karriere gesehen hatte, konnte er sich einfach nicht vorstellen, wie sie da kalt und leblos lag. Kein Elternteil konnte das. Bis es passierte.

„Ich habe gehört, Sie haben ein Autohaus in Scarborough", sagte er zu Gordon.

Gordon richtete sich ein wenig auf und schob seine breite Brust vor. „Ich besitze eine *Gruppe* von Autohäusern, Inspector. Lofthouse Cars. Wir sind eine der größten in North Yorkshire."

„Ich verstehe. Und Patrick hat mit Ihnen im Geschäft gearbeitet?"

„Ja. Ich habe ihn darauf vorbereitet, meine Nachfolge anzutreten, wenn ich in den Ruhestand gehe."

Als Scarlett Jubb davon gesprochen hatte, dass Patrick in einem Autohaus arbeitete, hatte sie eindeutig untertrieben, was die Größe des Geschäftsimperiums ihrer zukünftigen Schwiegereltern betraf. Vielleicht interessierte sie sich auch einfach nicht für solche Themen. Sie war zu sehr darauf konzentriert, ihre eigene Online-Karriere aufzubauen.

„Das Geschäft läuft gut?", fragte Raven.

Gordons Nasenflügel blähten sich. „Wie gesagt, ist Lofthouse Cars eines der größten Autohäuser in der Region."

„Und Patrick wollte es übernehmen?"

Gordon grunzte. „Es war eine große Chance für ihn. Ein Geschenk. Die meisten Söhne hätten die Gelegenheit mit beiden Händen ergriffen."

„Aber nicht Patrick?"

„Er war jung", sagte Janet, sowohl zu ihrem Mann als auch zu Raven. „Ich habe immer gesagt, er ist jung, er wird es mit der Zeit zu schätzen wissen, aber nun …" Sie seufzte schwer, als ob sie sich vorstellte, was hätte sein können und nun niemals sein würde.

Gordons Miene wurde hart. „Patrick hatte den Kopf ständig in den Wolken. Ein Träumer durch und durch.

Leicht ablenkbar. Das lag auch an seiner Freundin."

Freundin, bemerkte Raven. „Sie meinen Scarlett Jubb, seine Verlobte?"

„Verlobte, ja. Das habe ich gemeint." Sein finsterer Blick wurde noch düsterer. „Dieses *Mädchen* ... diese *Familie* ... "

Janet schüttelte den Kopf. „Bitte, Gordon, nicht jetzt ..."

Aber Gordon Lofthouse hatte nicht die Absicht, seine Meinung für sich zu behalten. „Ich habe gesagt, dass diese Leute Patrick nichts Gutes bringen würden. Ich habe immer gewusst, dass so etwas passieren würde."

Raven starrte ihn fragend an. „Sie wussten, dass Patrick getötet werden würde?"

„Nicht *getötet*", brummte Gordon. „Aber etwas ... *Schlimmes*. Die Familie hat nur Ärger gebracht. Ich weiß nicht, was Patrick in ihr gesehen hat. Ich sagte ihm, er solle sie fallen lassen. Aber er wollte nicht. Er konnte ein Sturkopf sein, wenn er wollte."

Raven musste nicht lange suchen, um herauszufinden, woher dieser Charakterzug stammte. Er wartete, bis Gordon sich beruhigt hatte, bevor er seine nächste Frage stellte. „Hat Patrick zu Hause gewohnt?"

„Ja", sagte Janet. „Zumindest, wenn er nicht bei Scarlett war."

„Wann haben Sie ihn das letzte Mal gesehen?"

„Er kam am Samstagmorgen nach Hause, um frische Wäsche zu holen."

Eindeutig verwöhnt, dachte Raven. „Und wann hatten Sie erwartet, ihn wiederzusehen?"

„Ich weiß nicht", sagte Janet. „Patrick hat uns nie wirklich gesagt, wann er kommt und geht."

Gordons Miene verfinsterte sich wieder. „Er hat meine Frau als selbstverständlich angesehen, ist einfach rein- und rausspaziert und hat erwartet, dass sie seine Wäsche wäscht."

„Gordon, es hat mir nichts ausgemacht", sagte Janet.

„Nun, mir schon", erwiderte Gordon. „Und bei der

Arbeit war er genauso. Unzuverlässig. Es war dieses *Mädchen*! Er hat immer alles stehen und liegen lassen, um zu *ihr* zu rennen! Er war wie besessen."

„Gab es einen bestimmten Grund, warum Sie nicht wollten, dass er Scarlett Jubb heiratet?"

Gordon kniff die Augen zusammen. „Der Name sagt doch schon alles, meinen Sie nicht auch? Kennen Sie die Familie Jubb, Inspector?"

„Ich kenne ihren Ruf", antwortete Raven zurückhaltend.

Gordon nickte zufrieden. „Dann wissen Sie ja Bescheid. Das ist ein übler Haufen, und ich habe Patrick gesagt, dass nichts Gutes dabei rauskommen kann, wenn er sich mit denen einlässt. Wir haben versucht, ihn zu überzeugen, aber er wollte einfach nicht hören. Wenn Sie ein Kind hätten, Inspector, würden Sie wollen, dass es einen Jubb heiratet?"

Raven ging nicht auf die Frage ein und entschied, das Gespräch in eine andere Richtung zu lenken. „Scarlett Jubb hat uns erzählt, dass Patrick am Sonntag nach Redcar gefahren ist, um einen Freund namens Shane Denton zu treffen. Kennen Sie Shane?"

„Hm", sagte Gordon. „Noch so ein schlechter Einfluss. Er hat vor ein paar Jahren für uns gearbeitet, aber ich musste ihn rausschmeißen."

„Warum?"

„Drogen", sagte Gordon in einem Tonfall, der seine Missbilligung mehr als deutlich machte. „So etwas können wir nicht dulden. Wir sind ein angesehenes Familienunternehmen. Wir haben einen guten Ruf in der Gemeinde. Außerdem hat er Bargeld gestohlen. Ich hatte keine andere Wahl, als ihn rauszuwerfen."

„Aber Patrick und Shane wurden Freunde?"

„Wenn Patrick einen Fehler hatte, Inspector", sagte Janet, „dann war es, dass er anderen zu sehr vertraute. Wir haben ihm gesagt, dass Shane nicht gut für ihn ist, aber er wollte nicht hören. Er sagte, Shane sei missverstanden worden."

„Missverstanden!", schnaubte Gordon. „Er wurde nur allzu gut verstanden!" Er wandte sich an Raven. „Aber wenn Sie glauben, dass Shane Denton etwas mit dem Tod meines Sohnes zu tun hatte, dann irren Sie sich. Sehen Sie sich die Familie Jubb an, wenn Sie herausfinden wollen, wer dafür verantwortlich ist! Sehen Sie sich den Vater an!" Seine Stimme brach und eine einzelne Träne lief ihm über die Wange. Ungeduldig wischte er sie weg.

„Wollen Sie damit andeuten", sagte Raven, „dass Darren Jubb hinter dem Mord an Ihrem Sohn steckt?"

„Ich deute es nicht an", stieß Gordon hervor. „Ich weiß es. Ich kann es nur nicht beweisen."

*

Der Händedruck der Pathologin war so kalt und hart wie die Oberfläche eines Obduktionstisches. Sie war eine große, kantige Frau in OP-Kleidung und betrachtete Raven mit einem Blick, den sie auch auf eine ihrer Leichen hätte werfen können. „Dr. Felicity Wainwright, leitende Pathologin."

„DCI Raven."

Sie ließ seine Hand los und widmete sich wieder ihrer Arbeit, schob eine Glasplatte unter ein Mikroskop. „Ich werde heute Nachmittag die Obduktion Ihres Mordopfers durchführen", erklärte sie ihm. „Aber ich nehme an, Sie sind in der Hoffnung hergekommen, schon jetzt Antworten zu erhalten. Nun, ich fürchte, da sind Sie zu früh dran."

„Ich wollte mich nur vorstellen, wenn ich schon mal hier bin", sagte Raven und hatte das Gefühl, auf dem falschen Fuß erwischt worden zu sein. Er wusste, dass es keinen Sinn hatte, Pathologen unter Druck zu setzen, bevor sie bereit waren, ihre Ergebnisse zu teilen.

Sie drehte sich um und sah ihn erneut an. „Ja, Sie sind neu, nicht wahr?"

„Ich bin von der Met abgeordnet. Das ist mein erster Fall in Scarborough."

„Bleiben Sie länger?", erkundigte sie sich.

Er war sich nicht sicher, ob sie damit Scarborough oder ihr Labor meinte. „Zumindest bis dieser Fall abgeschlossen ist", sagte er.

„Hm", murmelte sie und wandte sich wieder dem Mikroskop zu. „Nun, ich will Sie nicht aufhalten."

Raven blieb an der Tür des gekühlten Raums stehen. Leuchtstoffröhren tauchten die weißen Wände und Edelstahl-Arbeitsflächen in ein kaltes, gleichmäßiges Licht, das ihm eine Gänsehaut über den Rücken jagte. Er hasste Labore und Pathologien, aber seiner Erfahrung nach zahlte es sich immer aus, ein gutes Verhältnis zu den forensischen und medizinischen Mitarbeitern dort zu pflegen. Oft waren sie es, die ihm halfen, den Mörder zu fassen. Er würde die Lorbeeren dafür einheimsen, aber sie verdienten mehr Anerkennung. Dr. Wainwright war die erste Pathologin, mit der er das Vergnügen hatte, zusammenzuarbeiten. Bis jetzt hatte sich das Vergnügen in Grenzen gehalten.

„Hören Sie", sagte er, „ich glaube, wir sind vielleicht auf dem falschen Fuß gestartet."

Sie blickte auf, sichtlich irritiert über seine anhaltende Anwesenheit. „Glauben Sie das?"

„Ja, und ich möchte mich dafür entschuldigen, dass ich hier unangemeldet hereingeplatzt bin."

„Nun, ich habe wirklich Arbeit zu erledigen ..."

„Und ich möchte nicht noch mehr Ihrer Zeit in Anspruch nehmen", sagte Raven.

Dr. Wainwright wandte sich vom Mikroskop ab und richtete sich zu ihrer vollen Größe auf. „Aber Sie haben ein paar Fragen, auf die Sie dringend Antworten brauchen?"

„Nun ... ja", sagte er, dankbar für ihr Verständnis. „Um ehrlich zu sein, die habe ich."

„Todeszeitpunkt?", schlug sie vor.

Er schenkte ihr ein zaghaftes Lächeln. „Das wäre ein guter Anfang."

„Habe ich noch nicht", sagte sie scharf. „Nächste

Frage?"

Raven biss die Zähne zusammen. „Vielleicht könnten Sie mir sagen, wie lange das Opfer im Wasser war?"

„Nach einer ersten Schätzung würde ich sagen, ein paar Stunden, höchstens einen Tag."

„Das passt zu dem, was wir bereits wissen", sagte Raven.

„Dann frage ich mich, warum Sie mich so dringend fragen mussten." Dr. Wainwright verschränkte die Arme vor der schmalen Brust. „Es ist doch üblich, in solchen Fällen drei Fragen zu stellen, nicht wahr? Möchten Sie wissen, ob es die Kugel war, die ihn getötet hat, oder ob die Todesursache eine andere war?"

„Das wäre sehr hilfreich."

Dr. Wainwright schüttelte den Kopf. „Das kann ich zum jetzigen Zeitpunkt unmöglich sagen. Vielleicht möchten Sie ja zur eigentlichen Obduktion wiederkommen, dann wird sich alles klären."

„Und wann genau wird die stattfinden?"

„Ich beginne um Punkt zwei Uhr". Sie sah ihn erwartungsvoll an. „Werde ich das Vergnügen Ihrer Gesellschaft haben?"

Raven spürte, dass sie ihn auf die Probe stellen wollte, und dass sie hoffte, er würde nicht bestehen. Er schaute auf seine Uhr. „Leider habe ich um diese Zeit einen Termin."

Sie sah ihn triumphierend an.

„Ich schicke stattdessen meinen Sergeant", sagte er und hoffte, Becca würde nichts dagegen haben. „Ihr Name ist DS Shawcross."

„Becca? Ausgezeichnet. Ich freue mich darauf, sie zu sehen. Und jetzt muss ich Sie wirklich bitten zu gehen."

Raven ließ sich nicht zweimal bitten. Er verließ die eisige Umgebung der Pathologie und kehrte in den einladenden Schoß seines Autos zurück.

KAPITEL 10

Der Fünf-Liter-Motor des M6 heulte auf, als Raven das Gaspedal durchtrat und sich die Nadel des Drehzahlmessers auf dem Zifferblatt drehte. Ein Tempolimit-Schild flog vorbei, kaum mehr als ein verschwommener Fleck im Seitenspiegel. In London, wo hinter jeder Kurve eine Radarfalle lauerte, wäre eine solche Fahrt unmöglich gewesen. Raven fragte sich, warum er so lange gebraucht hatte, um von der Hauptstadt in den Norden zu kommen.

An einem schönen Tag konnte die Aussicht über die North York Moors atemberaubend sein, mit kilometerlangen violetten Heidefeldern unter strahlend blauem Himmel. Aber solche Tage waren selten. Heute war vom Meer her Nebel aufgezogen, der die Landschaft in einen dünnen Grauschleier hüllte. Je weiter er die Küste hinauffuhr, desto dichter wurde der Nebel, und Raven drosselte das Tempo auf bescheidene fünfzig Meilen pro Stunde. Er erinnerte sich an Oscar Wildes Worte: „Ich möchte in England nichts ändern, außer dem Wetter." Oder anders ausgedrückt: Im Norden konnte das Wetter wirklich beschissen sein. Vielleicht war er deshalb so lange in London geblieben.

Während der Fahrt ließ er Revue passieren, was er bisher über das Opfer erfahren hatte. Patrick Lofthouse hatte sich anscheinend mit Leuten umgeben, die seine Eltern missbilligten – wie Scarlett Jubb und Shane Denton. Er hatte sie auch enttäuscht, weil er wenig Begeisterung für die Übernahme des Familienunternehmens gezeigt hatte. Aber wie viele Kinder wollten schon in die Fußstapfen ihrer Eltern treten? Ethan Jubb mochte ganz der Sohn seines verdorbenen Vaters sein, aber Scarlett ging ihren eigenen Weg.

Patrick war also ein Rebell, und Raven begann, ihn zu mögen.

Das Wetter wurde nicht besser, je weiter er nach Norden kam. Als er die Stadtgrenze von Redcar erreichte, verbargen Regen und Wolken den postindustriellen Charme des Ortes hinter einem grauen Schleier.

Er drehte die Musik lauter, um das Trommeln der Regentropfen auf der Windschutzscheibe zu übertönen. Gothic-Rock aus den späten Achtzigern. Der Soundtrack seines Lebens. In guten wie in schlechten Zeiten hatten ihn die schweren Bassgitarren und die düsteren, dröhnenden Texte begleitet. Er hatte Lisa in den Wahnsinn getrieben. Hannahs Stimme hallte in seinem Kopf wider. *Du bist ein Dinosaurier, Dad. Ein Relikt aus der Vergangenheit.* Er lächelte. *Schuldig im Sinne der Anklage.* Er hatte nie versucht, es zu leugnen.

Shane Dentons Adresse führte ihn zu einem Wohnwagenpark am nordöstlichen Stadtrand von Redcar. Als er auf den Platz fuhr, erinnerte er sich an einen der wenigen Familienurlaube seiner Kindheit: zwei Wochen mit seinen Großeltern mütterlicherseits in einem Wohnwagen in Berwick-upon-Tweed. Sein Vater hatte nie viel von Urlaub gehalten, und im Sommer konnte seine Mutter als Zimmermädchen im Grand Hotel keinen Urlaub nehmen, und so war er in jenem Jahr – er musste so elf, zwölf gewesen sein – mit einer Reisetasche voll frisch gewaschener Kleidung, die ihm seine Mutter mitgegeben hatte, und einer Warnung seines Vaters, sich von Ärger fernzuhalten oder die Konsequenzen zu tragen, nach Berwick geschickt worden. Er hatte keine großen Erwartungen an den Urlaub gehabt und sich darüber geärgert, dass er zu seinen Großeltern abgeschoben wurde, die ihm alt und gebrechlich vorkamen. Tatsächlich war der Urlaub besser verlaufen, als er es sich erhofft hatte. Während seine Großeltern auf Klappstühlen vor ihrem Wohnwagen saßen und mit den Passanten plauderten, die alle Stammgäste des Parks zu sein schienen, hatte Raven die raue Küste von Northumberland erkundet. An einem wolkenlosen Tag hatte er den Bus in Richtung Süden genommen, war dann über den Damm nach Holy Island gelaufen und hatte es gerade noch rechtzeitig zurück aufs Festland geschafft, bevor er von der Flut abgeschnitten wurde. Er hatte sich darauf gefreut, im nächsten Sommer wieder dorthin zu fahren, aber dann hatte sein Großvater einen Schlaganfall erlitten und ständige Pflege gebraucht. Es hatte keine weiteren Urlaube gegeben. Stattdessen war er gelangweilt in Scarborough geblieben. Damals hatte er Darren kennengelernt, als sie zusammen in den Spielhallen herumhingen. Und man sah ja, wohin das geführt hatte.

Er parkte den BMW in der Nähe des Parkeingangs und schlug den Kragen seines Mantels hoch, bevor er in den Regen trat, der jetzt in Strömen herunterprasselte. Es war schwer vorstellbar, dass hier jemand freiwillig Urlaub machen wollte, selbst in der Hochsaison. Der Park lag nicht einmal in Sichtweite des Meeres, sondern direkt hinter einer Wohnsiedlung, und in der Ferne war das alte Stahlwerk zu sehen.

Er stapfte an den Wohnwagenreihen entlang und hielt Ausschau nach Shane. Einige Wohnwagen hatten verwelkte Blumenampeln vor der Tür, ein verzweifelter Versuch, die trostlose Umgebung zu verschönern. Viele der Wohnwagen hatten sogar Satellitenschüsseln. Raven fragte sich, wie viele davon wohl dauerhaft bewohnt waren.

Am Ende einer Reihe, mit Blick auf die Rückseite von Reihenhäusern, wurde er schließlich fündig. Der Regen trommelte auf das Blechdach, der Boden unter ihm hatte sich bereits in Schlamm verwandelt. Er klopfte an die Tür. Keine Reaktion. Er spähte durch das schmutzige Fenster. Drinnen befand sich ein Durcheinander aus leeren Pizzakartons, ungewaschener Kleidung und zerknüllten Bierdosen. Keine Spur von Shane Denton.

Er wollte gerade bei einem der Nachbarn klopfen, als ein junger Mann in Jeansjacke und mit wirr in die Stirn fallenden Haaren um die Ecke bog, in jeder Hand eine Tesco-Tragetasche.

„Shane Denton?" Raven griff in seine Brusttasche, um seinen Dienstausweis hervorzuholen.

Aber Denton hatte offensichtlich andere Pläne, als sich seinen Ausweis anzusehen. Er ließ beide Taschen fallen, verteilte Chips, Kekse, Schokoriegel und Softdrinks auf dem Rasen, machte auf dem Absatz kehrt und rannte davon.

Verdammt, dachte Raven und nahm die Verfolgung auf. Denton sah nicht gerade wie ein Athlet aus – sein Körperbau entsprach dem, was man bei einer Ernährung mit Fertiggerichten erwarten würde –, aber er hatte mehr als zwanzig Jahre Altersvorteil und verschwand mit erstaunlicher Geschwindigkeit in dem Labyrinth aus Wohnwagen.

Raven erhaschte einen Blick auf eine durchnässte Jeansjacke, die um die Ecke verschwand, und beeilte sich, ihn einzuholen. Aber das Gras war von zu vielen Füßen abgetreten, und der Regen verwandelte den Boden schnell in einen Sumpf. Da half es auch nichts, dass er einen Anzug und schicke Schuhe trug. Als er auf dem glitschigen Schlamm ausrutschte, spürte er, wie seine alte Verletzung bei der ungewohnten Anstrengung protestierte und ein stechender Schmerz durch seinen rechten Oberschenkel zuckte. *Nicht jetzt*, dachte er und biss die Zähne zusammen. Er lief weiter.

Denton hatte inzwischen fast fünfzig Meter Vorsprung.

Er steuerte direkt auf den Rand des Wohnwagenparks zu. Erstaunlich flink für jemanden, der so viel Übergewicht um die Hüften trug, sprang er über eine niedrige Betonmauer und verschwand außer Sicht. Als Raven kurz darauf die Mauer erreichte, spähte er hinüber und sah Denton eine grasbewachsene Böschung hinuntersprinten, direkt auf die Bahngleise des Tees Valley zu. Ein herannahender Zug rumpelte über die Schienen.

Raven hievte sich über die Mauer. „Halt!", schrie er.

Aber Denton zögerte nicht. Mit einem waghalsigen Satz sprang er über die Schienen, direkt vor der Lokomotive.

Ein Schmerz durchzuckte Ravens Bein, als er auf der anderen Seite der Mauer landete, aber er zwang sich, weiterzulaufen.

Der aus zwei Waggons bestehende Zug der Northern Line hupte, aber Denton sprang über die Gleise, kurz bevor der Zug vorbeiratterte. Raven sah den erschrockenen Gesichtsausdruck des Lokführers, der sich wohl fragte, was dieser Verrückte vorhatte. Raven fragte sich das Gleiche. Warum verhielt sich Denton so leichtsinnig, wenn er nichts Schlimmes zu verbergen hatte?

Als der Zug weg war, überquerte Raven vorsichtig die Gleise und sah sich nach Denton um. Er war verschwunden.

Dann entdeckte er ihn, wie er sich im Windschatten eines vom Sturm gezeichneten Baumes zusammenkauerte. Dentons Blick traf seinen und er setzte sich wieder in Bewegung. Raven rannte hinter ihm her, Wind und Regen peitschten ihm das nasse Haar ins Gesicht. Doch schon bald stand der Junge vor einem langen, schmalen Wasserstreifen, unschlüssig, welchen Weg er einschlagen sollte. Links oder rechts, im Grunde gab es keinen Ausweg.

„Ich will nur mit dir reden", rief Raven durch den Regen, doch Denton dachte gar nicht daran. Er sprintete nach links, und Raven stapfte fluchend hinterher, während seine Schuhe im schmatzenden Schlamm versanken.

Denton war immer noch vor ihm, aber er hatte zu kämpfen, da der Boden immer rutschiger wurde. Raven hörte einen Schrei und ein Platschen und plötzlich lag der Junge im Wasser.

Raven ging vorsichtig den Hang hinunter zum überfluteten Graben und streckte eine Hand aus. „Komm schon. Sei kein Narr. Nimm meine Hand."

Denton strampelte noch eine Weile in der grünlichen Brühe. Doch dann ließ sein Widerstand nach. Er streckte die Hand aus, Raven packte ihn am Arm und zog ihn heraus. Er zog den Jungen sicher an das schlammige Ufer und zeigte ihm schließlich seinen Dienstausweis. „Du hättest es uns beiden viel leichter machen können, Junge", sagte er.

KAPITEL 11

„Also", sagte Dr. Felicity Wainwright, streifte ihre OP-Handschuhe ab, rollte sie zu einem festen Ball zusammen und warf sie in den Mülleimer für klinische Abfälle, „wie ich sehe, gibt es einen neuen DCI in der Stadt."

Die Obduktion war routinemäßig verlaufen und hatte keine wirklichen Überraschungen ergeben. Patrick Lofthouse war bereits tot gewesen, bevor er ins Wasser gelangte, getötet durch einen einzigen Schuss, der sein Herz durchbohrt hatte. Felicity hatte das Projektil sichergestellt und würde es nun zur ballistischen Untersuchung schicken. Außerdem mussten die Ergebnisse der toxikologischen Tests abgewartet werden, um festzustellen, ob Patrick vor seiner Ermordung Drogen oder Alkohol konsumiert hatte. Felicity hatte den Todeszeitpunkt, unter den gegebenen Umständen etwas ungenau, auf einen Zeitraum zwischen vier Uhr nachmittags und Mitternacht am Sonntag eingegrenzt, also ein Zeitfenster von acht Stunden.

Becca war nicht sonderlich begeistert gewesen, als Raven sie gebeten hatte, an seiner Stelle an der Obduktion teilzunehmen, und es anscheinend für selbstverständlich hielt, dass sie nichts dagegen einzuwenden hatte. Warum gingen die Leute immer davon aus, dass sie kein Problem mit Krankenhäusern hatte? Aber sie hatte nicht ablehnen können, nicht, solange sie und ihr neuer Chef sich noch abtasteten. Sie hätte ihn nicht für einen zimperlichen Typ gehalten, aber man konnte sich ja auch täuschen.

„Du hast also Raven kennengelernt?", fragte sie. Dr. Wainwright war nicht gerade dafür bekannt, ihre Meinung hinterm Berg zu halten, und Becca war neugierig auf ihren ersten Eindruck von ihrem neuen Chef.

„Er ist heute Morgen unter dem Vorwand vorbeigekommen, sich vorzustellen", sagte Felicity.

„Glaubst du, er hatte andere Absichten?"

„Macho-Gehabe."

„Meinst du?"

„Natürlich. Er wollte von Anfang an klarstellen, wer das Sagen hat. Ich kenne solche Typen nur zu gut. Nach außen charmant, aber im Inneren ein Tyrann. Falls er dachte, er könnte mich für sich gewinnen, dann ist er wohl enttäuscht wieder abgezogen."

Felicity konnte ziemlich unversöhnlich sein, wenn es um Männer ging, das hatte Becca schon früher bemerkt.

„Er konnte seine Überraschung allerdings nicht verbergen, als er entdeckte, dass ich eine Frau bin", fügte Felicity in einem fast triumphierenden Ton hinzu.

„Wenigstens bewegt er etwas", sagte Becca, die das Bedürfnis verspürte, ihren neuen Chef zu verteidigen. „Im Gegensatz zu gewissen anderen."

„Ich nehme an, du meinst DI Derek Dinsdale?"

Volltreffer! „Dinsdale hatte ursprünglich die Leitung des Falls", sagte Becca, „aber Superintendent Ellis hat ihn in dem Moment rausgeschmissen, als DCI Raven auftauchte."

Felicity verzog die Lippen zu einem schmalen Lächeln. „Ich wette, das kam gut an." Die Pathologin hatte nie einen Hehl aus ihrer Geringschätzung für Derek Dinsdale gemacht. Und um fair zu sein, hatte er seinerseits auch nie wirklich Anerkennung für die Arbeit der Gerichtsmediziner oder Forensiker gezeigt. Dinsdale zog es vor, deren Ruhm für sich zu beanspruchen.

„Er schleicht im Büro herum wie ein verwundeter Bär", sagte Becca. „Ich wünschte, die Super würde ihm eine andere Aufgabe geben. Oder ihn endlich in Rente schicken."

„Rente ist zu gut für ihn", sagte Felicity düster. „Ich würde ihn lieber auf meinem Tisch sehen. Dann könnte ich ihn ordentlich auseinandernehmen, bevor er unter die Erde kommt."

Becca wandte sich ab. Manchmal ging Felicitys rabenschwarzer Humor für ihren Geschmack etwas zu weit.

„Aber mal im Ernst", sagte Felicity, „Dieser Fall weist einige Parallelen zu einem anderen auf, der ein paar Jahre zurückliegt. War Dinsdale damals nicht auch der leitende Ermittler?"

„Du hast ein gutes Gedächtnis", sagte Becca.

„Ich vergesse nie eine Leiche." Felicity tippte sich an die Schläfe. „Schon gar nicht eine, die erschossen und dann ins Meer geworfen wurde."

„Das ist ein ziemlicher Zufall, nicht wahr?", sagte Becca.

„Nachahmungstäter?", schlug Felicity vor. „Oder hat Dinsdale den Falschen hinter Gitter gebracht?"

„Ich weiß es nicht", sagte Becca.

„Aber du glaubst, dein neuer Chef ist der Ritter in glänzender Rüstung, der die Wahrheit herausfindet?"

„Wir werden sehen", sagte Becca. „Aber wenn jemand die Dinge aufrütteln und der Sache auf den Grund gehen kann, dann ist es DCI Tom Raven."

★

Der Shane Denton, der Raven nun im Verhörraum des Polizeireviers von Scarborough gegenüber saß, war ein weitaus ruhigerer Charakter als der, der noch vor wenigen

Stunden sein Leben riskiert hatte und vor den 14:35 Uhr-Zug von Redcar Central nach Middlesbrough gelaufen war. Ein eiskaltes Bad in einem schlammigen Graben hatte ihn einsam und elend zurückgelassen.

Die Nachricht von Patricks Tod schien ihn völlig geschockt zu haben, aber Raven war von seinen Unschuldsbeteuerungen nicht überzeugt. Warum war er weggelaufen, wenn er nichts zu verbergen hatte? Vielleicht lag es auch an dem, was sie in seinem Wohnwagen gefunden hatten. Eine oberflächliche Durchsuchung hatte einen Vorrat an Cannabis und Kokain zutage gefördert, notdürftig versteckt zwischen den Trümmern eines chaotischen, ziellosen Lebens. Raven würde ihn zumindest wegen Drogenbesitzes anklagen. Und da Shane bereits wegen Drogendelikten vorbestraft war, sah es nicht gut für ihn aus.

Auf sein Recht auf einen Anwalt hatte er bereits verzichtet. „Wozu denn?", hatte er klagend gefragt. „Meine Oma sagt, Anwälte sind eh alles Gauner. Außerdem haben sie mir das letzte Mal auch nix genützt, oder?" Raven konnte dem nicht widersprechen.

Jetzt saß er mit hängenden Schultern, aschfahlem Gesicht und zitternd vor ihm, eine Tasse heißen Tee in der Hand, und seine Augen huschten nervös durch das kahle Innere des Verhörraums.

Raven beschloss, gleich zur Sache zu kommen. „Sie haben vor vier Jahren für Patrick Lofthouses Vater, Gordon Lofthouse, gearbeitet." Raven überprüfte seine Notizen. „Stimmt das?"

„Ja", sagte Shane, „ich hatte einen Job in seinem Autohaus. In Redcar gibt's ja nix mehr, seit die Stahlwerke dichtgemacht haben."

„Was war Ihre Aufgabe dort?" Es fiel schwer, sich Shane als geschliffenen Autoverkäufer vorzustellen, zumal er einen ausgeprägten Yorkshire-Dialekt hatte.

„Ich hab die Autos aufbereitet."

Angesichts des Zustands von Shanes Wohnwagen war das vielleicht noch schwerer vorstellbar. „Wie lange haben

Sie dort gearbeitet?", fragte Raven.

„Ungefähr ein Jahr."

„Warum haben Sie aufgehört?"

„Wurde gefeuert."

„Nachdem Sie das Vertrauen Ihres Arbeitgebers missbraucht haben", sagte Raven.

Shane funkelte ihn wütend an. „Ich hab nix geklaut. Das war eine Lüge."

„Sie wurden wegen Drogendelikten verurteilt."

„Ach, das." Shane zuckte mit den Schultern. „Es war nicht viel. Nur ein bisschen Gras."

„Nur ein bisschen Gras", wiederholte Raven. Noch war Shane nicht offiziell verhaftet, aber angesichts dessen, was sie in seinem Wohnwagen gefunden hatten, würde er es bald sein. Und dieses Mal würde es um mehr gehen als nur um den Besitz von Cannabis. Aber Raven interessierte sich in erster Linie für die Beziehung zwischen Shane und Patrick. „Wann haben Sie sich mit Patrick angefreundet?", fragte er.

„Als ich für seinen Dad gearbeitet habe."

„Und Sie haben sich weiter mit ihm getroffen, nachdem Sie die Firma verlassen hatten?"

„Klar. Wir waren Kumpel."

„Wann haben Sie Patrick zuletzt gesehen?"

Shane kniff konzentriert die Augen zusammen. „Muss Ende August, Anfang September gewesen sein? So was in der Art."

„Was ist mit letztem Sonntag?"

„Was ist damit?"

„Haben Sie Patrick da gesehen?"

„Nein. Hätte ich das tun sollen?"

„Patrick hat seiner Verlobten eine Nachricht geschickt, dass er Sie besuchen kommt."

Shane schaute finster drein. „Diese hochnäsige Schlampe. Sie dürfen ihr kein Wort glauben. Die hat mich nie gemocht."

Becca war noch nicht von der Obduktion aus dem Krankenhaus zurück, also hatte Raven DC Jess

Barraclough gebeten, an der Vernehmung teilzunehmen. „Warum hat Scarlett Sie nicht gemocht, Shane?", fragte sie.

„Sie hat gesagt, ich wäre schlecht für Patricks Image. Darum geht's ihr doch nur, ihr verdammtes Image."

„Nun", sagte Raven, „Ihr eigenes Image sieht gerade auch nicht allzu rosig aus. Scarlett hat nicht gelogen, was die Nachricht von Patrick angeht. Also frage ich Sie noch einmal: Haben Sie Patrick Lofthouse am Sonntag gesehen?"

Shane warf entnervt die Hände in die Luft. „Ich hab doch schon gesagt, nein, oder nicht? Warum hören Sie nicht zu?"

Raven ließ eine Pause entstehen, bevor er seine nächste Frage stellte. „Wenn Sie und Patrick sich getroffen haben, was haben Sie da gemacht?"

Shane nahm einen Schluck von seinem Tee. „Einfach nur rumgehangen. Das machen Kumpels halt, oder nicht?"

„Also", schlug Jess vor, „hatten Sie ein paar Drinks?"

„Ja."

„Ein bisschen Gras geraucht?"

„Nein. Na ja. Nur privat, wie ..."

„Koks gezogen?"

„Jetzt wollen Sie mich aber echt reinreiten", protestierte Shane. „Ich hab nix gemacht."

Raven fixierte ihn mit strengem Blick. „Seien Sie nicht dumm, Shane. Wir haben das Kokain bei Ihnen zu Hause gefunden und werden Sie wegen Besitzes anklagen. Sie denken, Koks zu schnupfen ist cool? Dass es ein Verbrechen ohne Opfer ist? Falsch gedacht. Sie sind das Opfer."

Shane zuckte zusammen und wandte den Blick ab, und Raven ließ es dabei bewenden. Er war nicht hier, um Shane eine Moralpredigt über seine Drogensucht zu halten, und wenn sie ihn zu sehr unter Druck setzten, würde er womöglich ganz dichtmachen. Im Moment redete er, und Raven begrüßte das. „Reden wir darüber, was Sie am Sonntag gemacht haben. Wo waren Sie an diesem Tag?"

„Wo wohl?", entgegnete Shane trotzig. „In Redcar."

„Da müssen Sie schon etwas genauer sein, Shane. Wann sind Sie aufgestanden?"

„Weiß nicht. Zehn? Elf?"

„Und dann?"

„Bin zu Tesco, ein paar Sachen holen. Die haben da Kameras, können Sie checken, wenn Sie mir nicht glauben. Dann war ich bei meiner Oma. Hab ein paar Kleinigkeiten für sie erledigt, wissen Sie?"

„Wie selbstlos von Ihnen", sagte Raven.

Shane zuckte mit den Schultern. „Danach bin ich zurück zum Wohnwagen, hab ein paar Bier getrunken und bin ins Bett."

„Kann das jemand bezeugen?", fragte Jess.

„Weiß nicht."

„Aber Sie sind sich sicher, dass Sie Patrick die ganze Zeit nicht gesehen haben?"

„Ich hab's doch schon gesagt, nein, hab ich nicht."

„Könnte er zum Wohnwagen gekommen sein, als Sie bei Ihrer Großmutter waren?", hakte Jess nach.

„Er hätte mich angerufen, wenn er vorbeikommen wollte", sagte Shane. Ein flüchtiger Zweifel huschte über sein Gesicht. „Hat er normalerweise."

„Aber nicht immer?"

Shane zuckte mit den Schultern. „Schätze, er ist ein-, zweimal unangemeldet aufgetaucht."

„Es ist also möglich, dass er zum Wohnwagen kam, als Sie unterwegs waren?"

„Nein!" Shane schüttelte frustriert den Kopf. „Er hätte mich doch angerufen, oder nicht?"

„In Ordnung", sagte Raven, bevor Shane die Geduld verlor. „Wissen Sie, wer Tristan und Isolde sind?"

Shanes Miene hellte sich bei dieser Frage sofort auf. „Klar. Die sind aus einer mittelalterlichen Geschichte. Eine Legende über verbotene Liebe. Ritterromantik und so, mit Rittern, Prinzessinnen und Heldentaten."

Raven sah ihn überrascht an. Es war, als würde plötzlich ein anderer Mensch sprechen. Der mürrische, schüchterne Junge war verschwunden und hatte einem jungen Mann Platz gemacht, der mit Zuversicht und Selbstvertrauen sprach. „Sie interessieren sich für so etwas?", fragte Raven.

„Meine Oma hat mich darauf gebracht", sagte Shane. „Sie hat mir immer Geschichten erzählt, als ich klein war. Keltische und nordische Mythologie, König Artus, die Wikinger, all dieses Zeug. Sie hatte viele Bücher, hat sie immer noch, auch wenn sie schon ein bisschen alt sind." Er schaute über den Tisch hinweg direkt in Ravens Augen. „Raven. Das ist ein Wikingername."

„Ja", sagte Raven unwirsch. Er hatte keinerlei Interesse daran, über seine Familiengeschichte zu sprechen.

Doch Shanes Begeisterung war ungebrochen. „In der nordischen Mythologie waren Raben ein Zeichen des Todes. Der Gott Odin hatte zwei sprechende Raben. Jeden Tag schickte er sie los, um die Welt zu erkunden und zu berichten, was sie sahen und hörten. Odin war der Gott der Weisheit, aber er war auch der Kriegsgott der Wikinger, der Gott des Todes."

Raven starrte ihn durchdringend an, und Shane verstummte, als hätte er plötzlich gemerkt, dass er ein heikles Thema angeschnitten hatte. Ravens Vergangenheit war tiefes Wasser, das man am besten ungestört ließ.

„Können Sie uns also sagen, Shane", fragte Jess, „warum Patrick Lofthouse einen Ring mit den eingravierten Namen Tristan und Isolde trug?"

„Hat er?" Shane sah überrascht aus. „Davon wusste ich nichts."

„Woher könnte er die Idee gehabt haben?"

„Nun, von mir, denke ich. Wir haben in unseren Teepausen im Autohaus oft über solche Dinge gesprochen. Patrick langweilte sich bei der Arbeit dort zu Tode. Er wollte etwas Aufregenderes mit seinem Leben anfangen. Über Mythen und Legenden zu reden, gab ihm etwas, wovon er träumen konnte."

„Glauben Sie, Patrick könnte sich selbst als Tristan gesehen haben?"

„Ja." Shane nickte energisch. „Ja, genau so hat er sich gesehen. Als romantischen Held. Als verbotenen Liebhaber." Ein verträumter Ausdruck trat in seine Augen und er begann, aus dem Gedächtnis zu rezitieren. „‚Umschlinge mich fest, so fest, dass unsere Herzen brechen und unsere Seelen endlich frei sein mögen. Bring mich an jenen glücklichen Ort, von dem du mir einst erzählt hast. Jene Felder, aus denen niemand zurückkehrt, aber auf denen große Sänger ihre Lieder für immer singen.' Das sagt Isolde zu Tristan, kurz bevor sie für immer voneinander getrennt werden."

„Sehr romantisch", meinte Raven trocken. „Wer war also Patricks verbotene Liebe? Wer war seine Isolde?"

Shane schüttelte den Kopf. „Ich habe wirklich keine Ahnung."

★

„Ich mache Schluss für heute", sagte Jess, zog den Reißverschluss ihres Parkas hoch und die Kapuze über ihr langes blondes Haar. „Lust auf einen schnellen Drink?"

„Danke, nein", sagte Becca und hielt ihre Teetasse hoch. „Ich will nur noch ein paar Sachen erledigen, bevor ich nach Hause gehe."

Es war schon spät, als sie aus dem Krankenhaus zurückkam und die Kugel in die Ballistik brachte, und die meisten Mitglieder des Teams waren bereits nach Hause gegangen. Von Jess hatte sie erfahren, dass Raven Shane Denton wegen Besitzes von Cannabis und Kokain verhaftet hatte. Sie hatten nicht genug, um ihm den Mord an Patrick anzuhängen, aber Shanes Alibi war schwach und musste noch überprüft werden. Raven war gerade in einer Besprechung mit Superintendent Ellis, um sie über die Ereignisse des Tages zu informieren. Sie hatten an diesem Tag definitiv viel mehr erreicht als unter Dinsdales Führung.

„Bleib nicht zu lange", rief Jess und winkte ihr kurz zu, bevor sie beschwingt aus dem Raum verschwand.

Becca seufzte und trank einen Schluck Tee. Endlich hatte sie das Büro für sich allein. Zwischen dem Besuch bei den Jubbs am Morgen und der Obduktion am Nachmittag hatte sie kaum Zeit gehabt, ihre E-Mails zu checken. Und bei dem Arbeitstempo, das DCI Raven an den Tag legte, wer wusste schon, was der morgige Tag bringen würde?

Es war nicht ungewöhnlich, dass sie länger blieb, und sie mochte die Ruhe, die im Büro einkehrte, sobald alle gegangen waren. Das Surren der Computer, das leise Rauschen der Heizung, die gedämpften Geräusche der Autos und Passanten draußen. An manchen Abenden ging sie zu ihrem Freund Sam, an anderen verbrachte sie die Abende zu Hause, aber oft war sie hier, um aufzuholen, was tagsüber liegen geblieben war, und um sich auf den nächsten Tag vorzubereiten. Sie hasste es, wenn sich der Papierkram stapelte und sie von ihren eigentlichen Aufgaben abhielt.

Ihr Bruder machte sich oft darüber lustig und meinte, dass sie mehr ausgehen und sich amüsieren solle. Erst letzte Woche hatte er versucht, sie zu überreden, mit ihm und seinen Kumpels in die Stadt zu gehen. „Komm schon, Becs. Wir nehmen dich mit auf eine Spritztour. Trinken, tanzen. Es wird eine wilde Nacht, versprochen."

„Da bin ich mir sicher", hatte sie lachend geantwortet. „Deshalb bleibe ich auch lieber im Büro."

Sie setzte sich mit einer Tasse guten, starken Tees an ihren Computer – sie hatte schon andere Marken ausprobiert, aber wie ihr Vater immer gesagt hatte, ging nichts über echten Yorkshire Tea – und machte sich an die Arbeit. Sie fasste ihre Notizen von der Obduktion zusammen und schaute dann auf die Uhr. Sieben. Wahrscheinlich sollte sie für heute Feierabend machen. Aber sie hatte es nicht wirklich eilig, nach Hause zu kommen. Ihre Mutter würde ihr etwas zu Essen auf einen Teller stellen, den sie in der Mikrowelle aufwärmen konnte.

Sie schloss die Polizeidatenbank und öffnete ihren Browser. Seit dem Gespräch mit Scarlett Jubb am Morgen hatte es ihr unter den Nägeln gebrannt, ihr Online-Profil zu überprüfen. Es dauerte nicht lange, bis sie fündig wurde. Scarletts YouTube-Kanal hatte mehr als eine Million Abonnenten und bestand hauptsächlich aus Videos, in denen sie Make-up-Tutorials gab, während sie sich schminkte. Beccas eigene Morgenroutine beschränkte sich auf eine schnelle Wäsche mit Seife und einem Klecks Feuchtigkeitscreme. An sonnigen Tagen – und in den Sommermonaten konnte es in Scarborough gleißend hell werden – benutzte sie Sonnencreme, wenn sie draußen unterwegs war. Manchmal vergaß sie es, oder die Sonne ließ sich unerwartet blicken, und schon sprießten Sommersprossen auf ihrem Gesicht. Ihre Mutter lächelte dann und sagte: „Du hast Sonne abbekommen." Doch als Becca Scarletts Kanal sah, wurde Becca klar, dass Feuchtigkeitscreme und Sonnencreme nur der Anfang der Hautpflege für ein Mädchen waren. Auf dem Weg zum perfekten Gesicht gab es noch hundertmal mehr zu tun, bevor man überhaupt daran denken konnte, vor die Tür zu gehen. Trotzdem war Becca fasziniert, als Scarlett sich in die Kamera beugte und erklärte, wie man Foundation und Concealer auftrug und die Konturen betonte. Für Augen, Brauen und Wimpern gab es eigene Tutorials.

Auf Instagram hatte Scarlett sogar noch mehr Follower – sage und schreibe zehn Millionen. Dort posierte sie in knappen Bikinis und Designer-Outfits, stemmte Gewichte und verbog sich in unmöglichen Yogaposen. Fotos von ihr mit grünen Smoothies erschienen unter dem Hashtag #cleanliving. Es war ein Bild der Perfektion, das wohl nur wenige ihrer Follower selbst erreichen konnten, aber den Kommentaren nach zu urteilen, vergötterten sie sie. *OMG, du siehst umwerfend aus! Ich wünschte, ich hätte so eine perfekte Figur wie du! Du rockst, Girl!*

Es gab auch Fotos von Scarlett mit Patrick. Auf diesen

Bildern sah der junge Mann ganz anders aus als die kalte Leiche, die Becca am Strand von Scarborough gesehen hatte. Zu Lebzeiten war Patrick sehr attraktiv gewesen. Becca scrollte durch die Bilder und sah Scarlett und Patrick, wie sie in Bars Cocktails tranken, im Meer planschten und auf dem Deck einer Yacht ein Sonnenbad nahmen. Sie sahen gut zusammen aus. Ein perfektes Paar. Jetzt waren der glamouröse Lebensstil und das Versprechen einer glücklichen Zukunft auf spektakuläre Weise zerbrochen. Auf Scarletts Accounts waren heute keine neuen Fotos oder Videos hochgeladen worden. Becca klickte auf „Folgen".

Sie sah noch einmal auf die Uhr. Es war bereits nach acht. Eine Stunde hatte sie damit verbracht, sich das Leben einer anderen anzusehen, und ihr wurde klar, wie leicht die Verlockungen der sozialen Medien die Aufmerksamkeit der Menschen fesseln und sie in ihren Bann ziehen konnten.

Aber Scarlett Jubb war nicht die Einzige, die Beccas Neugier weckte. Aus einem Impuls heraus tippte sie „DCI Tom Raven" in die Suchleiste ein und wartete ab, was sie finden würde. Es schadet nie, ein wenig Hintergrundwissen über seine Kollegen zu haben, besonders nicht über den neuen Chef.

Im Gegensatz zu Scarlett war Raven in den sozialen Medien überhaupt nicht präsent. Das überraschte Becca nicht. Nachdem sie einen Tag mit ihm gearbeitet hatte, hatte Becca bereits das Gefühl, dass er nicht der geselligste Mensch war. Aber ganz unsichtbar war er online nicht. Als sie die Seite herunterscrollte, fand sie seinen Namen im Zusammenhang mit einigen Fällen, an denen er während seiner Zeit bei der Met gearbeitet hatte. Er war leitender Ermittler in einem aufsehenerregenden Mordfall gewesen, bei dem eine Frauenleiche in Clapham Common gefunden worden war. Außerdem hatte er mehrere Vergewaltigungsfälle bearbeitet und zahlreiche Täter hinter Gitter gebracht. Eine beeindruckende Erfolgsbilanz. Ein erfahrener Detective. Sie fragte sich, was ihn bewogen hatte, all das hinter sich zu lassen und nach Scarborough zurückzukehren. Zweifellos war der Tod seines Vaters der unmittelbare Auslöser gewesen, der ihn zur Beerdigung in seine Heimatstadt zurückgeführt hatte. Aber da musste noch mehr dahinterstecken. Es gab sowohl einen Auslöser als auch eine Anziehungskraft.

Fast hätte sie es übersehen, dann scrollte sie zurück und klickte auf einen alten Zeitungsartikel. Das war interessant. 1994 war Lance Corporal Thomas Raven mit dem Duke of Wellington's Regiment nach Bosnien geschickt worden. Ihr Verantwortungsbereich umfasste die belagerte Enklave Goražde. Dem Regiment gelang es, die bosnisch-serbische Armee zurückzudrängen, wobei ein Soldat des Regiments getötet wurde, während sieben feindliche Soldaten starben. Während eines Schusswechsels zwischen den gegnerischen Parteien hatte Lance Corporal Raven seine Stellung verlassen und den Feind angegriffen, um zwei verwundeten Kameraden seiner Patrouille Deckung zu geben, damit sie der Gefahr entkommen konnten. Raven wurde ins Bein geschossen, erhielt aber als Anerkennung für seine Tapferkeit das Conspicuous Gallantry Cross.

„Noch hier?"

Becca zuckte erschrocken zusammen und schloss ihren Browser, bevor Raven entdecken konnte, was sie sich ansah.

„Ich wollte gerade Schluss machen."

„Ich denke, Sie haben für heute genug getan. Gehen Sie nach Hause und ruhen Sie sich aus. Das ist ein Befehl."

Becca erhob sich von ihrem Platz. „Ja, Raven." Sie musste dem Drang widerstehen, zu salutieren.

KAPITEL 12

*D*as Mädchen an der Kasse ist mit einem Kunden beschäftigt. Niemand ist in der Nähe. Jetzt oder nie. Er greift nach der CD und steckt sie in seine Jacke, bevor er eine andere nimmt und scheinbar die Titelliste auf der Rückseite studiert. Er tut so, als würde er die zweite CD zurück ins Regal legen und mit leeren Händen gehen, und täuscht eine Lässigkeit vor, die er nicht empfindet. Sein Herz klopft ihm bis zum Hals und er befürchtet, dass der quadratische Umriss des Diebesgutes ein Loch in den Stoff seiner Bomberjacke brennen könnte. Jetzt will er nur noch nach draußen, wo seine Freundin und Darren auf ihn warten. Die CD ist für sie. Er kann es sich nicht leisten, ihr eine zu kaufen, aber er muss ihr irgendwie beweisen, wie sehr er sie liebt. Und er traut Darren nicht, dass er sie nicht anmacht, während er im Laden ist. Woolworth in der Westborough, der samstägliche Treffpunkt für Scarboroughs Teenager, die von der Süßigkeiten-Theke zur Plattenabteilung übergegangen sind. Er muss schnell nach draußen, aber plötzlich ist der Gang versperrt – eine Mutter mit einem Kleinkind, das einen Wutanfall hat, eine alte Dame mit einem Tartan-Einkaufswagen auf Rädern, eine Gruppe jüngerer Kinder aus seiner Schule, die herumalbern. Und dann zeigt das

Mädchen an der Kasse – eine junge Frau mit wasserstoffblondem Haar – auf ihn und schreit lauthals: „Haltet den Dieb!" Er versucht zu rennen, aber seine Beine sind wie aus Blei. Er kann Darren sehen, der in der Tür des Ladens steht, zuschaut und grinst. Ihn auslacht. Plötzlich zückt die alte Frau mit dem Tartanwagen einen Regenschirm und schlägt ihm auf den Kopf. Jemand pfeift ...

Raven schreckte hoch. Das Pfeifen war der Alarm seines Telefons. Er streckte die Hand aus und schaltete es aus. Sechs Uhr dreißig. Draußen war es noch dunkel, und das würde noch mindestens eine Stunde so bleiben. Einen Moment lang lag er da, durchlebte den Traum, den Albtraum, schweißgebadet und wartete darauf, dass sich sein Herzschlag wieder normalisierte.

Die Begegnung mit Darren Jubb am Vortag hatte Erinnerungen wachgerufen, die eigentlich auf dem Grund des Ozeans hätten bleiben sollen, in den Raven seine Vergangenheit verbannt hatte, als er Scarborough vor all den Jahren verlassen hatte. Es stimmte, er hatte einmal eine CD bei Woolworth gestohlen – alles im Namen der Liebe –, aber zum Glück war keine Oma mit Regenschirm aufgetaucht, um für Gerechtigkeit zu sorgen. Er war nicht erwischt worden, aber die Euphorie, mit dem Diebstahl davongekommen zu sein, war schnell verflogen und kalter Angst gewichen. Danach hatte er Woolworth lange gemieden.

Er zwang sich aus dem Bett. Er war keine fünfzehn mehr und hatte Wichtigeres zu tun, zum Beispiel eine Mordermittlung. In der Armee hatte er sich angewöhnt, früh aufzustehen, und das hatte ihm über die Jahre gute Dienste geleistet. Ein früher Start in den Tag half ihm, voranzukommen und an der Spitze zu bleiben, in der Gewissheit, dass die meisten Schurken da draußen noch schliefen. Er wusch sich schnell und zog sich an – im Badezimmer war es zu kalt, um dort herumzulungern – und ging dann in die Küche, um das Frühstück zuzubereiten.

Am Abend zuvor war er zu Tesco Express gegangen,

um das Nötigste zu besorgen – Brot, Milch, Margarine, Eier, Speck, Teebeutel und eine Tiefkühlpizza für das Abendessen. Ihm war klar geworden, dass es an der Zeit war, sich nicht mehr von Takeaway-Gerichten zu ernähren, als er in der Pommesbude vorbeigeschaut hatte und die Frau hinter der Theke ihn mit den Worten „Das Übliche?" begrüßt hatte. Es schien, als sei er in der kurzen Zeit, die er wieder in Scarborough war, bereits ein bekanntes Gesicht geworden, und seine Essgewohnheiten – Schellfisch und Pommes mit Currysauce – wurden zur Kenntnis genommen.

Während er im Küchenschrank nach einer Bratpfanne kramte, dachte er an Darren Jubb in seinem großen Haus oben auf dem Berg. Er hatte Darrens Küche nicht gesehen, aber nach dem Rest des Hauses zu urteilen, stellte er sich etwas Glänzendes und Geräumiges vor, mit Granitflächen und Chromarmaturen. Eine Kühl-Gefrier-Kombination im amerikanischen Stil. Kosten wurden nicht gescheut.

Die Küche seines Vaters dagegen war klein, schmuddelig und seit Toms Kindheit nicht mehr modernisiert worden. Im hinteren Teil des Schranks entdeckte er eine kleine Bratpfanne, deren Antihaftbeschichtung abgenutzt und vom Alter geschwärzt war. Ihr Anblick weckte eine weitere Erinnerung – seine Mutter, die jeden Morgen Eier briet, bevor sein Vater mit dem Fischerboot hinausfuhr. Jean, seine Mutter, hatte alles für ihren Mann getan. Nicht, dass Alan jemals Dankbarkeit gezeigt hätte. Er betrachtete es als selbstverständlich, dass seine Frau ihm nachlief, alle Mahlzeiten kochte, seine Wäsche wusch und das Haus putzte. Alan Raven hatte die gedankenlose Einstellung eines Arbeiters aus einer anderen Zeit. Aber seine Mutter hatte sich nie beklagt, immun gegen die feministische Revolution, die um sie herum im Gange war. Als Jean gestorben war, hatte Alan das nicht verkraften können. Er war schon immer ein Trinker gewesen und hatte Trost in der Flasche gefunden. Und er hatte seine Wut an seinem Sohn ausgelassen.

Der Gasherd zischte, und Raven kramte nach einer Schachtel Streichhölzer. Mit einem zündete er die Flamme an, schlug ein paar Eier in eine Tasse von 1977, dem Queen's Silver Jubilee, und verquirlte sie mit einer Gabel, während er ein Stück Margarine auf dem Herd schmelzen ließ. Die Markierungen auf dem Herd waren so abgenutzt, dass es eine Glückssache war, welchen Ring man aufdrehte. Er war froh, als es ihm gelang, ein essbares Omelett zuzubereiten, ohne sich dabei in die Luft zu sprengen.

Er schabte das Omelett auf einen Teller mit verblasstem Blumenmuster und setzte sich an den Küchentisch, um es zu essen, während er sein iPad einschaltete, um seine privaten E-Mails zu lesen. Es gab eine Nachricht von Lisa, die er ignorierte, aber keine von Hannah, seiner Tochter. Er hatte ihr am Abend zuvor eine E-Mail geschickt, um ihr mitzuteilen, dass er auf absehbare Zeit in Scarborough bleiben würde, und um sie zu fragen, wie es ihr ging. Er war enttäuscht, dass er keine Antwort erhalten hatte, aber nicht überrascht.

Im Moment hatte er nicht viel Glück mit Frauen. Die Pathologin Dr. Felicity Wainwright hatte sofort eine Abneigung gegen ihn entwickelt, ohne dass er einen guten Grund dafür erkennen konnte. Und Detective Superintendent Gillian Ellis hatte ihm das Leben schwer gemacht, als er sie aufgesucht hatte, um ihr von den Fortschritten seines ersten Tages zu berichten. Er hatte erwartet, dass sie sich darüber freuen würde, dass er den Hauptverdächtigen bereits verhört und einen zweiten Verdächtigen in diesem Fall verhaftet und angeklagt hatte. Stattdessen hatte sie ihn mit den Worten begrüßt: „Sie haben mir nicht gesagt, dass Sie ein alter Freund von Darren Jubb sind."

„Sie haben mir nicht gesagt, dass die Vorgehensweise identisch mit einem früheren Mord war und dass Jubb die Verbindung zwischen den beiden Morden war", hatte er geantwortet.

„Ich habe Ihnen gesagt, was Sie wissen müssen, Tom.

Sorgen Sie dafür, dass Sie mir alles sagen, was ich wissen muss."

„Was zum Beispiel?"

Ihre kleinen Augen bohrten sich in ihn hinein. „Sie tauchen aus heiterem Himmel auf, gerade als Darren Jubb zum Hauptverdächtigen in einem Mordfall wird. Und jetzt erfahre ich, dass Sie und Jubb sich schon lange kennen. Sie waren sogar hier in der Stadt, bevor die Leiche des Opfers gefunden wurde."

Raven hob die Augenbrauen. „Wollen Sie damit andeuten, dass ich etwas mit dem Mord zu tun habe?"

„Ich sage nur, dass ich keine ungeklärten Zufälle mag."

Er schüttelte den Kopf, verärgert darüber, dass seine Beweggründe in Frage gestellt wurden. „Ich bin wegen der Beerdigung meines Vaters zurückgekommen. Dass ich in Scarborough geblieben bin, war eine spontane Entscheidung. Aus persönlichen Gründen."

„Vielleicht hätten Sie statt einer Versetzung Sonderurlaub beantragen sollen."

„Werden Sie mich nach London zurückschicken?", fragte er.

Daraufhin hatte sie ein wenig nachgegeben. „Ich schicke Sie nirgendwo hin, Tom. Aber ich möchte, dass Sie die Ermittlungen zügig vorantreiben. Glauben Sie nicht, dass Sie leichtes Spiel haben, nur weil Sie aus der Großstadt weggezogen sind."

„Gut", sagte er. „Ich habe nichts anderes erwartet."

Sie nickte. „Gut, dann haben wir uns verstanden. Übrigens, haben Sie nicht noch eine Krawatte in Ihrem Schrank?"

Raven blickte auf die schwarze Krawatte hinunter, die er seit dem Tag der Beerdigung trug. „Es ist die einzige, die ich aus London mitgebracht habe."

„Kaufen Sie sich eine neue, Tom. Damit sehen Sie aus wie ein Totengräber. Und ein neuer Anzug kann auch nicht schaden, während Sie den hier in die Reinigung bringen."

Sie hatte natürlich recht. Er hatte seine Hose nach der

schlammigen Begegnung mit Shane Denton so gut es ging sauber gebürstet, aber der Fleck vom Wassergraben war nicht ganz verschwunden.

Etwas gekränkt hatte er sich aus ihrem Büro zurückgezogen, nur um festzustellen, dass Detective Sergeant Becca Shawcross ihn gegoogelt hatte, obwohl sie versucht hatte, zu verbergen, was sie tat. Er war sich nicht sicher, was er davon halten sollte, dass sie in seiner Vergangenheit herumschnüffelte. Volle Punktzahl für die Initiative, natürlich. Genau das hätte er auch getan, wenn er unerwartet mit einem neuen Chef konfrontiert worden wäre. Aber gleichzeitig war er sich nicht sicher, wie weit sie gehen würde, und er wollte nicht, dass sie sein Leben zu genau unter die Lupe nahm. *„Ich könnte Ihnen einiges über Ihren Chef von früher erzählen"*, hatte Darren Jubb zu ihr gesagt und damit absichtlich ihre Neugier geweckt. *„Keine Sorge, Tom, deine Geheimnisse sind bei mir sicher"*, hatte er versprochen. Aber nichts von dem, was Darren sagte, war für bare Münze zu nehmen.

Raven aß sein Omelett auf und räumte das Geschirr weg, bevor er das Haus verließ. Auf dem Weg nach draußen warf er einen kurzen Blick auf das Foto seiner Mutter, deren glückliches Lächeln für immer im goldenen Rahmen bewahrt blieb. Sie würde nie wieder etwas anderes erfahren. Sie war tot. Und Raven war schuld daran … Raven und Darren Jubb.

KAPITEL 13

Der Korridor, der von der Rezeption zum Fuß der Treppe führte, roch nach Kaffee, abgestandenem Tabak und Schweiß, und genau dort stieß Raven auf die rundliche Gestalt von DI Derek Dinsdale. Der abgesetzte leitende Ermittler lehnte an einem Automaten und warf Münzen in den Schlitz, wie ein glückloser Spieler, der hoffte, endlich den Jackpot zu knacken. Raven nickte ihm zögernd zur Begrüßung zu, aber der Blick, den Dinsdale erwiderte, war nichts als unverhohlene Abscheu.

Raven ging wortlos an ihm vorbei. Er hatte in seiner Zeit bei der Met schon mit schwierigeren Charakteren als Dinsdale zu tun gehabt und hatte keine Zeit für einen frustrierten Rivalen.

Detective Superintendent Gillian Ellis war jedoch eine andere Hausnummer. Ravens Anstellung in Scarborough war nur vorläufig, und sie hatte ihm unmissverständlich zu verstehen gegeben, dass sie ihn ohne Zögern nach London zurückschicken würde, wenn er nicht bald Ergebnisse vorweisen konnte. Sie hatte ihn von einem Tag auf den anderen eingestellt und konnte ihn genauso schnell wieder feuern. Sie war dieser Typ Frau.

Als er den Einsatzraum betrat, war er erfreut zu sehen, dass sein Team bereits vor Ort war, und das in aller Frühe. „Teambesprechung in zehn Minuten", verkündete er auf dem Weg in sein Büro.

„Keine Croissants heute?", murmelte DC Dan Bennett.

„Hättest halt zu Hause frühstücken sollen", erwiderte Becca.

Raven betrat sein Büro und warf sein Jackett über die Stuhllehne. Er setzte sich und ließ seinen Blick durch sein neues Reich schweifen. Es war noch schäbiger, als es ihm am ersten Tag erschienen war. Abgenutzte Teppiche, abgewetzte Wände, zusammengewürfeltes Mobiliar. Die Spuren eines oft benutzten Arbeitsplatzes. Der Raum war klein, aber es gefiel ihm, dass er in der Nähe seines Teams war und sie ihn durch die Glasscheibe sehen konnten.

Er musterte die Oberfläche des Schreibtisches. Eine Tastatur, ein Monitor, ein Telefon. Und ein Haufen Krempel, den Dinsdale zurückgelassen hatte. Kugelschreiber, Bleistifte, Tesafilm, Chipstüten, Notizblöcke, Parkscheine. Raven sammelte alles ein und warf es in den Papierkorb. Er mochte seinen Schreibtisch sauber, genau wie sein Auto.

Er zog die oberste Schublade des Schreibtisches auf und spähte hinein. Auf dem Boden lag ein Umschlag, auf dem sein Name stand. Er nahm ihn heraus, öffnete ihn und zog einen handgeschriebenen, hastig hingekritzelten Zettel heraus.

Passen Sie auf sich auf.

Er zerknüllte den Zettel zu einem Ball und warf ihn in den Mülleimer.

*

Zehn Minuten später hatte sich sein Team um das Whiteboard versammelt, während Raven vorne im Raum stand. Seit dem Vortag hatte er drei Namen auf das Whiteboard geschrieben. Neben dem Namen des Opfers –

Patrick Lofthouse – standen nun auch die Namen der beiden Verdächtigen. *Darren Jubb* und *Shane Denton*. Ein in den *Scarborough News* abgedrucktes Foto zeigte Darren Jubb, wie er bei einer PR-Veranstaltung in seinem Nachtclub Vertigo selbstgefällig in die Kamera grinste. *Verbindungen zu zwei Morden*, hatte Raven neben das Foto geschrieben. Shanes Foto hingegen war weniger schmeichelhaft, denn es handelte sich um ein Polizeifoto, aufgenommen nach seiner Verhaftung. *Angeklagt wegen Besitzes einer verbotenen Substanz*. Kokain – ein Betäubungsmittel der Klasse A. Da Shane bereits wegen desselben Vergehens verurteilt worden war, drohte ihm eine Freiheitsstrafe. Aber die eigentliche Frage, die Raven beschäftigte, war, ob Shane Patrick am Tag des Mordes gesehen hatte. Wenn ja, drohte ihm eine weitaus schlimmere Anklage. Er nahm den Marker und kritzelte *Alibis?* unter die Namen der beiden Männer.

„Gut", sagte Raven, „ich möchte eine Zusammenfassung aller bisherigen Fakten. Wer will anfangen?"

Er war nicht überrascht, als Becca ihre Teetasse abstellte und nach ihren Notizen und Ausdrucken griff. Er fragte sich, ob sie weiter über ihn gegoogelt hatte, und wenn ja, was sie wohl gefunden hatte. „Ich habe hier eine Zusammenfassung der Ergebnisse der gestrigen Obduktion", sagte sie. „Dr. Wainwright bestätigte, dass die Todesursache die Schussverletzung war. Eine einzelne Kugel durchbohrte das Herz und Patrick war bereits tot, als er ins Wasser gelangte. Dr. Wainwright schätzte den Todeszeitpunkt auf einen Zeitraum zwischen vier Uhr nachmittags und Mitternacht am Sonntag. Genauere Angaben sind wegen der Zeit, die die Leiche im Meer verbracht hat, schwierig."

Raven schrieb die Zeiten an das Whiteboard. Aus Erfahrung wusste er, dass die Arbeit der Pathologen schwieriger wurde, wenn eine Leiche im Wasser gefunden wurde, und dass die geschätzte Todeszeit dadurch umso ungenauer war. Sie würden sich auf andere Indizien stützen müssen, um den zeitlichen Rahmen einzugrenzen. „Gibt es schon etwas von der Toxikologie?"

„Noch nicht. Wir müssen warten, bis sich das Labor meldet."

„Dranbleiben", sagte Raven. „Was ist mit der Ballistik?"

„Ich habe die Kugel selbst zur Analyse gebracht", sagte Becca. „Sie sagten, es könnte ein paar Tage dauern, bis ein vollständiger Bericht vorliegt, aber ich kann Ihnen jetzt schon sagen, dass es sich um eine 9-mm-Kugel handelt."

„Höchstwahrscheinlich aus einer illegalen Handfeuerwaffe", sagte Raven. „Das deutet auf eine Verbindung zum organisierten Verbrechen hin. Wir müssen Patricks Hintergrund genau durchleuchten und herausfinden, ob er irgendwelche Kontakte zu kriminellen Organisationen hatte."

Dann wandte er sich an DC Tony Bairstow, der einen dicken Aktenordner in der Hand hielt. Der Mann war wirklich gründlich. „Was haben Sie für uns, Tony?", fragte er.

Tony räusperte sich. „Obwohl die Leiche an der North Bay entdeckt wurde, ist es möglich, dass sie vom Meer dorthin gespült wurde und der Mord woanders stattfand. Ich hatte gestern ein langes Gespräch mit der Küstenwache. Es ist ziemlich kompliziert, die Gezeiten und Strömungen zu berechnen, und mit dem Acht-Stunden-Fenster für den Todeszeitpunkt gibt es eine Menge Unsicherheiten …"

„Verstanden", sagte Raven.

„Wenn die Leiche jedoch zum Zeitpunkt des Mordes oder unmittelbar danach ins Wasser gelangte, könnte sie sogar von Whitby aus an der Küste entlang getrieben sein."

Auf Ravens mentaler Landkarte der Küste von North Yorkshire lag Whitby ungefähr auf halbem Weg zwischen Scarborough und Redcar, dem Wohnort von Patricks mythenbegeistertem, drogenkonsumierendem Freund Shane Denton. „Was ist mit Redcar?", fragte er. „Wäre das zu weit nördlich?"

Tony sah skeptisch aus. „Die Küstenwache sagte, Whitby ist der am weitesten entfernte mögliche Punkt. Wahrscheinlicher ist, dass er näher an Scarborough liegt."

„Dann stützt das scheinbar Shanes Version der Ereignisse", sagte Raven. „Laut seiner Aussage hat er Patrick am Sonntag nicht gesehen und auch nicht damit gerechnet. Vielleicht ist Patrick ja gar nicht nach Redcar gefahren."

„Was darauf hindeutet, dass Patrick Scarlett diese Nachricht geschickt hat, um ihr nicht sagen zu müssen, wohin er tatsächlich unterwegs war", sagte Becca.

Raven quittierte ihre schnelle Auffassungsgabe mit einem Lächeln. „Oder um zu verschleiern, wen er wirklich treffen wollte. Haben wir Patricks Auto inzwischen gefunden? Was hat er gefahren?"

Auch diesmal hatte Tony die Antwort sofort parat. „Einen Audi A3, Sir. Schwarz." Er nannte das Kennzeichen. „Wir haben alle Parkplätze in der Umgebung überprüft, aber er ist nirgends aufgetaucht. Die Nummernschilderkennung hat das Auto am Sonntag nicht beim Verlassen von Scarborough erfasst, aber ich habe die Details an die umliegenden Dienststellen weitergeleitet, nur für den Fall."

„Gute Arbeit", sagte Raven. Er mochte Menschen, die Eigeninitiative zeigten und nicht auf Anweisungen warteten. „Es muss irgendwo da draußen sein. Wie weit sind wir mit Patricks Handyaufzeichnungen?"

Dan Bennett setzte sich aufrecht hin und schluckte hastig die Reste eines KitKat hinunter, das er am Automaten gekauft haben musste, nachdem er festgestellt hatte, dass Raven nicht vorhatte, jeden Morgen ein kostenloses Frühstück anzubieten. „Sir, wir haben eine Liste der Anrufe und Textnachrichten, die von Patricks Handy gesendet und empfangen wurden. Was noch fehlt, sind die Standortdaten der Funkmasten, die uns zeigen, wo das Telefon zu einem bestimmten Zeitpunkt war."

„Irgendetwas Auffälliges?", fragte Raven.

„Die Nummer, die Patrick am häufigsten angerufen

hat, war die von Scarlett Jubb, und es gibt weitere Anrufe von und zu Familienmitgliedern in den Tagen vor seinem Tod. Aber der letzte Kontakt mit Shane Denton war vor ein paar Wochen."

„Welche Anrufe hat er am Tag des Mordes getätigt?"

„Keine, Sir. Und auch keine Nachrichten. Aber natürlich könnte er Nachrichten verschickt haben, die wir nicht zurückverfolgen können, wie die an Scarlett. Solange wir Patricks Telefon nicht finden, haben wir keine Möglichkeit, das herauszufinden."

„Haben wir auf Shanes Handy irgendwelche Nachrichten von Patrick gefunden?", fragte Raven.

Diesmal war es DC Jess Barraclough, die antwortete. „Nein, Sir. Shane hatte die Angewohnheit, alle gesendeten und empfangenen Nachrichten sofort zu löschen."

„Verdammt!" Raven hasste Technik. Für jede neue Erfindung, die die Polizeiarbeit erleichterte, gab es eine andere, die das Gleichgewicht zugunsten der Kriminellen verschob. Das Endergebnis war, dass die Ermittlungsarbeit immer komplizierter und bürokratischer wurde.

„In Ordnung", sagte er, „ich möchte, dass Sie heute Folgendes tun. Jess, Sie fahren nach Redcar und sprechen mit Shanes Großmutter, um sein Alibi zu überprüfen. Sprechen Sie mit den anderen Bewohnern des Wohnwagenparks und fragen Sie, ob jemand für seinen Aufenthaltsort bürgen kann."

„Ja, Boss", sagte Jess, ihr Pferdeschwanz wippte energisch. Sie schien sich zu freuen, rauszukommen, auch wenn er sie ausgerechnet nach Redcar schickte.

„Dan, überprüfen Sie die Alibis von Darren Jubb für Sonntag. Laut eigener Aussage hatte er den ganzen Tag eine Verabredung nach der anderen. Das ist mir ein bisschen zu glatt. Da muss es irgendwo eine Lücke oder Unstimmigkeit geben. Und Tony, Sie machen Patricks Wagen ausfindig und setzen die Telefongesellschaft, die Toxikologie und die Ballistik unter Druck. Besorgen Sie sich auch Patricks Bankunterlagen. Wir brauchen

Informationen, und zwar schnell."

Tony notierte die Anweisungen in seinem Notizbuch.

„Was soll ich tun?", fragte Becca.

„Sie kommen mit mir", sagte Raven. „Zeit, die Annehmlichkeiten des britischen Strafvollzugs kennenzulernen."

KAPITEL 14

Diesmal machte Becca nicht den Fehler, anzunehmen, sie würde fahren – obwohl sie am Vorabend vorsichtshalber den Müll aus ihrem Auto geräumt hatte. Sie fragte sich, ob Raven seinen Sinn für Ordnung und Disziplin in der Armee gelernt hatte. Es hatte sie fasziniert, zu erfahren, dass er ein ehemaliger Soldat war und in Bosnien im Einsatz gewesen war. Ein dekorierter Held noch dazu. Nicht, dass sie die Absicht gehabt hätte, ihre Entdeckung mit ihren Kollegen zu teilen. Sie unterhielt sich gern, aber sie war keine Klatschtante. Wenn Raven wollte, dass die anderen von seiner Vergangenheit erfuhren, konnte er es ihnen selbst sagen. Aber als sie zu seinem Auto gingen, konnte sie nicht anders, als ihn verstohlen nach Anzeichen der Beinverletzung abzusuchen, die er angeblich erlitten hatte. Es war ihr vorher nicht aufgefallen, aber tatsächlich bewegte er sein rechtes Bein etwas steifer als das linke.

Er blieb stehen und lehnte sich gegen das Auto. „Meistens geht es mir gut. Kaltes Wetter macht es schlimmer. Es tut höllisch weh, wenn ich versuche zu rennen, besonders auf unebenem Boden. Für

Verfolgungsjagden bin ich nicht mehr geschaffen."

Schnell wandte sie den Blick ab. „Tut mir leid. Ich wollte nicht neugierig sein."

„Schon gut." Er zwinkerte ihr zu. „Bleibt unser Geheimnis."

Kaum waren sie unterwegs und hatten Scarborough hinter sich gelassen, bat Raven sie, ihm alles zu erzählen, was sie über den Mann wusste, den sie im HMP Full Sutton besuchen wollten. Diesmal hatte sie Zeit gehabt, ihre Notizen zum Fall durchzusehen.

„Lewis Briggs", sagte sie. „Türsteher in Darren Jubbs Nachtclub. Er bekannte sich schuldig, Max Hunt, einen bekannten Drogendealer, erschossen zu haben. Die Beweise waren schlüssig. Die Tatwaffe wurde in Lewis' Wohnung gefunden, mit seinen Fingerabdrücken darauf. Auf dem Ärmel seiner Lederjacke wurden Schmauchspuren nachgewiesen. Er hatte kein Alibi und ein Zeuge hatte ihn am Tatort gesehen."

„Klingt fast zu schön, um wahr zu sein", sagte Raven. „Als hätte man ihm das angehängt."

„Aber er hat ein volles Geständnis abgelegt", sagte Becca.

„Hat er gesagt, warum er Hunt getötet hat?"

„Er hat keinen Grund genannt. Er sagte, es sei etwas Persönliches gewesen. Max Hunt war Stammgast in dem Nachtclub, in dem Lewis arbeitete, also kannten sich die beiden von dort."

„Woher wusste die Polizei, dass sie Lewis' Wohnung durchsuchen mussten?", fragte Raven.

„Ein anonymer Hinweis."

„Die Polizei muss doch eine Ahnung gehabt haben, woher der Hinweis kam."

„Das Handy konnte nicht zurückverfolgt werden."

„Die Stimme eines Mannes? Die einer Frau?"

„Ein Mann", sagte Becca.

Raven schwieg, während er die Informationen verarbeitete. Sie hatten die hügelige Umgebung von Scarborough hinter sich gelassen und folgten nun der flachen, geraden Straße in Richtung York. Die Landschaft war karg und unscheinbar, und sie passierten winzige Dörfer und einsame Gehöfte. In der Ferne drehten sich die Windräder munter im steten Wind.

„Sie haben mir gesagt, dass Lewis Briggs wegen Drogenhandels vorbestraft ist?", sagte Raven.

„Ja", sagte Becca. „Aber er war nicht in das große Geschäft verwickelt, das Max Hunt betrieb. Lewis wurde wegen Drogenbesitzes mit Verkaufsabsicht verurteilt. Offenbar hat er einigen seiner Stammgäste an der Tür des Clubs Pillen zugesteckt."

„Es gab also keine Hinweise darauf, dass er sich in Hunts Revier drängen wollte?"

„Nein", sagte Becca. „Deshalb wurde die Untersuchung wohl auch eingestellt, sobald Lewis ein Geständnis abgelegt hatte. Es gab keinen Grund, nach anderen Beteiligten zu suchen, die in die Sache verwickelt gewesen sein könnten."

Raven schenkte ihr ein schmales Lächeln. „Aber Sie sehen das mittlerweile anders?"

„Ich denke, es ist am besten, immer offen zu bleiben. Und den Beweisen zu folgen."

„Zwei Leichen, an den Strand gespült", fasste Raven zusammen. „In beiden Fällen eine einzelne Schusswunde in der Brust. Und jedes Mal taucht der Name Darren Jubb auf."

Becca war erfreut zu hören, dass Ravens Gedanken mit ihren eigenen übereinstimmten. „Wie ich schon sagte, den Beweisen folgen."

„Vielleicht ist es nur ein Zufall", sagte Raven.

„Mag sein."

Raven trat aufs Gas und der Motor des BMW heulte auf, als sie einen behäbigen Traktor überholten. Becca konnte nicht beschwören, dass Raven sich an das Tempolimit hielt, aber sie kamen zweifellos gut voran.

„Wer hatte die Ermittlungen geleitet?", fragte Raven.

Becca bemühte sich, ihre Stimme neutral zu halten. „DI Derek Dinsdale."

Raven hob fragend eine Augenbraue. „Glauben Sie, dass Dinsdale den Beweisen wirklich nachgegangen ist? Allen?"

„Nun", sagte Becca, „ich nehme an, da Lewis gestanden und die volle Verantwortung übernommen hat ..."

„Woher hatte Lewis die Waffe?", fiel ihr Raven ins Wort. „Warum hat er sie nach dem Mord nicht verschwinden lassen? Wer hat den anonymen Hinweis gegeben? Wer hat von Max Hunts Tod profitiert? Für meinen Geschmack gibt es in diesem Fall viel zu viele lose Enden. Man hätte ihnen nachgehen müssen."

Er ließ es wie einen Akt grober Fahrlässigkeit klingen, und wahrscheinlich war es das auch. Als Becca nicht sofort antwortete, fuhr er fort: „Ich würde verstehen, wenn Sie sich dem damaligen leitenden Ermittler gegenüber zur Loyalität verpflichtet fühlen."

„Dinsdale? Um Gottes willen, nein!", entfuhr es Becca, bevor sie sich bremsen konnte. Sie spürte, wie ihr die Hitze ins Gesicht stieg. Sie wollte nicht, dass Raven dachte, sie sei keine gute Teamplayerin. „Ich meine, das ist ..."

Er grinste breit über ihr Unbehagen.

„Was ich sagen wollte", stellte sie klar, „ist, dass ich zwar sehr loyal sein kann, wenn ich für jemanden arbeite, den ich respektiere, aber DI Derek Dinsdale –"

„Fehlt es an gewissen Führungsqualitäten." Raven beendete den Satz für sie. „Keine Sorge. Das ist mir schon aufgefallen."

Diese Bemerkung ließ Becca schmunzeln und sie fühlte sich ermutigt, ihre ehrliche Meinung zu äußern. „Die Frage ist also, ob Dinsdale einfach nur inkompetent war oder ob er die größeren Zusammenhänge absichtlich nicht erkannt hat."

Raven hielt seinen Blick fest auf die Straße gerichtet. „Wem hat Dinsdale zu der Zeit Bericht erstattet?"

Becca zögerte. Sie hatte wenig Skrupel, wenn es um Dinsdale ging, aber sie wollte eine Frau, die sie als Vorbild betrachtete, nicht in Verruf bringen. Eine der wenigen

Frauen in einer Führungsposition bei der Polizei. „Und?", hakte Raven nach. „Wer war Dinsdales Chef?" Sie vermutete, dass er die Antwort bereits kannte, es aber aus ihrem Mund hören wollte.

„Detective Superintendent Gillian Ellis."

Raven stellte ihr keine weiteren Fragen, und Becca begnügte sich damit, die vorbeiziehenden Felder zu beobachten. Der BMW fraß die Meilen nur so.

★

Das HM Prison Full Sutton war von der Hauptstraße aus kaum zu erkennen, versteckt hinter einer Reihe hoher Bäume. Das Schild zur Zufahrt war klein und leicht zu übersehen, wenn man nicht gezielt danach suchte. Raven hätte leicht daran vorbeifahren können, ohne zu ahnen, dass er sich nur wenige Meter von einem Hochsicherheitsgefängnis befand, in dem einige der gefährlichsten Kriminellen des Landes einsaßen.

Er bog von der Hauptstraße ab und näherte sich der Anlage. Die hohe Mauer, die die Gebäude umschloss, war von weiteren, dicht gepflanzten Bäumen umgeben. Das Gefängnis, das in den späten achtziger Jahren erbaut worden war, war weit entfernt von den viktorianischen Höllenlöchern wie Wormwood Scrubs und Brixton, die er während seiner Zeit in London gelegentlich besuchen musste. Dennoch herrschte hier die gleiche allgegenwärtige Atmosphäre von Hoffnungslosigkeit und Tristesse, wozu auch die Tatsache beitrug, dass die Bäume zu dieser Jahreszeit kahl waren. Ein schneidender Wind fegte über die flache, offene Landschaft, und Raven zog seinen schwarzen Mantel enger um sich, als er aus dem Auto stieg.

„Waren Sie schon mal hier?", fragte er Becca.

„Nein."

Er schenkte ihr ein Grinsen. „Tja, schade. Ihre Glückssträhne ist vorbei."

Full Sutton war ein Hochsicherheitsgefängnis für

Männer, in dem Gefangene der Kategorien A und B untergebracht waren. In den letzten Jahren waren hier mindestens zwei Sexualstraftäter, die Kinder missbraucht hatten, von anderen Insassen ermordet worden, und ein Bericht hatte aufgedeckt, dass innerhalb der Mauern organisierte Banden operierten, die „Fight Clubs" unter den Häftlingen veranstalteten. Kein Wunder, dass die Sicherheitskontrollen am Eingang äußerst streng waren. Nachdem sie sich angemeldet und ihre Handys abgegeben hatten, wurden Raven und Becca in einen fensterlosen Verhörraum geführt, in dem es stark nach Desinfektionsmittel roch. Raven wollte gar nicht erst wissen, welchen Geruch das Mittel überdecken sollte. Den angebotenen Kaffee lehnten beide ab.

Ein stämmiger Gefängniswärter führte Lewis Briggs in den Raum und setzte ihn an den Tisch in der Mitte. Dann postierte sich der Wärter vor der Tür, wie der Türsteher, der Lewis einst selbst gewesen war.

Raven nahm Platz und musterte sein Gegenüber. Lewis war ein massiger Kerl, durchtrainiert und muskulös. Da er die meiste Zeit des Tages in einer Zelle eingesperrt war, verbrachte er seine Zeit offenbar mit Push-ups, Klimmzügen, Liegestützen und Kniebeugen. Sein Haar war sehr kurz geschnitten und seine Nase sah aus, als wäre sie mehr als einmal gebrochen worden. Er lehnte sich in seinem Stuhl zurück, die stark tätowierten Arme vor der Brust verschränkt, und seine Körpersprache verriet, dass er *nicht kooperativ* war.

Raven ließ sich nicht beirren. Er wusste, wie man mit Typen wie Lewis Briggs umging. Sie taten so, als würde man ihre Zeit verschwenden, aber in Wahrheit hatten sie nichts Besseres zu tun. Es war sinnlos, sie mit Smalltalk um den Finger wickeln zu wollen. Am besten man kam gleich zur Sache.

„Wir sind hier", sagte Raven, „weil am Montagmorgen eine männliche Leiche an den Strand von Scarborough gespült wurde, mit einer Kugel in der Brust. Kommt Ihnen das bekannt vor?"

„Ich war's nicht", erwiderte Lewis trocken. „Hatte kein freies Wochenende." Er deutete in Richtung des Wärters an der Tür. „Fragen Sie ihn, der kann's bezeugen."

Raven ignorierte Briggs' Sarkasmus. „Ich glaube, dass derjenige, der Sie für den Mord an Max Hunt bezahlt hat, auch dieses Mal hinter dem Mord steckt."

„Dann liegen Sie falsch. Niemand hat mich dafür bezahlt, Hunt zu töten."

„Warum haben Sie ihn dann erschossen?"

Lewis zuckte mit den Schultern.

„Wussten Sie, dass Max Hunt mit harten Drogen gedealt hat?", fragte Raven.

„Viele Leute wussten es. Hat mich nicht interessiert."

„Weil Sie selbst mit Drogen gedealt haben."

„Vielleicht."

„Aber das war für Sie nur ein Nebenverdienst, nicht wahr, Lewis? Sie hatten keine großen Ambitionen. Das haben Sie alles anderen überlassen."

Lewis beugte sich vor, und seine Nasenflügel blähten sich vor Wut. Aber er ging nicht auf den Köder ein. Stattdessen richtete er seine Aufmerksamkeit auf Becca und grinste dreckig. „Hübsches Ding. Redet sie eigentlich auch mal, oder ist sie nur zur Dekoration hier?"

„Ich habe an den Ermittlungen mitgearbeitet, die Sie hinter Gitter gebracht haben", sagte Becca ruhig. „Ich weiß also alles über Sie. Die Sache ist die, Lewis, ich glaube nicht, dass Sie clever genug sind, um an eine Waffe zu kommen."

Lewis' Grinsen verschwand. „Ach ja?"

„Wer hat Ihnen also die Waffe besorgt?"

Lewis' Augen verengten sich. „Hab sie von einem Kerl im Pub gekauft."

„Welcher Kerl?", fragte Becca.

„Kann mich nicht erinnern. Weiß auch nicht mehr, in welchem Pub." Lewis' Körpersprache wurde wieder verschlossener.

Raven musterte den kahlen Raum mit seinen schmucklosen Wänden, dem Linoleumboden und der massiven Stahltür. „Wollen Sie den Rest Ihres Lebens an diesem Ort verbringen, Lewis? Das muss nicht sein. Sie könnten uns helfen, uns zu sagen, wer den Mord angeordnet hat. Geben Sie uns einfach einen Namen, das ist alles."

Lewis sagte nichts.

„Ich sag Ihnen was", sagte Raven. „Lassen Sie uns ein Spiel spielen. Ich sage einen Namen, und Sie nicken einfach, wenn ich den richtigen errate. Wie wäre das?"

„Ich spiel nicht gerne Spiele."

„Darren Jubb." Raven ließ den Namen zwischen ihnen in der Luft hängen. Aber Lewis zeigte keine Regung.

Raven fuhr fort. „Sie haben für Darren bei Vertigo gearbeitet. Welche Art von Arbeit haben Sie für ihn erledigt?"

„Ich war Türsteher", sagte Lewis. „Ich hab Leute rausgeworfen."

„Sonst noch etwas?"

„Nichts."

Mein Gott, dachte Raven, *der ist ja schwer zu knacken.* Normalerweise brauchte man solchen Typen nur eine Chance auf Strafminderung zu bieten, und sie sangen wie ein Kanarienvogel. „Kommen Sie schon, Lewis", sagte er beschwichtigend. „Wenn Sie kooperieren, könnte das Ihre Haftstrafe verkürzen. Ich könnte ein gutes Wort für Sie einlegen und dem Bewährungsausschuss sagen, dass Sie gezwungen wurden, den Abzug zu betätigen. Wurden Sie genötigt?"

Keine Antwort.

„Während Sie hier verrotten, führt Darren Jubb sein Luxusleben draußen", sagte Raven. „Das ist nicht klug und auch nicht fair. Oder?"

„Denken Sie an Ihre Frau und Ihr Kind", fügte Becca hinzu. „Wollen Sie nicht wieder bei ihnen sein?"

Für einen Moment flackerte etwas in Lewis' Augen auf, doch dann verhärtete sich sein Gesichtsausdruck wieder. „Das Leben ist nie fair zu Kerlen wie mir", sagte er, „Aber diesmal hab ich bekommen, was ich verdient habe." Er nickte dem Gefängniswärter zu. „Ich will zurück in meine Zelle."

Raven sah ihm nach. Egal, wie sehr Typen wie Lewis auch protestieren und sich weigern mochten, mit ihnen zusammenzuarbeiten, ein Besuch von ein paar Detectives war für sie das Aufregendste, was ihnen in Monaten, vielleicht Jahren, passierte. Oft erinnerten sie sich plötzlich an eine ganze Reihe von Details, die sie vorher „vergessen" hatten, nur um das Verhör in die Länge zu ziehen. Aber nicht Lewis. Er behielt sein hartnäckiges Schweigen bei, als er sich abführen ließ. Er drehte sich nicht einmal um.

„Glauben Sie, er hatte zu viel Angst, um zu reden?", fragte Becca, als sie und Raven das Gefängnis verließen und über den windgepeitschten Asphalt zurück zum Auto gingen.

Raven dachte einen Moment nach. „Angst? Nein, das glaube ich nicht. Dafür war er viel zu entspannt. Wenn überhaupt, würde ich sagen, er hat sich einfach mit seinem Schicksal abgefunden."

KAPITEL 15

Die Rückfahrt von Full Sutton dauerte eine volle Stunde, und bis sie Scarborough erreichten, hatte Raven die eintönige Landschaft und die windgepeitschten Cottages am Straßenrand gründlich satt. Der morgendliche Besuch kam ihm wie eine Zeitverschwendung vor. Deshalb war er erleichtert, als DC Tony Bairstow ihn bei seiner Rückkehr im Einsatzraum abfing. Er hielt einen Stapel Papiere in der Hand.

„Was haben Sie für mich, Tony?"

„Sir, ich habe das Labor wegen des toxikologischen Berichts kontaktiert, und sie haben ihn gerade per E-Mail geschickt."

„Und?"

„Er zeigt Spuren von Kokain in Patricks Blutkreislauf."

Raven dachte an das Drogenversteck, das in Shane Dentons Wohnwagen in Redcar sichergestellt worden war. „Patrick und Shane haben also beide Koks konsumiert."

„Das ist richtig, Sir." Tony blätterte in dem Bericht. „Das Labor fand eine ungewöhnlich hohe Konzentration von Kokain-Metaboliten im Blut, was darauf hindeutet, dass es kurz vor seinem Tod eingenommen wurde."

„Patrick war also high, als er ermordet wurde. Gute Arbeit, Tony."

„Danke, Sir. Es gibt noch eine weitere interessante Entdeckung in dem Bericht. Neben dem Blut hat die Pathologin auch eine Probe von Patricks Haaren zur Analyse eingeschickt, und das Labor hat darin ebenfalls erhebliche Mengen an Kokain-Metaboliten gefunden. Dem Bericht zufolge deutet dies darauf hin, dass Patrick die Droge regelmäßig konsumiert hat."

Raven nickte. Es zeichnete sich allmählich ein neues Bild von Patrick Lofthouse ab. Er war nicht ganz der „brave Junge", als den seine Mutter ihn beschrieben hatte. Er und sein kleinkrimineller Freund Shane hatten mehr als nur harmlose Gespräche über Mythen und Legenden geteilt. Sie hatten auch gemeinsam gekifft und Koks geschnupft.

„Ist Jess schon aus Redcar zurück?", fragte Raven. Die Reise der jungen Detective hätte nicht viel länger dauern dürfen als sein Besuch in Full Sutton.

„Noch nicht, Sir", sagte Tony.

DC Dan Bennett näherte sich, sein glänzender Anzug und seine akribisch polierten Schuhe konnten seine Nervosität in Ravens Gegenwart nicht verbergen. Raven wusste aus langjähriger Erfahrung, dass er dazu neigte, auf jüngere Teammitglieder einschüchternd zu wirken. „Ja, Dan?", sagte er aufmunternd.

„Sie haben mich gebeten, Darren Jubbs Alibis für den Tag des Mordes zu überprüfen."

„Was haben Sie herausgefunden?"

„Alles, was er gesagt hat, stimmt. Sein Buchhalter hat bestätigt, dass er sich am Sonntagmorgen mit Darren und Ethan getroffen hat, und ich habe in dem Restaurant nachgefragt, in dem die Jubbs zu Mittag gegessen haben. Dann habe ich den North Cliff Golf Club angerufen, und dort wurde mir bestätigt, dass Darren Jubb an diesem Nachmittag eine Runde Golf gespielt hat. Und schließlich habe ich mit der Organisatorin der

Wohltätigkeitsveranstaltung im Grand Hotel gesprochen. Sie hat mir versichert, dass sie selbst mit Mr. Jubb gesprochen hat und dass er den ganzen Abend dort war."

„Okay", sagte Raven. „Aber das beweist doch nur, dass Darren alles darangesetzt hat, sich ein wasserdichtes Alibi zu verschaffen. Er hat Patrick vielleicht nicht selbst erschossen, aber das heißt nicht, dass er den Mord nicht in Auftrag gegeben hat."

Die Tür zum Einsatzraum öffnete sich und DC Jess Barraclough trat ein, den Parka bis zum Kinn hochgezogen. Raven drehte sich erwartungsvoll zu ihr um.

„Tut mir leid, dass ich so lange gebraucht habe", sagte sie. „Shanes Großmutter hat mich nicht gehen lassen. Sie hat mir eine Tasse Tee nach der anderen aufgedrängt und wollte mir alles über ihren Enkel erzählen, von seiner Geburt bis heute." Jess öffnete den Reißverschluss ihres Parkas und streifte ihn ab. „Wenn man Mrs. Dentons Version der Ereignisse glauben darf, war Shane ein kleiner Engel. Zumindest war er das, bis er etwa acht Jahre alt war. Dann entwickelte seine Mutter Alkohol- und psychische Probleme und geriet in eine gewalttätige Beziehung. Die Sozialarbeiter beantragten eine gerichtliche Verfügung, um Shane in Obhut zu geben. Er zeigte bereits Verhaltensauffälligkeiten. Die nächsten Jahre verbrachte er in Kinderheimen, bis seine Großmutter das Sorgerecht für ihn bekam. Er lebte bei ihr, bis er achtzehn wurde, dann geriet er völlig auf die schiefe Bahn, rutschte in die Drogenszene ab und wurde kleinkriminell. Aber er besucht sie immer noch alle paar Tage und hilft ihr beim Einkaufen und im Haushalt."

„Kann sie also am Sonntag für ihn bürgen?"

„Ja. Sie bestand darauf, dass Shane zumindest einen Teil des Tages bei ihr war. Er kam zum Mittagessen und blieb fast den ganzen Nachmittag. Aber ich konnte niemanden finden, der ihn danach gesehen hat. Ab vier Uhr haben wir keine gesicherten Informationen über seinen Aufenthaltsort."

„Er hat also kein Alibi für die Zeit des Mordes. Wir

können nicht einmal sicher sein, dass er in Redcar war."

„Sollen wir ihn noch einmal zur Befragung vorladen?",
fragte Becca.

„Noch nicht", sagte Raven. „Wir haben nicht genug,
um ihn festzunageln. Wir sollten weitergraben und sehen,
was wir noch finden können."

„Was haben Sie im Sinn?"

„Ein Besuch bei Patricks Eltern. Ich bin mir nicht
sicher, ob sie uns wirklich alles über ihren Sohn erzählt
haben."

★

Zurück in Ravens Auto vibrierte Beccas Handy. Als sie
nachsah, fand sie eine Benachrichtigung von einem von
Scarlett Jubbs Social-Media-Accounts. Ein Fingertipp auf
die Nachricht öffnete ein Video, und sofort erschien
Scarletts tränenüberströmtes Gesicht auf dem Display,
ihre Unterlippe bebte vor Emotionen. In diesem Video gab
es keine Designerkleider, kein schweres Augen-Make-up,
keinen Hauch von Glamour. Hier, so schien es, sah man
die echte Scarlett, ungeschminkt und voller Trauer, so wie
damals, als Becca neben ihr gesessen und ihre Hand
gehalten hatte.

„Heute habe ich eine schreckliche Nachricht, die ich
mit euch teilen muss", sagte Scarlett zu ihren Followern.
„Patrick ist tot. Mein geliebter Pat. Er ist von uns gegangen
und mein Leben wird ohne ihn nie mehr dasselbe sein.
Lasst mich euch erzählen, wie viel er mir bedeutet hat …"

Becca sah sich das Video bis zum Ende an. Der Beitrag
hatte bereits tausende Likes. Die Kommentare enthielten
eine riesige Welle der Anteilnahme. Die Nachrichten von
Scarletts Heerscharen von Followern schienen aufrichtig
und von Herzen zu kommen, aber Becca fragte sich, wie
viel Trost die Worte von Fremden wirklich spenden
konnten.

Sie zeigte Raven den Clip, doch er wirkte
unbeeindruckt. „In Ordnung, wir ändern den Plan. Lassen

Sie uns beim Jubb-Haus vorbeischauen und noch einmal mit Scarlett reden."

„Glauben Sie, sie verheimlicht etwas?", fragte Becca.

Raven runzelte die Stirn, seine dunklen Brauen zogen sich zusammen. „Natürlich hat sie etwas zu verbergen. Sie hat Patricks Koks-Sucht verschwiegen, nicht wahr? Ich frage mich, was sie sonst noch verheimlicht hat."

Diesmal war es nicht Ethan Jubb, der die Tür des Hauses am Oliver's Mount öffnete. Es war auch nicht Darren. Das Gesicht, das Raven anstarrte, hatte harte Augen wie polierte Kugeln, schmale Lippen und einen Haarschopf, der einst kastanienbraun gewesen sein mochte und jetzt fast vollständig weiß war.

Frank Jubb, der Gründer der Jubb-Dynastie.

Er trug beigefarbene Hosen und eine blaue Strickjacke und ging gebückt, aber der Anschein eines harmlosen alten Mannes war nur eine hauchdünne Fassade. Raven wusste, dass sich dahinter ein Tyrann verbarg, der sein Leben lang gelogen, gestohlen und betrogen hatte – ein Mann, der sich um niemanden kümmerte, außer um seine eigene Familie, der gegenüber er immer sehr loyal und beschützend gewesen war.

Seine Lippen verzogen sich zu einem boshaften Grinsen, als er Raven erkannte. „Darren hat mir erzählt, dass du zurück bist. Hat ja lange genug gedauert, bis du dich wieder hierher getraut hast, nicht wahr? Wovor hattest du Angst, Raven?"

Raven hatte nicht die Absicht, sich von dem alten Mann provozieren zu lassen. Das war Franks Spezialität. Ihm mochte die Raffinesse seines Sohnes fehlen, aber er war ebenso geschickt darin, andere auf die Palme zu bringen. „Nichts, Frank. Ist Scarlett da?"

„Lass sie in Ruhe. Sie hat schon genug durchgemacht." Frank machte eine abwehrende Handbewegung. „Na los, verschwinde."

Er wollte gerade die Tür zuschlagen, als Ethan Jubb hinter ihm auftauchte. „Was ist los, Opa?"

„Schon wieder diese verdammten Bullen", sagte Frank.

„Ich habe ihnen gerade gesagt, sie sollen abhauen."

Ethan kam zur Tür und schien sich für die Unhöflichkeit des alten Mannes zu schämen. „Detectives, kann ich Ihnen helfen?"

„Wir sind hier, um mit Scarlett zu sprechen", sagte Raven.

Ethan zögerte. „Sie ist immer noch ziemlich mitgenommen. Sie war den ganzen Tag in ihrem Zimmer. Ich glaube nicht, dass sie mit jemandem reden will."

„Warum fragen Sie sie nicht?", sagte Becca.

Ethan führte sie die Treppe hinauf und klopfte an Scarletts Zimmertür. „Sis, die Bullen sind wieder da. Soll ich sie wegschicken?"

Die Tür öffnete sich, und Scarlett erschien. Sie trug dasselbe Outfit wie im Video – einen schwarzen Kaschmirpulli über einer schwarzen Jeans. Schwarz, die Farbe der Trauer. Ihr Blick wanderte von ihrem Bruder zu Raven, bevor er auf Becca verweilte.

„Wie geht es Ihnen, Scarlett?", sagte Becca. „Dürfen wir kurz reinkommen? Wir haben nur ein paar Fragen."

„Okay", sagte Scarlett. Sie ging hinein und setzte sich auf ihr Bett.

Scarletts Zimmer war groß und luxuriös eingerichtet, mit schimmernden Satinvorhängen und Art-Déco-Beleuchtung. An den Wänden hingen Leinwanddrucke von ihr und Patrick, die Becca bereits von Scarletts Instagram-Account kannte. Das Bikini-Porträt, die Cocktails an der Bar, die glamourösen Kleider und schicken Kulissen. In einer Ecke des Schlafzimmers stand ein großer Schminktisch, vollgepackt mit allen möglichen Make-up- und Haarprodukten. Hier drehte Scarlett vermutlich ihre Beauty-Tutorials.

„Ich weiß, dass das sehr belastend für Sie sein muss", begann Raven, der etwas verloren in der Tür stand, umgeben von der übertrieben femininen Ästhetik des Raumes. „Aber wir haben noch ein paar Fragen zu Patrick."

„Ich verstehe", sagte Scarlett. Sie wirkte heute

gefasster, bereit, sich der Welt wieder zu stellen. Vielleicht hatte das Aufnehmen und Veröffentlichen des Videos ihr geholfen, die Tragödie zu verarbeiten. Sie hielt ihr Telefon in der Hand und umklammerte es wie einen Talisman.

„Können Sie uns etwas über Patricks Drogenkonsum sagen?", fragte Raven.

Scarletts Miene drohte erneut zu entgleiten, doch nach einem Moment hatte sie sich wieder gefangen. Als sie sprach, klang ihre Stimme gefasst. „Patrick hat Kokain geschnupft. Nur zum Vergnügen. Nicht jeden Tag, aber meistens an den Wochenenden oder wenn wir zusammen ausgegangen sind. Er sagte, er fühle sich dann lebendiger." Ihr Gesicht verhärtete sich. „Ich habe es gehasst. Ich habe versucht, ihn davon abzubringen, aber das war das Einzige, worüber wir uns nicht einigen konnten. Beim Thema Drogen konnte ich einfach nicht zu ihm durchdringen."

„Er war süchtig?", hakte Becca nach.

Scarlett nickte. „Ja, ich schätze schon. Er hat immer behauptet, er hätte es unter Kontrolle, aber das hatte er nicht wirklich. So ist das mit Drogen, nicht wahr?"

„Ja", sagte Becca.

„Wissen Sie, woher er den Stoff bekommen hat?", fragte Raven.

„Ich glaube schon. Shane hat ihn angefixt, und ich bin mir ziemlich sicher, dass er ihn auch mit Nachschub versorgt hat. Deshalb ist er immer wieder nach Redcar gefahren."

„Ist das der Grund, warum Sie Shane nicht mochten?", fragte Becca.

„Ja. Es war alles seine Schuld. Wenn Pat diesen Loser nie getroffen hätte ..." Sie sah plötzlich auf. „Wurde Patrick deshalb ermordet? Waren es die Drogen, die ihn umgebracht haben?"

„Wir wissen es nicht, Scarlett", sagte Becca. „Das ist eine der Spuren, die wir verfolgen."

„Patrick wollte Shane an dem Tag besuchen, an dem er starb", sagte Scarlett. „Hat Shane ..."

„Wir versuchen immer noch, Patricks letzte

Bewegungen zu rekonstruieren."

Raven hatte eine weitere Frage an sie. „Kannte Ihr Vater Shane Denton?"

„Mein Vater?", fragte Scarlett verwundert. „Natürlich nicht. Warum sollte Dad sich mit so einem zwielichtigen Typen einlassen? Warum fragen Sie?"

„Wir versuchen lediglich, die Fakten zu klären. Ihr Vater hat Sie am Sonntag zum Lunch ausgeführt. War das ungewöhnlich?"

Scarlett zögerte, irritiert von Ravens verworrener Fragetechnik. „Zum Lunch gehen? Ganz und gar nicht. Das haben wir oft gemacht. Meine Mum war auch dabei."

„Aber Ihr Bruder nicht. Gab es dafür einen Grund?"

„Er hatte zu tun."

„Und war dieses Essen im Voraus geplant?", fuhr Raven fort. „Oder eher spontan?"

„Ich glaube, Dad hat es ein paar Tage vorher erwähnt", sagte Scarlett. „Warum ist das alles wichtig? Warum fragen Sie mich ständig nach Dad?"

„Ich stelle nur die Fakten zusammen", sagte Raven. „Danke für Ihre Zeit."

★

Das Haus der Familie Lofthouse war ein stattliches Einfamilienhaus am Northstead Manor Drive mit Blick auf den Peasholm Park. Es schrie nicht so sehr nach *Geld* wie das Jubb-Anwesen, aber die weiß getünchte Fassade, die gepflasterte Auffahrt und die Palmen in großen Terrakottatöpfen, die den Eingang flankierten, zeugten von einem komfortablen Leben in der Mittelschicht. Es war die Art von Haus, die Ravens Mutter im Vorbeigehen bewunderte und sich insgeheim danach gesehnt hätte, wohl wissend, dass sie niemals an einem solchen Ort leben würde. *Respektabel* war das Wort, das Raven in den Sinn kam, als er und Becca an der Tür warteten. Die Lofthouses waren respektable Leute, die nicht wollten, dass ihr Sohn in die zwielichtige Welt der Drogen abrutschte. Welche

Eltern wollten das schon?

Gordon Lofthouse öffnete die Tür. Er wirkte kleiner und grauer als bei ihrer letzten Begegnung, als wäre er in sich zusammengeschrumpft, von der Trauer innerlich ausgehöhlt. Er fragte nicht nach dem Grund für den Besuch der Detectives, sondern schien ihre Anwesenheit als unvermeidlichen Teil der gegenwärtigen Situation zu akzeptieren. „Kommen Sie rein", sagte er mechanisch.

Raven hoffte, dass die tüchtige und freundliche Familienkontaktbeamtin, PC Sharon Jarvis, noch im Haus war, um sich um die Familie zu kümmern – Menschen, die einen schweren Schock erlitten hatten, versorgten sich oft nicht richtig, vergaßen manchmal sogar zu essen –, aber es gab keine Spur von ihr.

„Wir haben sie weggeschickt", sagte Gordon, als Raven danach fragte. „Wir brauchen niemanden, der uns bemuttert. Kommen Sie mit in den Salon." Er führte sie in einen großen Raum mit Erkerfenstern. Die Einrichtung bestand aus einem Ledersofa und Sesseln, in der Ecke stand ein Fernseher. Auf einem gläsernen Couchtisch lagen Ausgaben der *Radio Times* und des *Daily Telegraph*.

Das Haus war, wie Ravens Mutter gesagt hätte, „blitzblank" – nichts lag herum, kein Staubkorn war zu sehen. Alles im Raum, vom beigefarbenen Teppich über die Aquarell-Landschaft über dem Kaminsims bis zur Glasvase auf der Fensterbank, schien sorgfältig ausgewählt, so dass es sich einfügte und nicht auffiel. Es war zwar ein gemütliches Zuhause, aber sehr unauffällig und geradezu bieder. Kein Wunder, dass es Patrick Lofthouse in die glamourösere – und gefährlichere – Welt der Jubbs gezogen hatte.

Janet Lofthouse saß mit einem Fotoalbum im Schoß in dem Sessel, der dem Erkerfenster am nächsten stand. Raven erhaschte einen Blick auf die Bilder eines kleinen Jungen, der mit Eimer und Schaufel am Strand spielte, bevor sie das Album beiseitelegte und aufstand. Ihre Gesichtszüge waren angespannt, ihr Haar schlaff, und unter ihren Augen befanden sich dunkle Schatten, aber

Raven konnte sehen, dass sie entschlossen war, höflich zu bleiben. „Inspector, darf ich Ihnen eine Tasse Tee anbieten?"

Raven lehnte höflich ab. „Wir wollen Ihnen keine Umstände machen, Mrs. Lofthouse. Wir möchten nur ein wenig mehr über Patrick erfahren. Es würde uns helfen, ihn besser zu verstehen.

„Setzen Sie sich doch", sagte Gordon.

Raven und Becca machten es sich auf dem Sofa bequem. Auf einem Beistelltisch in Ravens Nähe stand ein gerahmtes Schulfoto, das einen jungen, frischen Patrick im Alter von etwa dreizehn oder vierzehn Jahren zeigte. Das blonde Haar des Jungen war kurz geschnitten – als Erwachsener hatte er es schulterlang getragen –, die Krawatte war ordentlich gebunden, der oberste Hemdknopf geschlossen. Raven erkannte die gestreifte Krawatte und den blauen Blazer des Scarborough College, einer Privatschule in der Nähe von Oliver's Mount. Dort musste Patrick Scarlett zum ersten Mal getroffen haben. Raven – und übrigens auch Darren Jubb – war damals auf die örtliche staatliche Schule gegangen und hätte sich in der „Schnösel"-Uniform niemals gezeigt. Aber die Lofthouses gehörten eindeutig zu der Sorte Menschen, die das Beste für ihr einziges Kind wollten. Sie dachten wohl, sie täten das Richtige, indem sie Patrick einen guten Start ins Leben ermöglichten und ihn nicht dem rauen Treiben auf dem Schulhof aussetzten. Aber manchmal musste man aufpassen, was man sich wünschte. Wäre Patrick auf eine staatliche Schule gegangen, hätte er die Jubbs wahrscheinlich nie kennengelernt und wäre heute noch am Leben.

Zweifellos war den Lofthouses derselbe Gedanke durch den Kopf gegangen. Doch Raven wusste nur zu gut, wie toxisch diese Grübeleien sein konnten. Hätte ich nur dies getan … Hätte ich nur das nicht getan … Das Bedauern über vergangene Entscheidungen konnte einen verschlingen, wenn man es zuließ.

Janet bemerkte, wie Raven das Foto betrachtete.

„Patrick war Tagesschüler am College", sagte sie seufzend. „Er war vierzehn, als das Foto gemacht wurde." Sie wirkte wehmütig, die Hände im Schoß gefaltet. „Er hatte so viel Potenzial in diesem Alter, nicht wahr, Gordon?" Sie sah ihren Mann an, als wollte – brauchte – sie die Bestätigung, dass sie einst einen wunderbaren Sohn gehabt hatten. Einst.

„Oh, ja", sagte Gordon. „Damals hatten wir große Hoffnungen für Patrick. Er spielte Rugby und Cricket für die Schule. In den meisten Fächern hatte er gute Noten. Er war ein guter Junge, damals."

„Aber die Dinge haben sich geändert?", fragte Raven. Er spürte, dass die Eltern um den vierzehnjährigen Jungen ebenso trauerten wie um den Mann, zu dem Patrick geworden war. Vielleicht war er für sie schon vor langer Zeit „gestorben".

„Als er siebzehn war", sagte Gordon, „begann er, sich mit einem neuen Freundeskreis zu umgeben. Er gab den Sport auf, sagte, es sei nicht cool, was auch immer das bedeuten mochte. Er distanzierte sich von alten Freunden, die er kannte, seit er vier oder fünf war. Und dann sagte er plötzlich, er wolle nicht mehr ins Familienunternehmen einsteigen."

„Gehörte Scarlett Jubb zu diesem neuen Freundeskreis?", fragte Raven.

Ein Schatten glitt über Gordons Gesicht. „Wir waren entsetzt, als Patrick uns erzählte, dass er mit Scarlett zusammen war. Sie war nicht die Art von Freundin, die wir uns für unseren Sohn vorgestellt hatten. Die Jubbs mögen zwar Geld haben, aber unter der Oberfläche sind sie gewöhnlicher Abschaum. Sie sind nicht unser Schlag. Sie teilen nicht unsere Werte, verstehen Sie?"

„Welche Werte sind das?", erkundigte sich Becca.

Gordon richtete sich auf. „Harte Arbeit, Anstand, Respekt."

„Haben Sie Patrick gegenüber Ihre Meinung geäußert?"

„Natürlich haben wir das", sagte Gordon. „Aber es hat

nichts genutzt."

„Wir hatten gehofft, es würde sich legen", sagte Janet. „Patrick und Scarlett, meine ich. Aber die beiden sind zusammengeblieben." Ein Anflug von widerwilligem Respekt schwang in ihrer Stimme mit.

„Und dann haben sie sich verlobt", sagte Becca.

„Ja", sagte Gordon. „Wir haben deutlich gemacht, dass wir gegen die Verlobung waren, aber ihre Eltern haben darauf bestanden, eine Party zu schmeißen."

„Wir sind aus Höflichkeit hingegangen", sagte Janet. „Aber eigentlich war das überhaupt nicht unser Ding. Nur laute Musik und Champagner."

„Vulgär", erklärte Gordon. „Nur eine weitere Gelegenheit für sie, zu protzen."

„Hatten Sie viel Kontakt zu Scarletts Eltern?", fragte Raven. „Da Patrick und Scarlett auf dieselbe Schule gingen?"

„Wir sind ihnen ein paar Mal in der Schule begegnet, nicht wahr, Janet? Aber wir haben nicht miteinander gesprochen. Dieser Darren Jubb ist kaum mehr als ein Ganove mit seinem Nachtclub und seinen Spielhallen. Unter den anderen Eltern kursierten immer Gerüchte über ihn. Man hörte Dinge bei den Rugbyspielen am Samstagmorgen."

„Was für Dinge?"

Doch Gordon schien nicht bereit, konkrete Anschuldigungen zu erheben. „Sehen Sie sich seine Geschäfte genau an, Inspector, und Sie werden schmutziges Geld finden, das kann ich Ihnen versichern."

Seine Frau nickte knapp. „Und Mrs. Jubb ist auch nicht gerade das, was man als *respektabel* bezeichnen würde."

„Inwiefern?", fragte Becca.

Janet presste die Lippen zusammen, als wollte sie ihre Meinung für sich behalten. „Das Wort, mit dem ich sie beschreiben würde, ist nicht gerade höflich, fürchte ich. Aber sie sieht immer so aus, als hätte sie sich für einen Abend in der Stadt herausgeputzt. Sie ist nicht ihrem Alter entsprechend gekleidet. Ehrlich gesagt, bei Schulveranstaltungen – Elternversammlungen, Preisverleihungen und so weiter – sah sie aus wie ein Flittchen. Das war kein gutes Vorbild für ihre Tochter, und sehen Sie sich an, was aus Scarlett geworden ist."

„Was ist aus ihr geworden?", fragte Raven.

„Nun", sagte Janet, „alles, was sie tut, ist, Videos und Bilder von sich ins Internet zu stellen. Ich meine, das ist doch kein richtiger Job, oder?"

„Sie scheint gut darin zu sein. Und sie verdient gutes Geld." Raven hatte sich am Abend zuvor vor dem Schlafengehen einige von Scarletts Make-up-Tutorials angeschaut und fand, dass sie einen harmlosen Spaß darstellten.

„Geld ist nicht alles, Inspector", sagte Gordon, obwohl es eindeutig für ihren komfortablen Lebensstil gesorgt hatte.

„Ich habe einige Neuigkeiten, die Sie vielleicht beunruhigen werden", bereitete Raven die Lofthouses auf das vor, was er ihnen mitteilen wollte. „Bei der Obduktion wurden Spuren von Kokain in Patricks Körper gefunden."

Gordons Gesicht blieb teilnahmslos, aber Janet senkte den Blick und wich dem von Raven aus. Ihre Finger verschränkten sich wie Schlangen in ihrem Schoß.

„Sie scheinen nicht überrascht zu sein", bemerkte Raven.

„Nein", sagte Gordon. „Es tut mir leid, sagen zu müssen, dass uns das überhaupt nicht überrascht."

„Wie lange hatte Patrick schon Drogen genommen?"

„Ein paar Jahre. Es war dieser Shane Denton, der ihn dazu verleitet hat."

„Ist das der wahre Grund, warum Sie Shane gefeuert haben?", fragte Raven.

Gordon nickte. „Ich musste ihn von Patrick fernhalten. Patrick war zu leicht zu beeinflussen, das war sein Problem."

„Wussten Sie, dass Scarlett versucht hat, Patrick zu überreden, mit dem Kokain aufzuhören?", fragte Becca.

Janet blickte überrascht auf, aber ihr Mann blieb ausdruckslos. „Nun, sie hat sich nicht sehr angestrengt, oder?"

„Am Sonntag", so Raven, „sagte Patrick zu Scarlett, er wolle Shane in Redcar besuchen. Scarlett glaubt, dass er dort Drogen kaufen wollte. Aber wir haben keine Beweise dafür, dass Patrick Shane an diesem Tag getroffen hat. Wir haben Patricks Auto immer noch nicht gefunden. Haben Sie irgendwelche Informationen, die uns helfen könnten, seine Bewegungen nachzuvollziehen?"

„Es tut mir leid, aber da können wir Ihnen nicht helfen, Inspector", sagte Gordon. „Wie wir Ihnen bereits gesagt haben, haben wir Patrick das letzte Mal am Samstag gesehen. Wir haben keine Ahnung, was er an seinem Todestag gemacht hat. Ist das jetzt alles?"

„Nur noch eine Sache", sagte Raven. „Ist es in Ordnung, wenn wir uns Patricks Zimmer ansehen?"

*

Patricks Zimmer trug noch immer die Spuren des Teenagers, der er einst gewesen war. Der Schreibtisch und die Stühle waren funktional und minimalistisch, ganz anders als die luxuriöse Einrichtung in Scarletts Zimmer. An der Wand waren Flecken zu erkennen, wo früher Poster mit Klebeband befestigt worden waren. Raven erinnerte sich an eine Phase seiner eigenen Teenagerzeit, als er seine Wände mit Bildern von Bands tapeziert hatte, die er aus Musikmagazinen herausgerissen hatte – The Cure, Joy Division, Bauhaus, Sisters of Mercy. Er hatte CDs gekauft, wenn er es sich leisten konnte – er war kein Gewohnheitsdieb –, und die Musik auf seiner Stereoanlage bis zum Anschlag aufgedreht, bis sein Vater an die Tür hämmerte und ihn aufforderte, „den verdammten Krach" abzustellen.

Es gab keinen Hinweis darauf, welche Poster Patrick einst gesammelt hatte, aber in einem Bücherregal über dem eingebauten Schreibtisch stapelten sich zerlesene

Fantasy-Romane – J.R.R. Tolkien, George R.R. Martin, Ursula Le Guin. Daneben lag eine Anthologie keltischer Mythologie und sogar eine Ausgabe von Thomas Malorys *Le Morte d'Arthur*. Raven nahm die Anthologie in die behandschuhten Hände und stellte fest, dass einige Seiten an den Ecken geknickt waren, mit Kritzeleien an den Rändern und vielen mit Tinte unterstrichenen Passagen.

„Mitten auf dem See erblickte Artus einen Arm, der mit weißem Samt bekleidet war und ein prächtiges Schwert in der Hand hielt", las Raven vor.

„Was ist das?", fragte Becca.

„Das", sagte Raven, „ist die romantische Sehnsucht eines jungen Mannes, der verzweifelt mehr aus seinem Leben machen wollte, als das Gebrauchtwagengeschäft seines Vaters zu übernehmen."

Becca schnaubte. „Das hilft uns aber kaum, seinen Mörder zu finden, oder?"

Raven lächelte und stellte das Buch zurück ins Regal. Die Schlafzimmermöbel waren ramponiert und zerkratzt, aber mitten auf dem Schreibtisch stand ein nagelneues Apple MacBook. Raven deutete auf den glänzenden Laptop. „Den können Sie zur digitalen Forensik bringen."

„Immer noch keine Spur von seinem Handy", sagte Becca und packte den Laptop in eine Asservatentüte. „Ich wette, es liegt inzwischen irgendwo auf dem Grund der Nordsee."

Während sie die anderen auf dem Schreibtisch verstreuten Gegenstände durchging, inspizierte Raven den Nachttisch. In der obersten Schublade befanden sich die üblichen Habseligkeiten eines jungen Mannes – eine Nagelschere, ein Kartenspiel, eine Packung Paracetamol, eine fast leere Tube Aknecreme und eine Ray-Ban-Sonnenbrille. Außerdem fand er eine halbvolle Packung Kondome, obwohl es schwer vorstellbar war, dass Patrick Scarlett hierher mitbrachte, um unter dem Dach seiner missbilligenden Eltern eine leidenschaftliche Nacht zu verbringen.

„Was halten Sie davon?" Becca zeigte ihm ein Blatt

Papier, das sie vom Schreibtisch genommen hatte. Gute Qualität, dick und samtig, mit einem Namen und einem Logo versehen.

„Gisborough Hall. Ist das nicht ein Landhotel?" Raven hatte davon gehört, war aber noch nie dort gewesen. Es war nicht die Art von Ort, die seine Familie jemals besucht hätte. Soweit er wusste, waren seine Eltern noch nie in einem Hotel gewesen, außer im Grand Hotel, wo seine Mutter als Zimmermädchen gearbeitet hatte.

„Ja", sagte Becca. „Meine Eltern haben mich und meinen Bruder vor ein paar Jahren zu ihrer Silberhochzeit dorthin mitgenommen." Sie öffnete eine Karte auf ihrem Handy und suchte schnell nach dem Standort. „Es liegt etwa sechs Meilen südlich von Redcar."

„Redcar, interessant. Aber ist es die Art von Ort, an dem Patrick Shane Denton treffen würde?"

„Vermutlich nicht. Es sei denn, sie waren beide Feinschmecker."

Auf das Papier waren handschriftlich Datum und Uhrzeit gekritzelt. *17. Oktober, 19 Uhr!* Es war zweimal unterstrichen, um es hervorzuheben.

„Okay", sagte Raven. „Zwei Fragen. Was hat Patrick Lofthouse in Gisborough Hall gemacht, und was geschah am 17. Oktober, eine Woche, bevor er tot an den Strand gespült wurde?" Er reichte das Blatt Papier an Becca zurück, die es vorsichtig in eine andere Asservatentüte steckte.

Raven kehrte zum Nachttisch zurück und öffnete die nächste Schublade. Socken. Unterwäsche. Als er mit der Hand hineingriff, spürte er etwas Hartes unter den Socken. „Da ist etwas."

Er zog die Schublade komplett heraus und legte sie auf das Bett. Dann räumte er die wahllos zusammengewürfelten Socken und Boxershorts heraus, bis der verborgene Inhalt zum Vorschein kam. Nicht weniger als sechs Mobiltelefone waren unter der Kleidung versteckt worden. Zwei Motorolas und einige billig aussehende Marken, von denen Raven noch nie gehört hatte. Die Motorolas waren ausgepackt, aber die anderen befanden sich noch in ihrer Original-Verpackung.

„Wegwerf-Telefone", sagte Becca und schaute ihm über die Schulter.

„So, so", sagte Raven. „Was hattest du vor, Patrick?" Er tauschte einen Blick mit Becca aus und sah, dass sie zu demselben Schluss gekommen war wie er – dass Patrick Lofthouse nicht nur ein Drogenkonsument, sondern auch ein Dealer gewesen war.

KAPITEL 16

Sie bleiben hier, um die Beweise zu sichern", sagte Raven. „Rufen Sie die Spurensicherung an und holen Sie sie sofort hierher. Ich will, dass sie Patricks Zimmer bis ins kleinste Detail durchkämmen."

„Was, jetzt?", fragte Becca. Sie sah auf die Uhr. „Es ist schon fast Feierabend. Kann das nicht bis morgen warten?"

„Nein, das kann es verdammt noch mal nicht." Seit der Entdeckung der Wegwerf-Handys in Patricks Nachttisch schien Raven von einer manischen Energie ergriffen zu sein. Seine Stimme war lauter, seine Bewegungen schneller, als hätte jemand die Vorspultaste auf seiner Fernbedienung gedrückt. „Sie sollen sofort herkommen, und wenn sie sich querstellen, sagen Sie mir Bescheid. Das könnte der Durchbruch sein, auf den wir gewartet haben." Er drehte sich um und eilte zur Tür.

„Raven?", sagte Becca. „Wohin gehen Sie?"

„Ich fahre zurück zum Revier, um dort die Dinge in Gang zu bringen. Ich will, dass Shane Denton morgen früh erneut vernommen wird. Wir haben das alles falsch eingeschätzt. Shane hat Patrick nicht mit Kokain versorgt – es war genau andersherum. Wir müssen anfangen, das Netz weiter auszuwerfen, herausfinden, mit wem Patrick Geschäfte gemacht hat, seine letzten Wochen rekonstruieren. Diese Telefone könnten uns helfen, sein gesamtes Netzwerk aufzudecken. Dies ist erst der Anfang einer viel größeren Ermittlung."

Mit einem Fingerschnippen verschwand er wie ein Wirbelsturm und ließ Becca erschöpft zurück. Eigentlich hatte sie gehofft, an diesem Abend ihren Freund Sam zu sehen, aber daraus wurde wohl nichts. Sie fand sich mit ihrer Aufgabe ab und wählte die Nummer von Holly Chang bei der Spurensicherung.

„Hi Becca, was hast du für mich?" Hollys Stimme klang fröhlich wie immer, aber Becca fragte sich, wie sie wohl auf diesen spontanen Auftrag reagieren würde, während sie sich wahrscheinlich gerade auf den Feierabend vorbereitete.

„Du musst für mich das Haus eines Opfers durchsuchen."

„Opfer? Ist es der Junge vom Strand?"

„Genau", sagte Becca. „Patrick Lofthouse. Wir haben ein paar versteckte Wegwerf-Handys in seinem Schlafzimmer gefunden."

„Ach was?", sagte Holly. „Patrick war ein böser Junge, nicht wahr?"

„Sieht ganz danach aus. Raven möchte, dass du vorbeikommst und alles gründlich durchsuchst, falls hier noch mehr zu finden ist."

„Raven. Das ist also dein neuer Chef? Wie ist er denn so?"

Becca hielt inne, bevor sie antwortete. Wie genau war Raven denn so? Manchmal konnte er ein guter Chef sein. Ruhig, kompetent, zuvorkommend. Aber er war auch launisch. Sie hatte gesehen, wie er aus Frust gegen die Wand schlug, wenn die Dinge nicht so liefen, wie er wollte. Er hatte sich sehr schnell mit Dr. Felicity Wainwright überworfen. Und er konnte in langes, nachdenkliches Schweigen versinken, wie an jenem Morgen, als er von Full

Sutton zurückgefahren war, den Blick starr auf die Straße gerichtet, den Fuß auf dem Gaspedal, das Auto von einer düsteren Stimmung erfüllt. Da half es auch nicht, dass er in seinem langen schwarzen Mantel und der Krawatte aussah wie ein Leichenbestatter.

„Er ist, äh, sehr effizient", sagte sie zu Holly. „Er bringt Dinge in Bewegung."

Holly gluckste. „Klingt nach einem ziemlichen Arsch."

„Ganz und gar nicht. Aber er kann manchmal ziemlich anstrengend sein."

„Okay", sagte Holly. „Ich werde es für morgen früh einplanen."

„Äh … Raven will, dass du sofort herkommst. Er sagte, es sei dringend."

Ihre Ankündigung wurde mit betretenem Schweigen quittiert. „Heute Abend?", fragte Holly schließlich. „Ich hatte eigentlich schon etwas vor. Du weißt schon … Familienleben?"

„Raven war sehr nachdrücklich."

„War er das?"

Becca wartete in der Hoffnung, Raven nicht anrufen zu müssen, um ihm mitzuteilen, dass die Spurensicherung heute Abend nicht zur Verfügung stand.

„In Ordnung", brummte Holly schließlich. „Ich treibe ein paar arme Teufel auf, die mir helfen, und dann kommen wir sofort rüber. Und ich hoffe, dieser Mistkerl Raven weiß das zu schätzen."

Die Leitung war tot, und Becca bereitete sich innerlich auf einen weiteren langen Abend vor. Wenigstens konnten sie und Holly sich gegenseitig trösten, indem sie über Raven schimpften. Eines konnte man ihrem neuen Chef lassen, er hatte ein Talent dafür, sich Feinde zu machen.

★

Die Ampel schaltete auf Grün, und Raven lenkte den BMW ungeduldig durch den Berufsverkehr. Sein Instinkt, dass Patrick mehr als nur ein unschuldiges Opfer war, hatte sich als richtig erwiesen. Was auch immer hier vor sich ging, Patrick war im Zentrum des Geschehens gewesen, und Raven war zuversichtlich, dass sie diese neue Spur wirklich weiterbringen würde.

Er hoffte, dass er Becca nicht zu viel zugemutet hatte, als er sie bat, zu bleiben und das CSI-Team zu beaufsichtigen. Er hatte nicht einmal daran gedacht, sie zu fragen, ob sie Pläne für den Abend hatte. Eine junge Frau hatte zweifellos Besseres zu tun, als Überstunden zu machen. Aber Überstunden waren im Polizeidienst unvermeidlich, und sie würde sich daran gewöhnen müssen. Er hatte aufgehört zu zählen, wie viele hundert Stunden er im Laufe der Jahre damit verbracht hatte, Beweise zu sichten, in Autos zu sitzen und Häuser von Verdächtigen zu observieren oder einfach nur Papierkram zu erledigen. Ein unvermeidliches Risiko des Berufs. Doch wohin hatte ihn das geführt? Seine ständige Abwesenheit hatte schließlich bewirkt, dass Lisa ihn verlassen hatte. Nach dreiundzwanzig Jahren Ehe. So sehr er auch versucht hatte, es zu verdrängen, der Schmerz über ihren Verrat durchbohrte ihn immer noch wie ein Messer. Er wollte nicht, dass Becca das Gleiche widerfuhr.

Aber die Entdeckung der Wegwerf-Telefone war ein echter Durchbruch, und es wäre geradezu sträflich, diese Chance ungenutzt verstreichen zu lassen.

Bei seiner Ankunft auf dem Polizeirevier war er erfreut, dass sein gesamtes Team noch da war. Er versammelte sie um das Whiteboard. „Also gut, hören Sie zu. Es gibt eine neue Entwicklung. Es sieht jetzt mehr als wahrscheinlich aus, dass Patrick in kriminelle Machenschaften verwickelt war, sehr wahrscheinlich in Drogenhandel."

Er beobachtete ihre Reaktionen, während er ihnen von der Entdeckung der Telefone in Patricks Schlafzimmer erzählte. Sie waren zunächst überrascht, akzeptierten es dann aber schnell. Sie hatten alle gespürt, dass Patrick in etwas verwickelt gewesen sein musste.

„Die Spezialisten der digitalen Forensik werden die beiden Motorolas und Patricks Laptop untersuchen", fuhr er fort. „In der Zwischenzeit möchte ich Patricks Aktivitäten genauer unter die Lupe nehmen. Wo war er in den Tagen und Wochen vor seiner Ermordung? Wen hat er getroffen? Hatte er Feinde? Komplizen? Er hatte diese Wegwerf-Handys nicht nur für Selbstgespräche. Tony, Sie setzen sich mit der Spurensicherung in Verbindung und finden heraus, wen Patrick mit diesen Telefonen angerufen hat und von wem er angerufen wurde."

„Ich kümmere mich darum, Sir", sagte Tony und notierte seine Anweisungen.

„Ausgezeichnet", sagte Raven. DC Tony Bairstow war eindeutig jemand, auf den man sich verlassen konnte, der jede ihm übertragene Aufgabe annahm und erledigte. Er tat, was man von ihm verlangte, ohne nach Ruhm zu streben. Er war genau die Art von hart arbeitendem Polizisten, den die meisten leitenden Ermittler klonen würden, wenn sie könnten.

„Dan", fuhr Raven fort, „Sie haben die Liste mit allen Nummern, die Patrick von seinem Haupttelefon aus angerufen hat. Sprechen Sie mit ihnen und finden Sie heraus, wo er sich in den letzten, sagen wir, zwei Wochen herumgetrieben hat."

„Zwei Wochen? In Ordnung, Sir. Kein Problem."

Raven hatte sich noch kein Bild von DC Dan Bennett gemacht, aber er spürte, dass der junge Mann ehrgeizig war. Was nicht unbedingt schlecht war. Raven war in seiner Zeit als junger Detective bei der Met selbst zielstrebig gewesen. Aber echter Ehrgeiz ging mit harter Arbeit einher, mit der Bereitschaft, sich durchzubeißen. Raven spürte, dass Dans Eifer oberflächlich und aus Ungeduld geboren war. Selbst jetzt hockte er lässig auf der Kante seines Schreibtisches und wippte auf höchst ablenkende Weise mit dem Fuß. Vielleicht war Raven ungerecht, aber die Art, wie Bennett sich kleidete, irritierte ihn. Dan verbrachte für Ravens Geschmack eindeutig zu viel Zeit mit dem Styling seiner Haare, dem Polieren seiner Schuhe und der Auswahl seiner Krawatten. Was ihn daran erinnerte, dass er immer noch Gillians Anweisungen befolgen und sein Kleiderproblem beheben musste. Er würde auf dem Heimweg in der Stadt einen kurzen Einkaufsbummel einlegen müssen. Er brauchte nicht nur eine neue Krawatte. Ihm waren die Hemden und die Unterwäsche ausgegangen, und da er keine Zeit zum Waschen hatte, würde er bald streng riechen, wenn er sich nicht bald mit neuer Wäsche eindeckte.

Er hatte gar nicht erst versucht, die uralte Waschmaschine im Haus seines Vaters zu benutzen, aus Angst, die Küche unter Wasser zu setzen. Würde sie nach über dreißig Jahren Nichtgebrauch überhaupt noch funktionieren? Nach dem Tod seiner Mutter hatte sein Vater die schmutzige Wäsche in einen Waschsalon gebracht und alles in dieselbe Trommel gestopft – Feinwäsche, Buntwäsche und weiße Wäsche –, so dass alle Shirts von Raven eingelaufen waren und im selben Einheitsgrau endeten. Nichts war je wieder gebügelt worden.

„Was soll ich tun, Sir?" Der Klang von DC Jess Barracloughs Stimme durchbrach Ravens Gedanken. Er konnte immer noch nicht fassen, wie jung Jess aussah. Kaum zu glauben, dass sie älter war als seine eigene Tochter. Aber sie machte ihre Sache gut und es fehlte ihr nicht an Enthusiasmus.

Raven hielt die Asservatentüte mit dem Briefpapier hoch, das Becca gefunden hatte. „Das hier lag in Patricks Zimmer. Es ist vielleicht nicht von Bedeutung, aber wir müssen der Spur nachgehen. Das Papier stammt aus Gisborough Hall, dem Landhotel bei Redcar." Das zustimmende Nicken in der Runde verriet Raven, dass das Hotel, oder zumindest seine Existenz, dem Team bekannt war.

Er reichte den Zettel an Jess weiter und zeigte ihr die handgeschriebene Nachricht. *17. Oktober, 19 Uhr!* „Der siebzehnte Oktober war genau eine Woche vor Patricks Ermordung. Was war für ihn an diesem Tag so wichtig? Und wie kam er in den Besitz dieses Briefbogens? War er am siebzehnten Oktober im Hotel? Oder war er an einem anderen Tag dort?"

„Sie wollen, dass ich zum Hotel fahre?", fragte Jess hoffnungsvoll. Der Besuch eines Luxushotels war offensichtlich attraktiver als ein weiterer Ausflug zu Shanes schlammigem Wohnwagenpark in Redcar.

„Ja, bitte", sagte Raven zu ihr. „Damit bleibt noch eine letzte Aufgabe", sagte er halb zu sich selbst. „Ich werde dafür sorgen, dass ein paar uniformierte Beamte Shane Denton gleich morgen früh abholen und zum Verhör herbringen. Aber jetzt muss ich noch ein paar Besorgungen machen, wenn Sie mich entschuldigen."

Er warf einen Blick auf die Uhr. Wenn er sich beeilte, würde er es noch rechtzeitig vor Ladenschluss in die Herrenabteilung von Marks & Spencer schaffen.

*

Raven lief gerade den Korridor entlang, als Derek Dinsdale plötzlich aus einem Besprechungsraum auftauchte, als hätte er sich auf die Lauer gelegt. Der DI versuchte, es wie eine zufällige Begegnung aussehen zu lassen, aber Raven ließ sich nicht täuschen. Er wollte an ihm vorbeigehen, aber Dinsdale stellte sich ihm in den Weg.

Raven blieb stehen und musterte seinen Widersacher, wenig beeindruckt von dem, was er sah. Ein zerknitterter brauner Anzug. Ein Bierbauch, der sich über einem viel zu engen Hosenbund wölbte. Graues Haar, nach hinten gekämmt in dem vergeblichen Versuch, eine wachsende Glatze zu verbergen.

„DCI Raven", knurrte Dinsdale. „Ich habe gehört, dass Sie heute dem HMP Full Sutton einen Besuch abgestattet haben."

Raven wusste nicht, woher Dinsdale seine Informationen hatte, und er machte sich nicht die Mühe, danach zu fragen. Er bezweifelte, dass er eine ehrliche Antwort bekommen würde. „Dann wissen Sie ja, warum." Er versuchte noch einmal, seinen Weg fortzusetzen, aber

Dinsdale rührte sich nicht von der Stelle.

„Sie sind auf dem Holzweg, Raven. Ich habe den Max-Hunt-Fall geleitet. Ich habe Lewis Briggs hinter Gitter gebracht. Es war eine wasserdichte Verurteilung. Sie werden keine Fehler in dieser Ermittlung finden, falls das ihr Plan sein sollte."

„Ich bin nicht hier, um Spielchen zu spielen", sagte Raven. „Und wenn Lewis' Verurteilung so wasserdicht ist, wie Sie behaupten, dann sollte es Ihnen nichts ausmachen, dass ich ihn erneut befrage."

„Hat er Ihnen etwas erzählt?"

Dinsdales Blick war herausfordernd, provozierend. Raven verspürte den Drang, diesem selbstzufriedenen Gesicht einen Faustschlag zu verpassen.

„Das dachte ich mir", schloss Dinsdale selbstzufrieden.

Raven spürte, wie seine Wut anschwoll, wie eine Schlange, die sich in seinem Inneren entfaltete. „Worauf wollen Sie hinaus, Dinsdale?"

Der ältere Mann funkelte ihn an. „Ich will damit sagen: Lassen Sie die Finger davon. Sie haben mir schon den Fall Patrick Lofthouse weggenommen. Glauben Sie nicht, dass Sie sich auch noch in den Mordfall Max Hunt einmischen können. Die Verurteilung ist wasserdicht und der Schuldige sitzt im Gefängnis, wo er hingehört. Ich hatte forensische Beweise, Zeugenaussagen und auch ein volles Geständnis."

„Was ist mit dem Motiv?", fragte Raven.

Ein Schatten huschte über Dinsdales Gesicht. „Schwachköpfe wie Lewis Briggs brauchen kein Motiv. Sie müssen nur mit dem falschen Fuß aufgestanden sein, um jemanden töten zu wollen."

„Wirklich?", sagte Raven. „Und doch hat sich Lewis die Mühe gemacht, eine Waffe zu besorgen, um den Mord zu begehen. Es war eindeutig ein vorsätzlicher Mord. Haben Sie eine Ahnung, wie ein ‚Schwachkopf' wie er an eine Waffe gekommen ist?"

Dinsdale grinste. „Nur weil wir nicht in London sind, heißt das nicht, dass keine illegalen Schusswaffen im

Umlauf sind. Sie halten das hier vielleicht für ein verschlafenes Küstenstädtchen, aber mit dem Zug sind Sie in zwei Stunden in Leeds und nach Manchester dauert es nicht viel länger. Gehen Sie in den richtigen Pub am falschen Ende der Stadt, und Sie können alles kaufen, was Sie wollen. Pistolen, Schrotflinten, sogar automatische Waffen. Und die Munition gleich dazu."

„Gibt es Beweise dafür, dass Lewis Briggs in den Tagen vor dem Mord nach Leeds oder Manchester gereist ist?", fragte Raven scharf. Dinsdales Schweigen war Antwort genug. „Dachte ich mir. Sie haben Lewis zwar ein Geständnis entlockt, aber das war bemerkenswert wenig detailliert. Er war nicht in der Lage, einen Grund zu nennen, warum er Max Hunt getötet hat. Er weigerte sich zu sagen, woher er die Waffe hatte. Haben Sie auch nur die Möglichkeit in Betracht gezogen, dass ein Dritter den Mord beauftragt und die Waffe besorgt haben könnte?"

Dinsdale bleckte frustriert die Zähne. „Hören Sie, Raven. Ich sage Ihnen, die Verurteilung war hieb- und stichfest. Es gab keine dritte Partei, kein kompliziertes Motiv, kein Mysterium, wie dieser Drecksskerl an eine Waffe gekommen ist. Er sitzt hinter Gittern, und es bringt nichts, Fragen zu stellen. Also halten Sie sich von Lewis Briggs fern. Und halten Sie sich auch von Darren Jubb fern, wenn Sie wissen, was gut für Sie ist."

Jetzt spürte Raven wirklich, wie sein Zorn aufflammte. Er trat einen Schritt vor und drückte sein Gesicht bedrohlich nah an Dinsdales schweißnasses Gesicht, wobei er sich bewusst war, dass er einen halben Kopf größer war als sein Gegner. „Warum?"

Der ältere Mann wich zurück. „Weil Jubb kein Mörder ist. Er ist kein Engel, aber mit so etwas hat er nichts zu tun. Sie verschwenden Ihre Zeit, wenn Sie ihn verdächtigen."

„Ach ja?", sagte Raven. „Es scheint, als hätten Sie den Ausgang bereits entschieden. Lösen Sie alle Ihre Fälle auf diese Weise?"

„Natürlich nicht."

„Dann lassen Sie mich Ihnen einen Rat geben." Raven

stieß Dinsdale gegen die Brust und drückte ihn gegen die Wand des Korridors. „Ich bin für diese Ermittlung verantwortlich, und ich werde sie so führen, wie ich es für richtig halte. Wenn ich Lewis Briggs verhören will, dann tue ich das. Wenn ich die losen Enden, die Sie nicht weiterverfolgt haben, untersuchen will, dann tue ich das. Und wenn ich Darren Jubb oder sonst jemanden befragen will, werde ich sicher nicht um Ihre Erlaubnis bitten. Ist das klar?"

Schweiß trat auf Dinsdales Stirn und er versuchte, sich loszureißen, aber Raven packte ihn am Hemd und hielt ihn fest.

„Ich sagte: Ist das klar?"

„Wollen Sie mir drohen?", fragte Dinsdale.

In den Augen des anderen Mannes spiegelte sich nun nackte Angst, und Raven erkannte, dass er zu weit gegangen war. Er ließ den DI los, der in sichere Entfernung zurückwich.

„Sie waren es, der mir gedroht hat", sagte Raven. „Ich weiß, dass Sie den Zettel in meinem Schreibtisch hinterlassen haben. ‚Passen Sie auf sich auf'. Nun, ich mag keine Drohungen."

„Das war keine Drohung", protestierte Dinsdale. „Es war eine Warnung."

„Wie meinen Sie das?"

„Genau so, wie es da stand – passen Sie auf sich auf." Dinsdale richtete sein Hemd und versuchte, etwas Würde zurückzugewinnen. „Sie haben keine Ahnung, wie die Dinge hier laufen. Sie sind nur eine Schachfigur."

Raven lachte spöttisch. „Und was sind Sie, Dinsdale? Der König?"

Der Detective schüttelte den Kopf. „Ich bin nur ein weiterer einfacher Bauer. Ich will damit nur sagen, dass Sie sich vor der Dame in Acht nehmen sollten."

Darum ging es also wirklich bei dieser Begegnung. Dinsdales Groll darüber, dass Gillian ihn aufs Abstellgleis gestellt hatte. Seine existenziellen Ängste, ein abgehalfterter Ex-Bulle zu sein. Seine Panik, in der

Bedeutungslosigkeit zu verschwinden.

„Ich habe keine Zeit für diesen Unfug." Raven schob sich an Dinsdale vorbei zum Ausgang. Er musste nach draußen, bevor er den Mann ernsthaft verletzte.

Dinsdale hatte ihn absichtlich provoziert, aber Raven wusste, dass er eine Grenze überschritten hatte. Er hätte den anderen Mann niemals schubsen, ihn nicht packen dürfen. Sein Zorn hatte ihn überwältigt, und nun spürte er eine Welle neuer Wut, die sich gegen ihn selbst richtete. Und auch Abscheu. Abscheu vor dem, was er getan hatte, und vor dem, was er noch hätte tun können, wenn die Angst in Dinsdales Augen ihn nicht gebremst hätte.

Er stieß die Tür auf und trat hinaus in die Kälte. Er hätte jetzt eine Zigarette gebraucht, um sich zu beruhigen. Und dabei hatte er seit über zwanzig Jahren nicht mehr geraucht. Seltsam, wie alte Gewohnheiten plötzlich aus dem Nichts auftauchen und um seine Aufmerksamkeit buhlen konnten.

Aber Raven würde der Versuchung nicht nachgeben. Er wusste, wohin dieser Weg führte. Der Zorn und die Gewalttätigkeit seines Vaters waren durch eine ähnliche Sucht genährt worden – Alkohol –, und Raven hatte alles in seiner Macht Stehende getan, um nicht wie sein Vater zu werden. Seit jener schrecklichen Nacht, die ihn als Sechzehnjährigen aus Scarborough vertrieben und den Rest seines Lebens bestimmt hatte, hatte er keinen Drink mehr angerührt. Er hatte mit aller Kraft versucht, die Wut seines Vaters in sich zu ersticken. Aber hier war er nun, ein erwachsener Mann von siebenundvierzig Jahren, der sich von einem verdammten Idioten wie Derek Dinsdale verunsichern ließ.

„Scheiße!" Er warf einen Blick auf die Uhr und stellte fest, dass er seine Chance zum Einkaufen verpassen würde. Er machte sich auf das unvermeidliche Brennen in den Beinen gefasst, das der Lauf mit sich bringen würde, und setzte sich in Bewegung, eilte die Straße entlang in Richtung Stadt.

KAPITEL 17

*S*eine Mutter kommt die knarrende Treppe hinunter, den Morgenmantel eng um sich geschlungen. Er erinnert sich an die grünen Steppnähte, den hohen Kragen, das Blumenmuster auf der Vorderseite. Am Fuß der Treppe wartet er auf sie, verborgen im Schatten, wie ein Geist. Sie bleibt stehen, als sie ihn sieht. „Was ist los, Tom? Kannst du nicht schlafen?" Sie hat geweint. Das kann er sehen. Obwohl er erst – wie alt ist er? – sieben Jahre ist? Auch er hat geweint. Er geht zu ihr, spürt ihre Arme um sich, und fühlt sich geborgen. Am liebsten würde er für immer dort bleiben. „Ich habe ein Geräusch gehört", sagt er. „Es hat mich geweckt." Sie fragt nicht, was das für ein Geräusch war, sondern nimmt nur seine Hand. „Geh wieder ins Bett, Tom. Es ist schon spät." Er lässt sich von ihr nach oben in sein Zimmer führen, lässt sich von ihr zudecken. Er sieht die blauen Flecken in ihrem Gesicht, das Auge, das bereits dunkel anläuft. Er weiß, dass es am Morgen noch schlimmer aussehen wird. „Bist du wieder hingefallen?", fragt er sie. Sie sagt nichts, küsst ihn nur auf die Stirn und löscht das Licht. „Schlaf gut, Tom. Schlaf gut ..."*

Der nächste Tag begann, wie so viele in Scarborough, mit dem Kreischen der Möwen. Die lärmenden Biester flatterten wild vor Ravens Schlafzimmerfenster. Vielleicht hatten sie eine Mülltüte entdeckt, deren Inhalt sich auf der Straße verteilt hatte. Vielleicht taten sie es aber auch nur, um ihn zu ärgern. Er würde es ihnen zutrauen.

Er quälte sich aus dem Bett, stöhnte, als sein Bein sein Gewicht aufnahm. Am Abend zuvor war er gerannt, so schnell er konnte, aber der Laden hatte schon geschlossen, als er ihn erreichte. Jetzt hatte er keine Wahl. Wieder der schwarze Anzug, wieder ein gebrauchtes Hemd und dieselbe Unterwäsche. Heute musste er es endlich schaffen, sich frische Kleidung zu besorgen.

Er duschte schnell, sprühte sich eine Extraportion Deo unter die Achseln und nahm dann in der beengten Küche seinen täglichen Kampf mit dem Gasherd auf. Am Abend zuvor war er so erschöpft gewesen, dass er sich nicht die Mühe gemacht hatte, zu kochen. Stattdessen hatte er sich in der Imbissbude wieder Backfisch und Pommes mit Currysauce geholt. Und warum auch nicht? Mit einer Portion Erbsen war das fast eine ausgewogene Mahlzeit.

Nach dem Frühstück aus Speck und Eiern ließ er die allzu klebrige Antihaftpfanne im Spülbecken einweichen und machte sich auf den Weg nach draußen. Ein eisiger Wind blies ihm ins Gesicht, fegte vom Meer her durch die Quay Street. Es erstaunte ihn immer wieder, dass das Haus nur wenige Meter von der Hafenpromenade entfernt stand und trotzdem keinen Meerblick hatte. Die Quay Street befand sich in bester Lage in der Altstadt, aber die Straße selbst war eher eine Windschneise als eine richtige Straße, kaum breit genug, dass ein einziges Auto zwischen den hohen Backsteinhäusern hindurchpasste. An manchen Stellen standen die Häuser so dicht beieinander, dass man, wenn man sich aus einem der oberen Fenster lehnte, seinem Nachbarn gegenüber fast die Hand schütteln konnte. Im Sommer konnte es bezaubernd aussehen, mit üppigen Blumenampeln an den Fassaden. Im Oktober verlor der Ort seinen Reiz, und im tiefsten Winter würde sich das alte Haus in eine eisige Höhle verwandeln. Die Fenster würden im Sturm klirren, während eisige

Ostwinde durch jede Spalte drangen und Kälte bis in den letzten Winkel trugen.

Er lief die Straße entlang bis zum Parkplatz am Ende. Kaum Platz für zwei Dutzend Autos. Was würde er tun, wenn er eines Tages voll war? Dann musste er wohl die East Sandgate hinauffahren und sein Glück in den verwinkelten Gassen zwischen Castlegate und Longwestgate versuchen, auf dem steilen Hügel, der zur Burg hinaufführte. Bis jetzt hatte er Glück gehabt und war dankbar, dass gerade Nebensaison war.

Der M6 stand genau da, wo er ihn abgestellt hatte, und leuchtete zinngrau unter dem bleiernen Morgenhimmel. Er schloss auf und wollte gerade die Fahrertür öffnen, als er einen Fleck auf dem Lack bemerkte. Er bückte sich, um einen genaueren Blick darauf zu werfen, und stellte fest, dass es sich nicht nur um einen Fleck, sondern um eine Schramme handelte. Irgendein Mistkerl hatte eine etwa einen Meter lange Linie in die Karosserie geritzt.

Seine Finger glitten darüber, prüften die Tiefe der Furche. Das war kein zufälliger Unfall gewesen. Das war vorsätzlicher Vandalismus. Ein Schlüssel oder ein anderes Werkzeug war benutzt worden, um das Metall zu zerkratzen.

„Verdammt."

War dies das Werk von Jugendlichen? Oder hatte man es auf ihn abgesehen? Die Worte von Dinsdale kamen ihm wieder in den Sinn. *Halten Sie sich von Darren Jubb fern, wenn Sie wissen, was gut für Sie ist.*

Wenn das ein plumper Einschüchterungsversuch war, dann hatte Dinsdale – oder wer auch immer dafür verantwortlich war – ihn ernsthaft unterschätzt. Er stieg in den Wagen und fuhr los, der Motor heulte auf, die Hinterräder drehten durch, dann schoss er vom Parkplatz auf das Kopfsteinpflaster, das nach Sandside führte.

*

Raven war heute Morgen schlecht gelaunt und machte

keinen Hehl daraus. *Schön und gut*, dachte Becca, aber es war nicht Raven, der gestern Abend bei den Lofthouses hatte bleiben müssen, um eine ungewöhnlich mürrische Holly zu beaufsichtigen, während die CSI-Teamleiterin und ihr Assistent Patricks Schlafzimmer nach weiteren Beweisen durchkämmten. Am Ende hatten sie nichts von Bedeutung gefunden, und Holly war schließlich gegen neun gegangen, nicht, ohne Raven einmal mehr für seine unverschämten Forderungen zu verfluchen.

Als Becca nach Hause kam, hatte ihre Mutter einen Steak-and-Kidney-Pie für sie im Ofen warmgehalten. Schnell hatte sie noch Erbsen und Kartoffeln dazu gemacht. Und zum Nachtisch gab es Apfel-Crumble mit Vanillesoße.

„Du bist ein Schatz, Mum", hatte Becca gesagt, und ihre Mutter hatte vor Freude gestrahlt.

Raven hingegen hatte heute für niemanden ein Lächeln übrig und nahm kaum zur Kenntnis, dass sie und Holly mehrere unbezahlte Überstunden gemacht hatten, um seinen Forderungen nachzukommen.

„Und sonst war wirklich nichts in Patricks Zimmer?", fragte er. „Gar nichts?"

„Was haben Sie denn erwartet?", fragte sie, doch er hatte darauf keine Antwort. Stattdessen wollte er wissen, wo er den Lack seines Autos ausbessern lassen konnte.

„Letzte Nacht zerkratzt", erklärte er knapp. „Wahrscheinlich ein paar Jugendliche, die sich einen Spaß erlaubt haben."

„Sie könnten Gordon Lofthouse fragen", schlug sie vor. „Lofthouse Cars macht neben dem Verkauf auch Reparaturen."

Ravens Gesicht blieb regungslos. „Ich vermische Geschäftliches nicht mit Privatem."

„Dann überlassen Sie es mir", sagte Becca. „Ich frage meinen Bruder. Er kennt immer jemanden."

Solange man sich mit *bar auf die Hand, keine Fragen, keine Garantie* zufriedengab. Aber das behielt sie lieber für sich. Ihr Bruder meinte es gut, und Raven war nicht in der

Position, wählerisch zu sein. Wenn er sich nicht selbst um eine Werkstatt kümmern wollte, musste er eben mit dem zufrieden sein, was Liam vorschlug.

Er klatschte in die Hände, um die Aufmerksamkeit aller im Raum zu gewinnen. „Also gut. Erzählen Sie mir, woran Sie heute arbeiten." Er deutete auf Dan. „Sie zuerst, Dan."

Dan schluckte nervös und rückte seine bereits perfekt sitzende Krawatte zurecht. Offensichtlich wollte er seinen neuen Chef unbedingt beeindrucken und hatte Angst, einen Fehler zu machen. Becca empfand ein wenig Mitleid mit ihm. Raven konnte einschüchternd wirken, wenn er in einer seiner düsteren Launen war. „Sir, Sie haben mich gebeten, Patricks Bewegungen in den letzten zwei Wochen zu rekonstruieren."

„Gut. Probleme damit?"

„Nein, Sir. Ich kümmere mich sofort darum."

Ravens Blick wanderte zu seinem nächsten Teammitglied. „Was ist mit Ihnen, Tony?"

„Ich stehe mit der Forensik wegen der Wegwerfhandys in Verbindung, Sir, und setze die Suche nach Patricks Auto fort."

„Ausgezeichnet." Raven ließ seinen Blick durch den Raum schweifen. „Wo ist Jess heute Morgen?"

„Sie ist direkt nach Gisborough Hall gefahren, um das Briefpapier zu prüfen", sagte Becca. „Sie ist wahrscheinlich gegen Mittag zurück."

Raven nickte zufrieden. „Und Sie, Becca?"

„Sie haben mir noch nichts zugeteilt", sagte Becca, „aber Shane Denton wurde zum Verhör hergebracht. Vielleicht möchten Sie, dass ich Sie begleite?"

Endlich regte sich ein Anflug von Zufriedenheit auf Ravens düsterem Gesicht. „Das würde ich sehr begrüßen. Mal sehen, was er zu sagen hat."

★

„Also", sagte Raven mit einem schmalen Lächeln, „da sind wir wieder. Scheint langsam zur Gewohnheit zu werden,

Shane."

Shane Dentons Blick wanderte nervös zwischen Raven und Becca hin und her, während er seine Umgebung musterte. Er war zu unchristlicher Stunde von zwei uniformierten Polizisten aus dem Schlaf gerissen und in den Verhörraum in Scarborough gebracht worden, wo er auf Ravens Geheiß auf sein Verhör gewartet hatte. Sein Haar war fettig, sein Kinn unrasiert, und er schien die gleiche Kleidung zu tragen wie bei der letzten Befragung.

Da sind wir schon zu zweit, dachte Raven missmutig.

„Sie können mich nicht einfach hierherschleppen", protestierte Shane. „Das ist nicht rechtens. Sie haben mich schon einmal wegen Drogenbesitzes festgenommen. Sie können mich nicht noch einmal verhaften."

„Sie sind nicht verhaftet, Shane", erklärte Becca. „Dennoch ist dies eine offizielle Vernehmung und alles, was Sie sagen, kann als Beweismittel verwendet werden."

„Ach ja?", sagte Shane. „Ihre Schlägertruppe hat mich mitten in der Nacht aus dem Bett geholt, verdammt. Die haben meine Tür eingetreten."

„Das bezweifle ich", sagte Raven, „aber wenn Sie eine offizielle Beschwerde einreichen möchten, gebe ich Ihnen später die entsprechenden Formulare. Jetzt möchte ich erst einmal mit Ihnen darüber sprechen, woher Sie Ihr Gras und Kokain bezogen haben."

Shane verstummte augenblicklich. Sein Wunsch, sich über die Schikanen der Polizei zu beschweren, schien wie weggeblasen.

Raven legte ein Foto auf den Tisch, das einen Beutel mit weißem Pulver zeigte. „Dieses Kokain, um genau zu sein." Er legte ein zweites Foto daneben. „Und dieses Cannabis."

Doch Shane sagte nichts.

„Wir haben Zeugenaussagen", fuhr Raven fort, „die besagen, dass Sie es waren, der Patrick zum ersten Mal mit Drogen in Kontakt gebracht hat. Es wäre logisch anzunehmen, dass Sie sein Lieferant waren, nicht wahr?"

Shane öffnete den Mund, als wolle er etwas sagen, aber

dann überlegte er es sich anders. Er schien den Blick nicht von den Fotos auf dem Tisch abwenden zu können.

„Eine Blutprobe von Patrick, die bei der Obduktion entnommen wurde, enthielt Spuren von Kokain", so Raven weiter. „Die Tests ergaben, dass er ein regelmäßiger Konsument war. Wir wissen, dass er Sie regelmäßig in Redcar besucht hat. Jeder vernünftige Mensch würde daraus schließen, dass er zu Ihnen kam, um sich mit Nachschub einzudecken. Kennen Sie die Höchststrafe für Drogenhandel, Shane?"

Shane blickte auf, sagte aber kein Wort.

„Die Höchststrafe für den Handel mit Drogen der Klasse A ist lebenslänglich." Raven ließ diese Aussage einen Moment lang sacken. „Das ist eine ganz andere Hausnummer als das Verbrechen, das Ihnen derzeit zur Last gelegt wird."

„Ich war's nicht", murmelte Shane.

„Was waren Sie nicht, Shane?", fragte Becca.

„Ich habe nicht gedealt. Ich hab nur für mich selbst gekauft."

„Woher hatten Sie dann die Drogen? Wer hat Ihnen das Koks verkauft?"

Shane sah aus, als würde er am liebsten im Boden versinken, aber er nuschelte: „Es war Patrick. Pat hat mir den Stoff verkauft."

Raven nickte zufrieden. Genau, wie er vermutet hatte. „Und woher hatte Patrick das Kokain?"

Shane zuckte mit den Schultern. „Keine Ahnung. Er hat immer gesagt, er kann's besorgen, wann immer ich will. Ich geb zu, dass ich ihn dazu gebracht habe, Weed und Koks zu nehmen, aber bald war er derjenige, der das Zeug gekauft und an mich weitergegeben hat. Ich weiß allerdings nicht, woher er es hatte. Ich hab nie gefragt."

„Sie haben nie gefragt", wiederholte Raven. „Hören Sie, Shane, das ist mein Problem. Sie haben zugegeben, dass Sie Koks von Patrick gekauft haben, und von Scarlett wissen wir, dass Patrick auf dem Weg zu Ihnen war, als er ermordet wurde. Sie waren nicht in der Lage, uns ein Alibi für Ihren Aufenthaltsort zum Zeitpunkt seines Todes zu liefern" – Shane öffnete den Mund, um zu protestieren, aber Raven hob die Hand – "ungeachtet der Aussage Ihrer Oma. Und Patricks Leiche wurde irgendwo zwischen Scarborough und Redcar ins Meer geworfen. Das bringt Sie also in eine sehr verzwickte Lage. Sehen Sie, Sie sind jetzt der Hauptverdächtige in unserer Mordermittlung."

Shane blieb bei Ravens Aussage vor Entsetzen der Mund offen stehen.

"Sie hatten ein klares Motiv", fuhr Raven fort. "Der Diebstahl der Drogen, die Patrick Ihnen besorgt hatte. Sie hatten die Gelegenheit. Wir müssen nur noch beweisen, dass Sie Zugang zu einer Schusswaffe hatten, und schon sitzen Sie nicht nur wegen Drogenbesitzes, sondern auch wegen Mordes."

"Nein", platzte Shane heraus. "Ich habe nie. Ich habe nicht. Ich war es nicht."

Raven beugte sich über den Tisch, sein Gesicht nur Zentimeter von Shanes entfernt. "Dann erzählen Sie uns, was Sie wissen, Shane. Alles, was Sie über Patrick wissen."

KAPITEL 18

DC Jess Barraclough war froh, dem Polizeirevier zu entkommen und in dem alten Land Rover, in dem ihr Vater ihr das Fahren beigebracht hatte, durch die North York Moors zu fahren. Das Auto war eine ziemliche Schrottkarre und hatte schon über hundertfünfzigtausend Meilen auf dem Tacho, aber ihr Vater hielt nichts davon, Dinge wegzuwerfen. „Pass gut auf ihn auf, Jess, Liebes, dann hält er ein Leben lang", hatte er gesagt, als er ihr die Schlüssel überreichte. Momentan konnte sie sich ohnehin nichts Besseres leisten und über die Jahre hatte sie das alte Arbeitstier mit seinem klapprigen Getriebe und dem stotternden Auspuff ins Herz geschlossen.

Sie war zur Polizei gegangen, um nicht den ganzen Tag am Schreibtisch festzusitzen, und hatte sich gefreut, als DCI Raven sie gebeten hatte, nach Gisborough Hall zu fahren, um sich über Patrick Lofthouses Aufenthalte dort zu erkundigen. Die Fahrt würde etwa eine Stunde dauern, und in dieser Zeit konnte sie sich einfach zurücklehnen und die Landschaft genießen.

Selbst an einem rauen und windigen Tag wie heute

fand sie die Moorlandschaft atemberaubend. Wo andere eine kahle, fast baumlose Einöde sahen, ließ die Weite der mit Heidekraut bewachsenen Moore ihr Herz höher schlagen. Das war ihre Heimat, denn sie war in Rosedale Abbey aufgewachsen, einem winzigen Dorf mitten im Moor. Im Vergleich dazu kam ihr Scarborough laut und hektisch vor, die Spielhallen an der Strandpromenade schrill und geschmacklos. Sie ertrug den Trubel der Küstenstadt, weil sie ihre Arbeit liebte, aber sie war froh über jede Gelegenheit, die Stadt hinter sich lassen zu können. Wenn sie an den Wochenenden nicht gerade ihre Familie in Rosedale Abbey besuchte, war sie meist beim Wandern auf dem Cleveland Way oder beim Radfahren auf dem Cinder Track, einem alten Bahndamm entlang der Küste, nach Ravenscar oder hinauf nach Highwood Brow. Im Sommer hatte sie zwei fantastische Wochen damit verbracht, den gesamten Pennine Way von Edale in Derbyshire bis Kirk Yetholm an der schottischen Grenze zu bewältigen. Ja, die Moore waren genau ihr Ding. Nicht, dass man dort draußen in einen Schneesturm geraten wollte. Das war ihr einmal passiert, und sie hatte im nächstgelegenen Pub Schutz suchen müssen, bis der Schneepflug durchkam. Heute allerdings war ihr einziges Problem, dass das Auto vom Wind hin und her geschüttelt wurde und ein Wolkenbruch drohte. Sie gab Gas und fuhr weiter in Richtung Whitby.

Es war auch eine Erleichterung, DC Dan Bennett los zu sein. Dan war ein attraktiver Mann, aber Jess war nicht daran interessiert, sich mit einem Kollegen einzulassen. Das Letzte, was sie nach einem langen Arbeitstag wollte, war, mit jemandem über Polizeiarbeit zu reden. Und wenn sie ehrlich war, konnte Dan ein ziemlicher Idiot sein und war immer ein bisschen zu aufdringlich, wenn er mit ihr flirtete. Es war fast peinlich, ihm dabei zuzusehen.

Aber ihre Gedanken drehten sich ohnehin nicht um die Liebe. Mit einundzwanzig war sie das jüngste Teammitglied und hatte erst im Sommer ihren Dienst in Uniform beendet. Sie hatte nicht studiert wie Becca und

Dan und verfügte auch nicht über Tonys jahrelange Berufserfahrung. Sie war sich bewusst, dass sie die jüngste Detective in Scarborough war. Aber das machte sie umso entschlossener, sich zu beweisen und zu zeigen, was sie konnte.

Sie begrüßte die Ankunft des neuen Chefs, DCI Raven. Auch wenn er mit seiner strengen Miene – ganz zu schweigen von seinem pechschwarzen Haar, dem schwarzen Mantel und dem schwarzen Anzug – ein wenig furchteinflößend wirken konnte, brachte er nach Dinsdales zäher Führung endlich frischen Wind ins Team. Und er hatte ihr sein Vertrauen geschenkt und ihr bereits zwei Aufträge gegeben, die sie allein erledigen durfte. Zuerst Redcar. Und jetzt Gisborough Hall.

Die Zufahrt zum Hotel lag nur wenige Meter von der Hauptstraße entfernt. Sie folgte dem Schild zur Rezeption, fuhr langsam eine kurze Allee entlang, deren kahle Äste sich über ihr wölbten. Der Weg machte eine Rechtskurve, sie passierte eine lange, akkurat geschnittene Hecke und hielt schließlich vor dem Hotel. Das ehemalige Landhaus aus dem neunzehnten Jahrhundert war im jakobinischen Stil erbaut, mit Sprossenfenstern, steilen Giebeln und hohen Schornsteinen. Zu dieser Jahreszeit waren die dunklen Steinmauern von tiefrotem, wildem Wein überwuchert.

Jess stieß die schwere Holztür auf und zeigte der jungen, schwarz gekleideten Frau an der Rezeption ihren Dienstausweis.

„DC Jess Barraclough von der Kriminalpolizei in Scarborough. Ich untersuche den Mord an Patrick Lofthouse, dessen Leiche vor drei Tagen am Strand von Scarborough gefunden wurde."

Falls die Rezeptionistin, die laut Namensschild *Kirsty* hieß, durch die Ankunft eines Detectives oder die Erwähnung einer Mordermittlung verunsichert war, war sie zu professionell, um es sich anmerken zu lassen. Dies war ein Hotel der gehobenen Klasse, und man investierte offensichtlich in das Personal. „Ich habe davon in den

Lokalnachrichten gehört", sagte Kirsty. „Wie kann ich helfen?" Ihr Akzent war typisch Middlesbrough.

„Wir gehen davon aus, dass sich Mr. Lofthouse vor seinem Tod in diesem Hotel aufgehalten haben könnte. Das hier haben wir unter seinen persönlichen Gegenständen gefunden." Jess zog das Briefpapier aus einer schwarzen Mappe. „Können Sie bestätigen, dass dieses Papier aus Gisborough Hall stammt?"

„Ja, das ist unser Logo", sagte Kirsty. „Alle unsere Zimmer sind damit ausgestattet. Heutzutage wird es nicht mehr oft benutzt, aber es gehört zum Service."

„Danke", sagte Jess und legte das Blatt Papier in die Mappe zurück. „Jetzt würde ich gerne wissen, wann Patrick Lofthouse hier übernachtet hat. Und ist er öfter hier gewesen? Könnten Sie das für mich herausfinden?"

Kirsty zögerte. „Ich bin mir nicht sicher. Solche Informationen sind vertraulich."

Jess schenkte der Empfangsdame ein kurzes Lächeln. „Dann muss ich vielleicht mit Ihrem Vorgesetzten sprechen. Könnten Sie ihn bitte für mich rufen?"

Sie hoffte, dass die Aussicht, ihren Chef holen zu müssen, die Rezeptionistin zur Kooperation bewegen würde. Notfalls könnte sie einen Durchsuchungsbefehl besorgen, aber es wäre viel schneller und unkomplizierter, wenn Kirsty einfach im System nachsehen würde.

Kirsty dachte kurz nach. „Ich denke, es kann nicht schaden, wenn ich die Buchungen für Sie durchsehe. Sie sind ja schließlich von der Polizei ..."

„Genau", sagte Jess. „Kein Grund, Ihren Chef zu belästigen."

Sie konnte sehen, dass es Kirsty insgeheim sogar Spaß machte. Zweifellos würde sie ihren Freundinnen davon erzählen, wenn sie sich das nächste Mal auf einen Drink trafen. „In welchem Zeitraum soll ich suchen?"

„Fangen wir mit dem siebzehnten Oktober an", sagte Jess. Das war das Datum auf dem Briefpapier.

Kirsty tippte auf der Tastatur herum und ließ ihren Blick über den Bildschirm schweifen. „Niemand mit dem

Namen Patrick Lofthouse war am siebzehnten hier." Sie klang enttäuscht. Aber Jess wusste, dass man bei Ermittlungen Geduld haben musste.

„Was ist mit jemandem namens Tristan?", fragte sie.

Kirsty scrollte erneut durch die Buchungen. „Nein, tut mir leid."

„Okay, kein Problem, dann schauen wir uns die Zeit vor dem siebzehnten an."

Jess wartete geduldig, während Kirsty die Liste der Buchungen durchging. An den Wänden der Rezeption hingen Landschaftsgemälde und Strichzeichnungen. Ein Ehepaar mittleren Alters in gewachsten Mänteln und festen Stiefeln kam die Treppe herunter und ging nach draußen. Obwohl die Außenanlagen des Hotels atemberaubend waren und die Lage ideal zum Wandern, war dies nicht die Art von Hotel, in der Jess auf ihren Wandertouren übernachtete. Ihr knappes Budget reichte nur für familiengeführte B&Bs und Jugendherbergen. Einer ihrer Favoriten war die Jugendherberge oben auf der Klippe in Whitby, direkt neben der Ruine der alten Abtei.

„Ich glaube, ich habe ihn gefunden!" Kirsty klang aufgeregt.

„Ausgezeichnet", sagte Jess. „Wann war er hier?"

„Er hat am zehnten Oktober ein Doppelzimmer für eine Nacht gebucht. Auf den Namen Tristan Lofthouse."

„Ein Doppelzimmer", sagte Jess und notierte das Datum. „War er in Begleitung?"

„Nun, wenn ich Doppelzimmer sage", sagte Kirsty, „dann ist das eigentlich ein Standardzimmer. Alle unsere Zimmer sind entweder Doppel- oder Zweibettzimmer. Einzelzimmer haben wir hier nicht."

„Verstehe. Aber war er allein?"

„Die Buchung lief nur auf seinen Namen", sagte Kirsty. „Sonst ist niemand erwähnt."

„Es ist reine Spekulation", sagte Jess, „aber ich nehme nicht an, dass Sie an dem Tag gearbeitet haben? Erinnern Sie sich, wie er eingecheckt hat?"

„Tut mir leid", sagte Kirsty bedauernd.

„Dann schauen wir mal, ob er noch an anderen Tagen hier war."

„Lassen Sie mich nachsehen. Möchten Sie in der Zwischenzeit einen Kaffee?"

Jess lehnte ab, fragte aber, ob sie das Zimmer sehen dürfe, in dem Patrick übernachtet hatte.

„Ich sehe nach, ob es belegt ist", sagte Kirsty. „Nein, Sie haben Glück, es ist im Moment frei." Sie programmierte eine Schlüsselkarte und zeigte Jess den Weg zum Zimmer.

Das Zimmer im ersten Stock war genauso prächtig, wie Jess es erwartet hatte. Das Himmelbett aus Mahagoni war mit makelloser, weißer Bettwäsche bezogen, die Wände mit Blumentapeten verziert, und durch die bleiverglasten Fenster blickte man auf einen Krocketrasen und die umliegende Landschaft. Das Zimmer verfügte über einen originalen Kamin, einen Kristallleuchter und ein Marmorbad. Sehr edel. Aber was hatte Patrick Lofthouse hier zu suchen? Und was war so wichtig an dem Datum und der Uhrzeit, die er auf das Briefpapier geschrieben hatte?

Als sie zur Rezeption zurückkehrte, empfing Kirsty sie mit der Nachricht, dass sie vier weitere Aufenthalte eines Tristan Lofthouse in diesem Hotel gefunden hatte. Sie gab Jess einen Ausdruck, aus dem hervorging, dass er zweimal im August und zweimal im September hier übernachtet hatte, immer im selben Zimmer.

Jess dankte Kirsty für ihre Hilfe.

„Gern geschehen", strahlte Kirsty. „Wenn Sie noch etwas brauchen, rufen Sie mich einfach an."

Jess ging zurück zu ihrem Auto und fragte sich, ob Kirsty ihren Freundinnen bereits die Nachricht geschickt hatte, dass sie der Polizei bei ihren Ermittlungen in einem Mordfall geholfen hatte.

KAPITEL 19

„Er weiß also nichts", schloss Raven. „Außer, dass Patrick ein Dealer war."

Er und Becca waren auf dem Weg zurück in den Einsatzraum, nachdem sie das Verhör von Shane Denton beendet hatten. Raven hatte Shane bereits entlassen und nach Redcar zurückgeschickt, in Begleitung der beiden Polizisten, die ihn am Morgen hergebracht hatten. Die beiden schienen amüsiert, als sie von Shanes Vorwürfen der Polizeibrutalität erfuhren. „Mitten in der Nacht?", sagte der erste. „Es war frühestens sieben Uhr. Wäre er mal zu einer anständigen Zeit ins Bett gegangen, dann hätte er sich nicht so darüber aufgeregt."

„Und wir haben seine Tür nicht eingetreten", fügte der zweite empört hinzu. „Wir haben nur so lange dagegen gehämmert, bis er aufgemacht hat, um zu sehen, was es mit dem Lärm auf sich hatte."

„Nun, keine Sorge", beruhigte Raven sie. „Er wird keine Beschwerde einreichen. Er ist nur froh, hier rauszukommen, ohne ein zweites Mal verhaftet zu werden."

„Und Sie haben ihm seine Geschichte geglaubt?",

fragte Becca Raven, als sie die Tür zum Einsatzraum erreichten.

Raven dachte über die Frage nach. „Er hatte Angst, als ich ihm gesagt habe, er sei ein Verdächtiger in einer Mordermittlung. Panische Angst. Also hat er uns entweder wirklich alles erzählt, was er wusste – was nichts war, was wir nicht schon selbst herausgefunden hatten –, oder er hat Patrick erschossen und verzweifelt gelogen, um seine Haut zu retten. Aber im Moment haben wir nichts gegen ihn in der Hand." Raven stieß die Tür auf und wartete, bis Becca hindurchgegangen war.

„Glauben Sie immer noch, dass es eine Verbindung zwischen diesem Fall und dem Mord an Max Hunt gibt?", fragte sie.

„Zumindest eine starke Parallele", sagte Raven. „Max Hunt war ein Dealer, genau wie Patrick. Die Frage, die wir uns in beiden Fällen stellen müssen, ist, wer von ihrem Tod profitiert hat."

Tony wartete bereits auf sie und kam zu ihnen, als Raven eintrat. „Sir, es gibt Neuigkeiten über Patricks Auto. Es wurde auf der Salt Pans Road gefunden. Ein Spaziergänger hat es gemeldet, nachdem ihm aufgefallen war, dass es seit Tagen auf dem Grünstreifen stand."

„Salt Pans Road", sagte Raven und rief sich vergessene geografische Details ins Gedächtnis. „Das ist nördlich von hier, oder?"

„Ja, etwa zwei Meilen die Straße hoch", bestätigte Tony. „Gleich hinter dem Dorf Cloughton. Die Salt Pans Road ist eine einspurige Straße, die direkt zur Küste führt. Das Auto wurde am Ende der Straße abgestellt."

„Ist es möglich, dass er dort getötet und ins Meer geworfen wurde?"

„Das würde zu dem passen, was die Küstenwache gesagt hat, Sir."

„Ausgezeichnet", sagte Raven. „Das könnte eine sehr wichtige Entwicklung sein. Wir müssen sofort die Spurensicherung einschalten."

„Ich habe bereits ein Team organisiert, das den Wagen

abholt", sagte Tony. „Sie bringen ihn gerade zurück, damit die Forensik nach Fingerabdrücken suchen kann. Und die CSI ist unterwegs, um die Gegend abzusuchen."

Raven lächelte. Das war genau die Art von Neuigkeiten, die er brauchte. „Gute Arbeit, Tony", sagte er und klopfte dem DC freundlich auf die Schulter.

Tony nahm das Kompliment mit einem kurzen Nicken entgegen.

★

Raven blickte über die trostlose Küstenlandschaft. Die Salt Pans Road war nichts weiter als eine einspurige Schotterstraße, die durch verlassenes Ackerland zum Meer führte. Wer bis zum Ende fuhr, hatte das Gefühl, am Ende der Welt angekommen zu sein. Ein Niemandsland, wo sich Land, Wasser und Himmel trafen. Der Wind ließ das lange Gras in Wellen tanzen, während die Brandung sanft gegen den schmalen Strandstreifen darunter schlug. Das CSI-Team war draußen und durchkämmte das Gelände. Wenn dies der Ort war, an dem Patrick hingerichtet worden war, dann bestand die Möglichkeit, dass sich noch ein Hinweis finden ließ. Sein verschwundenes Handy. Eine Blutspur. Doch das Gebiet war weitläufig, und bislang hatten sie nichts entdeckt.

„Der Spaziergänger sagt, das Auto steht seit Montagmorgen hier", sagte Becca. „Es könnte am Sonntagabend hier abgestellt worden sein, aber sicher ist das nicht."

Das naheliegendste Szenario war, dass Patrick hierher gefahren war, um jemanden zu treffen, und dass diese Person ihn erschossen und seine Leiche ins Meer geworfen hatte. Dies war ein abgelegener Ort, wie geschaffen für einen erfrischenden Spaziergang. Oder für ein Treffen, bei dem man nicht gesehen werden wollte. Aber wenn Patrick in seinem Auto oder im Auto des Mörders erschossen und an den Strand geschleift worden wäre, gäbe es Spuren. Blut. Zertrampelte Vegetation. Doch davon war nichts zu sehen. War er vielleicht mit seinem unbekannten Angreifer am Strand spazieren gegangen und dort getötet worden? Wenn ja, hatte das Meer vielleicht schon alle Beweise weggespült.

Raven beobachtete das CSI-Team bei der Arbeit. Die Teamleiterin, eine Frau, gab Anweisungen. Sie hatte bei ihrer Ankunft kurz mit Becca gesprochen, Raven jedoch demonstrativ ignoriert und stand nun mit dem Rücken zu ihm. Die Menschen in Yorkshire konnten manchmal ziemlich schroff sein.

„Wir müssen von Tür zu Tür gehen, um herauszufinden, ob jemand etwas gesehen hat", sagte Raven. Er drehte sich einmal im Kreis und ließ seinen Blick schweifen. Kein einziges Gebäude in Sicht. Keine Spur menschlicher Anwesenheit, abgesehen von der Straße, die hierher führte, und einer einzelnen Bank, von der aus man auf die felsige Bucht blicken konnte. Doch der Ort war nicht völlig abgeschieden. Der Spaziergänger, der das verlassene Auto gemeldet hatte, war sicher nicht der Einzige, der hierher kam, um spazieren zu gehen. Und weiter oben an der Hauptstraße gab es Häuser.

Er ließ seinen Blick ein letztes Mal über die Baumgruppen und Grasbüschel gleiten, die sich hartnäckig an den Boden klammerten, und kehrte dann in den Schutz seines Autos zurück.

„Das ist ein übler Kratzer", sagte Becca und musterte die beschädigte Karosserie des M6.

„Ja", stimmte Raven zu. „Sehr übel."

★

Als Raven wieder auf dem Polizeirevier ankam, erschrak er, als er Detective Superintendent Gillian Ellis gegenüberstand. Ihr Gesicht war wie versteinert, ihr Blick kalt und hart. Raven brauchte keine jahrelange Erfahrung als Detective, um zu ahnen, dass sie rasend vor Wut war.

„Wir sehen uns später, DS Shawcross", sagte er und beobachtete, wie Becca erleichtert den Korridor hinunterhuschte.

„In mein Büro", sagte Gillian. „Sofort."

Er folgte ihr ins Büro und blieb vor ihrem Schreibtisch stehen, während sie Platz nahm. Einen Sitzplatz bot sie ihm nicht an.

„DCI Raven", begann sie ohne Umschweife, „es ist mir zu Ohren gekommen, dass Sie und DI Dinsdale gestern aneinandergeraten sind."

„Das stimmt", sagte Raven. Es hatte keinen Sinn zu leugnen, was sie bereits wusste. „Aber mit Verlaub, Ma'am, der Mann hat mich absichtlich provoziert."

Gillian hob eine Hand, um ihn zu unterbrechen. „Provoziert oder nicht, ich erwarte von meinen Beamten höchste Professionalität. Eine Auseinandersetzung zwischen zwei erwachsenen Männern auf dem Flur ist inakzeptabel. Haben Sie mich verstanden? Inakzeptabel!"

„Hat DI Dinsdale eine Beschwerde gegen mich eingereicht, Ma'am?"

„Nein", räumte Gillian ein. „Hat er nicht. Aber das ist nicht der Punkt. Der Punkt ist, dass Ihr Verhalten bei weitem nicht dem entspricht, was man von einem leitenden Ermittler erwartet. Von jedem Polizeibeamten, um genau zu sein. Ich musste Ihnen bereits eine mündliche Verwarnung erteilen. Nennen Sie mir einen guten Grund, warum ich Sie nicht einfach nach London zurückschicken oder wegen groben Fehlverhaltens entlassen sollte."

Raven schwieg. Er wusste, dass nichts, was er sagte, Gillians Meinung über ihn beeinflussen würde. Sie würde ihre eigene Entscheidung treffen.

Sie rieb sich mit den Fingerspitzen über die Nase und musterte ihn. „Ich habe gehört, dass Sie gestern dem HMP Full Sutton einen Besuch abgestattet haben. Warum?"

„Ma'am, um einen Gefangenen zu befragen. Lewis Briggs. Er verbüßt eine lebenslange Haftstrafe für den Mord an ..."

„Ich weiß, wer Lewis Briggs ist", unterbrach sie ihn scharf. Sie fixierte ihn mit ihren kleinen Augen, während sie in Gedanken komplizierte Berechnungen anstellte, die nur sie verstand. „Haben Sie irgendwelche Beweise, die auf einen Justizirrtum hindeuten?"

„Nein, Ma'am."

„Glauben Sie, dass Lewis Briggs etwas mit den laufenden Ermittlungen zu tun haben könnte?"

„Nein, Ma'am."

Sie kniff die Augen weiter zusammen, bis sie kaum mehr als schmale Schlitze waren. „Nun, dann ...?"

„Es gibt Parallelen zwischen dem Mord an Max Hunt und dem an Patrick Lofthouse, Ma'am. Ich wollte diesen Parallelen nachgehen."

„Und haben Sie bei Ihrem Besuch im Gefängnis irgendwelche Erkenntnisse gewonnen, DCI Raven?"

„Nein, Ma'am."

Er konnte erkennen, dass sie seine direkten Antworten zu schätzen wusste. Sie nickte kaum merklich, bevor sie ihre nächste Frage formulierte. „Was genau hat DI Dinsdale getan, um Sie zu provozieren, DCI Raven?"

Raven witterte eine Falle. War das ein Loyalitätstest? Würde sie es als Zeichen mangelnden Vertrauens werten, wenn er ihre Frage ehrlich beantwortete? Wenn er nicht verriet, was Dinsdale gesagt hatte, würde sie ihn dann für einen Verräter halten? Er wollte ihr erzählen, dass Dinsdale es versäumt hatte, offensichtlichen Hinweisen im Fall Max Hunt nachzugehen. Er wollte ihr sagen, dass Dinsdale ihn davor gewarnt hatte, gegen Darren Jubb zu ermitteln. Er wollte ihr sagen, dass er Gillian beschuldigt hatte, die „Dame" in einem zwielichtigen Spiel zu sein.

„Nichts, Ma'am. Der Vorfall war allein meine Schuld."

Ihr Nicken verriet ihm, dass er genau die Antwort gegeben hatte, die sie hören wollte. „Dann sprechen wir nicht mehr darüber, DCI Raven. Es sei denn, ich habe erneut Grund, Sie hierher zu zitieren. Sie wurden jetzt zweimal verwarnt. Machen Sie sich keine Illusionen, eine dritte Chance wird es nicht geben."

„Nein, Ma'am. Danke, Ma'am."

„Sie haben immer noch keine neue Krawatte gekauft." Sie seufzte genervt und entließ ihn mit einer knappen

Handbewegung. „Und jetzt gehen Sie mir aus den Augen, Tom. Und sehen Sie zu, dass Sie sich auch ein paar saubere Hemden besorgen. Sie stinken."

*

Da Raven sich bewusst war, dass er dringend neue Kleidung brauchte und nur knapp der Entlassung entgangen war, sorgte er dafür, dass er das Büro pünktlich verließ und sich auf eine längst überfällige Einkaufstour in die Stadt begab.

Das Stadtzentrum hatte sich im Laufe der Jahre ein wenig verändert – die Woolworth-Filiale, in der er seine erste CD geklaut hatte, war geschlossen und von Poundland übernommen worden –, aber die grundlegende Aufteilung und die Atmosphäre waren noch genauso wie in seiner Jugend. Marks & Spencer befand sich noch immer an derselben Stelle in der angrenzenden Newborough Road. Er betrat das Geschäft und ging direkt in die Herrenabteilung. Seit jeher hatte er seine Hemden, Socken und Unterwäsche bei M&S gekauft, trotz Lisas unermüdlicher Versuche, seinen Horizont zu erweitern. Seine unkreative Einstellung zu Kleidung hatte seine Frau schier in den Wahnsinn getrieben, doch insgeheim wusste Raven genau, warum er so hartnäckig an seinen alten Gewohnheiten festhielt. Seine Mutter hatte ihm seine Sachen immer bei M&S gekauft, und weiterhin dort einzukaufen, war eine der wenigen Möglichkeiten, die Erinnerung an sie lebendig zu halten. Es war wirklich tragisch.

Er durchstöberte die Kleiderständer auf der Suche nach den gleichen Hemden, die er immer kaufte. Das Geschäft hatte sein Sortiment im Laufe der Jahre oft geändert, aber Raven suchte trotzdem stets nach demselben Stil. Schmal geschnitten, aus hundert Prozent Baumwolle, reinweiß. Er nahm ein halbes Dutzend aus dem Regal, legte eine großzügige Menge schlichter grauer Socken dazu und stapelte seine üblichen Boxershorts darüber. Mit seiner Beute im Arm ging er zur Kasse und bezahlte.

Gerade als er den Laden verlassen wollte, fiel ihm etwas ein. Er kehrte in die Herrenabteilung zurück, wählte eine schlichte marineblaue Krawatte und bezahlte ein zweites Mal. „Da sitzt aber einer locker auf dem Geld", scherzte die Frau an der Kasse.

„Glauben Sie das bloß nicht." Raven zwinkerte ihr zu. „Sie werden mich frühestens in zwölf Monaten wiedersehen."

Nachdem er den BMW an seinem gewohnten Platz abgestellt hatte, trug er seine Einkäufe durch die dunkle, schmale Quay Street, während er mit seinen Schlüsseln hantierte. Er hätte sich ein weiteres Fish-and-Chips-Menü einverleiben können, aber er war fest entschlossen, sich erst am Wochenende wieder in der Imbissbude blicken zu lassen. Freitagabend frühestens. Also musste eine Tiefkühlpizza herhalten.

Vor ihm schlug eine Autotür zu. Zu seinem Erstaunen parkte ein roter Porsche vor seinem Haus und versperrte die Straße. Eine Frau stand im Licht einer Straßenlaterne, ihr rotblondes Haar fiel ihr über die Schultern, ihre schlanke Silhouette zeichnete sich im Schein der Lampe ab.

Ein Schauer lief ihm über den Rücken. Das konnte nicht sein. Es war unmöglich.

„Donna", keuchte er. „Donna Craven." Doch es war die Stimme seines jugendlichen Ichs, die aus dem Körper eines Mannes sprach.

Sie trat auf ihn zu, ihre Züge wurden nun vollständig sichtbar, das Licht der Laterne verwandelte ihr Haar in eine Art Heiligenschein. „Hallo, Tom. Ich habe gehört, dass du wieder in der Stadt bist."

KAPITEL 20

Alte Eichenbalken, freiliegendes Mauerwerk und ein flackernder Kaminofen in der Ecke. Das warme Licht der Hotelbar spielte mit ihrer glatten Haut und brachte ihre Augen zum Funkeln.

„Man sieht dir dein Alter nicht an, Donna", sagte Raven. „Keiner würde je vermuten, dass du ..."

Sie legte einen perfekt manikürten Finger auf seine Lippen. „Du brauchst es nicht laut auszusprechen, Tom. Lass die Leute ihre eigenen Vermutungen anstellen. Und du siehst auch gut aus. Hast du immer."

„Jetzt schmeichelst du mir aber, Donna." Er grinste. „Aber hör bloß nicht auf."

Nachdem er den ersten Schock über das Wiedersehen mit seiner alten Freundin überwunden hatte, war er mit ihr in dieses Hotel, ein paar Meilen außerhalb von Scarborough, gefahren. Ein gemütlicher, ungezwungener Ort, um sich in Ruhe zu unterhalten. „Ein diskretes Plätzchen, wo uns niemand stört", hatte Donna erklärt, „und das Essen ist fantastisch."

„Ich fahre", hatte Raven ihr gesagt. „Du kannst dein Auto auf den Parkplatz stellen."

Bei ihrer Ankunft hatten sie Essen bestellt, Raven ein Steak mit Pommes, Donna einen Salat mit gebratenen Jakobsmuscheln, Garnelen und Langusten. Eine Flasche Wein lehnte er ab, weil er noch fahren musste. „Mineralwasser mit einem Spritzer Limette reicht mir völlig", hatte er ihr gesagt. Donna bestellte ein großes Glas Chenin Blanc.

„Wie lange ist es her?", fragte sie. „Dreißig Jahre?"

„Einunddreißig."

„Klingt, als hättest du mitgezählt." Sie warf ihm einen neckischen Blick über den Rand ihres erhobenen Weinglases zu und nahm einen Schluck. „Und was hast du all die Jahre getrieben?"

„Das ist kompliziert."

„Gut. Du weißt, dass ich langweilige Geschichten hasse."

„Nun ..."

Wie sollte man einunddreißig Jahre in ein paar Sätzen zusammenfassen? Die fünf Jahre in der Armee hatten sich wie eine Ewigkeit angefühlt. Mit sechzehn war er eingetreten, um seinem Leben in Scarborough zu entfliehen. Dem Tod seiner Mutter, dem Alkoholkonsum und der zunehmenden Gewalt seines Vaters. Der Wut auf Darren und der Scham über sein eigenes Verhalten. Die Armee hatte ihm eine Lösung für all seine Probleme geboten. Disziplin, Kameradschaft, ein gemeinsames Ziel. Sie hatte ihm die Sicherheit gegeben, nach der er sich gesehnt hatte. Die Chance, sich neu zu erschaffen und die Vergangenheit hinter sich zu lassen. Dann, mit neunzehn, wurde er nach Bosnien geschickt. Das erste Mal im Ausland, und mitten in einem Kriegsgebiet. Keine noch so gute Ausbildung konnte einen darauf vorbereiten.

Die komplexe Lage auf dem Balkan war ihm ein Rätsel gewesen, aber er verstand, dass Soldaten erst dann eingesetzt wurden, wenn alle politischen Lösungsversuche gescheitert waren. Sie waren dort, um den Frieden zu sichern, aber das bedeutete nicht, dass sie nicht auch kämpfen mussten, wenn es notwendig war. Das Gefecht in

Goražde hatte nur eine Viertelstunde gedauert, aber am Ende war einer seiner Kameraden tot, er war verwundet und musste auf einer Trage vom Schlachtfeld gebracht werden. Er hatte nicht die Absicht gehabt, an diesem Tag sein Leben zu riskieren. Es war eine instinktive Reaktion gewesen, seinen Kameraden zu helfen. Erst als alles vorbei war, wurde ihm klar, dass er eine Entscheidung getroffen hatte.

Sie hatten ihn operiert, sein Bein so gut es ging zusammengeflickt und ihm einen Orden verliehen. Aber er würde nie mehr derselbe sein. Wäre er heute noch in der Armee, wenn er nicht angeschossen worden wäre? Eine Frage ohne Antwort, eine von vielen.

Nach Goražde hatte die Armee ihren Reiz verloren. Sie hatte ihm gute Dienste geleistet und es ihm ermöglicht, von Scarborough wegzukommen und erwachsen zu werden, aber die Hitze des Gefechts hatte ihn verändert, und es war an der Zeit gewesen, weiterzuziehen. Und so war er in den Süden gegangen, nach London, hatte sich der Polizei angeschlossen und sich bei der Met bis zum Detective Chief Inspector hochgearbeitet. In der Zwischenzeit hatte er geheiratet, eine Tochter bekommen und sich wieder getrennt. So weit, so vorhersehbar. Er gab Donna eine kurze Zusammenfassung, ließ aber er die Teile aus, die ihn langweilten oder die er lieber nicht erwähnen wollte.

Das Essen wurde serviert und er schnitt in sein Steak. Es war genau nach seinem Geschmack zubereitet – außen gut durch, innen fast roh. Blut sickerte über den Teller, als er das Fleisch in Stücke teilte.

Donna nippte an ihrem Wein, hielt das Glas mit ihren schlanken Fingern, die langen Nägel leuchtend rot lackiert. Fast die gleiche Farbe wie ihr Auto.

„Detective Chief Inspector", sagte sie. „Wer hätte das gedacht? Schon ein paar Ladendiebe geschnappt, Tom?" Sie lächelte ihn an, ihre purpurroten Lippen formten sich zu einem Halbmond, um zu zeigen, dass sie nichts im Schilde führte, sondern dass dies nur ein gemeinsamer

Scherz zwischen ihnen war.

Donna Craven. Er konnte kaum glauben, dass er hier mit ihr saß – der Frau, die damals noch ein Mädchen gewesen war und sein Herz im Sturm erobert hatte. Donna, das heißeste Mädchen der Schule. Mit ihrem langen Haar und ihrer umwerfenden Figur war sie mit dem Selbstbewusstsein eines Supermodels durch die Schulkorridore flaniert. Alle Jungs waren verrückt nach ihr. Die Mädchen hassten sie, taten aber so, als wären sie ihre Freundinnen. Sie war weit außerhalb seiner Liga, dachte er damals. Umso unglaublicher war es, als sie ihn gefragt hatte, ob sie zusammen in einen Club gehen wollten. Natürlich waren sie zu jung, aber sie kamen rein. Donna konnte so etwas. Mit ihrem Make-up und den High Heels sah sie locker aus wie achtzehn oder älter. Die härtesten Türsteher wurden in ihren Händen zu Wachs. Er erinnerte sich noch genau an ihren ersten Kuss, als sie vor der Novemberkälte neben dem Futurist Cinema Schutz gesucht hatten. Erst zaghaft, dann plötzlich heftig und leidenschaftlich. Sie hatte etwas in ihm entfacht, von dem er nicht wusste, dass es existierte. Danach hatten sie sich eine Zigarette geteilt, und er hatte sich so erwachsen gefühlt. Er glaubte, die Liebe seines Lebens gefunden zu haben. Und vielleicht hatte er das auch.

Er versuchte, das Gespräch von sich abzulenken. „Ich kann kaum glauben, wie umwerfend du aussiehst, Donna." Es stimmte. Mit sechzehn war sie von Natur aus schlank gewesen. Jetzt, mit siebenundvierzig, hatte sie den Körper einer Frau, die offensichtlich hart gearbeitet hatte, um in Form zu bleiben. Ihr ärmelloses Kleid betonte ihre straffen Oberarme, sie hatte ihren flachen Bauch und ihre schmale Taille behalten, und ihr Gesicht hatte verdächtig wenige Falten. Ihr Parfüm wehte über den Tisch, Moschus mit einem Hauch von Vanille.

„Ich halte mich gern fit", sagte sie achselzuckend und mit einem Lächeln.

„Es geht dir also gut?"

„Ich kann mich nicht beklagen."

„Und der Porsche?" Wie er stammte auch Donna nicht aus einer wohlhabenden Familie. Ganz im Gegenteil. Ihr Vater hatte sich mit Gelegenheitsjobs durchgeschlagen. Ihre Mutter hatte als Gemeindeschwester gearbeitet.

„Ich habe einen wohlhabenden Mann geheiratet. Du weißt, das war immer mein Masterplan."

„Glückwunsch, dass du ihn verwirklicht hast. Bist du glücklich?"

„So glücklich, wie man eben sein kann. Ich habe einen Mann, der mich anhimmelt, und zwei wunderbare Kinder. Was will eine Frau mehr?"

„Sag du es mir, Donna." Ihm war aufgefallen, dass sie „anhimmelt" und nicht „liebt" gesagt hatte. Und dass sie nicht erwähnt hatte, dass sie ihren Mann auch liebte.

Sie legte ihr Besteck beiseite, hob ihr Weinglas und blickte ihn fest an. „Ich habe meine Wahl getroffen, Tom. Genau wie du deine."

Er spürte, wie seine Stimmung angesichts ihres Vorwurfs kippte. „Es tut mir leid, dass ich gegangen bin."

Eine einzelne Träne glitt aus ihrem Augenwinkel und schimmerte in dem sanften Licht. „Du hast mir das Herz gebrochen, Tom. Du hast mir nicht einmal gesagt, dass du gehst." Ihre Stimme war brüchig, zitterte, als würde sie jeden Moment aufgeben. „Ich dachte, du wärst in ein paar Tagen zurück. Dann wurden aus Tagen Wochen, und aus Wochen Monate. Ich habe so lange gehofft."

Er schluckte. „Du weißt, warum ich gehen musste, Donna."

„Nein. Ich weiß, warum du dachtest, du müsstest gehen. Aber du hattest eine Wahl. Du hättest bleiben können."

Was, wenn ich es getan hätte?

Aber er hatte seine Entscheidung getroffen. Er hatte sie in einer kalten Winternacht getroffen, vor einer halben Ewigkeit. Entscheidungen konnte man kein zweites Mal treffen. Man hatte nur einen Versuch im Leben.

Donna blinzelte die Träne weg. Als sie wieder sprach, hatte sie ihre Fassung zurückgewonnen. „Ich sehe, dass du ohne Probleme gehen kannst. Ich hätte nie gedacht, dass du angeschossen wurdest. Tut es weh?"

„Nur bei kaltem Wetter. Du hast mich also online gestalkt, ja?"

Sie lächelte. „Bilde dir nichts darauf ein. Ich habe vor Jahren in den *Scarborough News* darüber gelesen."

„Die *Scarborough News*, was? Na, dann bin ich ja jetzt ein richtiger Star."

„Kurzzeitig."

Ein Kellner räumte ihre Teller ab und brachte Donna ein zweites Glas Wein. „Cheers", sagte sie und hob es an ihre Lippen.

„Cheers." Er trank sein Mineralwasser mit Limette.

Zwischen ihnen herrschte Schweigen, ein Echo der tiefen Stille, die seit einunddreißig Jahren anhielt. Ein Raum voller Erinnerungen, Sehnsüchte und Bedauern. Damals waren sie ein Junge und ein Mädchen gewesen. Eine einfache Geschichte, bestimmt für ein Happy End. Doch dann war die Dunkelheit gekommen.

„Erzähl mir von den anderen", sagte Raven.

Donna hob überrascht die schmalen Augenbrauen. „Du meinst Darren? Willst du das wirklich wissen? Ihm geht es ziemlich gut. Er hat Franks Geschäft übernommen und ist in die Unterhaltungsbranche eingestiegen."

„Du meinst seinen Nachtclub?"

Sie klopfte ihm auf den Arm. „Du hast es schon gewusst!"

„Ich bin Polizist. Es ist mein Job, alles zu wissen. Was ist mit Harry?"

Harry Hood. Das vierte und letzte Mitglied ihrer kleinen Bande. Ein weiteres Schlitzohr – schmieriger als Darren, gieriger als Donna, skrupelloser als Raven. Er war der Schlimmste von allen gewesen. In Ravens Vorstellung schmorte er irgendwo im Gefängnis. Kaum vorstellbar, dass Harry etwas aus seinem schäbigen Dasein gemacht hatte.

„Du weißt es nicht?", sagte Donna. „Wirklich nicht?"

„Nein."

„Er ist Strafverteidiger geworden."

„Das glaube ich nicht." Raven merkte, dass ihm der Mund offenstand.

„Warum denn nicht? Er ist ein Wilderer, der zum Wildhüter wurde, Tom. Genau wie du."

„Das ist nicht dasselbe!" Raven war zur Polizei gegangen, weil es ihm nach seinem Ausscheiden aus der Armee als naheliegender Karriereschritt erschienen war. Aber tief in seinem Inneren wusste er, dass es eine Art Sühne war, der Versuch, seine vielen Jugendsünden wiedergutzumachen. Bei Harry Hood konnte er sich das kaum vorstellen. Reue hatte nie auf Harrys Agenda gestanden, nur der Wunsch, sich die Taschen zu füllen. „Anwälte verdienen gut", sagte er trocken. „Anders als Polizisten."

Donna verzog das Gesicht. „Fang jetzt bloß nicht an, dich selbst zu bemitleiden, Tom. Du weißt, dass ich das hasse."

Jetzt bereute Raven es, nach den anderen gefragt zu haben. Fragen zu stellen, gehörte zu seinem Beruf, aber manchmal war es besser, die Antworten nicht zu kennen. Er wünschte, er hätte das Gespräch in sonnigen Gefilden gehalten, fernab von trüben Tiefen und verborgenen Riffen. Er fürchtete, dass er sein unerwartetes Wiedersehen mit Donna auf Grund hatte laufen lassen.

Er begann sich zu fragen, ob es ein riesiger Fehler gewesen war, nach Scarborough zurückzukehren, nachdem er die Stadt so lange gemieden hatte. Die Stadt war voller Geister, und nicht nur die der Toten. Auch die Gespenster seiner eigenen Vergangenheit hausten hier, ebenso wie die seiner verlorenen Hoffnungen und Träume. All seine Fehlentscheidungen und verpassten Chancen waren hier versammelt und zogen ihn hinab wie Gewichte um den Hals eines Ertrinkenden. Er brauchte plötzlich frische Luft.

„Lass uns zahlen", sagte er.

„Ich bezahle", sagte Donna. „Geht auf mich."

„Nein, wirklich", sagte er und griff nach seiner

Brieftasche, aber ihre Hand schloss sich um seine.

Ihre Finger drückten sanft auf seine Haut, warm und weich, aber bestimmt. „Ich bestehe darauf", sagte sie. „Es ist das Geld meines Mannes. Er mag es, wenn ich es ausgebe."

Der schmale Goldring an ihrem Finger sprach für sich, doch Donnas Berührung war nicht das unschuldige Streicheln einer alten Freundin. Es war die Liebkosung einer Geliebten. Er wusste, dass er seine Hand wegziehen sollte, aber er tat es nicht. Er ließ zu, dass sie über seine Haut strich und ihm dabei Schauer über den Rücken jagte.

„Es ist schon spät", sagte sie leise. „Wir könnten fragen, ob sie noch ein Zimmer haben."

Er war versucht. Gott, war er versucht. Aber etwas hielt ihn zurück. Donna war eine verheiratete Frau, und er ein verheirateter Mann. Vielleicht war er altmodisch, aber so war er nun mal.

„Ich sollte zurück", sagte er und zog seine Hand zurück. „Ich muss morgen früh raus."

„Natürlich." Sie lächelte liebevoll. „Aber ich habe diesen Abend genossen. Wir sollten das wiederholen."

„Vielleicht."

Sie öffnete ihre Brieftasche und holte ein paar Scheine heraus. Sie legte sie auf den Tisch und gab ein großzügiges Trinkgeld. „Na dann komm, Tom. Lass uns gehen."

Er erhob sich, sie tat es ihm gleich und legte ihren Arm um seinen. Gemeinsam gingen sie zum Ausgang.

Donna lächelte dem Barkeeper im Vorbeigehen zu. „Gute Nacht, Paul."

Er erwiderte ihren Abschied mit einem knappen Nicken. „Gute Nacht, Mrs. Jubb."

Raven erstarrte. „Jubb?" Ihm war, als bräuchte er all seine Kraft, um das Wort über die Lippen zu bringen. „Du bist mit Darren Jubb verheiratet?"

Donna lächelte erneut, ihre roten Lippen öffneten sich und gaben den Blick auf eine perfekte Reihe perlweißer Zähne frei. „Hatte ich es nicht erwähnt, Tom? Nun, ich nehme an, du hast nie wirklich gefragt. Aber andererseits dachte ich, du wüsstest alles."

KAPITEL 21

Becca erwachte durch den Geruch von gebratenem Speck. Wenn es nach ihr gegangen wäre, hätte sie sich vor der Arbeit mit einer Scheibe Vollkorntoast mit Marmite und einer Tasse Tee begnügt, aber sie wusste, dass ihre Mutter sie nicht ohne ein „richtiges englisches Frühstück" aus dem Haus lassen würde. „Das gibt dir Kraft für den ganzen Tag", sagte ihre Mutter immer. Wahrscheinlich hatte sie recht.

Mit siebenundzwanzig hatte Becca nicht erwartet, dass sie immer noch zu Hause im Bed & Breakfast ihrer Eltern wohnen und in ihrem Kinderzimmer im obersten Stock schlafen würde. Sie war kurz davor gewesen, mit ihrem langjährigen Freund in eine eigene Wohnung zu ziehen. Aber das hatte sich in letzter Minute zerschlagen. Jetzt hatte sie sich damit abgefunden, noch eine Weile hierzubleiben. Ihr Elternhaus war ein Ort der Zuflucht und Geborgenheit, und sie war dankbar für die Unterstützung ihrer Eltern, aber sie fürchtete, dass sie, wenn sie nicht bald den Absprung schaffte, hier für immer festsitzen und ihre Taille Jahr für Jahr an Umfang zulegen würde.

Ihre Eltern, Sue und David Shawcross, betrieben ein

Gästehaus in einem vierstöckigen edwardianischen Haus in der North Marine Road nahe der Altstadt mit Blick auf die North Bay. Ein „preisgekröntes" Gästehaus, wie Sue jedem erzählte, der es hören wollte. Und tatsächlich prangte das Logo der weisen Eule der *TripAdvisor Travellers' Choice Awards* stolz im Fenster des Erdgeschosses. In den Sommermonaten waren sie immer ausgebucht, oft mit Stammgästen, die Jahr für Jahr wiederkamen und die warme Atmosphäre, die gemütlichen Zimmer und das gute Essen zu schätzen wussten. Aber in den Wintermonaten standen die meisten Zimmer leer, abgesehen von gelegentlichen Geschäftsreisenden. In dieser Woche waren Schulferien, und eine Großfamilie aus Leeds – Eltern, drei Kinder und zwei Großelternpaare – hatte sich für ein paar Tage einquartiert und trotzte in ihren bunten Regenmänteln und Gummistiefeln tapfer Wind und Regen.

Auf dem Weg in die Küche begegnete Becca ihrem Vater, der Teller voller frisch zubereiteter Speisen ins Esszimmer trug.

„Brauchst du Hilfe, Dad?", bot Becca an.

„Alles im Griff, Liebes", sagte David. Er war ein Profi darin, drei Teller auf einmal zu balancieren, eine Fähigkeit, die Becca nie ganz gemeistert hatte. „Es ist noch genug in der Küche, wenn du noch einen Happen essen willst, bevor du gehst." Sue bestand immer darauf, dass, wenn sie ohnehin für ein Dutzend Gäste kochte, es kein Problem war, einen Teller voll für ihre eigene Familie zu zaubern.

„Hier, Liebes, iss das, bevor du gehst." Sobald Becca in der Küche erschien, begann Sue, Rührei, gegrillte Tomaten, Speck und dicke, saftige Pilze auf einen Teller zu schichten – ganz zu schweigen von einer Scheibe traditioneller Yorkshire-Blutwurst aus Schweineblut, Rindertalg und Hafer. „Draußen pfeift ein heftiger Wind."

Becca setzte sich an den Küchentisch. Kaum hatte sie den ersten Bissen genommen, merkte sie, wie hungrig sie eigentlich war.

„Du arbeitest viel", sagte ihre Mutter. Sie stellte eine Tasse starken Tee vor Becca ab und nahm ihr gegenüber Platz, ihre eigene Tasse in den Händen.

„Es ist dieser neue Fall", sagte Becca zwischen zwei Bissen. „Eine Mordermittlung hat immer oberste Priorität."

David kehrte in die Küche zurück und begann, Brotscheiben in den Toaster zu schieben.

„Ich habe es in den *Scarborough News* gelesen", sagte Sue. Ein Exemplar der Zeitung lag auf dem Tisch. „Ein Junge aus der Gegend, und dann auch noch verlobt. Schreckliche Geschichte. Ich weiß, du kannst keine Details verraten, aber hast du eine Ahnung, was passiert ist?" Ihre Mutter hatte über die Jahre gelernt, dass Becca nicht über laufende Ermittlungen sprechen durfte, aber sie fischte immer noch gern nach Informationshäppchen, die sie mit ihrem Heer von Freundinnen und Bekannten teilen konnte.

„Wir verfolgen einige Theorien", sagte Becca ausweichend. Obwohl, überlegte sie, das Wort *Theorien* so klang, als hätten sie zahlreiche heiße Spuren, während sie in Wirklichkeit kaum etwas in der Hand hatten. „DCI Raven glaubt, es könnte eine Verbindung zu einem ähnlichen Fall von vor ein paar Jahren geben."

„Ich erinnere mich daran", sagte Sue. „Aber der Mann, der damals getötet wurde, war ein furchtbarer Drogendealer, nicht wahr? Das aktuelle Opfer scheint ein wohlerzogener Junge zu sein. Seine Eltern haben ein Geschäft in der Nähe."

„Das stimmt", sagte Becca. „Aber wie gesagt, wir verfolgen mehrere Theorien."

„Wie kommst du mit deinem neuen Chef zurecht?", fragte Sue. Sie interessierte sich immer mehr für die Menschen, mit denen Becca arbeitete, als für die eigentlichen Verbrechen, die sie aufklärten. „Er lässt dich ganz schön hart arbeiten. Ich habe dich in der letzten Woche kaum gesehen."

Becca nahm einen Schluck von ihrem Tee. „Wir

kommen eigentlich ganz gut miteinander aus. Er ist definitiv um einiges dynamischer als Dinsdale. Aber er redet nicht gern über sich. Er ist eher der starke, schweigsame Typ." Sie überlegte, ob sie Ravens Vergangenheit in der Armee erwähnen sollte, entschied sich dann aber dagegen. Wenn sie ihrer Mutter erzählte, dass Raven eine Tapferkeitsmedaille erhalten hatte, würde es ganz Scarborough noch vor Einbruch der Dunkelheit wissen.

„Früher wohnte unten am Hafen eine Familie Raven", sagte Sue. „Der Junge ging auf dieselbe Schule wie ich. Sein Vater war Fischer, seine Mutter hat im Grand Hotel gearbeitet."

„Wirklich?", sagte Becca. „Erinnerst du dich an sie?"

„Nicht wirklich. Die Mutter ist gestorben, der Junge ist weggezogen. Den Vater habe ich seit Jahren nicht gesehen."

„Ravens Vater ist vor kurzem gestorben. Deshalb ist er nach Scarborough zurückgekehrt."

„Das klingt nach derselben Familie", sagte Sue fröhlich. „Aber woran ist die Mutter gestorben? Ich kann mich wirklich nicht erinnern."

Die Küchentür schwang auf und Beccas Bruder Liam schlenderte herein. Er gab seiner Mutter einen Kuss auf die Wange. „Das riecht gut. Hast du was übrig?" Er setzte sich an den Tisch und knöpfte den Kragen seiner Lederjacke auf. „Ich könnte etwas Warmes vertragen. Draußen ist es heute Morgen arschkalt."

„Dann solltest du einen Schal anziehen", sagte Sue. „Und einen richtigen Wintermantel auch."

„Nee, passt schon." Liam streckte die Beine unter dem Tisch aus und steckte die Hände in die Hosentaschen, während Sue herumwuselte, ihm Essen holte und Tee aufsetzte.

„Dir auch einen guten Morgen", sagte Becca trocken. „Mir geht es sehr gut, danke der Nachfrage."

Obwohl er drei Jahre älter war als sie und eine sehr schöne Wohnung im zweiten Stock direkt an der

Esplanade mit Blick auf die South Cliff Gardens besaß, behandelte Liam das B&B seiner Eltern wie ein zweites Zuhause und erwartete, auf Wunsch verköstigt zu werden, wann immer er auftauchte. Sue erfüllte ihm, sehr zu Beccas Verdruss, jeden Wunsch und verhätschelte ihn hemmungslos.

„Was gibt's Neues im Detective-Business, Schwesterherz? In letzter Zeit irgendwelche Schurken gefasst?" Liam grinste sie an. Er hatte ihren Job nie ernst genommen. Becca vermutete, dass seine Einstellung viel damit zu tun hatte, dass er selbst oft am Rande der Legalität balancierte. Sein Job – wenn man das so nennen konnte – bestand darin, mit Immobilien zu handeln. Ständig kaufte er Immobilien zu Schleuderpreisen auf, renovierte sie und verkaufte sie gewinnbringend weiter oder vermietete sie als Ferienhäuser. Sein umfangreiches Netzwerk aus Handwerkern, Klempnern und Malern bestand größtenteils aus billigen Pfuschern, soweit Becca das beurteilen konnte. Wann immer sie ihn sah, telefonierte er gerade oder eilte aus dem Raum, um sich mit seinen dubiosen Geschäftspartnern zu unterhalten. Sie hoffte, dass das Finanzamt seine Aktivitäten nie genauer unter die Lupe nehmen würde.

Ohne ihre Antwort abzuwarten – er hatte offensichtlich keine erwartet – griff er nach der Ausgabe der *Scarborough News* und begann, den Artikel auf der Titelseite zu lesen. *Ermittlungen zur Leiche am Strand gehen weiter*, lautete die Schlagzeile. Becca hatte bereits einen Blick darauf geworfen. Die Zeitung versuchte eindeutig, das Beste aus den wenigen Fakten zu machen, die die Polizei veröffentlicht hatte. Der Artikel war eine Mischung aus Spekulationen und aufgewärmtem Material, über das bereits berichtet worden war. Ein Foto von Patrick war zu sehen, das wahrscheinlich von Scarletts Social-Media-Accounts heruntergeladen worden war, mit der Bildunterschrift *Patrick Lofthouse: Sohn des örtlichen Autohändlers Gordon Lofthouse.*

„Ich habe mein Auto bei Lofthouse Cars gekauft",

sagte Liam. Ihr Bruder fuhr einen Sprit fressenden Sportwagen, den Becca nicht mochte. „Patrick hat es mir verkauft. Ich habe ihn dazu gebracht, den Preis um ein paar Tausender zu senken."

Liam feilschte gern um alles, was er kaufte, und prahlte dann damit, wie viel er gespart hatte. Becca war sich nie sicher, wie viel von seinen Geschichten wirklich stimmte. Trotzdem war sie interessiert, zu hören, dass Liam Patrick gekannt hatte.

„Hier, mein Lieber", sagte Sue und stellte einen riesigen Teller mit Speck, Eiern, Würstchen und gebackenen Bohnen vor ihn hin.

„Danke, Mum", sagte Liam, griff nach Messer und Gabel und machte sich über das Essen her, als hätte er seit Tagen nichts gegessen.

„Wie war er denn so?", fragte Becca.

„Wer?" Liam hatte bereits das Interesse an der Geschichte verloren und blätterte zu den Sportseiten am Ende der Zeitung.

„Patrick Lofthouse. Ich bin in dem Team, das seinen Mord untersucht."

„Ich glaube nicht, dass er wirklich fürs Autoverkaufen geschaffen war", sagte Liam mit vollem Mund. „Deshalb war es auch so leicht, den Preis zu drücken." Er lachte. „Der arme Kerl. Einfach so erschossen. Und das gerade, als er in die Jubb-Familie einheiraten wollte. Dann hätte er den Autohandel endgültig an den Nagel hängen können. Hast du eine Ahnung, wie viel Scarlett Jubb als Online-Influencerin verdient? Ich sag's dir, Becs, du hast den falschen Job. Alles, was du heutzutage brauchst, ist ein iPhone und die Bereitschaft, der Welt hemmungslos deine Seele zu offenbaren." Er nahm einen Schluck von seinem Tee und verschüttete etwas auf dem Tisch. Sofort holte Sue ein Tuch und wischte es weg.

„Moment mal", sagte Becca. „Du kennst die Jubbs?"

„Ja, klar", sagte Liam und vertilgte eine Schweinswurst in drei Bissen. „Ethan Jubb ist doch in der gleichen Branche wie ich. Kauft und verkauft Immobilien."

„Kennst du ihn gut?"

„Nun, ich laufe ihm ab und zu im Nachtclub seines Vaters über den Weg."

„Und beruflich?" Becca gefiel der Gedanke nicht, dass Liam womöglich etwas mit den Geschäften der Familie Jubb zu tun haben könnte.

„Ach, wir sind nur Bekannte", sagte Liam und tat es achselzuckend ab. „Rivalen, könnte man wohl sagen. Er bietet oft auf dieselben Objekte wie ich." Er wischte mit einer Scheibe Toast über den Teller, um die letzten Reste aufzusaugen, und leerte seinen Tee in einem Zug. „Gut, ich muss los. Ich habe einen Termin mit ein paar Bauunternehmern unten in Cayton Bay."

„Warte", sagte Becca. „Bevor du gehst, kannst du mir eine gute Werkstatt empfehlen? Das Auto meines Chefs hat einen Kratzer und er ist neu in der Gegend."

„Kein Problem", sagte Liam. „Ich schicke dir später einen Namen und eine Nummer." Er beugte sich vor und küsste Sue noch einmal auf die Wange. „Sorry, Mum, ich muss los. Danke fürs Frühstück." Er war schneller aus der Tür, als Becca ihn je hatte gehen sehen.

„Na", sagte Sue. „Der hatte es aber eilig." Sie sammelte die leeren Teller ein und räumte sie in die Spülmaschine.

Ja, dachte Becca, *das hatte er wirklich. Sobald ich anfing, ihn nach seiner Verbindung zu Ethan Jubb zu fragen.*

★

Sie sitzen zusammen in der Ecke der Bar. Er, Donna, Darren und Harry. Das Albion in der Castle Road ist nicht ihr Stammlokal, aber Darren hat es irgendwie geschafft, die Bardame um den Finger zu wickeln, also sind sie hier. Sechzehn Jahre und trinken Pints. Alle außer Donna, die zum ersten Mal einen Bacardi Cola probiert. „Und? Wie schmeckt's?", fragt er sie. „Weiß nicht so recht." Sie verzieht das Gesicht. „Willst du lieber das Übliche? Wodka-O?" Sie nickt, und er macht sich auf den Weg zur Bar, versucht, die

Aufmerksamkeit der Bardame zu erregen, ohne die Blicke der alten Männer auf den Hockern am Tresen auf sich zu lenken. Als er an den Tisch zurückkehrt, kichert Donna, und Darren hat diesen Gesichtsausdruck, wie eine Katze, die die Sahne erwischt hat. „Was ist?", fragt Raven. „Nichts", sagt Darren, aber sein Blick trifft Donnas und sie kann sich das Lachen wieder nicht verkneifen. „Lacht ihr etwa über mich?", fragt Raven. „Natürlich nicht", sagt Darren. „Sei kein Idiot." Harry schiebt seinen Stuhl mit einer lässigen Fußbewegung zu ihm. „Komm schon, Tom. Hör auf, so einen Aufstand zu machen. Setz dich hin." Aber Raven weiß, wann er zum Narren gehalten wird. Mit einem Knall stellt er das Glas auf den Tisch und stürmt aus dem Pub. Draußen ist die Luft feucht. Dieses hartnäckige Nieseln, das kein richtiger Regen ist, sich aber trotzdem durch die Kleidung frisst und einen bis auf die Knochen frieren lässt. Die Tropfen gelangen in seine Augen und funkeln wie Diamanten. Oder ist es das bittere Brennen der Tränen? Er wischt sie weg, steckt die Hände tief in die Taschen und macht sich auf den Heimweg.

Das Bügelbrett war ganz hinten im Abstellraum unter der Treppe versteckt. Raven schob ein paar alte Kartons beiseite, holte es heraus und stellte es mitten im Wohnzimmer auf. Er packte eines seiner neuen Hemden von Marks & Spencer aus, das in Plastik eingeschweißt und wie ein kompliziertes Origami gefaltet war, und breitete es auf dem Brett aus. Er war stolz auf seine Fähigkeiten beim Bügeln. Sich um seine Kleidung zu kümmern, war eine Fertigkeit, die er in der Armee gelernt hatte. Selbst als er mit Lisa zusammengelebt hatte, hatte er darauf bestanden, seine Arbeitshemden selbst zu waschen und zu bügeln, und als Hannah in die weiterführende Schule gekommen war, hatte er auch ihre Blusen gebügelt, weil er diese Tätigkeit seltsam beruhigend fand. Es gab nur wenige Dinge im Leben, die befriedigender waren als makellos gebügelte weiße Baumwollhemden.

Das alte Morphy Richards-Bügeleisen seiner Mutter war voller Staub und Spinnweben – sein Vater hatte es offensichtlich nie benutzt –, aber nachdem er den Schmutz abgewischt hatte, stellte er erfreut fest, dass es noch funktionierte. Das Kabel war mit Isolierband geflickt und hätte niemals eine Sicherheitsprüfung bestanden, aber das Licht im Haus blieb an, und abgesehen von einem anfänglichen Brandgeruch schien alles in Ordnung zu sein.

Beim Anblick des alten Bügelbretts musste er an seine Mutter denken, die genau dort gestanden hatte, zu ihren Füßen ein Korb voller Schulhemden, Jeans und T-Shirts. Sie hatte eine stille Leidenschaft für Wäsche gehabt und sogar seine Socken und Unterhosen gebügelt. Er lächelte bei dem Gedanken daran.

Jetzt kamen die Erinnerungen wie eine Flutwelle. Zum Beispiel ans Kochen. Jeden Sonntag hatte sie ein kleines Wunder vollbracht und in dem winzigen Gasofen einen Rinderbraten gegart, dazu Bratkartoffeln, Gemüse und einen riesigen Yorkshire-Pudding mit einer dunklen, würzigen Soße. Montags kochte sie aus den Resten einen Eintopf. Dienstags gab es Schweinswürstchen, in der Pfanne gebraten, mit Kartoffelpüree. Mittwochs Shepherd's Pie, donnerstags frischen Fisch vom Tagesfang, und freitags holte sie mit ihm von der Imbissbude an der Strandpromenade Fish and Chips. Jeden Samstag gab es Sandwiches aus weißem, geschnittenem Brot, gefüllt mit Corned Beef oder Schinkenscheiben. Es war vielleicht nicht die gesündeste Ernährung, dafür aber hausgemacht und mit Liebe zubereitet. Er hatte es vermisst, als er gegangen war. Das Essen in der Armee hatte dem Schulessen sehr geähnelt. Bis er nach London kam, hatte er nie eine Aubergine oder einen Spargel gegessen.

Er testete das Bügeleisen, indem er seinen Finger ableckte und die Metallplatte berührte, wie er es bei seiner Mutter gesehen hatte. Die Spucke zischte, und er begann, das Bügeleisen vorsichtig über das Hemd zu führen, zunächst an den Seiten und am Rücken, dann an den Armen, den Manschetten und dem Kragen. Zufrieden mit dem Ergebnis ließ er das Bügeleisen auf dem Küchentisch abkühlen und ging wieder nach oben, um sich fertig anzuziehen.

Er warf einen Blick aus dem Fenster, halb in der Erwartung, den Porsche zu sehen, wie er frech auf der doppelten gelben Linie parkte, als wolle er die Politesse herausfordern, ihm ein Knöllchen zu verpassen. Aber natürlich war er verschwunden. Die Straße war leer, und Donna nirgends zu sehen.

Er hatte sie am Abend zuvor schweigend zurückgefahren, während er in Gedanken die Unterhaltung des Abends Revue passieren ließ. Es war offensichtlich ein abgekartetes Spiel gewesen. Und er war darauf hereingefallen, mit Haut und Haaren. Welches andere Motiv hätte sie haben können, als dafür zu sorgen, dass er gesehen wurde, wie sie ihn zu einem Drink einlud? Sie hatte den Barkeeper eindeutig gekannt. Vielleicht gehörte der Laden sogar Darren. Raven hätte sich für seine Sorglosigkeit ohrfeigen können. Das könnte leicht die Ermittlungen gefährden, sollte Darren als Verdächtiger ins Visier geraten. Donna hatte die ganze Show inszeniert, um ihren Mann zu schützen.

Und doch hatte sie ihm angeboten, mit ihr ins Bett zu gehen. Hätte sie es wirklich durchgezogen, wenn er zugestimmt hätte? Er war sich ziemlich sicher.

Wenigstens hätte ich etwas für meinen Ärger bekommen, dachte er missmutig. Stattdessen war er der größte Trottel in Yorkshire.

Jetzt wusste er nicht, was er tun sollte. Zu Gillian gehen und ihr erzählen, was passiert war? Aber was genau war eigentlich passiert? Ein harmloses Treffen zwischen alten Freunden. Oder ein unverhohlener Versuch, seine Unabhängigkeit zu untergraben. Er wäre schneller gefeuert, als man das Wort *Berufsethos* aussprechen konnte. Sollte er seine Kündigung einreichen? Oder einfach weitermachen und hoffen, dass seine Indiskretion ihn nicht später einholen würde?

Bevor sie aus dem Auto gestiegen war, hatte sie sich zu ihm gebeugt und ihn zärtlich auf die Wange geküsst.

„Danke für den schönen Abend, Tom", hatte sie mit tiefer, verführerischer Stimme gesagt. „Ich habe es genossen. Wir sollten das bald wiederholen."

Und dann war sie mit einem Aufblitzen roten Lacks und quietschenden Reifen in der Nacht verschwunden.

Was ihn am meisten wurmte, war, dass sie ihn den ganzen Abend nicht ein einziges Mal angelogen hatte. *Zwei wunderbare Kinder. Ein wohlhabender Ehemann, der mich anhimmelt.* Die Hinweise waren die ganze Zeit über da gewesen, wenn er nur den Verstand gehabt hätte, sie zu sehen.

Er knöpfte sein neues Hemd zu, band sich die blaue Krawatte um den Hals und betrachtete sein Spiegelbild.

Du bist ein Narr, Tom, sagte ihm sein Spiegelbild. *Ein dummer, verdammter Idiot.*

KAPITEL 22

„Schicke Krawatte, Sir", sagte Dan, als Raven den Einsatzraum betrat.

„Danke, Dan."

DC Dan Bennett schien seine anfängliche Nervosität gegenüber Raven inzwischen überwunden zu haben. Heute Morgen benahm er sich wie ein Schuljunge, der sich bei seinem Lehrer einschleimte. Machte Komplimente. Schenkte ihm einen Apfel. Hoffte auf Vorzugsbehandlung.

Aber immerhin war ihm die neue Krawatte aufgefallen. Vielleicht würde er ja doch noch einen anständigen Detective abgeben.

Da er nun Ravens Aufmerksamkeit hatte, folgte er ihm in sein Büro. „Wie war es eigentlich, DCI bei der Met zu sein, Sir?" Dan blieb in der Tür stehen, offensichtlich in der Hoffnung auf spannende Geschichten.

Raven hatte keine zu erzählen. „Es war hart, Dan. Während meiner Zeit in London habe ich in bewaffneten Raubüberfällen, Mord und Vergewaltigung ermittelt. Plus eine Menge banalerer Verbrechen. Wenn etwas gegen das Gesetz verstößt, kenne ich wahrscheinlich jemanden, der es getan hat. Aber machen Sie nicht den Fehler, zu glauben, dass es ein glamouröser Job ist. Das ist er nicht. Er ist das genaue Gegenteil."

Dan schien nicht überzeugt. „Ich hätte aber nichts dagegen, es mal zu versuchen, Sir. In einer großen Stadt, meine ich. Leeds vielleicht. Oder Bradford. Da komme ich ursprünglich her. Im Herzen bin ich ein Stadtmensch."

Raven hatte bereits einen Hauch von West-Yorkshire-Akzent in Dans Stimme erkannt. Es überraschte ihn nicht, dass er nicht aus Scarborough stammte. „Was hat Sie dann an die Küste geführt?"

Dan zuckte mit den Schultern. „Reiner Zufall, würde ich sagen. So ist das Leben, nicht wahr? Manchmal ist es einfach Glück."

Raven nahm an, dass es so war. In seinem Fall war es Pech, zumindest kam es ihm oft so vor. Ein Bild blitzte vor seinem inneren Auge auf, rotblondes Haar und ein Kleid, das mehr Haut zeigte, als es verbarg. „Im Leben geht es nicht um Glück, Dan", sagte er zu dem jungen Mann. „Es zählt nur, was wir daraus machen."

Weise Worte aus dem Mund eines Narren.

Raven wartete, bis der Rest des Teams sich mit Tee und Kaffee versorgt hatte, bevor er sie vor dem Whiteboard versammelte.

Es gab immer noch nur zwei Verdächtige am Whiteboard, und kaum verwertbare Beweise gegen sie. *Darren Jubb. Shane Denton.* Nachdem er beide Verdächtigen vernommen und kaum neue Informationen erhalten hatte, ging Raven davon aus, dass der Tote selbst die vielversprechendste Quelle für neue Hinweise sein würde. Worin war Patrick Lofthouse verwickelt gewesen, dass er erschossen wurde? Es zeichnete sich langsam ein Bild ab, aber Raven brauchte noch mehr Details.

„In Ordnung", sagte er. „Lassen Sie uns durchgehen, was Sie haben. Becca?"

„Das CSI-Team hat an der Salt Pans Road nichts gefunden. Keine Hinweise darauf, dass Patrick aus dem Auto gezerrt wurde. Wenn er dort getötet wurde, dann vermutlich unten am Strand, und da hat das Meer alle

Spuren weggespült. Ich habe die Nachbarschaft befragt, wie Sie es wollten. Die nächste Siedlung ist das Dorf Cloughton. Es ist ein kleiner Ort – zwei Pubs und eine Kirche. Niemand kann sich daran erinnern, Patrick oder sein Auto gesehen zu haben."

„Einen Versuch war es wert", sagte Raven. „Jess?"

Jess nickte eifrig. „Es sieht so aus, als hätte Patrick in Gisborough Hall übernachtet, sogar mehrmals. Aber nicht am siebzehnten. Also bin ich mir nicht sicher, ob uns das weiterbringt."

„Okay", sagte Raven. „Was ist mit Ihnen, Dan? Können Sie uns sagen, wo Patrick an diesem Tag war?"

Dans Gesicht verzog sich. „Nicht am siebzehnten, Sir. Ich bin alle Kontakte von Patricks Telefon durchgegangen, habe Leute angerufen und gefragt, wann sie ihn zuletzt gesehen haben. Aber für dieses Datum habe ich nichts gefunden."

„Das muss etwas bedeuten", sagte Raven. „Arbeiten Sie die Liste weiter ab." Schließlich wandte er sich an Tony. „Irgendwas Neues von der Forensik über das Auto?"

„Nichts von großer Bedeutung, Sir. Kein Blut. Und die einzigen Fingerabdrücke stammten von Patrick selbst und von engen Familienangehörigen."

Raven zog eine Grimasse angesichts des schleppenden Fortschritts. Vier Tage nach Beginn der Ermittlungen – fünf seit dem Mord – und sie hatten kaum etwas vorzuweisen. Nur Mutmaßungen und vage Theorien. Das war kaum die schnelle Aufklärung, die Gillian verlangte.

„Aber wir haben etwas von Patricks Mobilfunkanbieter, Sir", sagte Tony. „Sie haben jetzt die Standortdaten von Patricks Haupttelefon geliefert."

„Wurde auch Zeit", sagte Raven. „Was haben wir?"

„Nun", sagte Tony, „es ist wirklich ein bisschen überraschend. Aber wenn man darüber nachdenkt, ergibt es einen Sinn."

„Raus damit, Tony", sagte Raven.

„Die Daten der Funkmasten deuten darauf hin, dass

Patricks Telefon zuletzt auf See benutzt wurde."

Raven schüttelte den Kopf, nicht sicher, ob er richtig gehört hatte. „Auf See?"

„Ja." Tony entfaltete eine Karte. „Ich habe die Koordinaten hier eingezeichnet." Er deutete auf einige Bleistiftmarkierungen auf der Karte. „Es gibt eine gewisse Ungenauigkeit, was zu erwarten war, aber soweit ich es rekonstruieren kann, befand sich das Telefon zuletzt hier, um 17:01 Uhr am Sonntag. Danach gab es kein Signal mehr. Entweder wurde das Telefon ausgeschaltet oder ..."

„Es liegt auf dem Meeresgrund", schlussfolgerte Raven. Er beugte sich über den Schreibtisch, um die Karte genauer zu studieren.

Sie zeigte den Küstenabschnitt der Nordsee von der Bridlington Bay südlich von Scarborough bis Harwood Dale, etwa auf halbem Weg nach Whitby im Norden. Tonys Bleistiftmarkierungen umfassten ein schraffiertes Gebiet von etwa einem Quadratkilometer. Das Dorf Cloughton war auf der Karte eingezeichnet, aber dort war Patricks Handy zuletzt nicht benutzt worden. Stattdessen befanden sich die Markierungen auf offener See, etwa fünf Kilometer vor der Küste.

Der Schluss lag nahe. „Seine Leiche wurde von einem Boot aus ins Wasser geworfen", sagte Raven. „Deshalb war kein Blut im Auto oder am Strand. Er wurde an Bord erschossen und dann über Bord geworfen. Was zum Teufel hatte er auf einem Boot zu suchen? Und noch wichtiger, wessen Boot war es?"

„Darren Jubb besitzt eine Jacht", sagte Becca. „Sie heißt *Sea Dreams*. Er hat sie im Hafen liegen."

Natürlich. Darren Jubb. Alle Indizien wiesen in dieselbe Richtung. „Okay", sagte Raven. „Dann bringen wir ihn mal her."

*

Der rote Porsche stand in der Einfahrt, und es war Donna, die die Tür öffnete, als Raven bei Jubbs Domizil läutete.

Sie trug einen taillierten, kamelfarbenen Mantel mit Pelzbesatz und schwarze hochhackige Stiefel.

„Tom!" Sie neigte den Kopf leicht zur Seite, als sie Becca neben ihm stehen sah, und schenkte ihm ein Lächeln, halb triumphierend, halb verführerisch. Sie beugte sich zu ihm und legte eine Hand auf seinen Arm. „Du hättest anrufen sollen. Ich bin gerade auf dem Sprung. Ich gehe mit meiner Tochter zu einer dringend benötigten Einkaufstherapie."

Scarlett. Die Familienähnlichkeit war jetzt, da Raven es wusste, offensichtlich. Scarlett hatte die gleichen hohen Wangenknochen wie ihre Mutter. Ihr Haar war dunkler, wie das ihres Vaters, aber die schlanken Kurven und die verführerischen Augen waren exakt die gleichen.

Raven war sich bewusst, dass Becca ihn und Donna mit gesteigertem Interesse beobachtete.

„Ich bin nicht gekommen, um dich zu sehen, Donna", sagte er. „Ich möchte Darren bitten, mit mir zur Wache zu kommen."

„Wozu?" Donnas Ton klang verletzt und anklagend zugleich, so als hätte sie von einem Mann, den sie zum Essen eingeladen und dem sie angeboten hatte, mit ihm zu schlafen, etwas Besseres erwartet. „Darren hat nichts Falsches getan."

„Ich werde ihn nicht verhaften", sagte Raven. *Noch nicht.* „Aber ich muss mit ihm sprechen. Ist er da?"

„Er ist in einer Besprechung mit Ethan", sagte sie und trat widerwillig zur Seite, um Raven hereinzulassen. „Liebling", rief sie, „Die Polizei ist hier, um dich zu sehen. Es ist Tom."

Raven weigerte sich standhaft, Beccas fragendem Blick zu begegnen.

In diesem Moment erschien Scarlett, kam die Treppe hinunter, gestylt für den versprochenen Mutter-Tochter-Tag. Raven nahm an, dass der Ausflug jede Menge Shopping, ein Mittagessen in einem teuren Restaurant und vielleicht eine Art Beauty-Behandlung beinhalten würde. Er war kein Experte für Einkaufstherapie, aber er vermutete, dass die junge Frau mehr als einen Tag mit Donna brauchen würde, um über den Mord an ihrem Verlobten hinwegzukommen. Man sagte, die Zeit heilte alle Wunden, aber Raven war sich da nicht so sicher.

„Hallo, Scarlett", sagte Becca. „Wie geht es Ihnen?"

„Gut." Scarlett quittierte die Anwesenheit der Polizei mit einem knappen Lächeln. Sie wirkte ruhiger als beim letzten Mal, aber glücklicher sah sie nicht aus.

Donna dirigierte ihre Tochter zur Tür. „Komm, mein Schatz, lassen wir die Polizei ihre Arbeit machen." Die Haustür fiel hinter ihnen ins Schloss.

Eine Tür öffnete sich und Darren Jubb kam aus seinem Büro. „Tom, was kann ich für dich tun?" Heute war er ganz Charme und Freundlichkeit. *Ein guter Schauspieler*, erinnerte sich Raven. Ethan stand in der Tür hinter ihm, die Schultern hochgezogen, die Hände in den Hosentaschen, und warf Raven misstrauische Blicke zu.

„Ich möchte, dass du mit uns aufs Revier kommst und uns ein paar Fragen beantwortest", sagte Raven.

Darren verzog schmerzerfüllt das Gesicht. „Jetzt gleich? Ethan und ich stecken gerade mitten in einer wichtigen Angelegenheit und –"

„Ja, jetzt sofort", sagte Raven. „Draußen wartet ein Wagen."

Darrens Lächeln verschwand augenblicklich. „Steht es mir frei, diese Einladung abzulehnen?"

„Zu diesem Zeitpunkt ist das Gespräch freiwillig. Es wäre aber in deinem besten Interesse, zu kooperieren."

„Das klingt bedrohlich. Also gut, ich komme mit, aber ich werde erst meinen Anwalt anrufen."

„Das wäre wohl ratsam", sagte Raven.

KAPITEL 23

Gestern Abend noch was unternommen?", fragte Becca beiläufig.

Raven warf ihr einen kurzen Blick über den Tisch des Verhörraums zu und versuchte, die Bedeutung ihrer Frage zu verstehen. Er hatte gesehen, wie sie ihn und Donna angeschaut hatte, und fragte sich, wie viel sie wohl erraten hatte.

„Ich war einkaufen. Und Sie?"

„Ich habe den Abend mit meinem Freund verbracht."

Er wartete, aber sie schien nicht erpicht darauf, mehr darüber zu erzählen.

Na schön. Dann sind wir schon zwei.

Sie warteten darauf, dass Darren Jubb seine Unterredung mit seinem Anwalt beendete, damit das Verhör beginnen konnte. Im Gegensatz zu Shane Denton, dessen Vertrauen in das Rechtssystem bis auf den letzten Rest erodiert war, wollte Darren Jubb unbedingt einen Anwalt haben, bevor er auch nur ein Wort von sich gab.

Er hat sich immer gern den Rücken freigehalten.

„Raven", sagte Becca, „wegen Darren Jubb ..."

„Glauben Sie kein Wort von dem, was er sagt", warnte

Raven sie. „Er ist ein ausgefuchster Lügner, das war er schon immer."

„Sie kennen sich schon lange."

„Sehr lange."

Sie zögerte. „Wäre es besser, wenn jemand anderes dieses Verhör führen würde? Jemand, der weniger ... involviert ist. Ich könnte das übernehmen, mit Dan oder Jess."

„Nein", sagte Raven. „Darren Jubb gehört mir."

Die Tür öffnete sich, und Darren trat ein, dicht gefolgt von seinem Anwalt – ein großer, schlanker Mann mit leicht gebeugten Schultern. Raven begegnete dem Blick des Mannes und dann traf ihn die Erkenntnis wie ein Blitz.

Harry Hood. Natürlich.

Nach dem Gespräch mit Donna hätte ihn das eigentlich nicht überraschen dürfen.

Der Mann war dreißig Jahre älter als der Schuljunge, den Raven zuletzt gesehen hatte, aber seine wieselartigen Gesichtszüge waren unverändert. Die stechenden Augen, die Hakennase, dieser Mund, der sich so leicht zu einem hämischen Grinsen verziehen konnte, aber nie wirklich zu lächeln schien.

Harry Hood und Darren Jubb – zwei der schlimmsten Sorte.

„Tom Raven! Ist das lange her. Darren hat mir erzählt, dass du wieder in der Stadt bist, aber ich musste es mit eigenen Augen sehen." Harry streckte ihm die Hand entgegen, und Raven nahm sie zögernd an. Harrys Augen funkelten belustigt, als hätte er gerade einen großen Triumph errungen. Er hielt Ravens Hand fest. „Darren und ich hatten eine Wette laufen, wie lange du brauchen würdest, um nach Scarborough zurückzukehren. Ich hätte nie gedacht, dass es dreißig Jahre werden würden."

„Einunddreißig", sagte Raven.

„Ich hatte auf höchstens drei Monate getippt."

„Dann hast du die Wette also verloren."

„Nein", sagte Harry grinsend. „Ich habe gewonnen. Mein Tipp war näher dran. Darren war überzeugt, du würdest nie wiederkommen." Er ließ Ravens Hand los und gab Darren ein Zeichen, sich zu setzen.

Becca schaltete das Aufnahmegerät ein und stellte die Beteiligten für das Protokoll vor.

„Mein Mandant wird also offiziell vernommen", sagte Harry, nachdem die Formalitäten erledigt waren. „Doch dieses Verhör ist völlig freiwillig. Mr. Jubb möchte ausdrücklich betonen, dass er als aufrechter Bürger mit tadellosem Ruf gerne bereit ist, die Polizei bei ihren Ermittlungen zu unterstützen, und dass es ihm freisteht, jederzeit zu gehen."

„Es steht ihm frei, zu gehen", bestätigte Raven. Der Teil, dass Darren ein aufrechter Bürger war, war schwerer zu schlucken.

Und doch war ich es, der die gestohlene CD bei Woolworth in den Händen hielt.

Darren hatte den Diebstahl lediglich angezettelt, Raven angestachelt und sich dann zurückgezogen, um die Aktion von außerhalb des Ladens zu leiten. Zweifellos hatte sich seine Fähigkeit zur Manipulation im Laufe der Jahre noch verbessert.

„Dann wollen wir mal", sagte Darren. „Ich bin mir sicher, dass wir alle gerne vor dem Mittagessen hier raus wären."

Raven wusste, dass die Beweislage gegen Darren voller Löcher war. Aber er hoffte, dass es am Ende des Verhörs weniger sein würden. „Mr. Jubb, ich würde gerne mit Ihrer Beziehung zu Lewis Briggs beginnen. Können Sie uns sagen, wie Sie Lewis kennengelernt haben und welche Art von Beziehung Sie zu ihm unterhielten?"

„Lewis Briggs?". Darren hob die Augenbrauen. „Den Namen habe ich schon lange nicht mehr gehört. Lewis hat in meinem Nachtclub als Türsteher gearbeitet. Ich habe ihn eingestellt, um die Tür zu bewachen, das Gesindel fernzuhalten und sich um Ärger im Club zu kümmern. Meine ‚Beziehung' zu ihm war rein beruflicher Natur."

„Hat er außer im Nachtclub noch in einer anderen Funktion für Sie gearbeitet?"

„Nein."

„Kannten Sie Max Hunt?"

„Ich kannte ihn", sagte Darren. „Er war Stammgast. Aber kein Freund. Und bevor du fragst, ich hatte keinerlei ,Beziehung' zu ihm."

„Und fällt Ihnen ein Grund ein, warum Lewis Briggs Max Hunt hätte töten wollen?"

Bevor Darren antworten konnte, ergriff Harry das Wort. „Ich muss Sie an dieser Stelle unterbrechen, DCI Raven. Es ist wirklich nicht angemessen, von meinem Mandanten zu erwarten, über die Motive einer dritten Partei zu spekulieren."

„Wussten Sie also, dass Max Hunt mit illegalen Drogen handelte?", fragte Raven.

„Nein", sagte Darren. „Hätte ich das gewusst, hätte ich Lewis angewiesen, ihn gar nicht erst in meinen Club zu lassen. Auf diese Art von Ärger kann ich verzichten."

„Wussten Sie, dass Lewis Briggs manchmal illegale Drogen an Ihre Gäste verkauft oder verteilt hat?"

„Nein. Noch mal. Wenn ich das gewusst hätte, hätte ich ihn sofort gefeuert."

„Okay", sagte Raven. „Lassen Sie uns jetzt über Patrick Lofthouse sprechen. In welcher Beziehung standen Sie zu Patrick?"

„Er war mit meiner Tochter verlobt."

„Und wussten Sie, dass Patrick mit illegalen Drogen handelte?" Raven hatte den Bereich der gesicherten Fakten verlassen und sich ins Reich der Spekulationen begeben, aber er glaubte nicht, dass er weit daneben lag.

Darren warf ihm einen skeptischen Blick zu. „Patrick, ein Drogendealer? Hast du dafür irgendwelche Beweise?"

„Bitte beantworten Sie einfach die Frage."

„Nein", sagte Darren. „Davon wusste ich nichts."

„Wussten Sie, dass Patrick Kokain konsumierte?"

„Sicher nicht."

Raven gab Becca zu verstehen, dass sie die nächste Frage stellen sollte.

„Mr. Jubb", begann sie, „können Sie bestätigen, dass

Sie der Eigentümer einer Yacht namens *Sea Dreams* sind?"

Ein breites Lächeln breitete sich auf Darrens Gesicht aus. „Natürlich. Sie ist eine echte Schönheit, eine Beneteau Monte Carlo 5. Fünfzehn Meter lang, Platz für acht Personen, eingebauter Fernseher mit Bose-Lautsprechern, Sonnendeck, die neueste Elektronik. Eine halbe Million habe ich dafür bezahlt. Steuerlich absetzbar, sagt mein Buchhalter." Er zwinkerte Raven zu. „Ich muss dich mal auf eine Spritztour mitnehmen, Tom."

„Und können Sie bestätigen, dass das Boot im Hafen von Scarborough liegt?", fragte Becca.

„Das ist richtig."

„Wann haben Sie das Boot zuletzt benutzt, Mr. Jubb?"

Darren runzelte die Stirn. „Wahrscheinlich vor ein paar Wochen. Um diese Jahreszeit wird es nicht so oft benutzt. Ich bezweifle, dass ich jetzt, wo der Winter vor der Tür steht, noch oft rausfahren werde, es sei denn, wir haben eine Zeit lang schönes Wetter."

Raven war Darrens aufgesetzte Freundlichkeit allmählich leid. „Können Sie uns ein genaues Datum nennen, wann Sie zuletzt mit dem Boot unterwegs waren?"

„Da müsste ich nachsehen. Aber ich würde sagen, nicht in den letzten drei Wochen."

„Was ist mit dem vierundzwanzigsten Oktober? Dem Tag von Patricks Tod?"

„Definitiv nicht", sagte Darren. „Ich habe dir bereits einen detaillierten Überblick über meine Aktivitäten an diesem Tag gegeben, Tom. Ein Treffen mit Ethan, ein Mittagessen mit Donna und Scarlett ..."

„Der Golfclub, das Wohltätigkeitsdinner", schloss Raven. „Ja, Sie waren an diesem Tag wirklich sehr beschäftigt."

„Ich möchte das Beste aus meiner Freizeit machen."

Harry beugte sich vor. „DCI Raven, wenn ich das sagen darf, dieses Gespräch scheint nicht sehr zielführend zu sein. War es wirklich notwendig, die Zeit meines Mandanten zu verschwenden, indem man ihn hierher auf die Polizeiwache brachte?"

Raven ignorierte die rhetorische Frage. „Ich frage mich, ob Ihr Mandant Einwände gegen eine Durchsuchung seines Bootes hätte", fragte er.

„Und was genau erwarten Sie an Bord zu finden?"

Raven richtete seine Frage direkt an Darren. „Erteilen Sie uns die Erlaubnis für eine Durchsuchung?"

„Nein", sagte Darren. „Ich will nicht, dass deine Leute auf ihm herumkrabbeln, vielen Dank auch."

„Obwohl Sie ein aufrechter Bürger sind, der uns bei unseren Nachforschungen helfen will?"

„Ihre ‚Nachforschungen' scheinen auf wenig mehr als Schikane hinauszulaufen, Chief Inspector", sagte Harry. „Mr. Jubb hat Ihr Ersuchen abgelehnt. Haben Sie noch weitere Fragen?"

Raven schaute Becca von der Seite an. „Nur noch eine", sagte sie. „Mr. Jubb, wo waren Sie am siebzehnten Oktober um sieben Uhr abends?"

Darren schien von der Frage überrumpelt. „Der siebzehnte? Das ist doch ewig her. Ich weiß nicht einmal, welcher Wochentag das war."

„Es war ein Sonntag", sagte Becca. „Der Sonntag, bevor Patrick Lofthouse ermordet wurde."

„Ich erinnere mich nicht", sagte Darren. „Ich müsste in meinem Kalender nachsehen …"

„Das ist nicht nötig", sagte Harry. „Ich kann dir genau sagen, wo du warst, Darren. Du warst bei mir zu Hause, weißt du noch? Du und Donna wart bei mir zum Abendessen."

„Barbecue-Rippchen", sagte Darren. „Wie konnte ich das nur vergessen?" Er stand auf, sein Stuhl schrammte über den Boden. „Und ich glaube, jetzt ist es wirklich Zeit fürs Mittagessen."

Raven sah ihm nach, Becca begleitete ihn nach draußen.

Harry blieb und wartete, bis er und Raven allein waren. „Sei kein schlechter Verlierer, Tom. Nicht böse sein, ja? Es gibt keinen Grund, das persönlich zu nehmen."

„Tue ich nicht. Und ich habe nicht verloren."

Harry seufzte. „Ich glaube, das hast du, Tom. Ich glaube nicht, dass du überhaupt eine Chance hattest, dieses Spiel zu gewinnen."

„Das ist kein Spiel, Harry."

Harry gluckste. „Oh, aber das ist es. Hast du das noch nicht kapiert? Polizei, Kriminelle, Anwälte … Wir spielen alle dasselbe Spiel. Nur für verschiedene Teams."

„Rede dir das nur weiter ein, dann kannst du nachts besser schlafen."

Harry grinste hinterhältig. „Oh, ich habe keine Schlafprobleme, Tom. Ganz und gar nicht. Dafür sorgt schon eine Flasche Rioja zum Abendessen." Er tippte sich an die Stirn. „Wir sehen uns."

KAPITEL 24

Nach dem Verhör von Darren Jubb fühlte sich Raven ein wenig angeschlagen, als hätte er eine Schlacht verloren. Er hatte gewusst, dass er auf dünnem Eis stand, aber Darren und Harry hatten jede Frage mit erschreckender Leichtigkeit abgewehrt. Was hatte er gelernt? So gut wie nichts.

„Ich will einen Durchsuchungsbefehl für das Boot", sagte er, als er wieder im Einsatzraum war. „Tony, können Sie das arrangieren?"

„Ich kümmere mich sofort darum, Sir."

„Irgendetwas passiert, während ich Mr. Jubb und seinen Anwalt bespaßt habe?"

„In der Tat, ja", sagte Tony. „Zwei Dinge sogar. Wir haben einen Hinweis aus der Bevölkerung erhalten. Eine Zeugin hat Patrick Lofthouse am Tag seines Mordes mit jemandem streiten sehen."

„Wo?"

„Vor dem Haus der Jubbs, Sir. Die Zeugin ist eine Nachbarin von Darren Jubb, eine Mrs. Overfield. Jess ist gerade bei ihr und nimmt eine Aussage auf."

„Okay. Und was war das Zweite?"

„Wir haben eine Liste der Anrufe erhalten, die von Patricks Wegwerfhandys aus getätigt wurden. Nur eins davon wurde jemals benutzt, aber am siebzehnten Oktober wurden fünf Anrufe zwischen dem Motorola und einer niederländischen Nummer getätigt. Ich habe die niederländischen Behörden kontaktiert, um zu sehen, ob sie die Nummer identifizieren können, aber die Chancen stehen gut, dass es sich um ein weiteres nicht auffindbares Wegwerfhandy handelt."

„Und wo war das Motorola, als diese Anrufe getätigt wurden?", fragte Raven. „In Großbritannien oder in den Niederlanden?"

„In den Niederlanden."

Raven ließ die neuen Informationen auf sich wirken. „Das bedeutet also, dass Patrick am siebzehnten Oktober in den Niederlanden war. Darauf müssen sich Datum und Uhrzeit auf dem Zettel beziehen. Er hatte dort eine Verabredung."

„Sieht ganz danach aus, Sir."

„Ein Drogendeal?", schlug Dan vor.

„Könnte sein, Dan. Checken Sie die Passagierlisten der Flüge in die Niederlande in den Tagen vor dem siebzehnten. Sehen Sie nach, ob Patrick einen Flug genommen hat."

„Bin dran", sagte Dan.

*

Oliver's Mount war keine wirklich ländliche Gegend und sicher nicht mit dem Hochmoor von Jess' Heimat in Rosedale Abbey zu vergleichen. Aber er war einer ihrer Lieblingsplätze in Scarborough und bot einen spektakulären Blick über die Stadt und das Meer bis hin zur Burg auf der Landzunge. Der Hügel war früher unter dem Namen Weaponness bekannt gewesen. Scarborough war während des Englischen Bürgerkriegs heftig umkämpft gewesen, und die Burg war unter anhaltenden Beschuss der parlamentarischen Streitkräfte geraten. Doch soweit Jess wusste, hatte Oliver Cromwell selbst weder die Stadt noch den Hügel, der nun seinen Namen trug, je besucht.

Jedenfalls freute sie sich über die Gelegenheit, auf eigene Faust Nachforschungen anzustellen und zum Mount zu fahren, um die Zeugin zu befragen, die am Morgen angerufen hatte. Sie parkte ihren Land Rover vor dem Haus in Weaponness Park und ließ ihren Blick von der Einfahrt aus über die Umgebung schweifen. Direkt gegenüber lag die Einfahrt der Jubbs, und sie konnte das Haus und die Garage, vor der ein schwarzer Range Rover parkte, deutlich erkennen.

Sie klingelte und wartete. Nach einer Minute hörte sie eine Bewegung im Inneren und die Tür öffnete sich einen Spalt breit, gesichert von einer schweren Messingkette.

„DC Jess Barraclough, Kriminalpolizei Scarborough." Jess hielt ihren Dienstausweis so hoch, dass man ihn durch den Spalt sehen konnte.

Die Tür schloss und öffnete sich erneut, dahinter stand eine ältere Dame.

„Mrs. Overfield?"

„Ja. Kommen Sie rein, kommen Sie rein." Die alte Frau winkte Jess ins Haus. Sie führte sie durch einen eleganten Flur in ein Wohnzimmer mit pastellfarbenen Tapeten. „Setzen Sie sich. Ich hole uns eine schöne Tasse Tee."

„Das ist wirklich nicht nötig, Mrs. Overfield."

„Oh, ich bestehe darauf. Ich bekomme nicht oft Besuch, und wenn, dann kümmere ich mich gern um meine Gäste. Warten Sie hier, Liebes. Es dauert nicht lange."

Jess nahm auf einem breiten Sofa gegenüber dem Kamin Platz. Es war offensichtlich, dass die alte Dame ihren Besuch in vollen Zügen auskosten wollte. Jess kannte das bereits von anderen Zeugen. Manche Menschen führten ein einsames Leben, ein Besuch der Polizei konnte da schnell zum Wochenhighlight werden. Sie wusste, dass es schneller gehen würde, wenn sie den Tee einfach annahm, anstatt zu protestieren.

Nach ein paar Minuten kam Mrs. Overfield mit einem Tablett zurück, auf dem eine Teekanne, zwei Porzellantassen mit Untertassen und ein Teller mit Keksen standen. „Bedienen Sie sich", sagte sie, während sie den Tee einschenkte. „Ich liebe diese rosa Waffeln, Sie nicht auch?"

Jess nahm den Tee und einen Keks und wartete höflich.

„Ich möchte nicht, dass Sie mich für eine neugierige alte Frau halten, die ihren Nachbarn nachspioniert", sagte Mrs. Overfield.

„Natürlich nicht", erwiderte Jess. „Wir sind immer dankbar für Informationen aus der Bevölkerung. Sie sind unsere Augen und Ohren."

Die alte Dame nickte zustimmend. „Nun, meine Augen und Ohren sind nicht mehr das, was sie mal waren, aber wenn jemand so ein Spektakel veranstaltet, wie ich es miterlebt habe, dann kann man das wohl kaum überhören, oder?"

„Vielleicht können Sie mir genau schildern, was passiert ist? Von Anfang an?"

„Natürlich. Nun, es war letzten Sonntagmorgen. Ich weiß das genau, weil ich mich gerade für die Kirche fertig gemacht habe."

„Um wieviel Uhr war das?", fragte Jess.

„Etwa viertel vor zehn. Als ich die Treppe hinunterging, hörte ich draußen plötzlich einen Aufruhr. Es ist nicht das erste Mal, dass ich Lärm aus dem Haus der Jubbs höre. Und es ist auch nicht das erste Mal, dass ich mich deswegen beschweren musste. Partys bis spät in die Nacht, knallende Autotüren zu jeder Tageszeit ... Das sind wirklich Nachbarn aus der Hölle."

„Das kann ich mir vorstellen", sagte Jess. „Wenn Sie sagen, es gab einen Aufruhr ..."

„Ein Mann schrie. Ein älterer Mann, mindestens mittleren Alters. Und ein jüngerer Mann antwortete. Aber es war der Ältere, der wirklich wütend war."

„Haben Sie etwas von dem verstanden, was er gesagt

hat?"

„Hätte ich eigentlich nicht", sagte Mrs. Overfield, „aber wie gesagt, ich war auf dem Weg zur Kirche. Also bin ich nach draußen gegangen und habe zugehört."

„Von Ihrem Vorgarten aus?" Jess stellte sich den Garten mit der hohen Hecke und den großen Koniferen vor. Das Haus lag ein gutes Stück von der Straße entfernt, und sie fragte sich, wie gut das Gehör der alten Dame wirklich war.

„Ich weiß, was Sie denken", sagte Frau Overfield. „Aber mein Gehör ist völlig in Ordnung, wenn ich mein Hörgerät trage, und außerdem bin ich ganz nah an die Hecke herangeschlichen, um besser sehen zu können. Ich wollte wissen, wer so einen schrecklichen Aufruhr verursachte. Schon an den Stimmen konnte ich erkennen, dass es weder Darren Jubb noch sein Sohn Ethan war."

„Wer war es dann?"

„Jemand, den ich noch nie gesehen hatte. Aber ich erkannte den jüngeren Mann. Es war der Verlobte von Scarlett Jubb, Patrick."

„Patrick Lofthouse?"

„Ja. Ich habe ihn schon mal gesehen. Und natürlich ist er jetzt überall in den Nachrichten. Schrecklich."

Jess hatte die Berichterstattung in den Zeitungen verfolgt. Es war unvermeidlich, dass der Mord jeden Tag die Schlagzeilen beherrschte. „Aber Sie wissen nicht, wer der ältere Mann war?"

„Zuerst wusste ich es nicht, aber aus dem, was er sagte, habe ich mir zusammengereimt, dass er Patricks Vater war. Ich wusste, dass ich richtig lag, als ich sein Foto in den *Scarborough News* sah. Es war Gordon Lofthouse. Da bin ich mir sicher."

„Und er hat Patrick angeschrien?"

„Ein furchtbarer Lärm", sagte Mrs. Overfield. „Und die Ausdrücke, furchtbar. Jedenfalls ging es bei dem Streit um Geld. Gestohlenes Geld, wenn ich mich nicht irre."

„Was für gestohlenes Geld?", fragte Jess.

„Nun, das weiß ich nicht, meine Liebe. Aber der Vater

hat seinen Sohn beschuldigt, es genommen zu haben. Und es war keine kleine Summe, so wie er es darstellte. Er hat nicht aufgehört, darüber zu schimpfen. ‚Ein schändlicher Vertrauensbruch ... was würde deine Mutter sagen ... eine beschämende Tat ...' Er hat wirklich dick aufgetragen. Jedenfalls schien er am Ende eine Art Ultimatum zu stellen. Da in diesem Moment ein Auto vorbeifuhr, habe ich nicht alles mitbekommen, aber das Wesentliche war, dass etwas passieren würde, wenn Patrick das Geld nicht noch am selben Tag zurückbringt. ‚Das ist deine letzte Chance, das Richtige zu tun', brüllte er. ‚Und wenn du es nicht tust ...' Nun, das ist der Teil, den ich verpasst habe."

„Und wie hat Patrick reagiert?"

„Nun", sagte Mrs. Overfield, „das hat mich eigentlich am meisten überrascht. Er hat nicht versucht, seine Tat zu leugnen, und er hat sich nicht entschuldigt. Es schien ihm nicht einmal Leid zu tun. Alles, was er sagte, war: ‚Du hast doch gar nicht den Mumm, etwas zu tun!'"

*

Becca stieg die Treppe hinab in den verschlossenen Keller unter dem Polizeirevier, wo alte Fallakten aufbewahrt wurden. Es war ein Raum, den sie nur selten betrat, dunkel, verlassen und irgendwie unheimlich. Sie schloss die Tür auf, wartete, bis die Neonröhren über ihr aufflammten, und suchte dann nach dem Abschnitt, der sie interessierte.

Die Akten waren in deckenhohen Metallregalen nach Jahrgängen geordnet. Sich durch die Reihen zu bewegen, war wie eine Reise in die Vergangenheit. 2022, 2021, 2020 ... Das digitale Zeitalter hatte nicht verhindert, dass sich zu jedem Fall eine Unmenge an Papierkram, Fotografien, physischen Beweisen und allerlei sonstigem Material angesammelt hatte. Man wusste nie, was man hier unten zwischen Schatten, Spinnweben und dem Geruch von Staub und alterndem Papier finden würde. Sie fühlte sich ein bisschen wie eine Archäologin, die in den

Überresten der Vergangenheit nach Hinweisen suchte. Oder wie eine Bibliothekarin, die in Archiven nach einem verborgenen Brief oder Manuskript stöberte. Sie ging weiter durch die düsteren Reihen der Akten, bis sie das Jahr fand, nach dem sie suchte. 2019.

Becca war überzeugt, dass die Lösung des aktuellen Falles in den früheren Ermittlungen zum Mord an Max Hunt zu finden war. Die Ermittlungen, die DI Dinsdale geleitet hatte, als sie noch Detective Constable war und viele der niederen Arbeiten erledigt hatte, die jetzt Jess und Dan übernahmen. Damals war sie nur ein Rädchen im Getriebe gewesen, nicht eingeweiht in das große Ganze. Sie hatte keine Ahnung, welche Informationen Dinsdale gehabt hatte oder was ihn zu seinen Entscheidungen veranlasst hatte. Warum hatte er Darren Jubb nicht verhört? Warum war er der Möglichkeit eines Drogenhintergrunds nicht nachgegangen? Wie war Lewis Briggs in den Besitz einer illegalen Schusswaffe gelangt, und wer hatte den anonymen Hinweis gegeben? Es gab so viele unbeantwortete Fragen. Becca hatte die zusammenfassenden Berichte in der Datenbank gelesen, aber die Originalnotizen und Beweise befanden sich alle hier unten. Sich durch die gesamten Fallnotizen zu wühlen, wäre eine monströse Aufgabe, aber es konnte nicht schaden, sich kurz umzusehen, ob einem etwas ins Auge sprang.

Systematisch ging sie die Regale durch und schlug dabei immer wieder im Katalog nach. Hier war es. 19-496A. Sie blieb stehen. Und starrte.

Die Akten fehlten.

Wo sie hätten sein sollen, waren nur leere Regale. Sie suchte links und rechts, aber es konnte kein Irrtum sein. Die Akten des Max-Hunt-Falls waren verschwunden. Und niemand hatte sie offiziell ausgeliehen.

KAPITEL 25

Lassen Sie uns in den Garten gehen", sagte Gordon Lofthouse. „Janet ruht sich oben aus. Ich will sie nicht stören."

Raven folgte ihm um das Haus herum in den hinteren Garten. Der quadratische Rasen war ordentlich getrimmt, die Sträucher entlang der tiefen Rabatten waren für den Herbst zurückgeschnitten, alle toten Blätter und Zweige auf einem Komposthaufen im hinteren Teil des Gartens aufgeschichtet. Im Gewächshaus wuchsen noch Tomatenpflanzen, deren Früchte in roten und grünen Kaskaden von den Stängeln baumelten.

Gordon seufzte und sah sich um, als wäre er ein Fremder in seinem eigenen Zuhause. „Sie hat überhaupt nicht schlafen können. Nicht, seit wir die Nachricht erhalten haben. Der Arzt hat ihr ein Beruhigungsmittel verschrieben, und endlich ist sie eingeschlafen."

„Das muss ein schrecklicher Schock für Sie beide gewesen sein."

Gordon nickte geistesabwesend. „Haben Sie Kinder, Chief Inspector?"

„Eine Tochter."

„Kinder können eine solche Last sein. Finden Sie nicht?"

Raven ließ die Frage unbeantwortet. „Ich möchte mit Ihnen über Shane Denton sprechen. Als ich das erste Mal mit Ihnen sprach, beschuldigten Sie ihn des Diebstahls."

„Dieser Halunke!" Gordons Nasenflügel blähten sich. „Ja. Das war einer der Gründe, warum ich ihn gefeuert habe. Und Drogen hat er natürlich auch genommen."

„Shane bestreitet, Ihnen Geld gestohlen zu haben."

„Nun, das liegt doch auf der Hand, nicht wahr?"

„Die Sache ist die", sagte Raven, „ich glaube ihm."

Gordon verfiel in nachdenkliches Schweigen. Er streckte die Hand aus, um einen Rosenstrauch zu berühren, der für den Winter zu einem kahlen Gerüst aus Zweigen zurückgeschnitten worden war. Sein Daumen strich über einen dornenbesetzten Stängel. „Tun Sie das, ja?", sagte er schließlich. „Nun, vielleicht haben Sie recht. Die Wahrheit ist, dass auch nach Shanes Entlassung immer wieder Geld verschwand."

„Sie haben vermutet, dass Patrick es genommen hat?"

„Ich habe es nicht vermutet. Ich hatte Beweise."

„Und haben Sie ihn damit konfrontiert?"

Gordon schloss seine dicken Finger um den Stiel der Rose. „Wir haben geredet", gab er zu. „Aber Patrick hat alles abgestritten. Er sagte, ich hätte mich geirrt. Aber das hatte ich nicht."

„Haben Sie mit Ihrer Frau darüber gesprochen?"

„Nein. Es hätte Janet das Herz gebrochen. Patrick hatte sie schon genug enttäuscht. Das wäre der Tropfen gewesen, der das Fass zum Überlaufen bringt."

„Was haben Sie dann getan?", fragte Raven.

„Zuerst nichts. Ich hoffte, dass ihn die Warnung, dass ich ihm auf der Spur bin, aufhalten würde. Aber das tat sie nicht." Gordon sah Raven an, als wolle er ihn um Verständnis bitten. „Ich konnte nicht mehr so tun, als wäre nichts passiert. Am Ende musste ich handeln."

„Sie haben ihm ein Ultimatum gestellt", sagte Raven. „Als Sie ihn vor Darren Jubbs Haus zur Rede gestellt haben."

Gordon sah überrascht aus. „Sie wussten das schon?" Seine Augen verengten sich. „Ich habe ihm gesagt, dass er das Geld an diesem Tag zurückzahlen muss."

„War das eine realistische Forderung?"

„Ich weiß es nicht. Vielleicht nicht. Aber ich habe die Beherrschung verloren. Er hat sein eigen Fleisch und Blut bestohlen!" Gordons Stimme wurde lauter und die Sehnen in seinem Nacken traten hervor. „Was für ein Sohn tut so etwas?", brüllte er.

„Was haben Sie Patrick gesagt, was passieren würde, wenn er das Geld nicht zurückzahlen würde?"

„Dass ich ihn aus dem Geschäft werfe", sagte Gordon. „Ihn enterbe. Ich habe ihm gesagt, dass ein Sohn, der stiehlt, nicht mein Sohn ist."

„Und wie hat er reagiert?"

„Er hat mich nur ausgelacht. Stellen Sie sich das vor! Er hat seinen eigenen Vater ausgelacht!" Gordons Gesicht hatte eine rötliche Farbe angenommen. Er umklammerte den Stiel des Rosenstrauchs und knickte ihn zwischen Finger und Daumen. Ein Blutstropfen quoll an der Stelle hervor, an der ein Dorn seine Haut durchbohrt hatte.

„Sie haben mich angelogen", sagte Raven. „Als ich Sie gefragt habe, wann Sie Patrick zuletzt gesehen haben, haben Sie gesagt, es war am Samstag, einen Tag vor seinem Tod."

„Ich konnte Ihnen nicht sagen, dass ich am Sonntag bei ihm war. Nicht in Gegenwart von Janet. Sie hatte gerade erst von seinem Tod erfahren. Diese Nachricht hätte sie umgebracht!"

Raven starrte ihn an, sagte aber nichts.

Ein Rinnsal Blut lief an Gordons Finger herunter, aber er schien es nicht zu bemerken. „Ach kommen Sie, Inspector", sagte er atemlos. „Sie können doch nicht ernsthaft glauben, dass ich etwas mit Patricks Tod zu tun hatte! Sie sind ja verrückt. Er war mein eigener Sohn! Ich habe ihm alles gegeben. Ich wollte doch nur, dass er ein wenig Dankbarkeit zeigt!"

„Und er weigerte sich hartnäckig", sagte Raven. „Stattdessen hat er Sie gedemütigt."

Gordon stieß einen Finger gegen Ravens Brust und hinterließ einen Blutfleck auf seinem neuen weißen Hemd. „Sie denken, ich hätte ihn getötet? Glauben Sie das? Ist es das, was Sie denken?"

Raven begegnete dem Vorwurf mit Gelassenheit. „Was ich denke, Mr. Lofthouse, ist, dass Sie sich besser beruhigen sollten."

★

„Es ist nichts mehr da?", fragte Raven. „Sind Sie sicher?"

„Alle Akten wurden entfernt", sagte Becca. „Alle."

Sie hatte die letzte Stunde damit verbracht, mögliche Erklärungen durchzugehen, aber es gab keinen legitimen Grund, warum die Max-Hunt-Akten verschwunden sein sollten. Kein Polizist würde Fallakten aus dem Revier entfernen, es sei denn, er führte etwas im Schilde. Die einzige unschuldige Erklärung, die ihr einfiel, war, dass Raven sie selbst mitgenommen hatte, aber eine flüchtige Inspektion seines Büros hatte das ausgeschlossen.

So blieb nur die harte Wahrheit – die Akten waren gestohlen worden. Aber von wem?

Es musste jemand gewesen sein, der in die laufenden Ermittlungen involviert war. Sie konnte sich einfach nicht vorstellen, dass Tony so etwas getan haben könnte. Er war viel zu korrekt und integer. Dan war zwar nicht abgeneigt, Regeln ein wenig zu beugen, aber er war zu neu im Team, um in den Fall Max Hunt verwickelt gewesen zu sein, und ihm fehlte das Geschick, so etwas durchzuziehen. Jess hatte sicher die nötige Raffinesse, aber auch sie war erst seit ein paar Monaten Detective, welches Interesse hätte sie also an dem vorherigen Fall haben können? Auf jeden Fall vertraute Becca ihr. Es gab nur eine Person, die sie nicht ausschließen konnte.

Derek Dinsdale.

Je länger sie darüber nachdachte, desto mehr Sinn

ergab es. Dinsdale hatte die Ermittlungen im Fall Max Hunt geleitet, und wie Raven festgestellt hatte, eine Reihe wichtiger Spuren übersehen. Jetzt, da es einen zweiten Mord gab, versuchte Dinsdale vielleicht, seine Spuren zu verwischen und sicherzustellen, dass nichts ans Licht kam, was die Verurteilung von Lewis Briggs infrage stellen konnte. Vielleicht wollte er seinen eigenen Ruf schützen und eine mögliche Untersuchung seines Verhaltens verhindern. War er wirklich dabei, Beweise zu vernichten?

Becca wartete, bis Raven von seinem Gespräch mit Gordon Lofthouse zurückkehrte, bevor sie ihm in sein beengtes Büro folgte. Nach kurzem Zögern zog sie die Tür hinter sich zu. Er hatte von Anfang an deutlich gemacht, dass er eine Politik der offenen Türen verfolgte – er wollte, dass sie jederzeit mit ihren Ideen oder Anliegen zu ihm kommen konnten. Aber das hier war etwas anderes. Die Angelegenheit war vertraulich.

Raven sah müde und mitgenommen aus, was nach den kräftezehrenden Gesprächen mit Darren Jubb und seinem überheblichen Anwalt auch kein Wunder war. Auf seinem scheinbar neuen Hemd war sogar ein Blutfleck. Gedankenverloren blätterte er in einer alten Ausgabe der *Scarborough News*. Becca hasste es, ihm diese schlechten Nachrichten zu überbringen, aber er musste es wissen, je früher, desto besser.

„Was glauben Sie, ist mit ihnen passiert?", fragte Raven.

Becca hielt inne und zögerte, ihre Gedanken in Worte zu fassen. Niemand mochte einen Verräter, und sie hatte absolut keinen Beweis dafür, wer die Akten gestohlen hatte. Sie hasste den Gedanken, einen Kollegen der Manipulation von Beweismitteln zu beschuldigen, selbst wenn es sich bei diesem Kollegen um DI Dinsdale handelte. Warum konnte der Mann nicht einfach in den Ruhestand gehen und sie alle in Ruhe lassen? Warum war er immer noch hier und waberte durch die Gänge wie ein übler Geruch? Außerdem kannte Becca Raven noch nicht gut genug, um einzuschätzen, wie er auf eine solche

Anschuldigung reagieren würde. Er hatte sie nicht gebeten, nach den Akten zu suchen. Vielleicht würde er denken, dass sie ihre Kompetenzen überschritten hatte oder ihm nicht zutraute, den Fall zu leiten.

„Ich weiß es nicht", sagte sie schließlich.

Raven nickte. „Nein. Nun, danke, dass Sie mich informiert haben, Becca. Es war richtig von Ihnen, zu mir zu kommen."

Sie spürte eine gewisse Erleichterung bei seinen Worten. „Was werden Sie tun?", fragte sie.

„Überlassen Sie das mir", sagte Raven. „Behalten wir es vorerst für uns."

★

Raven saß allein in seinem Büro und dachte über die Neuigkeiten nach, die Becca ihm gerade überbracht hatte. Obwohl sie zu diplomatisch gewesen war, um mit dem Finger auf einen möglichen Schuldigen zu zeigen, fiel es ihm nicht schwer, zu erraten, wen sie verdächtigte. Man musste kein Genie sein, um Derek Dinsdale als wahrscheinlichsten Täter auszumachen. Dinsdale war der Detective, der am engsten mit dem Fall Max Hunt verbunden war. Er hatte am meisten zu verlieren, wenn der Fall neu aufgerollt und der Entscheidungsprozess, der zur Verurteilung von Lewis Briggs geführt hatte, überprüft werden würde. Raven fragte sich, was Dinsdale wohl gedacht haben mochte, als eine zweite Leiche mit einer Schusswunde in der Brust an den Strand gespült worden war. Die Parallelen zum vorherigen Fall mussten selbst einem Schwachkopf wie ihm ins Auge gesprungen sein.

Und wenn, wie Raven fest glaubte, die beiden Fälle zusammenhingen, dann war es möglich, dass Dinsdale die Akten hatte verschwinden lassen, um Ravens Ermittlungen absichtlich zu sabotieren. Es läge in Dinsdales Interesse, wenn der neue SIO aus London spektakulär scheiterte. Raven stellte sich vor, wie Dinsdale vor Gillian triumphierte und ihr vorhielt, sie hätte Raven nie zu seinem Nachfolger machen dürfen. Der Mann war ein Widerling und würde jeden Moment genießen.

Doch gab es vielleicht eine noch düsterere Erklärung für Dinsdales Motiv? War er in Wirklichkeit von Darren Jubb gekauft worden? Hatte Dinsdale irgendeinen entscheidenden Hinweis verschwinden lassen, der Darren mit dem Mord an Patrick Lofthouse in Verbindung brachte?

Raven schloss die Augen und rieb sich den Nasenrücken mit Daumen und Zeigefinger. Das Gespräch mit Darren hatte ihn erschöpft und aus dem Gleichgewicht gebracht. Vielleicht war er langsam zu alt für dieses Spiel. Darren hatte in ihrer Beziehung immer das Sagen gehabt. Als Teenager war er derjenige gewesen, der die Regeln aufstellte, der die Menschen um sich herum seinem Willen unterwarf und sie mit seinem Charisma einwickelte. Und am Ende hatte er Donna für sich gewonnen, nicht wahr? Das war der beste Beweis dafür, dass Darren immer seinen Willen bekam. Er hatte geduldig abgewartet, auf lange Sicht gespielt – und schließlich gewonnen. Scarborough war Darrens Spielwiese, und er tat hier, was ihm gefiel. Er war nicht einfach nur ein großer Fisch in einem kleinen Teich, sondern ein Hai in einem Aquarium. Und er würde weiterhin tun und lassen, was er wollte, solange Raven nicht beweisen konnte, dass er in den Mord an Patrick Lofthouse verwickelt war.

Ravens Blick fiel auf die aufgeschlagene Ausgabe der *Scarborough News*, die er studiert hatte, als Becca zu ihm gekommen war. Sie stammte von Anfang der Woche, datiert auf Montag, den Tag der Beerdigung seines Vaters, den Tag, an dem das Meer den Leichnam von Patrick Lofthouse angespült hatte. Die Schlagzeile auf der Titelseite handelte von der möglichen Neugestaltung des Geländes des alten Futurist Cinema, wo Raven vor so vielen Jahren seinen ersten Kuss stibitzt hatte. Aber es war ein Artikel im Innenteil, der seine Aufmerksamkeit erregte.

Wohltätigkeitsdinner sammelt Tausende für guten Zweck

Das war also die Veranstaltung, an der Darren Jubb

teilgenommen hatte, jetzt, da er einer der Großen und Guten von Scarborough war. Die Veranstaltung, die ihm ein perfektes Alibi für die Zeit verschaffte, in der Patrick Lofthouse höchstwahrscheinlich ermordet wurde. Raven begann, den Artikel zu lesen.

Beamte des Stadtrats, Geschäftsleute und namhafte Persönlichkeiten des öffentlichen Lebens versammelten sich am Sonntagabend im Ballsaal des Grand Hotel zu einer Wohltätigkeitsveranstaltung, die von BBC Look North-Moderator Raymond Agnew ausgerichtet wurde.

Dem Artikel zufolge hatten mehr als hundert Gäste an dem Dinner teilgenommen und insgesamt mehrere zehntausend Pfund gespendet. Das gesammelte Geld sollte für eine Reihe von guten Zwecken verwendet werden, von zusätzlichen Mitteln für eine mobile Bibliothek bis hin zu einem Zuschuss für einen neuen Gemeinschaftsgarten.

Aber es war das dazugehörige Foto, das Raven interessierte. Mit einem Glas Wein in der Hand lächelte keine Geringere als Detective Superintendent Gillian Ellis in die Kamera, flankiert von einer Auswahl der klügsten und besten Köpfe von Scarborough.

Raven konnte sich gut vorstellen, dass jemand in Gillians Position zu einer Veranstaltung wie dieser eingeladen wurde. Eine hochrangige Polizeibeamtin war zweifellos eine „namhafte Persönlichkeit des öffentlichen Lebens" und musste den Rats- und Wirtschaftsvertretern bestens bekannt sein. Er applaudierte ihrer wohltätigen Gesinnung.

Aber bedeutete das, dass sie Darren Jubb persönlich kannte?

Darren war nicht in der Zeitung abgebildet, aber es waren mehr als hundert Leute bei der Veranstaltung gewesen, und nur einige wenige waren für die Fotos ausgewählt worden. Es gab keinen Grund zu der Annahme, dass Gillian Darren besonders nahe stand. Aber wenn sie in denselben Kreisen verkehrten, mussten sie sich gelegentlich begegnet sein.

Raven fragte sich, worüber sie sich wohl unterhalten hatten.

KAPITEL 26

Becca kehrte an ihren Schreibtisch zurück, zufrieden darüber, dass Raven ihre Bedenken wegen der fehlenden Akten ernst genommen hatte. Er hatte ihr versichert, den Fund streng vertraulich zu behandeln. Und da sie Dinsdales Namen nicht hatte nennen müssen, hatte sie in dieser Hinsicht nichts zu befürchten.

Raven war zweifellos der beste Chef, für den sie je gearbeitet hatte, trotz seiner gelegentlichen düsteren Launen, aber er blieb dennoch ein Rätsel. Wie genau sah seine Beziehung zu Darren Jubb und dessen Frau aus? Warum hatte er Scarborough so lange gemieden? Und warum war er jetzt zurückgekehrt? Sie wusste natürlich, dass sein Vater gerade gestorben war und er zurückgekommen war, um ihn zu beerdigen. Aber hatten die beiden wirklich seit einunddreißig Jahren nicht mehr miteinander gesprochen? Becca konnte sich so etwas kaum vorstellen. Mit ihren eigenen Eltern sprach sie jeden Tag. Gut, sie wohnte noch zu Hause, aber wenn sie eines Tages auszog, würde sie bestimmt alle paar Tage mit ihrer Mutter telefonieren und so oft wie möglich auf eine Tasse Tee und einen Plausch vorbeischauen. War das nicht das, was normale Menschen taten?

Raven war ein Rätsel, das es zu lösen galt. Und Becca war Detective. Jetzt, da sie die Spur aufgenommen hatte, wusste sie, dass sie nicht eher ruhen konnte, bis sie ihr nachgegangen war. Sie kochte sich eine Tasse Yorkshire-Tee, setzte sich an den Computer und begann zu tippen.

Wenn Raven Scarborough vor einunddreißig Jahren verlassen hatte, dann war das 1991 gewesen. Vier Jahre vor ihrer Geburt. Was hatte sich damals in Scarborough zugetragen? Sie loggte sich in die Online-Ausgabe der *Scarborough News* ein und klickte auf das Archiv, aber es reichte nur bis zum Jahr 2000 zurück. Sie konnte in der örtlichen Bibliothek nachfragen, ob dort ältere Ausgaben der Zeitung aufbewahrt wurden, aber es war ohnehin wahrscheinlich, dass das, was Raven aus Scarborough vertrieben hatte, eine persönliche Angelegenheit war und nicht in der Lokalzeitung stand.

Wo könnte sie noch suchen? Sie erwartete nicht, dass die Polizeidatenbank nützliche Informationen liefern würde, aber als ihr der Gedanke erst einmal gekommen war, konnte sie nicht widerstehen. Die Suche würde nur ein paar Sekunden dauern, und wenn sie nichts fand, würde sie die Sache auf sich beruhen lassen.

Sie gab „1991" und „Raven" als Suchbegriffe ein und wartete, während der Computer seine umfangreiche Datenbank durchforstete. Sie war so überzeugt, dass sie nichts finden würde, dass sie fassungslos auf den Bildschirm starrte, als der Computer ein Ergebnis lieferte.

Ein Unfall mit Fahrerflucht am 3. Juni 1991. Bei dem Opfer handelte es sich um eine gewisse Mrs. Jean Raven, 45 Jahre alt, wohnhaft in der Quay Street, Scarborough. Beruf: Zimmermädchen im Grand Hotel. Mrs. Raven war gegen 23 Uhr zu Fuß auf der Foreshore Road unterwegs gewesen, als ein Auto mit hoher Geschwindigkeit auf den Bürgersteig fuhr und sie auf der Stelle tötete. Trotz eines Aufrufs an die Öffentlichkeit, Hinweise zu geben, konnte der Fahrer des Wagens nie ermittelt werden. Der Fall blieb ungelöst. Der nächste Angehörige war Alan Raven. In einer Aussage bei der Polizei hatte Alan Raven berichtet, dass seine Frau hinausgegangen war, um nach ihrem sechzehnjährigen Sohn Thomas zu suchen, weil sie der Meinung gewesen war, er sollte zu Hause sein und für seine GCSE-Prüfungen lernen.

Becca nippte an ihrem Tee und dachte über das nach, was sie gerade gelesen hatte. Anscheinend war Raven ausgegangen, vermutlich mit Freunden – möglicherweise Darren Jubb –, obwohl er eigentlich zu Hause hätte lernen sollen. Damals gab es noch keine Handys. Seine Mutter, die sich Sorgen um seine schulischen Leistungen gemacht haben musste, war losgezogen, um ihn zu suchen. Und durch eine Laune des Schicksals war sie von einem betrunkenen Autofahrer erfasst und getötet worden. Wie musste das für einen sechzehnjährigen Jungen gewesen sein? Ein Elternteil unter solchen Umständen zu verlieren, war schon schrecklich genug, aber der Gedanke, dass man ungewollt die Ursache dafür war, dass seine Mutter das Haus verlassen hatte, war kaum zu ertragen. Und was war mit Ravens Beziehung zu seinem Vater? Hatte Alan Raven seinen Sohn zu Unrecht für den Tod seiner Frau verantwortlich gemacht? War das der Grund, warum Raven Scarborough in so jungen Jahren verlassen hatte und erst zurückgekehrt war, als es an der Zeit war, seinen alten Herrn zu beerdigen?

*

Raven stand am Ende des Piers – eigentlich war es eher eine Mole – und blickte zurück auf die Altstadt. Die South Bay bildete einen fast perfekten Halbkreis, der sich vom Hafen unterhalb der Landzunge bis zur Spitze von White Nab erstreckte, die über Oliver's Mount hinausragte. Auf halber Strecke entlang der Bucht lag das Kurhaus, die Wiege des modernen Scarborough. Im siebzehnten Jahrhundert hatte die Frau eines angesehenen Bürgers dort eine Quelle entdeckt. Das säurehaltige Wasser sollte alle möglichen Krankheiten heilen, und Tausende von

Besuchern waren auf der Suche nach einem Wunder in die Stadt geströmt. Ob sie es nun fanden oder nicht, das Heilbad wurde immer bekannter, und Mitte des achtzehnten Jahrhunderts hatte sich Scarborough als erstes Seebad Großbritanniens etabliert. Zahlreiche Hotels und Gasthäuser entstanden, um die Bedürfnisse der Touristen zu befriedigen, die kamen, um die Vorzüge der berühmten Badekarren zu nutzen. Auf dem Höhepunkt des Ruhmes der Stadt war das Grand Hotel – das größte Hotel Europas. Heute verkaufte das Bad kein Flaschenwasser mehr, sondern diente als Veranstaltungsort für Konzerte und Theateraufführungen. Seine elegante Fassade war in goldenes Licht getaucht.

Entlang der restlichen Strandpromenade funkelten die grellen Lichter der Spielhallen, Fish-and-Chips-Läden, Pubs und Cafés verführerisch und spiegelten sich flackernd auf der unruhigen Wasseroberfläche. Weiter hinten am Ufer schimmerten sanft die gedämpften Lichter der Häuser und Hotels. Und über allem erhob sich die dunkle Silhouette der Burg, die über der Stadt thronte und an vergangene, gefährlichere Zeiten erinnerte.

Eine leichte Brise ließ Ravens Mantel flattern und trug Musikfetzen von einer der zahlreichen Attraktionen entlang der Foreshore Road herüber. Hinter ihm schaukelten die im Old Harbour vertäuten Boote sanft auf dem Wasser. Dort lag Darrens luxuriöse Jacht *Sea Dreams*. Und daneben die bescheidenere Motoryacht *Kittiwake*, von der Tony berichtet hatte, dass sie Gordon Lofthouse gehörte.

Die Anlegestelle selbst war völlig dunkel, abgesehen vom Leuchtturm, der am Eingang zum Outer Harbour stand und seinen schmalen Lichtstrahl über das schwarze Wasser hinaus ins Nichts richtete.

Raven griff in die Tasche, die er bei sich trug, und zog den darin enthaltenen Gegenstand heraus.

Die Urne war schlicht, die einfachste, die das Krematorium zu bieten hatte. Es machte keinen Sinn, Geld für etwas Prunkvolles auszugeben, das nur einmal benutzt werden würde. Sein Vater hatte nie einen Cent mehr als nötig für etwas ausgegeben, also dachte Raven, dass er das wohl zu schätzen gewusst hätte. *Iss alles, sauf alles, zahl nichts.* Das war die traditionelle Yorkshire-Devise, und es hätte fast Alan Ravens persönliches Motto sein können.

Er schraubte den Deckel von der Urne, drehte sie um, ließ die Asche über den Rand des Piers rieseln und sah zu, wie sie in die Dunkelheit hinunterflatterte. Keine Zeremonie. Keine Worte. Keine Tränen.

Das Meer war ruhig, aber die Brandung hoch, und die Wellen schlugen unablässig gegen die massive Mauer der Mole. Bald würde die Flut einsetzen und die Asche hinaus aufs offene Meer tragen, wo sein Vater den Großteil seines Arbeitslebens verbracht hatte, auf Fischkuttern, Tag für Tag, Jahr für Jahr. Es war eine angemessene letzte Ruhestätte.

Wer wusste es schon – wenn die Dinge anders gelaufen wären, wenn die Fischereiindustrie nicht gnadenlos eingebrochen wäre, wenn das finanzielle Auskommen besser gewesen wäre, wenn es keine langen Phasen der Arbeitslosigkeit und Unsicherheit gegeben hätte – vielleicht wäre aus Alan Raven ein anderer Mensch geworden. Er musste einmal ein guter Mann gewesen sein, sonst hätte Jean ihn nicht geheiratet. Aber die Gezeiten und Stürme des Lebens hatten ihn gebeutelt, seine Kraft gebrochen, seine Energie erschöpft, ihm das Licht geraubt und die Dunkelheit hereingelassen. Als Raven Scarborough verließ, war sein Vater nur noch ein Wrack des Mannes, der er einmal gewesen war. Ein gesunkenes Schiff auf dem Meeresgrund, das sich nur bei Sturm regte und wütend erhob. Seine Hände waren nicht mehr die Hände eines Fischers. Sie hielten keine Rute, sondern nur noch ein Pint oder ein Glas Schnaps. Sie zogen keine Netze ein, sondern ballten sich zu Fäusten aus Granit, bereit, seiner Frau oder seinem Sohn jeden Abend eine Tracht Prügel zu verpassen. Um das Elend und den Schmerz mit denen zu teilen, die er hätte lieben sollen.

Er war ein Bastard gewesen, und Raven hatte ihn gehasst. Aber jetzt war er fort, trieb davon auf den Wellen, die sich hoben und senkten und sich um keinen Menschen scherten.

Raven drehte sich um. Zwei junge Männer kamen von der Seite des Leuchtturms auf ihn zu. Jeans. Kapuzenpullis. Turnschuhe. Die universelle Uniform der männlichen Jugend. Aber diese beiden trugen schwarze Sturmhauben, die sie fest über ihre Gesichter gezogen hatten, sodass nur ihre Augen durch schmale Schlitze zu sehen waren.

„Abend, Jungs", sagte Raven. Er warf die leere Urne über den Rand des Piers und ballte die Fäuste, bereit für das, was kommen würde.

Die Männer hielten Holzknüppel in den Händen. Sie hoben sie, als sie näher kamen, und trennten sich, um ihm den Fluchtweg abzuschneiden.

Raven entfernte sich vom Rand des Piers, da ihm die Aussicht, fünf Meter tief ins kalte, schwarze Wasser gestoßen zu werden, nicht behagte.

Die Fremden sagten nichts. Stattdessen rückten sie auf ein Nicken des einen – eines größeren, schlankeren, älteren Mannes – vor, die Bewegungen geschmeidig, die Knüppel in den Fäusten, die dunklen Augen fest auf ihn gerichtet.

Raven taxierte seine Gegner. Der Große hatte eindeutig das Sagen. Der andere war zwar kleiner, aber gebaut wie ein verdammter Panzer, der Nacken dick wie der eines Stiers, die Schultern breit und muskulös. Raven schätzte seine Chancen bei diesem Mann schlecht ein. Er wartete, bis die beiden in Schlagdistanz waren, dann sprang er nach links und warf sein ganzes Gewicht gegen den schlanken Anführer.

Der Mann wich zurück und versuchte, sich in Sicherheit zu bringen, doch Raven schlang ihm die Arme um die Taille und versuchte, ihn zu Boden zu reißen. Der Kerl zappelte in seinem Griff, behindert durch den hölzernen Schlagstock, den er in einer Hand hielt, und

Raven brachte ihn zu Fall, sodass er hart auf dem Steinpflaster des Piers landete.

Doch sein Sieg währte nur kurz. Der zweite Angreifer kam seinem Kameraden zu Hilfe und verpasste Raven einen brutalen Schlag auf den Rücken.

Raven brüllte vor Schmerz, war aber klug genug, einem zweiten Schlag auszuweichen. Er rollte sich seitwärts über das Kopfsteinpflaster, weg von der Kante des Piers, und versuchte, auf die Beine zu kommen. Doch der Große stürzte sich auf ihn und schlug erneut zu. Diesmal traf der Holzknüppel seine Schulter und jagte Schockwellen durch seinen Arm. Raven riss die Hände hoch, um sein Gesicht zu schützen, als der Gorilla zu einem weiteren Schlag ausholte.

Diesmal war es ein Tritt in den Unterleib. Raven krümmte sich auf dem Boden und umklammerte seinen schmerzenden Bauch, wo ihn die Wucht des Schlages getroffen hatte. Er öffnete die Augen und sah, wie der Schläger den Knüppel ein drittes Mal hob. Er versuchte, sich zur Seite zu drehen, aber seine verletzte Schulter gab unter seinem Gewicht nach, und seine Eingeweide schrien vor Qual. Er rollte sich zusammen und schirmte sein Gesicht mit den Händen ab, um sich vor dem nächsten Schlag zu schützen. Doch der kam nicht.

„Genug!", rief der Anführer.

Die Stimme kam ihm vage bekannt vor, aber jetzt war keine Zeit, darüber nachzudenken.

Der Gorilla versetzte ihm zum Abschied noch einen Tritt, dann rannten die beiden los, den Pier entlang zurück in die Stadt.

Raven rollte sich auf den Rücken, keuchte und schaute zu den Sternen hinauf. Als er wieder zu Atem gekommen war, strich er mit den Handflächen über seine Verletzungen, um nach Blutungen zu suchen, doch es war kein Blut zu sehen. Vorsichtig setzte er sich auf. Sein Körper schmerzte an einem Dutzend verschiedener Stellen, aber nach einer Minute war er sich ziemlich sicher, dass er sich nichts gebrochen hatte, nur ein paar hässliche blaue Flecken.

Wenn sie ihn wirklich ernsthaft hätten verletzen wollen, hätten sie das leicht tun können.

Das war also eine Warnung. *Halt dich raus, wenn du weißt, was gut für dich ist.*

Raven erhob sich langsam und stellte erleichtert fest, dass er ohne fremde Hilfe gehen konnte. Langsam humpelte er den Pier entlang, auf dem Weg nach Hause.

Es war ein unerwartetes und brutales Ende des Abends gewesen. Ein unwillkommenes Echo der hemmungslosen Gewalt seines Vaters.

Aber zumindest hatten ihm die Prügel eines bestätigt. Er kam seiner Beute immer näher.

KAPITEL 27

*D*iesmal ist er im Lord Nelson, trinkt mit Donna und Darren an einem warmen Frühsommerabend Shots. Seine Beziehung zu Donna hat sich weiterentwickelt, weit über bloßes Küssen und Herumfummeln im hinteren Teil des Kinos hinaus, und er ist hoffnungslos verliebt. Harry ist heute Abend nicht dabei. Er ist zu Hause und lernt für die morgige Prüfung, und Tom weiß, dass er das eigentlich auch tun sollte. Wie viele Zeilen aus Romeo und Julia kann er auswendig? Nicht einmal halb so viele, wie er bräuchte, um die Prüfung zu bestehen. Aber Donna wollte unbedingt ausgehen, und wenn Darren mit ihr unterwegs ist, dann muss Tom auch mit. Darren hat vielleicht nicht den Vorteil, dass er so gut aussieht wie Tom, aber er versteht es, jedem Mädchen den Kopf zu verdrehen, und er hat es auf Donna abgesehen. Donna interessiert sich nicht für Prüfungen. Sie sagt, dass ihr Aussehen sie durchs Leben bringen wird, und vielleicht hat sie recht. Darren ist das auch egal. Sobald er mit der Schule fertig ist, wird er bei seinem Vater in der Spielhalle anfangen. Wer braucht schon englische Literatur, wenn man eimerweise Münzen aus Spielautomaten leeren kann? Donna lacht über eine clevere Bemerkung, die Darren gerade gemacht hat. „Was *denkst du, Tom?", fragt sie. Aber Tom ist abgelenkt. Draußen gibt es einen Aufruhr. Polizeisirenen. Vielleicht ein Krankenwagen. Normalerweise würden sie sich von den Bullen fernhalten. Es ist nicht klug, gesehen zu werden, wenn man mit sechzehn, bald siebzehn aus einem Pub kommt. Aber Toms Neugier ist geweckt, und es ist sowieso schon fast Sperrstunde. Er kippt seinen Shot hinunter und steht auf. „Komm schon", sagt er und nimmt Donna bei der Hand. „Mal sehen, was da los ist." Draußen wird die Nacht von blinkenden Blaulichtern durchbrochen. Polizeiautos haben die Strandpromenade abgesperrt, ein einzelner Krankenwagen steht mitten auf der Straße. „Lass uns von hier verschwinden", sagt Darren, aber Tom zieht Donna mit sich in Richtung des Geschehens. Sie kommen nicht weit, ehe ein Polizist sie aufhält. „Was ist hier los?", fragt Tom. „Fahrerflucht. Habt ihr etwas gesehen?" Tom schüttelt den Kopf. Der Polizist wendet sich bereits ab, als Tom ruft: „Ist jemand gestorben?" Der Polizist wirft ihm einen flüchtigen Blick zu. „Eine Frau. Mrs. Jean Raven. Kanntest du sie?" Die Worte treffen Tom wie ein Schlag, er krümmt sich, beugt sich vor und übergibt sich in den Rinnstein. Das Nächste, was er weiß, ist, dass er flach auf dem Boden liegt. Das harte Pflaster drückt gegen seinen Rücken, und alles, was er sehen kann, sind die Sterne, die weit oben über ihm kreisen.*

Ravens Seite schmerzte zu sehr, als dass er sich hätte umdrehen können. Behutsam manövrierte er sich aus dem Bett, glitt seitlich über die Laken und setzte seine Füße behutsam auf den dünnen Teppich. Vorsichtig richtete er sich auf und verzog das Gesicht, als ihn die Prellungen an seiner Seite daran erinnerten, dass sie so schnell nicht verschwinden würden. Die Schläge hatten die alte Wunde in seinem Oberschenkel wieder gereizt, und sein Bein schmerzte höllisch. In solchen Momenten wünschte er sich, er wäre ein Trinker. Eine Flasche Wein, um sich wegzuschießen und den Schmerz zu betäuben. Doch Abstinenzler mussten die Welt ohne den Trost des Alkohols ertragen. Stattdessen waren Nurofen Plus und Panadol Ultra seine einzigen Freunde. Er drückte zwei Tabletten aus der Packung neben seinem Bett und schluckte sie hinunter.

Es hätte schlimmer kommen können. Die Schläger, die ihn verprügelt hatten, trugen nur Turnschuhe. Stiefel mit Stahlkappen hätten weitaus mehr Schaden angerichtet.

Er stand auf und schleppte sich ins Bad, um seine Verletzungen im Spiegel zu begutachten. Violette Blutergüsse auf der Schulter. Ein roter Striemen quer über dem Rücken. Noch mehr blaue Flecken an Rippen und Seite. Nicht schön, aber er würde es überleben. Er ließ sich vorsichtig in die Wanne gleiten und wusch sich notdürftig an den Stellen, die er noch erreichen konnte. Es hatte keinen Sinn, sich zu rasieren, also ließ er den Stoppelbart weiter sprießen.

Es war Wochenende, aber das bedeutete Raven nicht viel. Wenn er in einem Mordfall ermittelte, hatte das Vorrang vor allem anderen. Außerdem, was hätte er sonst an einem Samstagmorgen tun sollen? Mit Darren eine Runde Golf spielen? Bei Donna auf eine schöne Tasse Tee vorbeischauen und über alte Zeiten plaudern? Oder im Haus abhängen, sich im Unglück suhlen und sich von den düsteren Erinnerungen, die hinter jeder Ecke lauerten, herunterziehen lassen?

Was taten normale Menschen an ihren Wochenenden? Raven hatte kaum eine Ahnung. Lisa hatte ihm an seinen freien Tagen immer Aufgaben zugewiesen. Einkaufstouren, Arbeiten rund ums Haus, Rasenmähen. Ein Grund mehr für ihn, bei der Arbeit zu bleiben. Ein Grund mehr für sie, ihn zu verlassen.

Er überprüfte kurz seine E-Mails, ob Hannah ihm inzwischen geantwortet hatte, aber da war immer noch nichts. Er zog seinen Anzug an, ließ die Krawatte weg und den Kragen offen, dann fuhr er zur Wache.

*

Als Raven den Einsatzraum berat, war er überrascht, Becca bereits an ihrem Schreibtisch zu sehen. „Heute ist Samstag", sagte er. „Haben Sie keinen freien Tag?"

„Und Sie?"

Vielleicht war er nicht der Einzige mit Workaholic-Tendenzen. Sie sollte am Wochenende Zeit mit ihrem Freund verbringen, sonst würde sie sich bald ebenfalls mit einer gescheiterten Beziehung herumschlagen.

Er versuchte, sein Hinken zu verbergen, aber Beccas Augen waren zu scharf. „Stimmt etwas nicht?", fragte sie.

„Nur ein bisschen steif heute Morgen. Das Alter."

Sie ließ sich nicht täuschen. „Sie haben sich verletzt. Hatten Sie einen Unfall?"

„Nicht direkt." Er überlegte, wie viel er ihr erzählen sollte. Becca war klug, ihr entging nicht viel. Vielleicht konnte sie sogar wertvolle Erkenntnisse beisteuern. „Ich würde gern eine Idee mit Ihnen besprechen. Streng vertraulich."

Neugierig setzte sie sich auf. „Natürlich."

Raven lehnte sich gegen ihren Schreibtisch und verfluchte im Stillen den Bluterguss an seiner Seite.

„Sie sind wirklich verletzt, oder?", sagte sie. „Was ist passiert?"

„Ein paar Typen haben mich verprügelt."

Ihre Augen weiteten sich. „Was? Wann?"

„Gestern Abend. Unten am Hafen. Sie müssen mir dorthin gefolgt sein."

„Was wollten sie? Ihre Brieftasche? Haben sie etwas gestohlen?"

„Nein, nichts dergleichen. Sie wollten mir eine Nachricht überbringen." Er studierte ihr Gesicht, während sie die Information verarbeitete. „Sie haben mich vor dem Fall gewarnt."

Sie schüttelte den Kopf. „Aber das ist lächerlich. Das müssen Sie sich einbilden."

„Ein paar kräftige Tritte in die Rippen beweisen das Gegenteil."

Sie streckte eine Hand aus, als wollte sie ihn berühren, hielt dann aber inne. „Waren Sie schon im Krankenhaus? Sie müssen sich untersuchen lassen. Ich kann Sie hinfahren, wenn Sie wollen."

„Nein. Mir geht es gut. Nichts ist gebrochen. Aber das ist nicht die erste Warnung, die ich bekommen habe."

„Was meinen Sie?"

„Der Kratzer an meinem Auto. Das war kein dummer Streich von ein paar Kids. Das war Absicht. Jemand wollte mir klarmachen, dass ich mich raushalten soll."

„Wovon raushalten?"

Er antwortete nicht direkt. „Jemand versucht, die Ermittlungen zu behindern. Der Kratzer am Auto war eine subtile Warnung ..."

„Die keine Wirkung hatte", sagte Becca.

Raven lächelte. „Also haben sie drastischere Maßnahmen ergriffen."

„Die alten Fallakten verschwinden lassen?"

„Genau. Und um sicherzugehen, dass es keine Missverständnisse gab, haben sie mir gleich eine noch überzeugendere Abreibung verpasst."

Becca starrte ihn an. „Glauben Sie, dass derjenige, der die Akten entfernt hat, auch ein paar Typen geschickt hat, um Sie zu verprügeln?" Sie schüttelte den Kopf. „Das ist doch absurd."

„Ist es das? Für mich ist es die einzig logische Erklärung. Hier ist ein Saboteur am Werk – jemand, der nicht will, dass wir dem Mord an Patrick Lofthouse auf den Grund gehen. Diese Person hat Zugang zum Archiv hier, was bedeutet, dass sie ein diensthabender Polizeibeamter ist."

„Dinsdale?", flüsterte Becca den Namen.

„Das ist eine Möglichkeit." Er überlegte, ob er ihr von der gekritzelten Nachricht erzählen sollte, die Dinsdale in seiner Schreibtischschublade hinterlassen hatte. *Passen Sie auf sich auf.* Im Nachhinein wirkten die Worte weniger wie eine Drohung, eher wie eine Warnung. „Was ich mich frage", fuhr er fort, „ist, ob das Problem noch weiter oben sitzt."

„Was meinen Sie?" In Beccas Augen lag plötzlich ein Anflug von Angst. Sie wusste genau, worauf er hinauswollte.

„Die leitende Beamtin im Mordfall Max Hunt war Detective Superintendent Gillian Ellis. Und wir beide kennen die Unzulänglichkeiten dieser Untersuchung."

„Aber es war Gillian, die Sie als leitenden Ermittler für die Patrick-Lofthouse-Untersuchung eingesetzt hat", sagte Becca. „Warum sollte sie das tun? Wenn sie nicht wollte, dass der Fall gelöst wird, hätte sie dann nicht einfach Dinsdale in der Position belassen können?"

Er lachte leise. „Gut möglich. Aber dann, gerade als die Ermittlungen anlaufen, stehe ich bei ihr auf der Matte und suche einen Job. Ein Außenseiter. Leicht zu manipulieren. Ohne Ahnung vom Fall Max Hunt. Vielleicht dachte sie, ich würde ohnehin scheitern."

Er erinnerte sich daran, wie wütend Gillian gewesen war, als sie entdeckt hatte, dass er Darren Jubb kannte. Und dann waren da noch Dinsdales unbeholfene Versuche, ihn vor der „Dame" zu warnen. *Passen Sie auf sich auf. Sie wissen nichts. Sie sind nur ein Bauer.*

Beccas Blick wurde hart. „Bei allem Respekt, Sir" – sie betonte das letzte Wort und nannte absichtlich nicht seinen Namen – „Sie können unmöglich glauben, dass Detective Superintendent Ellis etwas mit den verschwundenen Akten zu tun hat."

„Wie können Sie da so sicher sein?"

„Ich arbeite seit fünf Jahren in diesem Revier", sagte Becca und ließ durchblicken, dass Raven im Gegensatz zu ihr ein Neuling war, „und in dieser Zeit habe ich den größten Respekt vor Detective Superintendent Ellis entwickelt. Ich kann mir nicht vorstellen, dass sie in etwas Unrechtes verwickelt ist."

„Nein? Warten Sie hier." Raven humpelte in sein Büro und holte die Ausgabe der *Scarborough News*. Er schlug sie auf und zeigte Becca das Foto von Gillian beim Wohltätigkeitsdinner. „Haben Sie das gesehen?"

Becca überflog kurz den Artikel. „Und? Was soll das beweisen?"

„Es beweist, dass Gillian und Darren die gleiche Veranstaltung besucht haben. Die Veranstaltung, die

Darren ein Alibi für den Mord an Patrick verschafft hat. Finden Sie das nicht seltsam?"

„Nicht wirklich. Detective Superintendent Ellis nimmt an vielen öffentlichen Veranstaltungen teil. Sie genießt hohes Ansehen in der Stadt."

„Ganz bestimmt", sagte Raven. „Eine Frau wie sie und ein Mann wie Darren Jubb könnten einander ziemlich nützlich sein."

Becca schüttelte entschieden den Kopf. „Sie unterstellen ihr also Korruption?" Ihre Stimme wurde lauter, fast wütend.

„Ich habe mir angesehen, wo sie wohnt", sagte Raven. „Es ist ein großes Einfamilienhaus mit fünf Schlafzimmern in Scalby. Muss über eine Million wert sein. Wie kann sich eine Polizeibeamtin – selbst eine Superintendent – so etwas leisten?"

„Sie haben ihr nachspioniert?", sagte Becca entrüstet. Offenbar hatte sie vergessen, dass Raven sie neulich dabei erwischt hatte, wie sie ihn gegoogelt hatte. „Nun, vielleicht sollten Sie sich richtig informieren. Superintendent Ellis' Ehemann ist Geschäftsmann. Es ist also kein Geheimnis, woher ihr Geld stammt, und es gibt keinen Grund, sie einer Straftat zu verdächtigen."

„Okay."

Becca hatte ihre Position verteidigt, und Raven musste ihr dafür Anerkennung zollen. Aber sie hatte ihm nicht die Unterstützung gegeben, die er sich erhofft hatte, und das enttäuschte ihn. Er nahm die Zeitung von ihrem Schreibtisch und ging zurück in sein Büro.

Kurz darauf packte Becca ihre Sachen und ging.

Raven seufzte. *Na toll.* Er hatte es geschafft, eine seiner wenigen Verbündeten zu verprellen, gerade als er sie am meisten brauchte. Was auch immer er als Nächstes tat, er würde es allein tun müssen. Aber daran war er gewöhnt. Er schaltete das Licht in seinem Büro aus und verließ das Gebäude.

KAPITEL 28

Der Durchsuchungsbefehl war am Vorabend eingetroffen, doch für eine sofortige Durchsuchung von Darren Jubbs Yacht war es bereits zu spät. Stattdessen hatte Jess sie für Samstagmorgen angesetzt. Jetzt stand sie auf dem Pier und sah zu, wie Holly und der Rest des CSI-Teams aus dem Van stiegen, um mit der Untersuchung der *Sea Dreams* zu beginnen.

„Danke, dass du das an einem Samstag übernimmst", sagte Jess.

„Kein Problem", sagte Holly. „Es macht mir nichts aus, am Wochenende zu arbeiten, solange ich früh genug Bescheid weiß. Mein Mann ist normalerweise da, um auf die Kinder aufzupassen. Nur mit Spätschichten komme ich nicht klar, und mit plötzlichen Planänderungen. Wie neulich, als dein neuer Chef mich abends rausbeordert hat. Ich hatte nicht mal die Chance, eine Kinderbetreuung zu organisieren."

Hollys sonst so fröhliche Miene verfinsterte sich, und Jess nahm sich vor, Holly in Zukunft rechtzeitig über Einsätze zu informieren, damit sie alles Notwendige organisieren konnte.

Jess selbst hatte an diesem Wochenende nichts Besonderes vor. Wäre der Durchsuchungsbefehl nicht gekommen, hätte sie wahrscheinlich einen Spaziergang oder eine Radtour unternommen. Das Wetter war jedenfalls perfekt für Aktivitäten im Freien, und sie war froh, dem Büro zu entkommen. Dan Bennett hatte wieder in ihrer Nähe herumgelungert, obwohl sie ihm deutlich zu verstehen gegeben hatte, dass sie kein Interesse hatte. Der Typ schien subtile Hinweise einfach nicht zu begreifen. Sein Verhalten grenzte allmählich an Belästigung.

„Ein echtes Schmuckstück, nicht wahr?", sagte Holly und betrachtete bewundernd die Yacht. „So eine würde ich mir auch gefallen lassen."

„Bist du Seglerin?", fragte Jess. Sie kannte die Leiterin der CSI nicht besonders gut, aber bei den wenigen gemeinsamen Einsätzen hatte sie sie schnell ins Herz geschlossen.

„Ich wüsste nicht mal, wo bei einem Boot vorne und hinten ist", antwortete Holly. „Aber ich mag die Vorstellung, an Deck ein Sonnenbad zu nehmen, während mir ein gut aussehender junger Mann Cocktails bringt." Sie zuckte mit den Schultern. „Mit meinem Glück lande ich wahrscheinlich in einem Ruderboot, und mein Mann paddelt uns im Kreis herum." Sie drehte sich um und ging die schwimmende Holzrampe hinunter, die zum Liegeplatz der Yacht führte.

Es war ein herrlicher Spätherbsttag mit strahlend blauem Himmel und ebenso blauem Meer. Sonnenstrahlen tanzten auf den sanft kräuselnden Wellen des Old Harbour. Die weiß-blaue Motoryacht, die in der Marina lag, hätte genauso gut an der Côte d'Azur vor Anker liegen können. Jess setzte ihre Sonnenbrille auf und folgte der CSI-Teamleiterin zum Boot.

Die *Sea Dreams* verlieh Scarborough definitiv einen Hauch von Glamour. Sie war eines der größten Boote im Hafen und wahrscheinlich auch das schönste. Jess war keine Expertin, hatte aber mal mit fünf Freundinnen eine

Woche lang die griechischen Inseln auf einem neun Meter langen Schoner umrundet. Es war harte Arbeit gewesen, aber auch ein Riesenspaß. Darrens Boot war jedoch eine ganz andere Liga. Es hatte zwei Motoren und war viel größer als die Yacht, auf der Jess gesegelt war. Die Ausstattung war luxuriös, ein offener Salon und drei Kabinen unter Deck, zwei davon mit eigenem Bad. Auf dem Vorderdeck befanden sich zwei Sonnenliegen, und eine hydraulische Plattform am Heck erleichterte den Zugang zum Wasser. Eine Flybridge bot dem Kapitän einen fantastischen Blick auf das Meer und verfügte über eine Außenküche mit Sitzgelegenheiten und Esstisch.

„Ich habe definitiv den falschen Job", sagte Holly, während sie ihre Ausrüstung in der Bordküche auspackte.

„Ich auch", stimmte Jess zu und betrachtete die weiße Lederausstattung im Inneren. Die Yacht war luxuriöser eingerichtet als ihre kleine Einzimmerwohnung.

„Nun, wir werden nichts finden, wenn wir hier nur herumstehen und gaffen", sagte Holly. „Lass uns anfangen. Suchen wir nach etwas Bestimmtem?"

„Blut, DNA, alles, was beweist, dass Patrick Lofthouse letzten Sonntag auf dem Boot war." Jess grinste hoffnungsvoll. „Und wenn du die Mordwaffe oder das Handy des Opfers finden könntest, wäre das großartig."

„Soll ich auch nachsehen, ob sich der Osterhase an Bord versteckt?", scherzte Holly. „Erwarte keine Wunder, schon gar nicht am Wochenende. Sonst noch was?"

„Wir würden gerne wissen, ob das Boot am letzten Wochenende benutzt wurde und wenn ja, wohin es gefahren ist. Speichert der Navigationscomputer solche Daten?" Das Boot war jedenfalls mit beeindruckender Elektronik ausgestattet, einschließlich eines großen Flachbildschirms neben den Bedienelementen.

„Scott ist mein Technik-Nerd", sagte Holly. „Er kennt sich mit GPS und dem ganzen technischen Kram aus." Sie deutete auf einen jungen Mann, der gerade mit einer Metallkiste an Bord gekommen war. Er war etwa in Jess' Alter, schlank und gut aussehend. Jess bemerkte sein gebräuntes Gesicht und seinen hellen, sandfarbenen Bart. Er huschte an ihnen vorbei, blickte kurz auf und schenkte Jess im Vorbeigehen ein schüchternes Lächeln.

„Augen geradeaus, Scott", sagte Holly und lächelte amüsiert.

Scott senkte wieder den Blick und ging zum Armaturenbrett, dicht gefolgt von Holly, die ihm Anweisungen gab.

Jess ging zurück an Deck, lächelte in sich hinein und genoss das Gefühl der warmen Sonne auf ihrer Haut.

*

Becca war wütend auf Raven. Für wen hielt er sich eigentlich? Nur weil er aus dem schillernden London in eine Kleinstadt gekommen war, konnte er nicht einfach mit haarsträubenden Anschuldigungen um sich werfen. Besonders, wenn er noch nicht einmal eine Woche hier war und kaum jemanden kannte. Und vor allem, wenn er seine Vorwürfe nur mit einem Foto in der Lokalzeitung untermauern konnte. Becca hatte großen Respekt vor Detective Superintendent Ellis. Sie war eine starke Frau, die einen schwierigen Job hatte, und der Gedanke, dass sie mit Darren Jubb unter einer Decke steckte, stellte alles in Frage, woran Becca glaubte. Sie weigerte sich, das zu akzeptieren.

Und warum hatte Raven ihre Vermutung, dass Dinsdale die Akten gestohlen hatte, so eifrig abgetan? Stattdessen hatte er eine ausgeklügelte Theorie aufgestellt, wonach der Kratzer an seinem Auto und der Überfall am Hafen Teil einer großen Verschwörung waren. Vielleicht war er einfach paranoid. Die Art von Mensch, die glaubte, die Welt drehe sich um ihn.

Zum Glück hatte sie eine Aufgabe zu erledigen, die sie von Raven ablenken würde. Sie ging nach draußen zu ihrem Auto, fischte ihr Handy aus der Tasche und wählte. Nach ein paar Mal Klingeln nahm ihr Bruder ab. Für einen Samstagmorgen um diese Zeit klang er erstaunlich fröhlich und munter.

„Hey, Becs, wie geht's? Ich habe den Namen, nach dem du gefragt hast – einen Typen, der das Auto deines Chefs reparieren kann."

„Ach, das", sagte Becca. Sie notierte sich den Namen und die Nummer, die Liam ihr gab. „Danke, aber deswegen habe ich nicht angerufen."

„Nicht?"

„Nein. Ich wollte dich wegen Patrick Lofthouse fragen."

Liams Antwort verriet ihr sofort, dass das kein Thema war, über das er reden wollte. „Ja, ich bin gerade beschäftigt. Kann es bis zum nächsten Mal warten?"

„Nein, kann es nicht. Hast du irgendwelche Gerüchte über ihn gehört?" Liam schnappte ständig Informationen von den zwielichtigen Gestalten auf, mit denen er verkehrte. Manchmal stellten sie sich als völlig falsch heraus. Ein- oder zweimal hatten sie sich als nützlich erwiesen.

„Welche Art von Gerüchten?", fragte er zögernd.

Wie viele Arten kennst du denn?, fragte sich Becca. „Ich möchte wissen, ob Patrick in kriminelle Machenschaften verwickelt war."

„Hey, bist du nicht diejenige, die das wissen sollte?"

Liams Antwort verriet ihr, dass er etwas wusste. Warum hatte er es ihr nicht gleich beim Frühstück gesagt? Manchmal konnte ihr Bruder einen zur Weißglut bringen.

„Komm schon", sagte sie. „Du musst mir nur sagen, ob du davon gehört hast, dass Patrick in irgendetwas Illegales verwickelt war."

„Von wie illegal reden wir?"

„Ich interessiere mich nicht für Falschparken."

„Nun, man darf nicht alles glauben, was man so hört, Schwesterherz. Aber zufällig habe ich gehört, dass er mit Drogen zu tun hatte."

Diesmal schien Liams Quelle – wer auch immer das sein mochte – zumindest teilweise zuverlässig zu sein. „Als Konsument oder Dealer?", fragte sie.

„Ein bisschen von beidem."

„Was für Drogen?"

„Ziemlich starkes Zeug, soweit ich weiß. Koks. Crack. Heroin. Aber das hat mir nur ein Typ in einem Pub erzählt."

„Ein Typ in einem Pub?"

„Seinen Namen habe ich vergessen."

„Klar doch." Das klang nicht nach einer Spur, die jemals vor Gericht verwendet werden könnte. Liams Tipps taugten dafür nie. Und bis jetzt hatte er ihr nichts erzählt, was sie nicht schon wusste. Vielleicht war das auch nicht verwunderlich. Kluge Kriminelle verrieten ihren Kumpels nicht, was sie vorhatten. Und was auch immer Patrick gewesen war, Becca war sich ziemlich sicher, dass er nicht dumm gewesen war. Ganz im Gegenteil. „Hör mal, wir glauben, dass Patrick kürzlich in Holland war. Weißt du etwas darüber?"

„Du wusstest also von den Drogen", sagte Liam gereizt. „Nun, vielleicht weißt du es auch, aber ich habe gehört, dass er und sein Geschäftspartner kürzlich eine neue Lieferung Kokain bekommen haben."

Becca blinzelte überrascht. „Moment, sein Geschäftspartner? Wer ist das?"

„Das kann ich nicht sagen. Ist das alles? Ich habe heute Morgen wirklich noch eine Menge zu erledigen."

Becca seufzte. Sie wusste, dass sie am Telefon nicht mehr aus Liam herausbekommen würde. Wenn sie ihn später persönlich bearbeitete, konnte sie vielleicht mehr aus ihm herauskitzeln. Andererseits könnte sich das Gerede über einen mysteriösen Geschäftspartner als nutzloses Geschwätz herausstellen. „Das reicht fürs Erste, Bruderherz. Wir sprechen uns später."

*

Das Haus in Weaponness Park wurde Raven immer vertrauter. Er lenkte den BMW in die Einfahrt und parkte ihn hinter Donnas Porsche. Die beiden Autos gaben ein hübsches Paar ab, das eine silbern, das andere rot. Nur der Kratzer an der Seite des M6 störte das Bild. Das und die Tatsache, dass der Porsche mit ziemlicher Sicherheit mit Darrens schmutzigem Geld bezahlt worden war.

Darren Jubb war Raven schon immer ein Dorn im Auge gewesen. Von Anfang an hatte Darren Ärger gemacht und Raven ermutigt, die Schule zu schwänzen und Süßigkeiten aus dem Laden an der Ecke zu stehlen. Raven wusste, dass es falsch war. Aber er hatte sich durch die Aufmerksamkeit des anderen Jungen geschmeichelt gefühlt, weil er wusste, dass Darren von den anderen Kids respektiert wurde, und dass etwas von diesem Respekt auf ihn abfärbte, wenn er mit Darren unterwegs war. Später waren die beiden dazu übergegangen, im Peasholm Park Dosenbier zu trinken und hinter dem Fahrradschuppen der Schule Zigaretten zu rauchen. Und dann hatte Darren Harry in seine Clique aufgenommen, wahrscheinlich weil er in ihm einen Gleichgesinnten sah. Die Aufnahme von Harry in die Gruppe hatte Raven angespornt, Darren nur noch mehr beeindrucken zu wollen. Unter Darrens Einfluss hatte er begonnen, CDs und andere Kleinigkeiten aus den Geschäften der Stadt zu stehlen. Dumme, sinnlose Aktionen. Wenn Raven in Scarborough geblieben wäre, wer weiß, was aus ihm geworden wäre? Darren nutzte jeden in seiner Umgebung aus, fand seine Schwachstelle und benutzte die Leute, um sie dazu zu bringen, das zu tun, was er wollte.

Donna Craven war Ravens größte Schwäche gewesen. Und sein Verhängnis.

Unzählige Male hatte er die Ereignisse durchgespielt, die zum Tod seiner Mutter geführt hatten. Hätte er nur getan, worum sie ihn gebeten hatte, und wäre zu Hause geblieben, um für seine Prüfungen zu lernen, dann wäre sie in jener Nacht nie losgegangen, um ihn zu suchen. Vielleicht wäre sie heute noch am Leben. Aber Raven wusste, dass er nie wirklich eine Wahl gehabt hatte. Wie eine Reihe fallender Dominosteine war die Kettenreaktion schon lange vor jener verhängnisvollen Nacht in Gang gesetzt worden. Sobald Donna auf der Bildfläche erschienen war und sich für Raven statt für Darren entschieden hatte, war eine erbitterte Rivalität entstanden – eine Rivalität, die nur in einer Katastrophe enden konnte.

Raven klopfte an die Tür und trat schwer atmend einen Schritt zurück. Es war an der Zeit, ein für alle Mal mit Darren abzurechnen. Diesmal war er zu weit gegangen, und wenn er glaubte, er könne Polizisten bestechen, Beweise verschwinden lassen und Schläger anheuern, damit sie Raven eine Abreibung verpassten, dann musste ihm jemand die Grenzen aufzeigen. Raven wusste nicht genau, was er sagen wollte, aber er wusste, dass er es schon vor Jahren hätte sagen sollen. Als Teenager war er zu schwach und zu ängstlich gewesen, um sich Darren zu widersetzen, aber jetzt war er es nicht mehr.

Die Tür öffnete sich, aber es war nicht Darren, der dort stand. Es war Darrens alter Herr.

„Du schon wieder", sagte Frank Jubb und versperrte den Eingang. „Was willst du diesmal?"

„Ich möchte mit Darren sprechen."

Frank grinste hämisch. „Tja, da hast du Pech. Er ist runter zum Hafen gegangen, um herauszufinden, was ihr mit seinem Boot anstellt."

„Seinem Boot?"

„Wusstest du das nicht? Anscheinend hat einer deiner Junioren einen Durchsuchungsbefehl." Ein verschlagenes Feixen breitete sich auf Franks hässlichem Gesicht aus. „Weißt du nicht mal, was deine eigenen Leute tun, Raven? Du solltest dich besser in Acht nehmen, sonst landest du schneller wieder in London, als dir lieb ist. Und wenn du glaubst, du kannst Darren diesen Mord in die Schuhe schieben, bist du ein armseliger Clown, genau wie dein Vater."

Raven funkelte den alten Mann wütend an. „Du warst schon immer ein mieses Stück Dreck, Frank."

„Mies? Hart, meinst du. Bereit, schwierige Entscheidungen zu treffen, um Erfolg zu haben."

Solche Rechtfertigungen hatte Raven schon unzählige Male von Ganoven wie Frank Jubb gehört. Kleinkriminelle, die ihren bescheidenen Erfolg ihrem gerissenen Geschäftssinn zuschrieben. „Sieh es ein, Frank. Du bist nur zufällig in das Spielhallengeschäft eingestiegen, als es gerade in Schwung kam. Du hattest schlicht Glück."

Frank bleckte die Zähne, sein Stolz war verletzt. „Glück nennst du das? So etwas gibt es nicht. Glück ist für die kleinen Leute. Glück ist für die Trottel, die in meine Spielhalle kommen und ihren Lohn verzocken. Glück ist eine Geschichte, die sie sich selbst erzählen, wenn sie Münze um Münze in die Schlitze meiner Spielautomaten werfen. Weißt du, wohin diese Münzen verschwinden? Direkt auf mein Bankkonto.

Ich erzähle dir noch etwas, was es nicht gibt, Raven. Einen reichen Fischer. Deshalb ist dein alter Herr als armer Schlucker gestorben. Jeder konnte sehen, wie es um die Fischerei hier stand. Als dein Vater die Schule verließ, war sie schon den Bach runtergegangen. Er hätte tun sollen, was ich getan habe – in ein wachsendes Unternehmen investieren. Aber er war ein sturer Idiot. Er ist einfach in die Fußstapfen seines Vaters getreten. Kein Wunder, dass er so endete. Ein verbitterter Säufer, der allen außer sich selbst die Schuld an seinem Unglück gab und seine Fäuste gegen jeden richtete, der etwas anderes behauptete."

Raven spürte die Wut in sich aufsteigen und trat einen Schritt vor. Jedes Wort, das Frank über seinen Vater gesagt hatte, stimmte. Aber das bedeutete nicht, dass er hier stehen und sich das anhören musste.

Frank sah ihn näher kommen und grinste hämisch. „Etwas von der Gewaltbereitschaft deines Alten hat auf dich abgefärbt, was, mein Sohn? Dein alter Herr hat deiner Mutter ja regelmäßig ein Paar blaue Augen verpasst, nicht wahr?"

Ravens Wut verwandelte sich in Zorn. Seine Fäuste brannten vor Verlangen, Franks hässliche Visage zu Brei zu schlagen. Aber er konnte sich gerade noch rechtzeitig zurückhalten. Er war nicht wie sein Vater. Frank Jubb zu verprügeln, würde ihm für einen kurzen Augenblick Genugtuung verschaffen, aber dieses Gefühl würde sich schnell in Scham verwandeln. Und es würde jede Chance zunichtemachen, Darren zur Rechenschaft zu ziehen.

Er blieb, wo er war, die Hände an den Seiten. „Die Lektion, die dir dein Vater nie beigebracht hat, Frank, ist, dass es im Leben nicht nur darum geht, die eigenen Taschen zu füllen. Es geht darum, das Richtige zu tun und für Gerechtigkeit einzustehen. Aber genau diese Lektion hast du deinem eigenen Sohn offenbar nicht beigebracht, und deshalb ist Darren so geworden, wie er ist.“

Ein Ausdruck frustrierter Empörung huschte über Franks Gesicht, doch bevor er etwas sagen konnte, erschien Donna hinter ihm im Flur.

„Frank? Was ist los?“ Ihre Ankunft beendete die Auseinandersetzung, und Frank trat zurück, die Schultern hochgezogen wie ein mürrischer Teenager.

Donna kam lächelnd zur Tür. „Tom! Was machst du denn hier?“

„Ich bin gekommen, um mit Darren zu sprechen.“

„Er ist nicht da. Aber komm doch rein. Wir können reden.“

Wider besseren Wissens folgte Raven ihr ins Haus.

KAPITEL 29

Nachdem sie mit Liam gesprochen hatte, fuhr Becca mit ihrem Honda Jazz den Northway entlang und schlängelte sich durch den samstäglichen Verkehr. Es war ein wendiges kleines Auto, ideal, um sich in der Stadt fortzubewegen – ganz im Gegensatz zu Ravens großem BMW, der kaum durch die engen Gassen der Altstadt passte –, und sie kam gut voran.

Bald ließ sie das überfüllte Zentrum von Scarborough hinter sich und erreichte die Barrowcliff-Siedlung. Das Viertel war offener und weitläufiger als die Altstadt, hatte aber den Ruf, problematisch zu sein, da unter den Jugendlichen Drogen und Alkohol kursierten und einige Häuser leer standen und mit Brettern vernagelt waren. Viele der Bewohner hatten nur ein geringes Einkommen, und eine kürzlich von BBC ausgestrahlte Dokumentation bezeichnete die Siedlung als eine der ärmsten des Landes. Aber Becca wusste, dass die Gemeinschaft eng zusammenhielt und dass die örtlichen Wohlfahrtsverbände gute Arbeit leisteten und Tagesausflüge zum Strand für Kinder organisierten, die noch nie dort gewesen waren, obwohl sie nur einen Steinwurf vom Meer entfernt aufgewachsen waren.

Sie hielt vor einem Wohnblock, der irgendwann in den siebziger oder achtziger Jahren gebaut worden war, und stellte ihr Auto am Straßenrand ab, in der Hoffnung, dass es dort sicher war. Sie stieg die Treppe in den dritten Stock hinauf und klingelte an einer der Wohnungstüren. Niemand antwortete, aber aus der Wohnung hörte sie Musik und die hohe Stimme eines kleinen Kindes. Sie läutete ein zweites Mal, diesmal länger, um die Musik zu übertönen.

Die Tür wurde von einer Frau Anfang zwanzig geöffnet, deren pechschwarzes Haar streng zu einem Pferdeschwanz nach hinten gekämmt war. Sie schien sich nicht sonderlich über ihren Besuch zu freuen.

„Leah Briggs?", erkundigte sich Becca.

„Wer will das wissen?"

Becca zeigte ihren Dienstausweis.

Leah verzog das Gesicht. „Ich wollt' grad gehen."

„Es wird nicht lange dauern." Becca hatte Leah schon seit ihrem Besuch bei deren Ehemann Lewis im Gefängnis treffen wollen. Man konnte es Neugier nennen oder eine Vorahnung. Es hatte sie fasziniert, wie der Mann, der Max Hunt getötet hatte, sich mit einem Leben hinter Gittern abgefunden zu haben schien und wie seine Augen kurz geflackert hatten, als Becca nach seiner Frau und seinem Kind gefragt hatte. Dahinter steckte eine Geschichte, und Becca wollte wissen, was es damit auf sich hatte.

„Na gut, kommen Sie rein", sagte Leah widerwillig. „Aber ich kann nicht lange. Ich geh mit Abbie runter zur Schaukel."

Becca hatte allerdings das Gefühl, dass Leah für einen einfachen Ausflug zum Spielplatz ziemlich viel Mühe in ihr Aussehen gesteckt hatte. In einer manikürten Hand hielt sie Wimperntusche, ihre Augen waren mit Kajal umrandet, die Lider in Silber- und Kohletönen schattiert – der „Smokey-Eye-Look", den Becca selbst nie richtig hinbekommen hatte. Ihre Haut war, unter mehreren Schichten aus Foundation und Concealer, makellos glatt.

Becca fragte sich, ob Leah zu den Menschen gehörte, die Scarlett Jubb auf Instagram folgten. Statt der für Barrowcliff typischen Jogginghosen und Kapuzenpullis trug Leah schicke Jeans und einen kurzen, flauschigen rosa Pullover, der ihre Taille betonte und Becca an Zuckerwatte erinnerte.

Ein kleines Mädchen von etwa drei oder vier Jahren, das ein rosa Feenkostüm trug, klammerte sich an Leahs Bein. „Lass das, Abbie", sagte Leah. „Geh und spiel mit deinem Prinzessinnenschloss."

„Ist das da drüben dein Schloss?", sagte Becca fröhlich und deutete auf ein riesiges Gebilde aus pinkfarbenem und goldenem Plastik, mit Türmchen und verschnörkelten Treppen, das von einer Schar Disney-Prinzessinnen bewohnt wurde. Das Schloss nahm fast eine ganze Wand des kleinen Wohnzimmers ein. Becca konnte sich nicht vorstellen, etwas so Groteskes für ein Kind zu kaufen, aber sie konnte sich auch nicht wirklich vorstellen, selbst ein Kind zu haben.

Die Kleine klammerte sich noch einen Moment länger an das Bein ihrer Mutter, nuckelte an ihrem Daumen und beäugte Becca misstrauisch, aber dann hellte sich ihre Miene auf, und sie sprang zu ihrem Schloss, um weiter mit ihren Puppen zu spielen.

Das Innere der Wohnung war nicht gerade das, was Becca erwartet hatte. Da Leahs Mann im Gefängnis saß und Leah ihren Lebensunterhalt wahrscheinlich von Sozialhilfe bestreiten musste, hatte Becca mit einer spartanischen Einrichtung gerechnet. Doch neben dem aufwendig gestalteten Puppenhaus standen ein nagelneuer Fernseher und ein L-förmiges Ledersofa, das um einen Schafsfellteppich herum angeordnet war. Es war eine Mischung aus Scarboroughs Sozialbau-Charme und Hollywood-Glamour.

„Worum geht's denn?", fragte Leah, schaltete die Musik aus und setzte sich auf das Sofa gegenüber dem Fernseher, auf dem eine Talkshow in sehr leiser Lautstärke lief.

Becca nahm am anderen Ende des L-förmigen Sofas Platz. „Es geht um Ihren Mann, Lewis."

„Ja. Dacht' ich mir schon. Wollt ihr ihn etwa rauslassen?" Leah warf Becca einen abschätzigen Blick zu. „Nee, wohl eher nicht."

„Ich war diese Woche bei ihm."

„Der hat Glück", sagte Leah. „Zu mir kommt keiner."

Becca vermutete, dass ihr jetziger Besuch in Leahs Augen nicht zählte. Sie schien unerschütterlich daran zu glauben, dass die Welt sich gegen sie verschworen hatte.

„Der hat's gut", fuhr sie fort, „Wird den ganzen Tag von vorn bis hinten bedient. Ich bin diejenige, die hier festsitzt, ganz allein mit Abbie. Lewis hat sie kaum gesehen. Sie war gerade erst geboren, als er in den Knast kam."

Becca fragte sich, ob Lewis das auch so sehen würde. Full Sutton war schließlich kein Fünf-Sterne-Hotel. Aber aus Leahs Sicht als alleinerziehende Mutter hatte ihr Mann es vielleicht leichter. „Hat Lewis Ihnen jemals gesagt, warum er Max Hunt erschossen hat?" Becca senkte die Stimme, damit Abbie nichts mitbekam, aber das kleine Mädchen war völlig in ihre Prinzessinnenwelt vertieft.

Leah rümpfte ihre Stupsnase. „Was spielt das für eine Rolle? Der ist tot, und Lewis sitzt ein. Ist doch egal, warum er's getan hat."

Becca war klar, dass sie mit einer direkten Konfrontation nicht weiterkam. Sie versuchte einen anderen Ansatz. „Am Montag wurde in der North Bay eine Leiche angespült. Haben Sie davon gehört?"

„Ja, die anderen Mütter haben darüber geredet." Leah klang gleichgültig. „Was hat das mit mir zu tun?"

„Das Opfer wurde durch einen Schuss in die Brust getötet, bevor es im Wasser landete. Es gibt Parallelen zwischen diesem Mord und dem, für den Ihr Mann verurteilt wurde."

„Naja, diesmal war's nicht Lewis", sagte Leah. „Wie denn auch, er sitzt doch hinter Gittern."

„Wir wissen, dass Lewis an diesem jüngsten Mord

nicht beteiligt war", sagte Becca, „Aber wir glauben, dass er für dieselbe Person gearbeitet hat, die auch diesen Mord in Auftrag gegeben hat."

Leahs Augen waren plötzlich wachsam. Sie schlug die Beine übereinander und runzelte die Stirn. „Woher wollen Sie wissen, dass Lewis für jemanden gearbeitet hat?"

„Kommen Sie schon, Leah. Das liegt doch auf der Hand. Lewis hatte keinen Grund, Max Hunt zu töten." Becca deutete auf das Sofa, den Fernseher, Abbies Schloss und ihre Prinzessinnensammlung. „Das hier haben Sie nicht allein bezahlt. Jemand hat Lewis viel Geld gegeben, damit er den Mord ausführt. Und vielleicht bezahlt man ihn immer noch dafür, dass er schweigt? Ist es das, was Sie wollen? Dass Ihr Mann den Rest seines Lebens im Gefängnis verbringt?"

Leah wich Beccas Blick aus und untersuchte plötzlich übertrieben interessiert ihre lackierten Fingernägel. „Lewis ist ein Idiot", sagte sie, als spräche sie von einem ungehorsamen Kind. „Hätte das nie tun dürfen. Ich hab's ihm gesagt."

Becca beugte sich vor. „Wir haben bereits einen Verdacht, wer den Mord in Auftrag gegeben hat. Wir brauchen nur noch eine Bestätigung. Alles, was Sie tun müssen, ist, uns einen Namen zu nennen."

Leah sah auf, kniff jedoch die Augen zusammen, als würde sie nach einer Falle suchen. „Und wenn ich's Ihnen sage? Wird es für Lewis etwas ändern? Würdet ihr ihn rauslassen?"

Becca wusste, dass ihr die Hände gebunden waren. Eine lebenslange Haftstrafe war für verurteilte Mörder vorgeschrieben, und Lewis' Mindeststrafmaß war vom Richter festgelegt worden. Daran ließ sich nichts ändern. Aber es gab immer einen Hoffnungsschimmer, wenn Lewis die Bereitschaft zeigte, die Polizei bei ihren Ermittlungen zu unterstützen. „Ich kann Ihnen nichts versprechen, Leah, aber eine Zusammenarbeit mit den Behörden könnte Lewis definitiv helfen. Der Bewährungsausschuss würde dies bei der Entscheidung über eine vorzeitige Entlassung berücksichtigen."

„Sie können also gar nix versprechen?"

Becca konnte sehen, dass Leah zwischen Hoffnung und Angst schwankte. Hoffnung, dass sie sich endlich von der Last des Wissens befreien konnte, das sie mit sich herumtrug. Angst, dass sie sich und ihre Tochter zu einem Leben in Armut verdammte, wenn sie den Namen preisgab. Becca konnte nur erahnen, wie es sich anfühlen musste, in dieser Lage zu sein. „Ich verspreche, dass ich mein Bestes tun werde, um Ihnen zu helfen, Leah. Ich weiß, dass es nicht einfach ist, als alleinerziehende Mutter mit einem kleinen Kind. Vor allem, wenn man weiß, dass derjenige, der hinter all dem steckt, frei herumläuft, während Lewis in einer Gefängniszelle eingesperrt ist."

Eine Träne schimmerte in Leahs Augenwinkel, und endlich erhaschte Becca einen Blick auf die verletzliche junge Frau hinter der wütenden Fassade und den schützenden Make-up-Schichten. „Lewis hat versprochen, dass er sich um uns kümmert, solange er drin ist. Er hat gesagt, das Geld kommt, solange ich den Mund halte." Sie warf Becca einen trotzigen Blick zu, als wollte sie Becca herausfordern, ihr zu widersprechen. „Meinen Sie nicht, dass ich Lewis lieber hier bei mir hätte? Er verpasst es, sein kleines Mädchen aufwachsen zu sehen. Und Abbie sollte einen Vater haben. Ich weiß, es ist nicht richtig, dass ich dafür bezahlt werde, zu schweigen, während Lewis im Knast sitzt. Aber was hätte ich denn tun sollen? Ich konnte das Geld nicht einfach ablehnen, wenn es mir angeboten wurde. Ich konnte nicht Nein zu ihm sagen."

„Zu wem konnten Sie nicht Nein sagen, Leah?"

Leahs Stimme war voller Gift, jahrelanger Groll brach sich endlich Bahn. „Jubb natürlich. Er ist derjenige, der das Geld bringt."

Becca nickte, wagte kaum zu atmen, aus Angst, den Bann zu brechen, der Leahs Zunge endlich gelöst hatte. „Und hat Darren Jubb Lewis auch dafür bezahlt, den Mord zu begehen?"

Leahs Gesichtsausdruck verwandelte sich in

Verwirrung. „Darren? Ich habe kein Wort über Darren Jubb gesagt. Der geizige Bastard hat uns nie was gegeben."

Nun war Becca an der Reihe, verwirrt zu sein. „Wer dann, Leah? Wer gibt Ihnen das Geld?"

„Ich dachte, Sie wüssten es", sagte Leah. „Sein Sohn, Ethan."

KAPITEL 30

DC Tony Bairstow hielt sich nicht für einen besonders gut aussehenden Mann. Er spielte in puncto Attraktivität sicher nicht in derselben Liga wie DC Dan Bennett. Oder DCI Raven, was das anging. Doch er fand sich auch nicht furchtbar hässlich. Er gab sich eine fünf von zehn. Vielleicht fünfeinhalb an guten Tagen, aber definitiv keine sechs. Er war nicht mehr ganz so jung wie früher, aber das galt für jeden, den er kannte. Er hatte keinen Universitätsabschluss, aber er hielt sich für ziemlich intelligent, und wenn ihm auf einem bestimmten Gebiet das Wissen fehlte, kompensierte er das mit harter Arbeit und Lernen. Politisch stand er weder weit links noch weit rechts, und meistens konnte er beide Seiten einer Kontroverse verstehen. Kurz gesagt, er war ein Mann der Mitte und fühlte sich in dieser Position sehr wohl.

Hätte man Tony nach seiner herausragendsten Eigenschaft gefragt, wäre es zweifellos seine Ernsthaftigkeit gewesen. Tony nahm alles, was er tat, ernst. Schließlich war das Leben eine gewichtige Angelegenheit, und um das Beste daraus zu machen, musste man es mit Ernsthaftigkeit angehen.

Aus diesem Grund ließ Tony bei seiner Arbeit keine Nachlässigkeit zu. Und genau deshalb war er heute zur Arbeit gekommen, obwohl es Samstag war und weder DS Becca Shawcross noch DCI Raven ihm bezahlte Überstunden genehmigt hatten.

Und sein Fleiß zahlte sich aus, denn er hatte gerade eine bedeutende Entdeckung gemacht.

Nachdem er herausgefunden hatte, dass Patricks Wegwerfhandy am siebzehnten Oktober in den Niederlanden benutzt worden war, hatte DC Dan Bennett bei allen nahegelegenen Flughäfen nachgefragt, ob Patrick in den Tagen zuvor in die Niederlande geflogen war. Doch Patrick war weder von Newcastle noch von Leeds Bradford oder Manchester abgeflogen, zumindest nicht unter seinem eigenen Namen. Auf Tonys Vorschlag hin hatte Dan die Suche auf die täglichen Fährverbindungen von Newcastle nach Amsterdam und von Hull nach Rotterdam ausgeweitet, aber auch das hatte nichts ergeben. Und da in Patricks Haus kein gefälschter Pass gefunden worden war, schien es unwahrscheinlich, dass er mit einer falschen Identität gereist war.

Tony hatte einen anderen Ansatz probiert und sich bei den niederländischen Häfen erkundigt, ob dort private Boote angelegt hatten. Beim Durchsehen der soeben eingetroffenen Informationen stellte er erfreut fest, dass ein Boot aus Scarborough in der Nacht des siebzehnten Oktober im niederländischen Hafen Vlissingen festgemacht hatte. Bei dem fraglichen Boot handelte es sich um die *Sea Dreams*, die von Ethan Jubb angemeldet worden war.

Tony griff zum Telefon und wählte die Nummer von DS Becca Shawcross. Obwohl es Wochenende war, war er sich sicher, dass Becca seine Neuigkeiten hören wollte. Schließlich war auch sie sehr pflichtbewusst.

*

„Wie ist es, wieder in Scarborough zu sein?", fragte

Donna. „Ich nehme an, das alte Haus deines Vaters ist ziemlich renovierungsbedürftig."

Nachdem sie Frank losgeworden war, hatte Donna Raven in das Wohnzimmer geführt, in dem Darren sie bei seinem ersten Besuch im Haus empfangen hatte. Raven musterte die Kronleuchter, die Seidenvorhänge und das Klavier. Es war ganz anders als das Haus, in dem Donna aufgewachsen war, in einer heruntergekommenen Reihenhauszeile hinter dem Markt. „Ist das dein Einrichtungsgeschmack, Donna? Bist du hier die Innenarchitektin?"

Sie nahm auf einem der Ledersofas Platz und schlug die Beine übereinander. Heute war sie leger gekleidet, in hautengen Jeans und einem weiten Pullover. Trotzdem strahlte sie mühelos die Aura eines Filmstars aus. „Sei doch nicht so, Tom. Es gibt keinen Grund, gemein zu sein, nur weil Frank dich provoziert hat. Ich weiß, dass er manchmal ein Mistkerl sein kann."

„Nur manchmal?"

Sie begegnete seiner Frage mit einer geduldigen Miene. „Eigentlich ist er ganz nett, wenn man ihn besser kennt. Als die Kinder klein waren, hat er sich immer viel Zeit für sie genommen. Und er ist einfach sehr besorgt um seine Familie."

„Und Patrick Lofthouse?", fragte Raven. „Hat Frank ihn als Teil der Familie betrachtet?"

„Natürlich hat er das. Wir alle mochten Patrick sehr, und Scarlett war ganz vernarrt in ihn. Sie wird lange brauchen, um über seinen Tod hinwegzukommen, wenn überhaupt." Sie sah ihn direkt an. „Ich weiß, wie es sich anfühlt, jemanden zu verlieren, den man liebt, Tom."

Raven wusste genau, worauf sie anspielte. Er funkelte sie an. „Benutz das nicht gegen mich, Donna. Es war nicht dasselbe. Ich bin nicht tot."

„Du hättest es genauso gut sein können. Du bist einfach verschwunden. Ich hatte keine Ahnung, was mit dir passiert war. Du hast nicht mal angerufen oder eine Postkarte geschickt."

Raven wusste, er hätte ihr sagen sollen, was er vorhatte. Warum hatte er es nicht getan? Vielleicht, weil er Angst hatte, sie würde ihn überreden zu bleiben. Oder weil er fürchtete, sie bereits an seinen besten Freund und Rivalen verloren zu haben. „Und so hast du Trost bei Darren gesucht ...“

„Ach, komm schon, Tom. Das kannst du mir nicht vorwerfen. Darren war für mich da, als du weg warst. Es war deine Schuld, dass ich bei ihm gelandet bin. Alles war deine Schuld.“

Die Worte trafen ihn wie ein Schlag ins Gesicht. Aber sie waren nicht schlimmer als die Vorwürfe, die er sich selbst über die Jahre gemacht hatte.

Donna fuhr mit sanfterer Stimme fort. „Es tut mir leid, ich habe es nicht so gemeint. Du kannst dir nicht die Schuld am Tod deiner Mutter geben. Aber du hättest danach nicht die Stadt verlassen müssen.“

„Doch“, sagte Raven. „Das musste ich.“

Er fragte sich, ob ihn das zu einem Feigling machte. Er war in der Krise davongelaufen. Wäre er wirklich mutig gewesen, wäre er vielleicht geblieben. Dann wären er und Donna vielleicht ...

Er wandte sich ab, wütend auf sich selbst, weil er in Selbstmitleid versank. Die plötzliche Bewegung ließ den Schmerz der Verletzung vom Vorabend wieder aufflammen.

„Was ist los?“, fragte Donna und musterte ihn besorgt mit ihren meergrünen Augen. „Bist du verletzt?“ Sie erhob sich von ihrem Platz, kam zu ihm und legte eine Hand auf seine Seite. „Du bist verletzt. Was ist passiert?“

„Ein paar Halbstarke haben mir gestern Abend einen Besuch abgestattet. Sie hatten eine Botschaft für mich.“

„Ich verstehe nicht. Was für eine Botschaft?“

„Ich soll mich von Darren Jubb fernhalten.“

Sie wich einen Schritt zurück und schüttelte ungläubig den Kopf. „Was? Du denkst, Darren hätte jemanden geschickt, um dich einzuschüchtern?“

„Sie haben mich nicht eingeschüchtert, Donna. Ganz

und gar nicht. Aber sie haben mir eine ordentliche Abreibung verpasst."

Sie schlug die Hand vor den Mund. „Das ist ja furchtbar. Aber Darren würde so etwas niemals tun."

„Ach nein?" Der Darren Jubb, den Raven kannte, würde alles tun, um zu bekommen, was er wollte. Oder, was noch wahrscheinlicher war, er würde andere die Drecksarbeit für sich erledigen lassen.

„Darren ist einfach nicht so", sagte Donna. Sie hielt inne, dachte nach. „Hör zu, Tom, ich weiß, dass du immer noch verbittert bist wegen dem, was vor all den Jahren passiert ist. Aber du musst es hinter dir lassen. Tatsache ist, du bist gegangen und ich habe Darren geheiratet. Ich habe seine Kinder bekommen. Du kannst nicht dein Leben lang auf Rache aus sein."

„Ich bin nicht auf Rache aus."

„Worauf dann?" Sie trat wieder näher an ihn heran, ihre Hand griff nach seiner. „Warum bist du wirklich zurückgekommen, Tom? War es meinetwegen? Dachtest du, ich würde immer noch auf dich warten? Denn das habe ich. Ich habe gewartet, solange ich konnte. Hätte ich gewusst, dass du zurückkommst, hätte ich ewig gewartet." Sie stand jetzt nur noch wenige Zentimeter von ihm entfernt. Ihre roten Lippen waren leicht geöffnet.

Ravens Telefon klingelte in seiner Hosentasche. Er ließ es klingeln. Einmal. Zweimal. Dreimal. Donnas Blick ließ ihn nicht los.

Er griff in seine Tasche und zog das Handy heraus. Es war Becca.

„Raven hier."

Er hörte aufmerksam zu, was sie zu sagen hatte, dann beendete er das Gespräch.

„Ist Ethan zu Hause?", fragte er Donna. „Denn leider muss ich ihn verhaften."

KAPITEL 31

D ie Beweise gegen Ethan Jubb verdichteten sich
immer mehr. Becca hatte nicht nur
herausgefunden, dass Ethan die Frau von Lewis
Briggs dafür bezahlte, über den Mord an Max Hunt
Stillschweigen zu bewahren, sondern Tony hatte auch die
Aufzeichnungen des Hafenmeisters erhalten, die belegten,
dass Ethan am selben Tag nach Vlissingen gesegelt war, an
dem eines von Patricks Wegwerfhandys in den
Niederlanden mehrere Anrufe getätigt und empfangen
hatte. Laut Jess hatte das CSI-Team mehrere Haarproben
sichergestellt, die nach ihrer Analyse beweisen konnten,
dass Patrick an Bord der *Sea Dreams* gewesen war, obwohl
sie enttäuschenderweise keine Blutspuren auf dem Boot
gefunden hatten und die GPS-Aufzeichnungen gelöscht
worden waren, so dass sie nicht belegen konnten, wo sich
das Boot am Tag von Patricks Ermordung befunden hatte.

Doch für Raven kam die Vernichtung der GPS-Daten
einem Schuldeingeständnis gleich. Warum sonst hätte
man die Navigationshistorie des Bootes löschen sollen?
Für ihn stand bereits fest, dass Ethan und Patrick
gemeinsam nach Holland gefahren waren, um eine

Drogenlieferung abzuholen. Er musste den Fall nur noch wasserdicht machen.

Es gab zwar noch keine direkten Beweise für Darren Jubbs Beteiligung, aber Raven hatte das sichere Gefühl, dass seine schmutzigen Finger überall im Spiel waren. *Darrens Boot. Darrens Sohn. Darrens zukünftiger Schwiegersohn.* Und natürlich war es ein Türsteher aus Darrens Nachtclub gewesen, der abgedrückt und die Kugel abgefeuert hatte, die Max Hunt getötet hatte.

Raven hatte Ethan persönlich verhaftet, trotz Donnas verzweifelter Schreie und Proteste. Er hatte ihn aufs Revier gebracht und die Abnahme von DNA und Fingerabdrücken überwacht. Sobald das erledigt war, hatte Ethan seinen Anwalt angerufen.

Es war keine Überraschung, als Harry Hood etwa dreißig Minuten später im Verhörraum erschien. Diesmal war Schluss mit Nettigkeiten, keine Spur mehr von kumpelhaften Scherzen zwischen alten Freunden. „Sie sollten verdammt gute Gründe für die Verhaftung meines Mandanten haben, DCI Raven."

„Habe ich."

„Möchten Sie uns diese Gründe mitteilen?"

„Natürlich", sagte Raven. Er wartete, während Becca das Band startete und die formelle Einleitung übernahm. Als alles geregelt war, überließ er ihr den Auftakt des Verhörs.

„Mr. Hood", begann sie, „wir haben Grund zu der Annahme, dass Ihr Mandant Lewis Briggs für den Mord an Max Hunt bezahlt hat. Wir haben eine eidesstattliche Zeugenaussage, die bestätigt, dass er regelmäßig Zahlungen an Lewis' Frau geleistet hat, damit dieser weiter schweigt."

Harry schnaubte verächtlich. „Das klingt mehr nach Hörensagen als nach Beweisen. Sind Sie in der Lage, die Identität dieses angeblichen Zeugen preiszugeben?"

„Nein."

„Warum nicht?"

„Zu dessen Schutz."

„Das ist lächerlich", sagte Harry.

„Vielleicht möchte Ihr Mandant einige Fragen selbst beantworten", sagte Raven. Er wandte sich an Ethan Jubb, der lässig neben Harry saß. Bis jetzt wirkte er nicht besonders beunruhigt. Vielleicht bildete er sich ein, ein Strafverteidiger von Harrys Kaliber könne Wunder vollbringen.

Bei ihren bisherigen kurzen Begegnungen hatte Raven den jungen Mann nicht gerade ins Herz geschlossen. Ethan hatte nicht das Talent seines Vaters, Menschen für sich zu gewinnen. Vielleicht hielt er es auch nicht für nötig, sich die Mühe zu machen.

„Also, Ethan", sagte er. „Kannten Sie Max Hunt?"

Ethan schien zu überlegen, ob er Raven mit einer Antwort beglücken sollte oder nicht. Er sah zu Harry, der zustimmend nickte.

„Ja", sagte er schließlich.

„Inwiefern?"

„Er war Stammgast im Vertigo."

„So heißt der Nachtclub Ihres Vaters?"

„Ja."

„Und kannten Sie auch Lewis Briggs?"

„Lewis arbeitete als Türsteher in dem Club." Ethan lehnte sich lässig in seinem Stuhl zurück, offenbar in der Annahme, dass alle Fragen so einfach sein würden.

„Haben Sie ihm aus irgendeinem Grund Geld gegeben?"

„Lewis? Nein."

„Haben Sie seiner Frau Leah Geld gegeben?"

„Nein. Ich bin ihr nie begegnet."

„Wirklich?", sagte Raven. „Wir haben die unterschriebene Aussage eines Zeugen, die bestätigt, dass Sie Leah Briggs regelmäßig besuchen und ihr jedes Mal Geld geben."

Ethan wirkte gelangweilt. „Ist das eine Frage?"

„Haben Sie?"

„Natürlich nicht."

Harry beobachtete das Gespräch wie ein Adler. Raven

nickte Becca zu, damit sie die Befragung fortsetzte.

„Ethan, wie gut kannten Sie Patrick Lofthouse?", fragte sie.

Ethan drehte sich um und sah sie an. Wie Raven erwartet hatte, schien ihn ein Wechsel im Befragungsstil kooperativer zu machen. „Ziemlich gut. Er war der Verlobte meiner Schwester."

„Und haben Sie Zeit miteinander verbracht? Nur Sie beide?"

„Manchmal. Pat war ein guter Kumpel."

„Sie haben sich gut verstanden?"

„Sicher. Er war ein netter Kerl."

„Ist Ihnen bekannt, dass Patrick illegal Drogen gekauft, verkauft und konsumiert hat?"

Die Frage schien Ethan aus der Fassung zu bringen. Er richtete sich in seinem Stuhl auf und rang um eine Antwort, bis Harry für ihn antwortete. „Mein Mandant gibt keinen Kommentar ab."

„Wussten Sie es, Ethan?", hakte Becca nach. „Wussten Sie, dass Ihr Freund ein Drogendealer war?"

„Kein Kommentar", murmelte Ethan. Seine zuvor entspannte Haltung war verschwunden.

Raven beschloss, sich einzuschalten. „Wo waren Sie am siebzehnten Oktober?"

„Am siebzehnten?" Ethan schüttelte den Kopf. „Ich erinnere mich nicht."

„Lassen Sie mich Ihrem Gedächtnis auf die Sprünge helfen", sagte Raven. „Sind Sie an diesem Tag nach Holland gereist?"

„Ich ... äh ..."

„Aus den Aufzeichnungen des Hafenmeisters von Vlissingen geht hervor, dass ein auf Ihren Vater registriertes Boot namens *Sea Dreams* in der Nacht des siebzehnten Oktobers angelegt hat und von Ihnen angemeldet worden ist."

Neben Ethan runzelte Harry die Stirn. Raven wusste nicht, ob das eine Neuigkeit für ihn war oder ob er einfach nur überrascht war, dass die Polizei es geschafft hatte, diese Information aufzuspüren.

„Kein Kommentar", sagte Ethan.

„Die Frage ist doch ganz einfach", sagte Raven. „Sind Sie mit dem Boot Ihres Vaters nach Holland gefahren?"

„In Ordnung, ja, bin ich." Ethan starrte trotzig zurück, aber es war offensichtlich, dass er ins Trudeln geriet.

Becca nahm den Faden wieder auf. „War Patrick bei Ihnen?"

Ethan blickte zu Harry, der ihm keine große Hilfe war. „Pat? Ähm …"

„Wir wissen, dass mit einem Handy, das sich in Patricks Besitz befand, am siebzehnten Anrufe an eine niederländische Nummer getätigt wurden. Diese Anrufe wurden von Holland aus getätigt."

„Nun, ja", sagte Ethan. „Patrick war bei mir. Es war ein Männerabend, wissen Sie?"

„War sonst noch jemand mit Ihnen, bei diesem ‚Männerabend'?"

„Nein. Nur wir beide."

„Haben Sie dort jemanden getroffen?"

„Ich … Kein Kommentar." Ethans frühere träge Haltung war nun völlig verschwunden, und er saß zusammengekauert auf seinem Stuhl, die Hände ineinander verschränkt, und blickte wie ein gehetztes Tier von Becca zu Raven.

Raven beugte sich vor. „Wo waren Sie letzten Sonntag, dem Tag, an dem Patrick getötet wurde?"

„Ich war in einer Besprechung mit meinem Vater", sagte Ethan.

„Das war das Treffen mit Ihrem Buchhalter?", fragte Becca.

„Das stimmt", sagte Ethan, dankbar für eine kurze Atempause.

„Um wie viel Uhr war das Treffen zu Ende?"

„Das weiß ich nicht mehr genau."

„Es war zwölf Uhr mittags", sagte Raven. „Wir haben mit Ihrem Vater und Ihrem Buchhalter gesprochen. Nach der Besprechung hat Ihr Vater Ihre Mutter und Ihre

Schwester zum Mittagessen ausgeführt. Wo waren Sie?"

„Ich bin zu Hause geblieben", sagte Ethan. „Hab mir schnell etwas zu Essen gemacht."

„Und wie haben Sie den Rest des Tages verbracht?"

„Am Nachmittag gab es ein Fußballspiel."

„Haben Sie es allein gesehen?"

„Ja."

„Und was dann?"

„Ich … ich bin einfach zu Hause geblieben."

„Allein?"

„Ja!" Dieses eine Wort war ein verzweifeltes Flehen, ihm zu glauben. Ethan Jubb wusste, dass er hier um seine Freiheit kämpfte. Noch gab es keinen einzigen Beweis, der ihn überführte, aber die Anhäufung von Indizien war überzeugend. Die Zeugenaussage, sein Geständnis, dass er mit Patrick nach Holland gereist war, und die Tatsache, dass er für die Tatzeit kein Alibi hatte, wogen schwer. Sobald das CSI-Team die Durchsuchung seines Zimmers beendet hatte, konnten weitere Beweise auftauchen.

Raven hielt es für aussichtsreich, Ethan weiter unter Druck zu setzen. „Ich denke, dass am Tag von Patricks Ermordung Folgendes passiert ist. Sie und Patrick waren in der Woche zuvor nach Holland gereist. Sie hatten eine beträchtliche Menge Drogen mitgebracht. Aber Sie hatten eine Meinungsverschiedenheit darüber, wie mit der Lieferung umzugehen war. Vielleicht wurden Sie aber auch gierig und dachten, wenn Patrick aus dem Weg ist, können Sie alles für sich behalten."

„Nein", sagte Ethan.

„Sie hatten bereits einen Konkurrenten ausgeschaltet. Max Hunt. Damals bezahlten Sie Lewis Briggs dafür, den Job zu erledigen. Aber das erwies sich als teurer Fehler. Lewis war ein Idiot. Er wurde erwischt. Er war nicht einmal schlau genug, die Mordwaffe zu entsorgen. Aber Sie sind davongekommen, weil Sie Lewis' Schweigen erkauft haben. Vielleicht haben Sie sogar einen Polizeibeamten gekauft, der Ihnen half, Ihre Spuren zu verwischen."

„Ich weiß nicht, wovon Sie reden!"

„Dieses Mal haben Sie beschlossen, es selbst zu tun. Patrick war mit Ihnen auf dem Boot in Holland, also haben Sie ihn wieder eingeladen, diesmal nur für eine Runde in der Bucht. Ein paar Jungs, die zusammen Spaß haben. Aber als Sie sich vom Ufer entfernt hatten, erschossen Sie Patrick und warfen seine Leiche über Bord. Um nicht denselben Fehler wie Lewis zu machen, warfen Sie die Waffe und sein Handy hinterher. Danach brachten Sie das Boot in den Hafen zurück und löschten die GPS-Aufzeichnungen im Navigationscomputer. Schließlich nahmen Sie Patricks Auto und fuhren damit aus der Stadt, bevor Sie auf dem Küstenweg nach Hause gingen. Alle Beweise waren verschwunden, und es gab nichts mehr, was Sie mit dem Mord in Verbindung bringen konnte. Sie konnten sich entspannen."

„Das ist eine sehr schöne Geschichte, DCI Raven", sagte Harry. „Aber Sie haben anscheinend völlig vergessen, sie mit Beweisen zu untermauern."

„Beweise? Nun, zum einen haben wir die Ortungsdaten von Patricks Mobiltelefon, sodass wir genau wissen, wo er war, als er getötet wurde. Zweitens, wenn wir mit allen anderen Bootsbesitzern unten am Hafen sprechen, werden wir mit großer Wahrscheinlichkeit herausfinden, dass einer von ihnen gesehen hat, wie Sie und Patrick zusammen auf das Boot gegangen sind und wie Sie allein zurückgekehrt sind." Raven hielt den Blick fest auf Ethan gerichtet. „Aber die Sache ist die, Ethan. Ich glaube nicht, dass Sie der Einzige waren, der an diesem Mord beteiligt war. Sie haben bereits gesagt, dass Sie und Patrick befreundet waren. Sie mochten den Kerl. Sie wollten ihn nicht umbringen. Aber vielleicht hat Ihnen jemand anderes gesagt, Sie sollen ihn loswerden. Jemand, der die Fäden in der Hand hielt. Ihr Vater, Darren Jubb, zum Beispiel."

„DCI Raven –", begann Harry.

Doch Raven unterbrach ihn. „Sie könnten sich selbst helfen, Ethan, indem Sie mir die Wahrheit sagen. Erzählen Sie mir, was an jenem Tag wirklich passiert ist, denn wenn

Sie das nicht tun, fürchte ich, dass Sie wegen Mordes und Verschwörung zum Mord angeklagt werden, zusätzlich zur Lieferung von Drogen der Klasse A. Und das bedeutet, dass Sie für den Rest Ihres Lebens ins Gefängnis gehen."

Ethan Jubb starrte ihn ängstlich und verwirrt an. Raven konnte fast Mitleid mit ihm haben. In kurzer Zeit war er von einem selbstbewussten Mann, der sich für immun gegen Strafverfolgung hielt, zu einem Mann geworden, der in eine trostlose Zukunft ohne Aussicht auf Freilassung blickte.

Aber es schien, als hätte Ethan nichts zu seiner Verteidigung zu sagen. Stattdessen ergriff Harry das Wort. In seinen schmalen Augen lag ein finsterer Ausdruck. Raven hatte seinen Mandanten in die Enge getrieben, und nun war es an der Zeit, dass dieser sich wehrte. „Sie haben meinem Mandanten heute eine Menge Fragen gestellt, DCI Raven. Jetzt habe ich ein paar Fragen an Sie."

Raven beschloss, ihn ausreden zu lassen. „Fahren Sie fort."

„Zunächst einmal: Wo waren Sie in der Nacht des achtundzwanzigsten Oktober?"

Raven runzelte die Stirn. „Des achtundzwanzigsten?"

„Lassen Sie mich Ihnen helfen", sagte Harry. „Das war Donnerstag diese Woche."

„Ich weiß, wann der achtundzwanzigste war", sagte Raven. *Und ich weiß auch, was passiert ist.* Es hatte keinen Sinn, es abstreiten zu wollen. Harry wusste es bereits. „An diesem Abend ging ich nach der Arbeit zuerst ein paar Klamotten kaufen und traf dann eine alte Freundin von mir, Donna Craven. Ich habe sie auf einen Drink eingeladen."

Ein Ausdruck von Bosheit trat in Harrys Wieselgesicht. „Donna *Jubb*, glaube ich, meinen Sie. Die Frau von Darren Jubb."

Raven spürte, dass sowohl Ethan als auch Becca ihn anstarrten, aber er blieb gelassen und richtete seine Aufmerksamkeit auf Harry. „Donna und ich waren mal ein Paar. Sie war sogar meine erste Freundin. Aber das ist schon sehr lange her. Ich hatte sie seit über dreißig Jahren nicht mehr gesehen. Wir hatten eine Menge nachzuholen."

„Und haben Sie sich nett unterhalten?", fragte Harry mit einer gehörigen Portion Anzüglichkeit.

„Sehr nett, danke", antwortete Raven. „Wie gesagt, wir haben zusammen in einer öffentlichen Bar etwas getrunken. Ich glaube, so sind Sie darauf aufmerksam geworden."

„In der Tat", sagte Harry. „Und dann haben Sie sie nach Hause gefahren."

„Ich kann Ihnen versichern, dass nichts Unangemessenes passiert ist."

„Erzählen Sie das den Geschworenen."

Es war also passiert. Genau wie Raven es befürchtet hatte, war Donnas Falle nun zugeschnappt.

„Also", sagte Harry, „ich glaube, dass Ihr Verdacht gegen meinen Mandanten gründlich widerlegt wurde. Ihre Beweise sind reine Indizien, und auch Ihr eigenes Verhalten wird in Frage gestellt. Seit Beginn Ihrer Ermittlungen haben Sie eine Hetzkampagne geführt, zuerst gegen Darren Jubb und jetzt gegen seinen Sohn. Und das alles wegen eines persönlichen Grolls, der auf die Zeit zurückgeht, als Donna Craven Sie abservierte und sich stattdessen für Darren entschied. Ist das der Grund, warum Sie Scarborough verlassen haben, DCI Raven? Und sind Sie nur zurückgekehrt, um Donna weiter nachzustellen?"

Raven starrte seinen alten Freund und Widersacher voller Abscheu an. Er hatte keinen Zweifel daran, dass Harry das gegen ihn verwenden würde, wenn Ethans Fall vor Gericht käme. Würde es Ethan vor dem Gefängnis bewahren? Er konnte es nicht sagen, aber es würde sicher die Chancen auf eine Verurteilung schmälern. Die Staatsanwaltschaft könnte sogar beschließen, die Anklage fallenzulassen.

„Sie können meine Motive in Frage stellen", sagte Raven, „und meine Integrität in Zweifel ziehen, aber die Fakten ändern sich nicht. Ihr Mandant ist schuldig, das wissen wir beide."

„Beabsichtigen Sie, ihn anzuklagen?", fragte Harry.

„Noch nicht. Wir werden ihn für vierundzwanzig Stunden in Gewahrsam nehmen. Warten wir ab, ob weitere Beweise auftauchen."

Raven beobachtete, wie Becca und ein uniformierter Beamter Ethan zu den Zellen führten.

Wieder blieb Harry zurück. „Also, Tom", sagte er. „Glaubst du immer noch, dass das kein Spiel ist?" Er schlüpfte durch die Tür und ließ Raven mit einem bitteren Nachgeschmack zurück.

KAPITEL 32

„Wie konnten Sie nur!", schimpfte Becca. „Sie haben den ganzen Fall gefährdet!"

Nach dem Verhör von Ethan Jubb waren sie wieder in Ravens winzigem Büro. Becca hielt ihre Stimme gedämpft, aber durch die Glasscheibe zum Einsatzraum konnte Raven sehen, dass sowohl Tony als auch Jess die Auseinandersetzung eindeutig mitbekamen. Ob sie die Worte durch die geschlossene Bürotür hören konnten, wusste er nicht. Von Dan fehlte jede Spur. Vermutlich hatte der junge DC an seinem Samstagnachmittag Besseres zu tun, als ins Büro zu kommen

Raven begegnete Beccas Vorwurf mit gelassener Miene. „Ich habe nichts Falsches getan."

„Haben Sie mit Darren Jubbs Frau geschlafen?"

„Nein." Obwohl er mit ihr geschlafen hatte, bevor sie Darren gehört hatte. Er erinnerte sich an das erste Mal. Sie waren sechzehn gewesen, jung und unerfahren, aber das hatten sie mit ungezügelter Leidenschaft wettgemacht, angetrieben von jugendlichen Hormonen. Seine Mutter war bei der Arbeit gewesen, sein Vater draußen auf dem Fischerboot, und sie hatten das Haus für sich allein gehabt.

Er erinnerte sich an viel Gefummel unter der Bettdecke. Im Hintergrund war *Let's Go To Bed* von The Cure auf der Stereoanlage gelaufen, obwohl keiner von beiden eine Ermutigung gebraucht hatte. Es war für beide das erste Mal gewesen, und es war vorbei, bevor es überhaupt richtig begonnen hatte. Aber die Erinnerung war geblieben. Er würde es nie vergessen.

Becca funkelte ihn an. „Nun, wenn das Ganze vor Gericht geht, werden Sie es schwer haben, die Geschworenen zu überzeugen."

„Mag sein."

„Was werden Sie jetzt tun?"

Er fragte sich, ob sie erwartete, dass er sich aus den Ermittlungen zurückzog. Wenn ja, hatte sie ihn gewaltig unterschätzt. Er würde weitermachen, bis der Verantwortliche hinter Gittern saß. „Ich werde meinen Job machen."

„Gut", sagte sie. Die Tür schlug hinter ihr zu, als sie hinausstürmte.

Raven ging in den Einsatzraum, wo Tony und Jess eifrig seinen Blicken auswichen. „Tony?", fragte er. „Sind die DNA-Ergebnisse schon aus dem Labor zurück?"

Tony sah auf. „Ich habe die Tests auf Ihre Anweisung hin beschleunigt."

„Und?"

„Hier ist der Bericht, den Sie wollten." Er reichte Raven einen versiegelten braunen Umschlag.

★

Becca fuhr nach Hause, immer noch wütend nach ihrem Streit mit Raven. Sie fragte sich, wie sie ihn je für einen guten Chef hatte halten können. Er war launisch. Er war verschlossen. Er war aufbrausend. Er hatte es geschafft, Holly, die selten ein schlechtes Wort über jemanden verlor, auf die Palme zu bringen. Und nicht einmal DI Dinsdale beschuldigte die Superintendent der Korruption. Vielleicht hatte Dr. Felicity Wainwright mit ihrem vernichtenden Urteil recht gehabt.

Becca wusste immer noch nicht, ob sie Ravens Aussagen über seine Beziehung zu Donna Jubb glauben konnte. Sie hatte mit eigenen Augen gesehen, wie Donna mit ihm geflirtet hatte, als sie zum Haus der Jubbs gefahren waren, um Darren zum Verhör mitzunehmen. Es war nicht nur die Art, wie sie seinen Arm berührt und ihn „Tom" genannt hatte. Es war der Ausdruck in ihren Augen, als sie es sagte.

Raven hatte freimütig zugegeben, dass Donna einst seine Freundin gewesen war. In Beccas Augen loderte diese alte Flamme noch immer lichterloh.

Als sie die Haustür öffnete, empfing sie der vertraute Duft von gebratenem Lamm und Rosmarin. In diesem Moment war sie so dankbar für die bloße Existenz ihrer Familie, dass sie am liebsten alle umarmt hätte, sogar Liam.

Sie ging hinauf in ihr Zimmer im obersten Stock und zum Fenster, das auf die Rückseite des Hauses hinausging. Die Sonne ging gerade unter und die North Sands lagen bereits in tiefem Schatten. In der Ferne flackerten die Lichter des Old Scalby Mills Pub an der Strandpromenade neben Scalby Beck. Hinter den Felsen von Scalby Ness schimmerte das Meer schwarz wie Seide. Doch dort draußen, ein paar Meilen vor der Küste, war Patrick Lofthouse gewaltsam zu Tode gekommen. Hatte Ethan Jubbs Finger den Abzug gedrückt? Becca wusste, dass die Beweise gegen ihn noch nicht wasserdicht waren. Und Ravens leichtsinniges Verhalten drohte, alles zu Fall zu bringen.

Sie schloss die Vorhänge, um die Nacht auszusperren, zog ihre Arbeitskleidung aus und schlüpfte in ihre Lieblingsjeans und einen gemütlichen Pullover, dann ging sie nach unten in die Küche, wo Sue gerade Gemüse schnippelte. „Hallo, Liebes. Wie war dein Tag?"

„Interessant", sagte Becca wahrheitsgemäß. „Wir haben jemanden verhaftet."

„In dem Mordfall?" Sue hob den Deckel eines

Kochtopfes, um nach den Karotten zu sehen, und tauchte ein gefährlich aussehendes Messer in das brodelnde Wasser. Obwohl Becca langsam auf die dreißig zuging, hatte sie nie für sich selbst sorgen müssen. Ihre Mutter hatte sich immer um sie gekümmert, sie vielleicht sogar verhätschelt. Wenn Becca eines Tages von zu Hause ausziehen würde, bräuchte sie dringend einen Crashkurs im Kochen.

„Mm", sagte Becca unverbindlich. Wahrscheinlich hatte sie schon zu viel gesagt, aber es war schwer, immer alle Details über die Arbeit für sich behalten zu müssen. Nach dem Abendessen würde sie Sam besuchen. Mit ihm zu reden, half ihr immer, nach einem langen Tag abzuschalten.

Die Haustür wurde aufgestoßen und mit einem lauten Knall wieder geschlossen, und Becca erkannte Liams schwere Schritte im Flur. Die Küchentür flog auf, und er kam mit seinem typischen frechen Grinsen herein. „N'Abend zusammen. Gibt's was zum Futtern?"

Sue schenkte ihm ein nachsichtiges Lächeln. „Natürlich. Setz dich. Magst du eine Tasse Tee?"

Er setzte sich an den Tisch und legte die Füße auf einen der Stühle. „Zu einem Bier würde ich nicht Nein sagen."

Sue huschte zum Kühlschrank und kam mit einer Flasche zurück. Liam öffnete sie und nahm einen großen Schluck.

Beccas vorheriges Verlangen, ihn zu umarmen, war schnell verflogen. So sehr sie auch die Fürsorge ihrer Mutter ausnutzen mochte, Liam war noch weniger unabhängig, obwohl er älter war und in einer eigenen Wohnung lebte.

„Und", sagte Becca, „hast du deine sehr wichtige Arbeit erledigt?"

„Arbeit? O ja. Ich hatte den ganzen Tag alle Hände voll zu tun."

„Kann ich mir vorstellen", sagte sie sarkastisch. „Muss wirklich hart sein, keinen richtigen Job zu haben."

Sue wuselte herum, nahm das Fleisch aus dem Ofen

und rührte die Soße um. „Dein Bruder arbeitet härter, als du es ihm zutraust, Becca. Es ist nicht leicht, sein eigenes Geschäft zu führen. Das kann ich dir sagen."

„Genau." Liam setzte eine selbstgefällige Miene auf und nahm einen weiteren Schluck Bier. „Aber warum gehst du mich so an, Schwesterherz? Ich habe dir doch einen Tipp gegeben, oder nicht?"

Becca trat ihm unter dem Tisch gegen das Schienbein. „Du hättest mir viel mehr helfen können, wenn du es mir früher gesagt hättest. Ich würde gerne wissen, was du mir sonst noch verschwiegen hast."

„Wie kommst du darauf, dass da noch mehr ist?"

Sie seufzte. „Es gibt immer noch mehr, Liam."

Die Hintertür öffnete sich, ein eisiger Luftzug wehte in die Küche, und ihr Vater kam herein. „Gut", sagte er und rieb sich die Hände. „Das Tor ist repariert. Der Wind hat es neulich einfach aus den Angeln gerissen." David Shawcross war für alle Reparaturen im Haus zuständig, was bei der Anzahl der Zimmer und dem Alter des Gebäudes eine Mammutaufgabe war. Er kam herüber und gab Becca einen Kuss auf die Wange.

Becca half ihm, den Tisch zu decken, während Sue das Essen servierte. Liam raffte sich immerhin dazu auf, seine Bierflasche aus dem Weg zu räumen.

Während des Essens drehte sich das Gespräch um Liams neuestes Geschäftsprojekt. Er war dabei, einige heruntergekommene Immobilien in Whitby zu erwerben und hatte große Pläne, sie in luxuriöse Ferienhäuser zu verwandeln. Seinen Worten zufolge hatte er sie zu einem Spottpreis ergattert und würde damit ein Vermögen machen. Becca konnte sich gut vorstellen, dass er die halbe Küste von Yorkshire bebauen würde, wenn man ihn nur ließ. Vielleicht war sie zu hart mit ihm. Er war ganz offensichtlich ein aufstrebender Unternehmer.

Ausnahmsweise war sie damit zufrieden, ihren Bruder reden zu lassen. Ihm zuzuhören half ihr, sich von dem Fall abzulenken. Deshalb war sie überrascht und genervt zugleich, als er auf Raven zu sprechen kam.

„Hast du die Daten meines Kumpels an deinen Chef weitergegeben?", fragte er.

Es dauerte einen Moment, bis sie verstand, worauf er hinauswollte. „Du meinst die Reparatur seines Autos? Nein, noch nicht."

„Oh, ich dachte, es wäre dringend." Liam spießte eine Kartoffel auf seine Gabel und schob sie sich im Ganzen in den Mund. „Nun, wenn du das nächste Mal mit ihm sprichst, frag ihn, ob er vorhat, das alte Fischerhaus zu verkaufen, das sein Vater ihm hinterlassen hat."

Sie fragte sich, woher Liam seine Informationen über Raven hatte. Selbst sie wusste nicht, wo genau ihr Chef wohnte, obwohl ihre Mutter erwähnt hatte, dass eine Familie Raven in der Nähe des Hafens gewohnt hatte. „Woher weißt du das über Raven?", fragte sie.

Liam tippte sich an die Nase. „Ich habe meine Quellen. Du weißt, dass ich immer nach Gelegenheiten Ausschau halte. Jedenfalls, wenn er verkaufen will, sag ihm, dass ich ihm ein Angebot machen werde. Direktverkauf, ohne Maklergebühren."

„Natürlich." Becca kaute nachdenklich auf ihrem Lammbraten herum. „Aber woher das plötzliche Interesse?" Raven war nun schon seit ein paar Wochen wieder in Scarborough, und das war das erste Mal, dass Liam Interesse am Kauf seines Hauses zeigte.

Liam grinste. „Für einen Detective bist du wirklich langsam, Becs. Jetzt, wo Ethan Jubb aus dem Weg ist, habe ich freie Bahn. Vielleicht kann ich ausnahmsweise mal als Erster zuschlagen und ein Schnäppchen machen."

Sie legte ihr Besteck hin und starrte ihn an. „Woher weißt du, dass Ethan Jubb verhaftet wurde?"

Er schüttelte amüsiert den Kopf, als wäre sie ein begriffsstutziges Kind. „Genauso wie ich von dem Haus deines Chefs wusste. Genauso wie ich wusste, dass Patrick und Ethan zusammen mit Drogen gedealt haben. Ich stelle Fragen und höre zu, was die Leute sagen."

„Aber warum hast du mir nichts von Patrick und Ethan erzählt?", fragte sie verärgert. Sie hatte ihn erst am Morgen gefragt, wer Patricks Geschäftspartner sei, und er hatte sich um eine Antwort gedrückt.

„Weil es nur Gerüchte waren. Damit kommst du vor Gericht nicht weit. Und weil ich meine Quellen nicht preisgeben wollte."

„Du hältst dich wohl für einen Investigativ-Reporter, was?"

„Ganz genau. Das nennt man journalistische Integrität."

„Ich nenne es stur und eigensinnig." Becca dachte über seine Worte nach. Liam hatte recht damit, dass seine Insiderinformationen niemals als Beweis gegen Ethan verwendet werden konnten. Aber es hätte die Ermittlungen erheblich beschleunigt, wenn sie von Anfang an gewusst hätte, dass Patrick und Ethan im Drogenhandel gemeinsame Sache machten. Wozu hatte man einen Bruder, der Zugang zu allen möglichen nützlichen Informationen hatte, wenn er sie dann für sich behielt?

„Außerdem", fügte Liam hinzu, „wollte ich nicht, dass du denkst, ich wäre in irgendwas Zwielichtiges verwickelt."

Plötzlich kam Becca ein furchtbarer Gedanke. „Bitte sag mir, dass das nicht der Fall ist."

„Natürlich nicht!" Liam schnaubte empört. „Wie kannst du nur so etwas denken!"

„Weil ich deine Schwester bin", sagte Becca. „Und ich weiß, wie du tickst."

*

Raven brachte den Kessel zum Kochen und goss heißes Wasser über seinen Instantkaffee. Wenn er in dem alten Haus blieb – falls man ihn nicht zurück nach London schickte, sobald herauskam, dass Donna ihn in eine kompromittierende Lage gebracht hatte –, würde er sich eine anständige Kaffeemaschine zulegen. Die Espressomaschine, die Lisa ihm zum zwanzigsten Hochzeitstag geschenkt hatte, war einer der Gegenstände gewesen, die sie mitgenommen hatte, als sie ihn verlassen hatte. Eine unnötig rachsüchtige Geste, fand er. Es gab Momente, in denen er diese Maschine mehr vermisste als sie.

Er nahm die Tasse mit der dünnen schwarzen Brühe mit ins Wohnzimmer und setzte sich vor den Fernseher. Doch er schaltete ihn nicht ein. Seine Gedanken kreisten zu sehr um Ethan und Darren Jubb.

Er zweifelte nicht an den Fakten, die er aufgedeckt hatte, aber er konnte das Gesamtbild noch nicht erkennen. Warum genau hatte Ethan Patrick getötet? Hatte Darren gewusst, was die beiden Jungs vorhatten? Hatte er die ganze Aktion selbst eingefädelt? Und wer war der Saboteur in den Reihen der Polizei?

Einiges passte nicht ganz zusammen, aber er konnte nicht genau sagen, welche Puzzleteile noch fehlten. Der geschmacklose Kaffee half ihm nicht beim Nachdenken, bald wurde er kalt und er stellte ihn beiseite.

Als es an der Tür klingelte, war er nicht wirklich überrascht. Ein Teil von ihm hatte die ganze Zeit damit gerechnet. Vielleicht hatte er genau deswegen hier gesessen und gewartet.

Er öffnete die Haustür und erwartete halb, den roten Porsche wie zuvor die Straße versperren zu sehen, aber Donna musste ihn auf dem Parkplatz am Ende der Straße abgestellt haben. Ihr Haar, halb golden, halb kupferfarben, schien so hell zu leuchten wie die Straßenlaterne, die es von hinten anstrahlte. Das Alter hatte ihrer Schönheit nichts anhaben können. Heute Abend war sie so atemberaubend wie eh und je.

„Komm rein", sagte er.

Sie folgte ihm in das kleine Wohnzimmer. Sie trug ein smaragdgrünes Kleid mit tiefem Ausschnitt. Der Stoff schimmerte sanft, als sie ihren Mantel auszog. Der Raum füllte sich augenblicklich mit ihrem Parfüm.

Sie sah sich um, ihr Blick fiel auf die verblichene Tapete, den schmuddeligen Teppich und das senffarbene Sofa mit dem Zigarettenbrand auf der Armlehne. „Hier sieht es genau so aus, wie ich es in Erinnerung habe. Nichts hat sich verändert, oder?"

„Nichts", bestätigte er. Und doch hatte sich alles verändert. Als Donna das letzte Mal einen Fuß in das Haus gesetzt hatte, war Ravens Mutter noch am Leben gewesen. Donnas Nachname war noch Craven gewesen. Und Raven war ein junger Bursche gewesen, voller Hoffnung auf das, was die Zukunft bringen mochte.

Er nahm ihr den Mantel ab und hängte ihn hinter die Tür.

Donna stand etwas abseits, unsicher und vorsichtig, als wäre er ein Fremder. Die Wut, die sie bei Ethans Verhaftung aus sich herausgeschrien hatte, war verflogen und einer seltsamen Ruhe gewichen. „Harry sagt, du hast Ethan noch nicht angeklagt."

„Noch nicht."

„Aber du hältst ihn in Gewahrsam."

„Wir behalten ihn, bis wir genügend Beweise haben, um ihn anzuklagen. Entweder wegen Mordes oder wegen Drogenhandels oder möglicherweise wegen beidem. Wir haben vierundzwanzig Stunden, um eine Entscheidung zu treffen."

Das Zimmer lag fast vollständig im Dunkeln, nur das fahle Licht der Straßenlaterne draußen sickerte durch die Vorhänge. Donnas Gesicht schien fast gespenstisch in den Schatten zu leuchten. „Und wirst du die Beweise finden, die du brauchst?"

„Ich glaube schon. Ja."

Sie trat einen Schritt näher. „Lass ihn gehen, Tom. Ich weiß, dass du es kannst. Du leitest die Ermittlungen. Finde einfach einen Grund, ihn freizulassen."

„Das kann ich nicht, Donna. Du weißt, dass ich das nicht kann."

„Lass dir einfach etwas einfallen, Tom." Sie sah zu ihm auf. „Ich verlasse Darren noch heute Abend und bleibe bei dir. Alles, was du tun musst, ist, Ethan gehen zu lassen."

Sie drückte sich an ihn und schlang die Arme um seinen Rücken. Er spürte, wie sich ihre weichen Brüste an ihn schmiegten. Sie war bereit, sich ihm hinzugeben, hier und jetzt. Es brauchte nur ein Wort von ihm. „Befreie meinen Sohn, Tom", flehte sie. „Befreie unseren Sohn."

Er wagte kaum zu atmen. „Unser Sohn, Donna?"

Die Möglichkeit, dass er der Vater von Ethan Jubb sein könnte, war Raven in den Sinn gekommen, sobald er das Geburtsdatum von Ethan gesehen hatte. Nur acht Monate, nachdem er aus Scarborough geflohen war. Einen Monat, bevor er Donna verlassen hatte.

„Du weißt, dass er unser Sohn ist, Tom. Ich war in der vierten Woche schwanger, als du weggegangen bist. Ich wollte es dir sagen."

„Was wolltest du mir sagen, Donna? Dass du mich liebst?"

Sie küsste ihn sanft auf die Lippen, und er schloss die Augen und genoss den Augenblick. „Ich habe dich immer geliebt, Tom. Das weißt du. Und ich tue es immer noch."

Ihre Stimme klang wie Honig, aber an einer Lüge war nichts Süßes. Die Möglichkeit, dass Ethan sein Sohn sein könnte, war der Grund, warum Raven Tony gebeten hatte, die DNA-Tests in der Forensik zu beschleunigen. Wären die Ergebnisse positiv gewesen, hätte ein offensichtlicher Interessenkonflikt bestanden, und er hätte sich sofort aus den Ermittlungen zurückgezogen.

Aber der Laborbericht hatte die Frage endgültig beantwortet. Ethan war nicht von ihm. Und das konnte nur eines bedeuten. Donna hatte schon mit Darren geschlafen, bevor Raven Scarborough verlassen hatte. Alles, was sie ihm erzählt hatte, war gelogen.

Er empfand kein Bedauern, nur Traurigkeit und Resignation. Er hatte immer gewusst, dass Donna eine Lügnerin war. Sie war mittellos gewesen, hatte verzweifelt versucht, der Armut zu entkommen, und war bereit gewesen, alles für ein besseres Leben zu tun. Hätte sie Darren nicht geheiratet, hätte sie einen anderen reichen Mann gefunden, der ihr die ersehnte Sicherheit und den Komfort geboten hätte. Sie hätte Raven nie geheiratet. Tief in seinem Herzen hatte er es von Anfang an gewusst.

Er wunderte sich über ihre Bereitschaft, sich ihm jetzt hinzugeben. Würde sie Darren wirklich verlassen, um ihren Sohn vor dem Gefängnis zu bewahren? Möglicherweise. Aber nicht, weil sie Raven liebte. Genau wie Frank Jubb würde Donna alles tun, um ihre Familie zu beschützen.

„Es ist nicht zu spät für uns, wieder zusammen zu sein", sagte sie. „Es ist nie zu spät, die Dinge wieder in Ordnung zu bringen. Du bist weggelaufen, weil du dir die Schuld am Tod deiner Mutter gegeben hast. Aber du musst aufhören, dir die Schuld zu geben, Tom. Du musst aufhören, dich für das, was passiert ist, zu bestrafen. Niemand hat Schuld, außer dem betrunkenen Fahrer. Du weißt, was ich sage, ist wahr."

Nie zuvor hatte sie so verführerisch ausgesehen wie in diesem Moment, die grünen Augen weit aufgerissen, die Haut im Dämmerlicht alterslos. Und sie hatte in so vielem recht. Ja, er war aus Scarborough weggelaufen wie ein Feigling. Ja, er gab sich selbst die Schuld am Tod seiner Mutter. Ja, er wusste, dass es nicht wirklich seine Schuld war. Und ja, er hatte Donna immer mehr begehrt als jede andere Frau auf der Welt. Wahrscheinlich war das auch der Grund, warum es mit Lisa letztendlich nicht geklappt hatte. Sie war einfach nicht die Richtige. Wie sollte sie auch, wenn sie nicht Donna war?

„Du weißt, wie man ein verlockendes Angebot macht", sagte er. „Aber ich habe Neuigkeiten für dich."

„Ach ja?"

„Ich bin nicht Ethans Vater, und ich glaube, das wusstest du bereits."

„Nein, Tom." Ihre Unterlippe zitterte. „Das ist nicht wahr. Wie könnte es?" Ihr Haar wippte hin und her, und selbst jetzt konnte er fast glauben, dass sie unfähig war zu lügen.

Sanft, aber bestimmt nahm er ihre Hände von seiner Taille und hielt sie auf Armeslänge von sich. „Es ist vorbei, Donna. Mit dir und mir. Es ist schon seit dreißig Jahren vorbei. Es war vorbei, als du hinter meinem Rücken mit

Darren geschlafen hast."

Die Ohrfeige kam aus dem Nichts, aber auch nicht unerwartet. „Du Bastard, Tom!", schrie sie. „Du hast es die ganze Zeit gewusst!" Sie ohrfeigte ihn ein zweites Mal, härter. „Du verdammter Mistkerl!"

Er beobachtete sie, als sie auf dem Absatz kehrtmachte und ihren Mantel vom Haken nahm. Die Tür knallte laut hinter ihr zu und ließ das ganze Haus erzittern. Kurz darauf hörte er den Motor des Porsches aufheulen, als er am Fenster vorbeirauschte und weg war.

Er atmete tief aus. Mehr als ein halbes Leben lang hatte er dieselbe Wunde immer wieder aufgerissen. Jetzt war es an der Zeit, dass Schmerz und Kummer ihn endlich losließen und die Heilung beginnen konnte.

KAPITEL 33

*E*s ist der Tag der Beerdigung. Ein schöner, sonniger Tag, als wäre alles in bester Ordnung. Jean Raven war eine sehr beliebte Frau, und eine große Menschenmenge ist gekommen, um ihr die letzte Ehre zu erweisen. Tom sieht zu, wie der Sarg mit den sterblichen Überresten seiner Mutter langsam in die Erde hinabgelassen wird. Donna hält seine Hand, Darren steht neben ihm. Seinen Vater sieht er nicht an. Asche zu Asche, Staub zu Staub. Worte, die Tom nicht helfen, zu verstehen, was mit seiner Mutter geschehen ist. Danach, als alle gegangen sind, kehrt er ins Haus zurück. Er will allein sein, obwohl Donna ihm anbietet, bei ihm zu bleiben. Er sitzt in seinem abgedunkelten Zimmer und starrt ins Leere, bis die unbeholfenen Schritte seines Vaters unten seine Rückkehr ankündigen. Sein Vater hat den ganzen Tag getrunken, nichts Ungewöhnliches. Tom bleibt in seinem Zimmer und hofft, dass er zumindest an diesem Tag seine Ruhe hat. Aber es dauert nicht lange, bis er das schwere Stampfen von Stiefeln auf der Treppe hört und seine Tür aufgestoßen wird. Sein Vater steht da, schwer atmend und mit vom Alkohol gerötetem Gesicht. „Du hast sie umgebracht", sagt er. „Es war alles deine verdammte Schuld." „Verschwinde", sagt Tom. „Lass mich in

Ruhe. " *Aber wenn Alan Raven in dieser Stimmung ist, ist es mit Worten nicht getan. Er drängt sich ins Zimmer und geht mit geballten Fäusten auf Tom los. Er holt aus und verpasst Tom einen Schlag auf die Wange. Es ist nicht das erste Mal. Und es wird nicht das letzte Mal sein, wenn Tom sich nicht wehrt. Er ballt die Hand zur Faust und schlägt zurück, trifft seinen Vater an der Lippe. „Du kleiner Bastard", schreit Alan. Aber Tom ist nicht mehr klein, und plötzlich entladen sich Kummer und Wut in seinen Fäusten. Er versetzt seinem Vater einen Schlag in den Magen und einen weiteren ins Gesicht. Sein Vater taumelt und brüllt, aber Tom ist jünger, schneller und genauso stark. Sechzehn Jahre aufgestauter Zorn strömen durch Hände und Füße, und ehe er sich versieht, liegt sein Vater gekrümmt am Boden, die Hände vor dem blutigen Gesicht. Tom taumelt zurück, entsetzt über seine eigene Kraft, entsetzt über die Gewalt, die er entfesselt hat. Sein Vater erhebt sich, doch seine Wut ist verflogen. Er schwankt davon, Blut tropft von seiner aufgeplatzten Lippe, die Hände umklammern seinen Unterleib. Und in diesem Moment begreift Tom etwas. Er muss jetzt gehen und darf nie mehr zurückkommen. Er muss die Stadt verlassen, die sein ganzes Leben lang sein Zuhause war. Denn wenn er es nicht tut, wird er seinen Vater umbringen.*

Er war vor den Möwen wach. Schon seit Stunden.

Nicht nur sein Vater hatte ihn in seinen zerrütteten Träumen heimgesucht, während er sich in dem schmalen Bett hin und her wälzte. Auch Donna war da gewesen, wunderschön und verräterisch. *Ich verlasse Darren noch heute Abend und gehöre dir. Alles, was du tun musst, ist, Ethan gehen zu lassen.*

Er konnte nicht leugnen, dass ihr dreistes Angebot ihn gereizt hatte.

Aber sie hatte ihn betrogen, und das war das Einzige, was er niemals verzeihen konnte. Wenn er in einer Beziehung kein Vertrauen haben konnte, war er lieber allein. Darren konnte sie haben, und sie ihn.

Die erste Möwe des Tages krächzte vor seinem Fenster und verkündete, dass es Zeit zum Aufstehen war. Sonntagmorgen, aber für Raven keine Verschnaufpause.

Er war so nah dran, den Fall zu lösen. Doch bevor die Wahrheit endlich ans Licht kommen konnte, gab es noch mehr Verrat aufzudecken und eine weitere Konfrontation. Es wäre einfacher, im Bett zu bleiben und ihr aus dem Weg zu gehen, aber Raven wusste, dass das Meiden von notwendigen Konflikten nie eine Lösung war. Er schlug die Laken und Decken beiseite und stieg aus dem Bett.

Die Fahrt nach Scalby so früh am Sonntag war sehr angenehm. Die Straßen waren fast leer, und er hatte genug Platz, um die fließenden Linien des M6 selbst durch die engsten Kreuzungen zu manövrieren. Scarborough war wirklich nicht für ein so großes Auto gemacht. Aber wenn das nächste Treffen schlecht lief, würde das bald ohnehin keine Rolle mehr spielen.

Er parkte am Straßenrand der Station Road und betrachtete die Umgebung. Breite Bürgersteige, alter Baumbestand und akkurat geschnittene Hecken. Die Häuser standen weit von der Straße entfernt. Eine lange Auffahrt führte an gepflegten Rasenflächen vorbei zu einem stattlichen Einfamilienhaus aus rotem Backstein, vielleicht edwardianisch, mit Veranda und Wintergarten. Auf dem Dach thronten mehrere hohe Schornsteine. Ein nagelneues Auto – ein Jaguar – stand vor der Doppelgarage.

Ihr Mann ist Geschäftsmann, hatte Becca betont. *Es ist also kein Geheimnis, woher ihr Geld stammt, und es gibt keinen Grund, sie einer Straftat zu verdächtigen.*

Nun, er würde es bald wissen, so oder so. Er ging die Einfahrt hinauf, seine Schuhe knirschten im Kies, und klingelte an der Tür.

Fast augenblicklich öffnete sich die Tür. Detective Superintendent Gillian Ellis war offensichtlich auch Frühaufsteherin. Aber sie schien alles andere als erfreut, ihn zu sehen. „Tom. Sie hätten anrufen sollen."

„Entschuldigung. Darf ich reinkommen?"

„Nun, es hat nicht viel Sinn, hier draußen zu stehen, nicht wahr?"

Er folgte ihr durch einen quadratischen Flur mit

Parkettboden und einer polierten Holztreppe. Das Innere des Hauses war minimalistisch gehalten, mit großen rahmenlosen Leinwänden an den weißen Wänden. Raven hielt inne, um eine zu betrachten, konnte aber nicht erkennen, was die leuchtenden Farbkleckse darstellen sollten.

„Mein Mann sammelt sie", bemerkte Gillian. „Kommen Sie mit in den Salon. Darf ich Ihnen etwas zu trinken anbieten?"

„Nein, danke", sagte Raven.

Der Salon war ein großer Raum mit drei Fenstern, die auf grüne Rasenflächen und Sträucher hinausgingen. Er war größtenteils leer, nur ein paar Ledersessel standen strategisch unter hohen Stehlampen aus Metall, die an Insekten erinnerten. Ein einzelnes Bücherregal enthielt eine Sammlung gebundener Bücher, und aus den Lautsprechern, die in die Decke eingelassen waren, erklang eine Art moderner Orchestermusik. Gillian stellte die Musik ab und setzte sich. Sie deutete auf den Sessel gegenüber.

„Also, wie kann ich Ihnen helfen, Tom? Geht es um Ethan Jubb?"

Raven hatte sie am Vortag angerufen, um sie über den Stand der Dinge zu informieren. Sie hatte sich über die Verhaftung gefreut. Aber war das nur Fassade gewesen? Jemand in der Abteilung hatte die alten Fallakten gestohlen. Jemand, der entschlossen war, die laufenden Ermittlungen zu sabotieren.

„Ich wollte Ihnen etwas zeigen." Er reichte ihr den Zeitungsartikel, den er aus den *Scarborough News* ausgeschnitten hatte.

Gillian setzte eine Lesebrille auf und inspizierte ihn kurz. „Nun, Tom, mein Mann und ich nehmen regelmäßig an Wohltätigkeitsveranstaltungen teil. Das ist kein Geheimnis, aber ich gebe auch nicht damit an. Warum machen Sie mich darauf aufmerksam?"

„Weil Darren Jubb ebenfalls auf dieser Veranstaltung war. Vielleicht haben Sie sich mit ihm unterhalten?

Vielleicht haben Sie schon früher mit ihm gesprochen, bei anderen Gelegenheiten?"

Gillians stählerne Miene verriet nichts. „Vielleicht habe ich das. Was ist damit?"

„Darren Jubb hat jemanden, der ihm hilft. Jemanden in der Abteilung."

Sie starrte ihn einen Moment lang schweigend an. „Das ist eine verdammt schwere Anschuldigung, Tom. Ich hoffe, Sie wissen, wovon Sie sprechen."

Raven hoffte es auch. Wenn nicht, beging er einen karriereschädigenden Fehler und würde bald auf der M1 Richtung London fahren. „Die Akten zum Fall Max Hunt wurden aus dem Archiv entfernt."

„Gibt es keine Aufzeichnungen darüber, wer sie mitgenommen hat?"

„Keine."

Gillian wandte sich ab und blickte aus dem nächstgelegenen Fenster. Draußen huschte ein Eichhörnchen flink über den Rasen. „Dafür könnte es eine völlig harmlose Erklärung geben. Vielleicht war es nur ein Verwaltungsfehler. So etwas kommt vor."

„Möglich."

Sie drehte sich wieder zu um und schaute ihm fest in die Augen. „Das ist eine sehr schwerwiegende Anschuldigung, die Sie da vorbringen. Haben Sie weitere Beweise für Sabotage?"

Er zuckte mit den Schultern. „Zwei Männer haben mich am Hafen abgefangen und zusammengeschlagen. Sie haben nichts gestohlen. Sie wollten mir nur eine Warnung überbringen, dass ich mich fernhalten soll."

„Von Darren Jubb?"

„Ich glaube schon."

„Und doch haben Sie seinen Sohn verhaftet."

„So leicht lasse ich mich nicht einschüchtern."

„Das sehe ich, Tom." Gillian strich sich eine verirrte Haarsträhne aus dem Gesicht. Sie trug eine schwarze Hose und einen cremefarbenen Kaschmirpullover. Ihre Kleidung war so makellos wie ihr Haus.

„Was genau wollen Sie damit sagen, Tom? Dass jemand bei der Polizei von Darren Jubb dafür bezahlt wird, ihn und seine Familie zu beschützen? Dass derjenige Fallakten gestohlen hat, um die Ermittlungen zu behindern? Und dass es sich bei der fraglichen Person um mich handelt?" Sie hob die Augenbrauen, eine stumme Herausforderung, es zu bestätigen.

„Sind Sie es?"

Sie beugte sich vor, sodass der Stuhl kippte, als sie ihr Gewicht verlagerte. „Sie haben vielleicht Nerven, Tom. Ich könnte Sie allein schon dafür feuern, dass Sie mir Korruption unterstellen. Ich habe Sie bereits zweimal verwarnt. Diesmal sind Sie wirklich zu weit gegangen."

„Ich muss wissen, ob ich Ihnen vertrauen kann."

„Sie haben vor nichts Angst, oder?" Auf ihren Lippen zeigte sich der Anflug eines Lächelns. „Deshalb habe ich Sie eingestellt. Ich hatte ein gutes Gefühl bei Ihnen." Sie nickte zufrieden. „Nun, Sie könnten recht haben. Jemand in der Abteilung könnte von Darren Jubb bezahlt werden. Aber ich kann Ihnen versichern, dass ich es nicht bin."

„Können Sie das beweisen?"

Sie stieß ein kurzes, kehliges Lachen aus. „Sie sind wie ein Frettchen, nicht wahr? Unnachgiebig. Sie geben nicht auf, bis Sie Ihre Beute gefangen haben. Das gefällt mir. Nun, hier ist der Beweis, falls Sie bereit sind, ihn zu akzeptieren." Sie reichte ihm den Zeitungsartikel zurück. „Ich habe bei diesem Dinner nicht mit Darren Jubb gesprochen. Ich habe nicht mit ihm gesprochen, weil er gar nicht da war."

„Nicht? Bei allem Respekt, Ma'am, wie können Sie sich da so sicher sein?"

„Weil mein Mann der Sekretär des Scarborough Rotary Clubs ist und die Veranstaltung organisiert hat. Er hat die Einladungen verschickt und eine Liste aller Gäste geführt. Und ich kann Ihnen versichern, dass Darren Jubb zwar eingeladen war, aber nicht erschienen ist."

„Aber das war Jubbs Alibi für die Tatzeit", sagte Raven. „Einer aus meinem Team hat es überprüft."

„In diesem Fall", erwiderte Gillian, „schlage ich vor, dass Sie diese Person sofort ausfindig machen und ihr die gleichen Fragen stellen, die Sie mir gestellt haben."

KAPITEL 34

DC Dan Bennett verließ den Kiosk mit einer Packung Milch in der einen und einer Ausgabe der *Sunday Times* in der anderen Hand. Wie üblich blätterte er direkt zu den hinteren Seiten mit den Rennergebnissen. Ein Pferd, das er auf dem Schirm gehabt hatte, war am Vortag in Doncaster im Rennen um 14:15 Uhr als Erster ins Ziel gekommen, und er hätte sich ohrfeigen können, dass er nicht ein paar Pfund darauf gesetzt hatte. Doch am Nachmittag stand noch ein weiteres Rennen in Ripon an, und vielleicht würde er dort ein paar Pfund riskieren.

Sein Großvater hatte sein Interesse an Pferden geweckt. Damals war Dan noch kein Polizist, sondern nur ein Kind, zehn Jahre alt und aufgewachsen in einer postindustriellen Stadt im Norden Englands. Bradford. Eine halbe Million Einwohner. Arbeitslosenquote 10 %. Die Stadt taumelte noch immer nach dem Niedergang der Textilindustrie, und es war nicht ganz klar, wie es weitergehen sollte. Genau wie Dan, der zwar wusste, dass er etwas aus seinem Leben machen wollte, aber keine Ahnung hatte, was.

„Vergiss das alles", hatte sein Großvater gesagt. „Ein Junge in deinem Alter sollte sich keine Gedanken um die Zukunft machen. Komm mit mir zu den Pferden. Hab ein bisschen Spaß. Das schadet nicht. Erzähl es nur nicht deiner Mutter."

Obwohl Dan noch nicht alt genug war, um legal zu wetten, hatte sein Großvater ihm ein Pfund für eine Wette beim Grand National gegeben und angeboten, das Geld für ihn zu setzen. Es sollte ihr kleines Geheimnis bleiben. Dan musste nur den Namen des Pferdes auswählen. Er entschied sich für *Lucky Star,* weil es nach einem Sieger klang. Großvater versuchte ihm zu erklären, dass „hohe Quoten" eine geringere Gewinnchance bedeuteten als „niedrige Quoten", aber Dan hatte ein gutes Gefühl bei dem Pferd und blieb bei seiner Wahl. An diesem Nachmittag saßen sie auf Großvaters altem, schäbigem Sofa, aßen Chips und verfolgten mit angehaltenem Atem, wie die Pferde über die Rennbahn in Aintree donnerten. Es war schlicht und ergreifend der aufregendste Nervenkitzel, den Dan je erlebt hatte. Die schiere Kraft der Tiere, das Stampfen ihrer Hufe, die unvorstellbar hohen Hecken und die spektakulären Unfälle, wenn Pferd und Reiter kopfüber in einem Gewirr aus Beinen und Staub stürzten. Und genau wie Dan erwartet hatte, galoppierte *Lucky Star* als Erster durchs Ziel, sehr zur Überraschung des Kommentators und seines Großvaters.

„Du hast ein Talent dafür, Sieger zu erkennen", hatte der alte Mann zu ihm gesagt, und Dan wusste, dass er endlich seine Leidenschaft gefunden hatte. Direkt nach dem Rennen gingen sie zum Buchmacher, um seinen Gewinn abzuholen. Fünfzig Pfund. Das war mehr Geld, als er je in seinem Leben besessen hatte.

Doch mit den Jahren meinten es die Pferde nicht mehr gut mit Dan. Sein anfängliches Glück verließ ihn und eine Pechsträhne folgte der nächsten. Mit achtzehn hatte er das Interesse am Pferderennen weitgehend verloren. Es kam ihm zu sehr wie harte Arbeit vor. Die Form der Pferde studieren, sich über alle Teilnehmer informieren und dann hoffen und beten, dass das Pferd, auf das man gesetzt hatte, keinen schlechten Tag haben würde. Als er nach Scarborough zog, fand er einen viel besseren Weg, seine Zeit und sein Geld zu investieren.

Spielautomaten. Die Stadt war voll davon.

Jetzt war es nicht mehr nur die Chance auf den großen Gewinn, die ihn lockte und immer wiederkommen ließ. Es war das Glitzern, die Geräusche, die blinkenden Lichter. Sogar die Namen der Spielhallen entlang der Strandpromenade machten ihn neugierig. Silver Dollar. Coney Island. Casino Royale. Scarborough war zwar nicht gerade Las Vegas, aber es kam dem auf dieser Seite der Pennines am nächsten.

Dan liebte es, an den Automaten zu spielen. Es gab so viele verschiedene Wege, zu gewinnen. Er studierte alle Taktiken und lernte, welche Spiele und Strategien ihm die besten Gewinnchancen boten. Er gehörte nicht zu diesen dummen Zockern, die blindlings Geld in den Schlitz steckten und auf ihr Glück vertrauten. Dan wusste um die durchschnittliche Gewinnrate und die Volatilität jedes Automatentyps und kannte die Bonusfunktionen wie seine Westentasche. Er war darauf vorbereitet, zu gewinnen, und zwar richtig.

Doch irgendwie ließ ihn das Glück wieder im Stich.

Anfangs waren die Verluste überschaubar. Er war überrascht, als seine Bank ihm mitteilte, dass sein Konto überzogen war. Doch dann stiegen auch die Kreditkartenschulden.

Es war erstaunlich, wie schnell man Geld verlieren konnte, wenn sich das Glück gegen einen wandte.

Schon bald hatte er Schwierigkeiten, die Zinsen für seine Schulden zu zahlen. Und da kam Frank Jubb zu seiner Rettung.

Dan hatte den Alten schon oft hinter der Theke in der Spielhalle herumlungern sehen, aber nie wirklich beachtet. Aber es schien, als hätte Frank ihn beobachtet.

„Hallo, mein Sohn. Nicht dein Glückstag? So ist das manchmal. Vielleicht kann ich dir helfen."

„Wie?", fragte Dan. Damals war er so naiv gewesen.

„Komm in mein Büro, dann unterhalten wir uns ein wenig", sagte Frank.

Bald waren Dans Schulden beglichen und er hatte einen neuen Nebenjob. Es war ganz einfach, er warf ein Auge auf alle polizeilichen Angelegenheiten, die Franks Familie betreffen konnten. Franks Sohn, Darren, besaß einen Nachtclub in der Stadt. Vertigo. Ein Laden, den Dan sehr gut kannte. Hin und wieder gab es Beschwerden von Gästen oder Anwohnern. Kleinigkeiten. Lärm. Schlägereien. Angebliche Verstöße gegen die Lizenzbestimmungen. Dan half, diese Probleme aus der Welt zu schaffen oder zumindest Frank zu warnen, wenn Ärger im Anmarsch war.

Alles schien ganz harmlos, bis Patrick Lofthouse tot aufgefunden wurde.

Jetzt steckte Dan viel zu tief drin, aber es gab keinen anderen Weg, sich über Wasser zu halten, als weiterzuschwimmen.

Alles, was er je wollte, war, ein paar Pfund zu gewinnen, um seinen Lebensstil zu finanzieren. Er mochte gute Klamotten. Designerlabels, teure Anzüge, schicke Schuhe, eine riesige Krawattensammlung, eine schöne Uhr, die fast wie eine echte Rolex aussah … Ein Mann musste auf sein Äußeres achten, wenn er bei den Damen Eindruck schinden wollte. Und Dan wusste, wie man einen starken ersten Eindruck hinterließ. Normalerweise hatte er kein Problem damit, Frauen anzusprechen oder „Röcken nachzujagen", wie sein Großvater es nannte, aber trotz all seiner Bemühungen blieb das Mädchen, das er wirklich wollte, unerreichbar. Egal, wie sehr er sich bei DC Jess Barraclough auch bemühte, aus irgendeinem Grund schien sie einfach kein Interesse zu haben. Nun, ihr Pech. Es gab genug andere Optionen.

Vielleicht würde er an diesem Nachmittag ein paar Pfund auf dieses Pferd setzen. Weiß Gott, es war längst an der Zeit, dass ihm das Glück wieder hold war.

★

Raven zog in Erwägung, Becca anzurufen und sie zu bitten, mit ihm zu Dans Haus zu kommen, aber nach ihrer letzten Auseinandersetzung entschied er sich, stattdessen Jess zu fragen. Glücklicherweise hatte sie kein Problem damit, zu kommen, obwohl es ein Sonntag war.

Sie traf ihn vor dem Gebäude in der Cromwell Terrace, in dem Dan eine Wohnung gemietet hatte. Dreistöckige Reihenhäuser, einige mit ausgebautem Dachgeschoss. Nach der Anzahl der Mülltonnen zu urteilen, waren alle Häuser in Apartments umgewandelt worden.

Raven hoffte, Dan zu Hause anzutreffen, aber ein langes Klingeln an der Tür blieb unbeantwortet.

„Dan? Ich habe ihn erst vor zehn Minuten rausgehen sehen", sagte eine junge Frau, die durch die Haustür trat. „Ist er in Schwierigkeiten?"

„Vielleicht sollten wir einfach reingehen und drinnen auf ihn warten", sagte Raven und hielt die Tür auf. Er und Jess gingen in den obersten Stock, wo sie auf dem Treppenabsatz vor Dans Wohnung warteten.

Jess wirkte angespannt. „Glauben Sie wirklich, Dan würde die Ermittlungen sabotieren, Sir? Ich weiß, er kann manchmal ein ziemlicher Widerling sein, aber ..."

„Mal sehen, was er zu sagen hat", sagte Raven.

Wenige Minuten später öffnete sich die Eingangstür des Gebäudes und sie hörten Schritte auf der Treppe. Es dauerte nicht lange, bis die Schritte den obersten Treppenabsatz erreichten und Dans vertraute, elegant gekleidete Gestalt zum Vorschein kam. Mit offenem Mund starrte er Raven und Jess an.

„Hallo, Dan. Kein Grund zur Sorge", sagte Raven. „Wir möchten Ihnen nur ein paar Fragen stellen. Und wir würden uns gerne in Ihrer Wohnung umsehen, wenn es Ihnen nichts ausmacht. Das ist doch kein Problem, oder?"

Die Zeitung und die Milch, die Dan in den Händen hielt, fielen zu Boden, er machte auf dem Absatz kehrt und rannte davon.

„Verdammt", fluchte Raven. Er setzte ihm nach, aber die Treppenstufen machten seinem Bein zu schaffen und bald kam er ins Straucheln.

„Lassen Sie mich, Sir." Jess schlüpfte an ihm vorbei und stürmte mit erstaunlicher Geschwindigkeit die Treppe hinunter. Raven war überrascht, wie flink sie reagierte.

Als er das Erdgeschoss erreichte und aus dem Gebäude trat, hatte Jess Dan schon fast eingeholt. Mit Bewunderung beobachtete er, wie sie ihm nachsprintete, ihn zu Boden warf und ihm hinter dem Rücken Handschellen anlegte.

„Au! Verdammte Scheiße!", schrie Dan. „Das tut weh!"

Raven ging zu ihr. „Gut gemacht, Jess. Gute Arbeit."

„Vielen Dank, Sir."

Dann wandte er sich an den Mann am Boden, der mitten auf dem Bürgersteig lag. „Hören Sie auf zu jammern, Dan. Es ist an der Zeit, dass Sie anfangen zu reden. Das Alibi von Darren Jubb – haben Sie ihn gedeckt?"

Dans Gesicht war auf den Boden gedrückt, seine Wange vom Sturz aufgeschürft. Jess drehte ihn auf die Seite, damit er besser sprechen konnte.

„Darren war zu dem Dinner eingeladen", sagte er mürrisch und blickte zu Raven auf. „Er hätte dort sein sollen."

„Aber er war es nicht, oder? Und das wussten Sie."

„Ja, tut mir leid, Sir." Dan hatte offensichtlich beschlossen, dass es an der Zeit war, reinen Tisch zu machen. Tatsächlich wirkte er fast erleichtert, über seine Tat zu sprechen. „Ich hielt es nicht für wichtig. Ich hielt es für das Beste, wenn Jubb ein wasserdichtes Alibi hatte. Ich hätte mir nie träumen lassen, dass er als Verdächtiger für den Mord an seinem zukünftigen Schwiegersohn enden würde."

Raven empfand nichts als Verachtung für den jungen Constable. „Sie sind eine Schande, Dan. Ist Ihnen das klar? Ich hoffe, Darren Jubb hat Sie gut für Ihre Dienste bezahlt, denn jetzt werden Sie einen verdammt hohen Preis dafür bezahlen. Sie haben Ihre Zukunft ruiniert und alle enttäuscht."

„Es tut mir wirklich leid", sagte Dan. „Aber ich habe nicht für Darren Jubb gearbeitet. Es war sein Vater."

„Frank?" Raven war nicht allzu überrascht über diese Enthüllung. Frank Jubb hatte sich nie darum geschert, Regeln zu befolgen. Leute wie Frank glaubten nicht einmal, dass Regeln für sie galten. „Haben Sie mein Auto zerkratzt?", fragte er.

Dan nickte. „Das tut mir auch leid, Sir. Das war, nachdem Sie nach Full Sutton gefahren waren, um Lewis Briggs zu befragen. Ich wollte nur eine Botschaft senden. Sie wissen schon … dass Sie sich raushalten sollen. Ich wollte nicht, dass Sie den alten Fall wieder aufrollen. Ich hatte Angst vor dem, was Sie finden könnten."

„Und deshalb haben Sie die Akten gestohlen."

„Ich habe sie nur zur Aufbewahrung mitgenommen. Sie sind in meiner Wohnung."

„Das habe ich mir schon gedacht. Und Sie waren es auch am Hafen, nicht wahr?" Raven hatte gewusst, dass ihm die Stimme des einen Angreifers vertraut vorkam. Dan hatte versucht, sie zu verstellen, aber der Akzent aus West Yorkshire war schwer zu verbergen.

„Ich wollte nicht, dass Sie verletzt werden", sagte Dan. „Der Plan war nur, Ihnen Angst zu machen. Sie ein bisschen wachzurütteln. Aber dieser Typ, den Frank mitgeschickt hat …"

„Sparen Sie sich das", sagte Raven. „Ich will Ihre Ausreden nicht hören. Sie haben Ihre eigenen Leute verraten, Dan. Selbst Frank Jubb hat sich nicht so weit herabgelassen. Dan Bennett, ich verhafte Sie wegen des Verdachts der Verschwörung zum Amtsmissbrauch und versuchter Behinderung der Justiz." Raven las Dan seine Rechte vor, eine Formalität, denn Dan war Polizist und kannte seine Rechte genau. Aber er kannte auch seine Pflichten, und die hatte er nicht erfüllt.

Raven nickte Jess zu. „Schaffen Sie ihn mir aus den

Augen. Ich will ihn nicht mehr sehen."

KAPITEL 35

Dans Geständnis und seine anschließende Verhaftung hatten die Spannungen zwischen Raven und Becca gelöst.

„Sie hatten recht mit Detective Superintendent Ellis", sagte er, als sie später am Morgen kam. „Sie war nicht für die fehlenden Akten verantwortlich."

„Das freut mich", sagte Becca.

„Mich auch."

Sie blickte verlegen in seinem Büro umher, unfähig, ihm in die Augen zu sehen. „Es tut mir leid, wenn ich ein wenig ... schroff zu Ihnen war."

„Muss es nicht", sagte Raven. „Ich brauche eine Sergeant, die sich nicht scheut, mir zu widersprechen. Und Sie haben Leah Briggs dazu gebracht zuzugeben, dass Ethan sie für ihr Schweigen bezahlt hat."

„Danke. Wie geht es Ihren blauen Flecken?"

„Entwickeln sich prächtig." Er grinste. „Aber dank Jess musste ich Dan heute Morgen nicht selbst hinterherjagen."

Er schaute durch das Fenster in den dahinterliegenden Einsatzraum und war zufrieden mit dem, was er sah. Sein gesamtes Team war zur Arbeit erschienen, obwohl es Sonntag war. Becca, Jess und Tony. Endlich wusste er, dass er sich auf alle verlassen konnte.

„Übrigens", sagte Becca, „ich habe eine Empfehlung für jemanden, der Ihr Auto reparieren kann." Sie reichte ihm einen Zettel mit Namen und Telefonnummer.

„Danke. Ich schulde Ihnen was."

„Seien Sie nur vorsichtig. Auf die Empfehlungen meines Bruders ist nicht immer Verlass."

„Ich werde es mir merken."

Die Ermittlungen nahmen nun richtig Fahrt auf. Ein Schlüssel, der bei der Durchsuchung von Ethans Zimmer gefunden worden war, hatte zur Entdeckung eines Drogenverstecks in einem leerstehenden Ferienhaus geführt. Es handelte sich um eine beträchtliche Menge, und Ethan war wegen einer Reihe von Drogendelikten angeklagt worden. Frank Jubb war ebenfalls wegen des Verdachts auf Bestechung und versuchter Behinderung der Justiz verhaftet worden. Harry Hood hatte alle Hände voll zu tun, aber er hatte niedergeschlagen gewirkt, als Raven ihm im Verhörraum gegenübergestanden hatte. Wenn dies ein Spiel war, dann hatte er gespielt und verloren.

Aber es gab immer noch keine direkten Beweise, die Ethan Jubb mit dem Mord an Patrick in Verbindung brachten. Ethan beteuerte weiterhin seine Unschuld und bestritt, jemals eine Waffe besessen zu haben. Seiner Aussage nach war es Patrick, der den Mord an Max Hunt arrangiert hatte, indem er die Waffe beschaffte und Lewis Briggs für den Mord bezahlte, während Ethan nur die Aufgabe hatte, danach aufzuräumen und Lewis' Schweigen zu erkaufen. Wenn es stimmte, was Ethan sagte, und er nie eine Schusswaffe besessen hatte, dann könnte Patrick mit seiner eigenen Waffe ermordet worden sein. Aber wer hatte abgedrückt und warum?

Es gab keine Hinweise darauf, dass Darren Jubb in irgendeiner Weise involviert war, aber Raven hielt sich alle Möglichkeiten offen.

„In Ordnung", rief er seinem Team zu, „lassen Sie uns ein Brainstorming machen."

Seitdem DC Dan Bennett weg war, war es im Einsatzraum viel ruhiger. Raven hatte auf dem Rückweg einen Zwischenstopp eingelegt, um sich mit Croissants und Energydrinks einzudecken, in der Hoffnung, dass sie durch den Energieschub auf neue Ideen kommen würden. Sie brauchten einen Durchbruch, und zwar schnell.

Auf dem Whiteboard standen nun eine ganze Reihe von Verdächtigen. Raven ging sie einen nach dem anderen durch. „Also gut, der Erste ist Ethan Jubb. Wir wissen jetzt, dass Ethan und Patrick Geschäftspartner waren, die Drogen aus Holland importierten und hier verkauften. Wenn man Ethan glauben darf, war es Patrick, der den Mord an Max Hunt plante und arrangierte und Lewis Briggs für die Ausführung bezahlte. Ethan und Patrick segelten am siebzehnten Oktober nach Vlissingen, genau eine Woche vor seiner Ermordung. Es ist durchaus möglich, dass Ethan beschloss, Patrick zu töten, um selbst Profit aus der Lieferung zu schlagen, oder weil sie sich zerstritten hatten. Ethan hatte Zugang zum Boot seines Vaters, der *Sea Dreams*, und wir wissen, dass Patrick auf See getötet und seine Leiche über Bord geworfen wurde."

„Höchstwahrscheinlich mit der Mordwaffe und auch mit seinem Handy", sagte Becca.

„Richtig, was uns zu der Frage führt, warum Patrick seiner Verlobten Scarlett Jubb eine Nachricht geschickt hat, dass er seinen Freund Shane Denton in Redcar besuchen würde."

„Weil er nicht wollte, dass sie wusste, dass er mit Ethan auf das Boot ging?", schlug Jess vor.

„Vielleicht", sagte Raven. „Oder hatte er tatsächlich vor, Shane Denton zu besuchen, wurde aber getötet, bevor er aufbrechen konnte?"

„Sir", sagte Tony, „glauben Sie, dass Shane irgendwie in den Mord verwickelt sein könnte?"

„Wir können es nicht ausschließen", sagte Raven. „Shane war mit Patrick befreundet und ebenfalls in

Drogengeschäfte verwickelt. Es ist sogar ziemlich wahrscheinlich, dass es Shane war, der Patrick das erste Mal mit Kokain in Kontakt gebracht hat. Und er konnte kein Alibi für die Tatzeit vorweisen."

„Aber es gibt keine direkten Beweise, die ihn belasten", sagte Becca. „Was ist mit Darren Jubb?"

Raven richtete seine Aufmerksamkeit auf das Foto seines langjährigen Rivalen. Was auch immer er persönlich von Darren halten mochte, jetzt musste er seine Gefühle beiseite schieben und die Beweise nüchtern untersuchen. „Darren ist ganz klar mit allen Schlüsselfiguren in diesem Fall verbunden. Er ist Ethans Vater und wäre Patricks Schwiegervater geworden. Außerdem wurde sein Boot für den Drogenschmuggel benutzt. Drittens haben wir zwar zunächst aufgrund seines lückenlosen Alibis ausgeschlossen, dass Darren direkt an dem Mord beteiligt war, doch mit der Verhaftung von Dan Bennett ist das alles hinfällig. Wir können einfach nicht sagen, wo Darren zum Zeitpunkt von Patricks Tod war."

Raven studierte das Whiteboard. „Und dann ist da noch Frank Jubb. Frank hat Dans Dienste in Anspruch genommen, ihn dafür bezahlt, Beweise verschwinden zu lassen, und versucht, mich einzuschüchtern. Man kann sich Frank leicht als eine Art ‚Pate' vorstellen, der über eine kriminelle Familie herrscht. Frank behauptet, dass er am Abend des Mordes in der Spielhalle gearbeitet hat, aber das müssen wir noch überprüfen."

Es gab noch ein letztes Foto auf der Tafel, und obwohl es unwahrscheinlich erschien, konnte Raven es nicht ignorieren. „Patricks Vater, Gordon Lofthouse, wusste von den Drogengeschäften seines Sohnes und missbilligte sie aufs Schärfste. Außerdem hatte er Patrick dabei erwischt, wie er Geld aus dem Familienunternehmen gestohlen hatte. Wir wissen, dass Gordon Patrick am Morgen seines Todes damit konfrontierte, ihn wegen seiner illegalen Machenschaften zur Rede stellte und ihm drohte."

„Aber Sir", sagte Jess, „könnte er wirklich seinen

eigenen Sohn getötet haben?"

„Vielleicht nicht absichtlich", sagte Raven, „aber der Mann hat ein Temperament, das er nur schwer unter Kontrolle bekommt. Ich habe es mit eigenen Augen gesehen."

„Und er besitzt ein Boot", fügte Tony hinzu. „Die *Kittiwake*. Wir könnten völlig falsch liegen, wenn wir annehmen, dass die *Sea Dreams* das Boot war, auf dem Patrick getötet wurde."

„Das ist möglich", stimmte Jess zu. „Die Spurensicherung hat keine Blutspuren an Bord von Darrens Boot gefunden."

„Wie geht es jetzt weiter?", fragte Becca und sprach damit die Frage aus, die sie sich alle stellten.

Raven gab es nur ungern zu, aber er wusste es einfach nicht.

„Da wäre noch etwas", sagte Jess. „Ich bin noch einmal die Termine durchgegangen, an denen Patrick in Gisborough Hall übernachtet hat. Und ich habe sie mit Scarlett Jubbs Instagram-Posts abgeglichen."

Raven sah sie verständnislos an. „Ich sehe da keinen Zusammenhang."

„Es ist nur so, dass Scarlett in den Monaten vor Patricks Tod mit den Hochzeitsvorbereitungen beschäftigt war. Sie besuchte Brautmessen, Geschäfte für Brautmoden, Konditoreien und nahe gelegene Hotels, um eine Location zu finden. Überall, wo sie hinging, postete sie darüber online. Ich glaube, das war wahrscheinlich der Hauptgrund für ihre Reisen, um ehrlich zu sein."

Becca nickte. „Scarlett atmet Selbstvermarktung wie der Rest von uns Sauerstoff. Sie tut nichts, ohne es für ihre Fans zu dokumentieren, damit sie es ‚liken' und ‚kommentieren' können."

„Wie auch immer", fuhr Jess fort, „im September war sie in Gisborough Hall. Ein beliebter Ort für Hochzeiten. Perfekt für Fotos."

„Kann ich mir vorstellen", sagte Raven.

„Und zufälligerweise hatte Patrick am selben Tag im

Hotel gebucht."

Raven dachte über diese Information nach. „Waren sie zusammen dort?"

„Möglich. Aber sehen Sie sich mal Scarletts Instagram-Post von dem Besuch an."

Raven beobachtete, wie Jess mit einer Fingerfertigkeit auf ihrem Telefon herumhantierte, die er nie beherrschen würde. Sie fand, wonach sie suchte, und reichte ihm das Handy, damit er es sich ansehen konnte.

Das Display zeigte ein Foto von Scarlett, die strahlend vor dem Hotel posierte. Das Hotel sah tatsächlich wie eine traumhafte Hochzeitslocation aus. Das Landhaus bot eine beeindruckende Kulisse, und die weitläufigen Gärten waren offensichtlich atemberaubend. Aber die Bedeutung des Bildes war ihm immer noch nicht klar. „Was sehe ich mir hier an?"

„Nun, zum einen ist Patrick nicht auf dem Foto."

„Das beweist gar nichts. Er könnte es gemacht haben."

„Ja, aber sehen Sie sich das Auto an, das neben Scarlett parkt."

Ravens Blick fiel auf den schwarzen Range Rover an ihrer Seite. „Das ist der Wagen von Darren Jubb."

„Richtig", sagte Jess. „Ich denke also, dass Darren sie dorthin gebracht hat, nicht Patrick. Stattdessen war Patrick allein dort und zwar zusammen mit …"

Raven vervollständigte den Satz für sie, seine Synapsen stellten endlich die notwendige Verbindung her. „Seiner Isolde. Seiner verbotenen Geliebten."

„Exakt."

Raven schnippte mit den Fingern. „Wir fahren sofort zu Jubbs Haus."

KAPITEL 36

Ein äußerst niedergeschlagener Darren Jubb öffnete Raven die Tür seines Hauses. Er schien kaum noch die Kraft aufbringen zu können, auch nur spöttisch zu lächeln. „Was ist denn nun schon wieder?", fragte er. „Hast du nicht schon genug Schaden angerichtet?"

„Können wir reinkommen?", fragte Raven.

Darren zuckte mit den Schultern und ging voraus durch den Flur ins Wohnzimmer. Selbst die protzige Dekoration des Hauses schien ihren Glanz verloren zu haben. Darren ließ sich aufs Sofa fallen, nachdem er sich ein großes Glas Whisky eingeschenkt hatte. Diesmal bot er Raven keinen Drink an.

Raven blieb stehen, Becca und Jess an seiner Seite. Tony war auf dem Revier geblieben, falls dort etwas Dringendes anfallen sollte.

„Wann lasst ihr Ethan und Frank frei?", fragte Darren.

„Frank kann wahrscheinlich morgen nach Hause", sagte Raven. „Aber wir behalten Ethan in Gewahrsam. Es könnte sehr lange dauern, bis er wieder auf freiem Fuß ist."

„Du hast also endlich deine Rache bekommen", sagte Darren. „Du bist ein richtiger Bastard, Tom."

Raven schüttelte den Kopf. „Ich wollte nie Rache, nur Gerechtigkeit."

„Nun, ich hoffe, du bist glücklich."

Raven wartete, während Darren einen Schluck von seinem Whisky nahm, bevor er mit seinen Fragen begann. „Du hast Scarlett am achtundzwanzigsten September nach Gisborough Hall gebracht. Ist das richtig?"

„Ich habe sie dorthin gefahren", bestätigte Darren. „Schließlich habe ich die Hochzeit bezahlt, da wollte ich sehen, wohin mein Geld fließt. Aber ich erinnere mich nicht mehr an das genaue Datum. Wenn du sagst, es war der Achtundzwanzigste, dann glaube ich dir. Willst du mich deswegen jetzt verhaften?"

Raven ignorierte die sarkastische Bemerkung. „War Patrick bei dir?"

„Nein, nur ich und Scarlett."

„Verstehe. Aber als du im Hotel warst, hast du da zufällig Patrick gesehen?"

Darren schien sich über die Fragen zu ärgern. „Ich weiß nicht, wovon du redest."

„Ich glaube schon, Darren." Raven hielt inne. „War das der Moment, in dem du herausgefunden hast, dass Patrick mit deiner Frau geschlafen hat?"

Darren warf Raven einen mörderischen Blick zu. „Was? Soll das ein schlechter Scherz sein?"

„Das ist kein Scherz. Patrick hatte sich in der gleichen Nacht im Hotel einquartiert. Mit seiner Geliebten. Als man seine Leiche fand, trug er einen Ring mit den eingravierten Namen Tristan und Isolde. Kommt dir das bekannt vor? Besitzt Donna einen ähnlichen Ring?"

Darren schüttelte entschieden den Kopf. „Nein!" Doch in seinen Augen flackerte plötzlich ein Funken Panik auf. Sein Blick wich keine Sekunde von Raven.

„Vielleicht fragen wir Donna am besten selbst", schlug Raven vor. „Ist sie jetzt zu Hause?"

„Nein. Sie ist unterwegs."

„Du weißt doch sicher, wo sie ihren Schmuck aufbewahrt?"

„Natürlich weiß ich das."

„Dürfen wir ihn uns mal ansehen?"

Darren rang innerlich mit sich, doch nach ein paar Sekunden fasste er einen Entschluss. „Wenn es dieser lächerlichen Vorstellung ein Ende bereitet, dann bitte. Ich zeige dir, wo er ist."

Er stellte seinen Whisky auf einen Beistelltisch und ging die Treppe hinauf. Mit einem leicht mulmigen Gefühl folgte Raven ihm ins Schlafzimmer. Es war schwer, den Blick nicht auf das Bett zu richten, das Darren mit Donna teilte.

„Hier bewahrt sie ihren Schmuck auf", sagte Darren und ging zu einem Schminktisch in einem Nebenraum. Auf dem Tisch standen mehrere Schatullen, ein komplettes Set, allesamt mit Perlmutt verziert. Er trat einen Schritt zurück. „Sieh es dir an, wenn du willst."

Raven nickte Becca und Jess zu, und sie begannen, die Schatullen zu durchsuchen und jedes einzelne Stück genau zu inspizieren. Donnas Sammlung von Ohrringen, Halsketten und anderen Schmuckstücken war umfangreich, aber es dauerte nicht lange, bis Becca fündig wurde. Vorsichtig hielt sie einen goldenen Ring in ihrer behandschuhten Hand.

„*Tristan & Isolde*", las sie. „Er ist identisch mit dem Ring, den Patrick getragen hat."

Darren ließ sich mit fassungslosem Gesichtsausdruck auf das Bett sinken. „Ich habe ihn noch nie gesehen. Sie trägt ihn nie."

„Vielleicht hat sie sich für ihre Affäre mit Patrick geschämt", schlug Becca vor. „Oder sie hatte Angst, erwischt zu werden. Vielleicht hat sie ihn nur getragen, wenn sie mit ihm allein war."

Raven musterte Darren aufmerksam. Sein Gesicht war leichenblass, genau wie damals, als er zum ersten Mal von Patricks Tod erfahren hatte.

„Du wusstest nicht, dass Donna mit Patrick geschlafen hat, oder?", fragte Raven leise.

„Ich hatte absolut keine Ahnung."

„Wo ist Donna jetzt?"

„Sie ist mit Scarlett unterwegs."

„Scarlett?" Eine neue Idee nahm in Ravens Kopf Gestalt an. „Darren, wo warst du an dem Abend, an dem Patrick getötet wurde? Du hast behauptet, du wärst beim Wohltätigkeitsdinner in der Stadt gewesen, aber wir wissen, dass das nicht stimmt."

Darren sah aus, als wolle er erst nicht antworten, doch dann schien sein letzter Widerstand zu bröckeln. „Ich war bei Scarlett. Sie rief mich an, als ich mich gerade zum Ausgehen fertig machte. Sie bat mich, sie abzuholen, also bin ich zu ihr gefahren und habe sie nach Hause gebracht. Als ich zurückkam, war es zu spät, um noch zum Dinner zu gehen. Ehrlich gesagt, war es mir egal. Solche Veranstaltungen langweilen mich ohnehin."

„Wo hast du Scarlett abgeholt?"

„Auf der anderen Seite der Stadt."

„In der Nähe von Cloughton?"

„Ja. Woher wusstest du das?"

Raven tauschte einen Blick mit Becca und Jess. Sie hatten offensichtlich dieselbe Vermutung wie er. „Darren, hat Scarlett erklärt, was sie dort gemacht hat? Ohne ihr Auto?"

„Sie hat mir erzählt, dass Patrick sie dort abgesetzt hat. Er hätte es eilig gehabt, weil er einen Freund in Redcar treffen wollte. Ich war wirklich wütend auf ihn, um ehrlich zu sein."

„Und du hast nicht gedacht, dass es sich lohnt, das der Polizei zu erzählen?"

„Warum hätte ich? Was hat Scarlett mit all dem zu tun?"

„Darren", sagte Raven. „Du musst mir genau sagen, wo Scarlett und Donna hingefahren sind. Du musst es mir sofort sagen."

KAPITEL 37

Ich kann mitkommen, wenn Sie wollen, Sir", sagte
Jess.
„" Raven dachte kurz über ihr Angebot nach, bevor
er es ablehnte. Obwohl er nicht den geringsten Zweifel an
Jess' Fitness und Tapferkeit hatte, wollte er sie keinem
unnötigen Risiko aussetzen. Das war eine Aufgabe, die er
allein erledigen musste. „Danke, aber ich schaffe das
schon. Sie bleiben hier und helfen bei der Koordination
der Einsätze vor Ort."

Während Becca sich mit der Küstenwache in
Verbindung setzte, bereitete Raven sich auf die Abfahrt
vor. Darrens Enthüllung, dass Donna und Scarlett zum
Hafen gefahren waren, änderte alles. Der Hafenmeister
hatte bestätigt, dass die *Sea Dreams* ihren Liegeplatz
bereits verlassen hatte und sich auf offener See befand.
Raven hatte keinen Zweifel daran, dass Scarlett an Bord
war und Donna als Geisel genommen hatte.

Darren saß wie betäubt auf dem Ledersofa. „Aber
Scarlett kann Patrick unmöglich getötet haben", murmelte
er. „Sie hat ihn geliebt. Warum sollte sie ihm etwas antun
wollen?"

„Weil sie herausgefunden hat, dass er eine heimliche Affäre mit Donna hatte", sagte Raven.

Darren schüttelte den Kopf. „Aber selbst wenn, warum ihn dann töten?"

„Scarletts heile Welt ist zusammengebrochen", erklärte Raven geduldig. „Nachdem sie so viel Aufhebens um ihre Hochzeit gemacht hatte, wie hätte sie ihren Millionen von Followern erklären sollen, dass ihr Verlobter sie mit ihrer eigenen Mutter betrogen hatte?"

Aber Darren schien unfähig, diesen letzten Schock zu verarbeiten. Raven verließ ihn und ging nach draußen. Die Küstenwache hatte einen Hubschrauber geschickt, der ihn abholen und auf dem offenen Feld oben auf dem Oliver's Mount landen sollte. Raven stieg in sein Auto und machte sich auf den Weg.

Er hatte kurz auf dem Revier angehalten, um eine Waffe zu holen – eine Glock 17, die ihm aus seiner Zeit bei der Met vertraut war. Als „Authorised Firearms Officer" war es ihm im Gegensatz zu den meisten britischen Polizisten erlaubt, eine Waffe zu tragen und sie auch einzusetzen, wenn es die Situation erforderte. Scarlett hatte eine Waffe benutzt, um Patrick zu töten, und die Mordwaffe war noch nicht sichergestellt worden. Es war durchaus möglich, dass sie sie bei sich trug, und es wäre reiner Wahnsinn, unbewaffnet in eine Geiselnahme zu gehen.

Seine letzten offenen Fragen zu Patricks Tod waren nun beantwortet. Nicht Ethan hatte die GPS-Aufzeichnungen des Bootes gelöscht, sondern Scarlett. Sie war der eigentliche Mastermind der Familie Jubb und hatte offensichtlich die Fähigkeit, zu manipulieren und zu täuschen, von ihren Eltern geerbt. Raven erinnerte sich daran, wie überzeugend sie die Rolle des unschuldigen Opfers gespielt und Patricks Tod betrauert hatte.

Sogar Donna war auf ihre Show hereingefallen, hatte offenbar geglaubt, dass Ethan den Mord begangen hatte. Und Donna hatte nicht lange gezögert, sich bedingungslos auf die Seite ihres Sohnes zu schlagen und ihren toten

Liebhaber zu vergessen. So wie sie sich einst für Darren und gegen ihn entschieden hatte. Niemand konnte Donna vorwerfen, unentschlossen zu sein. Doch diesmal hatte die bedingungslose Loyalität zu ihrer Familie sie eingeholt. Scarlett hatte sie entführt, und wenn es Raven nicht gelang, sie aufzuhalten, würde Donna das nächste Opfer ihrer Tochter werden.

Es war nur eine kurze Fahrt bis zum Gipfel des Berges, den Weaponness Park entlang, der sich den Hügel hinaufschlängelte. Der kraftvolle Motor des Wagens heulte auf, als Raven bergauf beschleunigte. Hierher war er als Teenager gekommen, um die Motorradrennen zu sehen, die auf den steilen, kurvenreichen Straßen ausgetragen wurden, die sich an den Seiten des Hügels hinauf zum Gipfel zogen. Die Straße wurde schmaler, einspurig, zu beiden Seiten von dichtem Wald gesäumt, bevor sie in einer Haarnadelkurve auf den flachen Gipfel des Hügels führte. Aus Ravens Seitenfenster hatte man eine atemberaubende Aussicht auf die grüne Landschaft, aber er behielt seinen Blick fest nach vorn gerichtet. Vor ihm ragte der metallene Turm des Fernseh- und Radiomastes auf, daneben das Kriegerdenkmal der Stadt, ein steinerner Obelisk mit den Namen der in zwei Weltkriegen und im Koreakrieg gefallenen Soldaten und Zivilisten. Raven ließ sein Auto bei dem kleinen Café Olivers on the Mount stehen und ging die kurze Strecke zu der offenen Wiese, die den größten Teil der Hügelkuppe bedeckte.

Ein entferntes Dröhnen kündigte den sich nähernden Hubschrauber an. Er kam aus südlicher Richtung, entlang der Küstenlinie. Raven blickte zum Himmel. Obwohl der Tag sonnig begonnen hatte, zogen am Horizont dunkle Wolken auf, und der Wind frischte merklich auf. Das Gras auf dem Berg wiegte sich in der aufkommenden Brise.

Er beobachtete, wie sich der Hubschrauber näherte. Eine Sikorsky S-92, gestartet vom nahe gelegenen Stützpunkt Humberside. Der rot-weiß-blau lackierte Such- und Rettungshubschrauber senkte sich. Raven wartete auf die Landung und hielt Abstand zu den wirbelnden Rotorblättern. Die Tür des Helikopters öffnete sich, der Copilot sprang heraus und eilte über das Gras auf ihn zu.

„DCI Raven?"

„Der bin ich."

„Ich muss Sie warnen, ein Sturm ist vorhergesagt. Bei solchen Bedingungen können wir nicht fliegen. Wenn der Wind zu stark wird, müssen wir umkehren."

„Dann bringen wir den verdammten Vogel in die Luft, bevor uns der Sturm einholt."

Der Mann half ihm beim Anlegen der Ausrüstung. Raven kletterte an Bord und nahm auf einem der Sitze Platz, die seitlich am Rumpf befestigt waren. Im Inneren des Flugzeugs war der Lärm der drehenden Rotoren ohrenbetäubend. Nur über Kopfhörer und Mikrofon war eine Unterhaltung möglich.

Die Chefpilotin drehte sich zu ihm um, um ihn zu begrüßen. Raven war ein wenig überrascht, eine weibliche Stimme über seine Kopfhörer zu hören. „Captain Lauren Booth. Sind Sie schon einmal in einem Hubschrauber geflogen, Chief Inspector?"

Raven nickte. „In Bosnien, 1994. Wir benutzten Royal Navy Sea Kings für den Transport und die Evakuierung." Ein Bild flackerte vor seinem inneren Auge auf. Schreie, rennende Männer, die ihn auf eine Trage luden. Er wurde vom Schlachtfeld geholt und mit dem Hubschrauber ins Feldlazarett nach Vitez geflogen, bevor er mit dem Flugzeug zurück nach Großbritannien gebracht wurde. Leb wohl, Bosnien.

Captain Booth nickte. „Ich habe bis 2009 Merlins im Irak geflogen. Wir vier sind Ex-RAF. Willkommen an Bord, Raven."

Die S-92 war größer als eine Sea King. Ein zweimotoriger Helikopter mittlerer Kapazität mit Platz für etwa zwanzig Passagiere und eine vierköpfige Crew. Neben Pilot und dem Copilot vervollständigten ein Rettungssanitäter und ein Windenführer das Team.

Raven schnallte sich an, und eine Minute später hoben

sie ab. Die Sikorsky stieg in die Luft, senkte die Nase und drehte in Richtung Meer ab. Er konnte bereits spüren, wie der Wind die Maschine durchrüttelte.

Aus dieser Höhe hatte man einen spektakulären Blick auf die Küste. Sowohl die North als auch die South Bay lagen weit unter ihnen, mit der Burgruine auf der zentralen Landzunge über Hafen und Pier. Sein eigenes Fischerhäuschen lag irgendwo dort unten, aber er hatte keine Zeit, danach zu suchen, bevor sie über dem offenen Wasser waren.

„Die Küstenwache verfolgt das Boot per Radar", erklärte Captain Booth. „Seine aktuelle Position ist etwa sechs Seemeilen nordöstlich. Mit Kurs auf Whitby."

Raven hatte keine Ahnung, was Scarlett vorhatte. Er war sich nur in einem Punkt sicher – dass sie nicht an Flucht dachte.

„Windgeschwindigkeit zwanzig Knoten", meldete der Copilot. „Wellenhöhe 2,5 Meter. Das wird ganz schön holprig. Ich hoffe, Sie sind seefest, Raven."

Raven rieb sich den rechten Oberschenkel. Er schmerzte noch ein wenig von den Schlägen, die Dan und sein Komplize ihm verpasst hatten, ganz zu schweigen von seiner alten Kriegsverletzung. Aber jetzt war nicht der richtige Zeitpunkt, das zu erwähnen. „Ein paar Erschütterungen machen mir nichts aus", sagte er.

★

Der Hubschrauber kam gut voran und flog hinaus aufs Meer, weg von der Küste. Schon war ein dunkler Fleck zu erkennen, der langsam die Gestalt eines Bootes annahm. Doch der Wind wurde mit jeder Sekunde stärker und sie steuerten direkt auf die aufziehenden Gewitterwolken zu.

Die Stimme des Copiloten in Ravens Ohr gab laufend Statusmeldungen durch. „Windgeschwindigkeit steigt auf dreißig Knoten. Sichtweite eine Seemeile. Sinken auf 500 Fuß."

Der Hubschrauber sank auf eine niedrigere Flughöhe,

unter die sich verdunkelnden Wolken. Die Böen ließen etwas nach, aber die Wellen auf dem Meer schienen nun umso höher anzuschwellen. An Ravens Seite blickte der Windenführer nervös auf die aufgewühlte Wasseroberfläche der Nordsee.

Raven verdrängte alle Gedanken an das schlechte Wetter. Er musste sich voll und ganz auf seine Mission konzentrieren – es auf das Boot zu schaffen und die Geiselnahme zu beenden. Er würde seinen ganzen Verstand brauchen, um mit Scarlett zu verhandeln und Donna zu retten. Noch einmal überprüfte er die Glock, bevor er sie sicher im Holster verstaute. Hoffentlich war Scarlett nicht bewaffnet und er würde die Waffe nicht brauchen, aber er musste auf alles vorbereitet sein.

Der Hubschrauber näherte sich dem Boot immer weiter, bis er fast direkt über ihm war. Der Captain manövrierte die Sikorsky in Position und schwebte etwa zehn Meter über der Wasseroberfläche. Aus der Nähe wurde die Brutalität des Sturms erschreckend deutlich. Bis zu drei Meter hohe Wellen rollten über das Meer, die Schaumkronen vom Wind aufgepeitscht.

Von Scarlett oder Donna war an Bord der *Sea Dreams* nichts zu sehen. Sie befanden sich zweifellos in der sicheren Kabine. Bei diesen Bedingungen an Deck zu bleiben wäre Selbstmord.

Eine neue Windböe erfasste den Hubschrauber und drückte ihn zur Seite, und die Stimme des Copiloten unterbrach das Rauschen in Ravens Kopfhörer. „Der Wind wird zu stark. Wir müssen umkehren."

„Nein!", brüllte Raven. „Das Leben einer Frau steht hier auf dem Spiel. Bringt mich verdammt noch mal runter!"

Der Captain brachte den Hubschrauber wieder in Position, direkt über dem Boot, und hielt ihn dort.

Raven löste sich von seinem Sitz und spähte durch die offene Tür des Hubschraubers nach unten. Tief unter ihm tobte das Meer. Eine gewaltige Welle krachte gegen den Bug des Bootes und weiße Gischt spritzte über das Deck.

Scarlett hatte die *Sea Dreams* mitten in den Sturm gesteuert, ob absichtlich oder nicht, und das machte Ravens Aufgabe doppelt so schwer. Er hatte noch nie eine Seenotrettung durchgeführt, schon gar nicht bei Sturm, und erst recht nicht bei einer Geiselnahme. Andererseits, dachte er mit einem ironischen Grinsen, hatte Donna ihm das Leben ja noch nie leicht gemacht.

Es war Zeit, aufzubrechen. Der Windenführer überprüfte ein letztes Mal Ravens Gurtzeug, bevor er ihm ein Zeichen gab und mit dem Abseilen begann.

Eine eisige Böe traf Raven, als er die sichere Kabine des Hubschraubers verließ und zu Boden gelassen wurde. Das Seil, das ihn hielt, wickelte sich langsam ab, während er hilflos in seinem Gurtzeug baumelte. Ein kurzer Blick nach oben, die offene Tür des Hubschraubers entfernte sich. Jetzt gab es kein Zurück mehr. Unter ihm tobte das Meer, und die *Sea Dreams* stieg und fiel wie ein Korken auf den Wellen.

Regen prasselte auf sein Gesicht, das Seil verdrehte sich im Wind. Blitze zuckten am dunklen Himmel und brannten ein schwarz-weißes Bild der Yacht auf seiner Netzhaut ein. Aber Zentimeter für Zentimeter sank er hinunter und näherte sich dem Deck. Noch immer keine Spur von jemandem an Bord.

Als er fast unten war, erkannte er ein neues Problem. Das Deck hob und senkte sich mit jeder neuen Welle, die gegen den Rumpf schlug, um bis zu vier Meter. Irgendwann musste er das Gurtzeug lösen und sich die letzten Meter fallen lassen.

Die Sikorsky kämpfte trotz der Bemühungen des Captains, sie ruhig zu halten, mit den starken Winden, und die *Sea Dreams* wurde unaufhörlich von den Wellen hin und her geworfen. Raven wartete, bis er sicher war, dass sich das Deck genau unter ihm befand, und löste dann das Geschirr.

Er fiel, vielleicht zwei Meter, und landete.

Ein stechender Schmerz durchzuckte sein rechtes Bein, und er rollte, rutschte und purzelte über das nasse Deck, als das Boot mit der Welle nach unten sackte. Er klammerte sich an die Reling und versuchte, das Gleichgewicht wiederzufinden. Das Boot hob und senkte sich mit jeder Welle, riss dabei jedes Mal seinen Magen mit sich, und das kalte Meerwasser spritzte ihm ins Gesicht.

Langsam, ohne auch nur einen Augenblick die Hand von der Reling zu nehmen, begann er, sich zur Kabine zu ziehen. Sein Bein war verletzt, daran bestand kein Zweifel, aber wie schwer, das war unmöglich zu sagen. Selbst wenn er völlig fit gewesen wäre, hätte er sich unter diesen Bedingungen kaum länger als ein paar Sekunden auf den Beinen halten können.

Das Boot hatte sich seitlich zu den heranrollenden Wellen gedreht und wurde heftig hin und her geschaukelt. Er wartete, bis sich das Deck in die richtige Richtung neigte, ließ den Handlauf los und taumelte zur Tür im hinteren Teil der Kabine. Er zog seine Pistole, umklammerte sie mit beiden Händen, stieß die Tür auf und stolperte halb hinein, als das Boot erneut ins Schlingern geriet.

„Tom!", rief Donna, als er das Gleichgewicht wiedergefunden hatte. Sie saß vorne im Boot, die Hände am Steuerrad, die Augen vor Schreck weit aufgerissen.

Scarlett stand neben ihr, eine Hand an der Reling, die andere an einer Waffe. Als Tom hineinstolperte, richtete sie die Waffe auf ihn. „Fallen lassen!", schrie sie. „Oder ich erschieße euch beide!"

Raven blieben nur Sekundenbruchteile, um die Lage einzuschätzen.

Für einige angespannte Sekunden standen sie sich gegenüber, die Waffen aufeinander gerichtet. Doch dann übernahm automatisch seine militärische Ausbildung das Kommando. Er war der professionelle Ex-Soldat, sie nur eine verängstigte junge Frau, deren perfekte Welt aus den Fugen geraten war. Sie war unberechenbar, konnte jede Sekunde eine überstürzte Entscheidung treffen. Es lag an ihm, die Situation zu entschärfen. Außerdem war er hier, um sie zu verhaften, nicht um sie zu töten. Er zog es vor, seine Verdächtigen lebendig und wohlauf vor Gericht zu bringen. Und dann war da noch Donna, an die er denken musste. Donna, die ihn belogen hatte, die es aber nicht verdiente, auf diese Weise zu sterben. Er hatte keine Wahl.

„In Ordnung", sagte er. Langsam hob er eine Hand und hielt die Pistole seitlich von sich. Dann ließ er sie vorsichtig auf den Boden sinken und schob sie beiseite, während er darum kämpfte, sein Gleichgewicht zu halten.

„Setzen Sie sich dort drüben hin", befahl Scarlett und wies auf einen Ledersitz an der Seite der Kabine. „Sagen Sie kein Wort, und rühren Sie sich nicht vom Fleck!"

★

Das Boot war völlig außer Kontrolle, jede Welle traf es mit voller Wucht wie ein Vorschlaghammer und drohte, es zur Seite zu kippen. Durch das Fenster gegenüber sah Raven eine gewaltige Welle auf sie zurollen und sich über dem Boot auftürmen. Für eine Sekunde dachte Raven, sie würde die Yacht komplett verschlingen, wie ein Wal, der einen Schwarm Fische verschlang, aber die *Sea Dreams* stieg empor und stemmte sich gegen die Welle. Die Welle krachte seitlich gegen den Rumpf, das Boot neigte sich um fünfundvierzig Grad, kippte fast um. Doch dann rollte die Welle unter dem Rumpf hindurch, und sie stürzten auf der anderen Seite wieder hinab.

„Wir müssen das Boot gegen den Wind drehen", sagte er. „Die Wellen werden uns umwerfen, wenn wir so weitermachen."

„Ich habe gesagt, Sie sollen die Klappe halten!", schrie Scarlett, doch dann richtete sie die Waffe wieder auf Donna. „Tu, was er sagt! Dreh das Boot gegen die Wellen."

In ihrem Kleid und den Stöckelschuhen wirkte Donna alles andere als geeignet, ein Boot zu steuern, schon gar nicht in einem Sturm, aber sie kämpfte mit dem Steuer und versuchte, das Boot herumzureißen. Es begann sich zu drehen, doch dann kam die nächste Welle und drückte es genau dorthin zurück, wo es zuvor gewesen war. Wasser schwappte über das Deck, Gischt spritzte gegen die Scheiben.

Donna biss die Zähne zusammen und versuchte es erneut. Jede ankommende Welle tat ihr Bestes, um das Boot wieder in seine ursprüngliche Position zu zwingen, aber langsam begann es sich zu drehen, bis es mit den gewaltigen Wellen ritt.

Scarlett zückte ihr Handy, machte ein Foto von ihrer Mutter am Steuer und eines von Raven auf seinem Sitz und steckte es zurück in ihre Tasche. Die Waffe ließ sie keine Sekunde aus der Hand.

„Ist das Patricks Waffe?", fragte Raven.

Sie sagte nichts, drehte sie nur in seine Richtung.

„Es muss entweder Patricks oder Ethans sein", fuhr er fort, „und Ethan hat mir gesagt, dass er keine Waffe besitzt."

„Es ist die von Patrick", sagte sie. „Jetzt seien Sie still!"

Raven bewegte sein Bein, um zu testen, ob es sein Gewicht tragen würde, wenn er versuchte aufzustehen. Jetzt, da sich das Boot gedreht hatte, war es deutlich stabiler. Es hob und senkte sich zwar immer noch bedenklich mit jeder neuen Welle, aber die seitliche Kippbewegung hatte nachgelassen, und die Gefahr, dass es vollständig kentern könnte, war vorerst gebannt. Er dachte, dass er vielleicht aufstehen und sogar gehen könnte, wenn es sein musste, aber im Moment blieb er lieber sitzen.

„Also, war es Patrick, der den Mord an Max Hunt in Auftrag gegeben hat?"

„Hören Sie auf, Fragen zu stellen", fauchte Scarlett.

„Es tut mir leid", sagte Raven ruhig, „aber ich bin Polizist. Fragen zu stellen ist mein Job. Und Sie können genauso gut mit mir reden, jetzt, wo ich hier bin."

Scarlett schwieg eine Minute lang trotzig, aber Raven wusste, dass nur wenige Menschen die Selbstbeherrschung besaßen, lange zu schweigen. „Pat war ein Idiot", sagte sie schließlich. „Als er und Ethan auf die bescheuerte Idee kamen, ins Drogengeschäft einzusteigen, dachte er, er könne sich alles erlauben. Er dachte, er wäre eine Art Mafiaboss. Also bezahlte er diesen Idioten Lewis für den Mord."

„Sie waren nicht damit einverstanden, was er tat."

„Natürlich nicht! Ich wollte das alles nie. Aber was hätte ich tun sollen? Ich habe ihn geliebt, also habe ich zu ihm gehalten."

Donna drehte sich zu ihrer Tochter um. „Du hättest zu mir kommen sollen, mein Schatz. Wenn du mir erzählt hättest, was los ist, hätte ich helfen können. Ich hätte mit Ethan sprechen können und auch mit Pat."

Der Lauf der Waffe schwenkte zurück und richtete sich auf Donna. „Halt die Klappe, du Hure! Ich konnte nie mit dir reden! Und du hast mit Pat geschlafen! Was hast du dir dabei gedacht?"

Vielleicht war es der Sturm, der Donna in Angst und Schrecken versetzte, vielleicht war es die auf sie gerichtete Mündung der Waffe, die sie zwang, über die Konsequenzen ihres eigenen Verhaltens nachzudenken. Oder vielleicht war es einfach die jahrelange Übung im Lügen. Was auch immer der Grund war, sie schaffte es irgendwie, reumütig dreinzublicken. „Es tut mir so leid, Scarlett. Bitte verzeih mir."

„Niemals!"

Raven rutschte langsam auf seinem Sitz ein Stück näher an Scarlett heran. „Nehmen Sie die Waffe runter, Scarlett. Lassen Sie uns das Boot wenden und sicher ans Ufer zurückkehren. Wir können das an Land besprechen."

Scarlett schüttelte den Kopf. „Es gibt nichts zu besprechen."

„Doch, das gibt es. Patricks Eltern wollen unbedingt herausfinden, was mit ihrem Sohn passiert ist. Sie könnten mit ihnen sprechen und ihnen erklären, warum Sie ihn getötet haben. Sie haben es gehasst, dass er mit Drogen zu tun hatte. Vielleicht würden sie verstehen, dass auch Sie ein Opfer sind."

„Die Eltern von Pat sind mir egal. Die haben mich nie gemocht. Sie dachten, ich sei Abschaum."

„Nun, es gibt andere Menschen, die sich um Sie sorgen. Ihr Bruder, Ihr Vater und Ihr Großvater. Sie wollen nicht, dass Ihnen etwas zustößt."

Scarletts Gesichtsausdruck verriet ihm, dass er ins Schwarze getroffen hatte. Doch nach einem Moment schüttelte sie den Kopf. „Dafür ist es zu spät. Ich bin schon zu weit gegangen."

„Nein", beharrte Raven. „Sie können immer noch aufhören. Es gibt keinen Grund, dass noch jemand leiden muss."

Scarletts Augen füllten sich mit Tränen. Sie sah zu Raven, als hoffte sie, dass er sie noch vor sich selbst retten könnte. Sie senkte die Waffe ein wenig.

„So ist es richtig, Süße", sagte Donna. „Tu einfach, was Tom sagt, und nimm die Waffe runter."

„Nein!" Donnas Worte machten Ravens Arbeit zunichte und schienen Scarlett mit neuer Entschlossenheit zu erfüllen. „Ich habe die Waffe aus einem bestimmten Grund mitgebracht, und ich habe auch dich aus einem bestimmten Grund hergebracht."

„Scarlett", warnte Raven.

Aber sie beachtete ihn jetzt nicht mehr. Stattdessen umklammerte sie die Waffe mit beiden Händen. „So habe ich Patrick getötet", sagte sie. „Aus nächster Nähe, damit ich nicht danebenschieße und er mich dabei sehen kann. Und so werde ich auch dich erledigen."

Raven stemmte sich hoch, gerade als die nächste Welle gegen das Boot krachte. Die *Sea Dreams* wurde in die Höhe gehoben und stürzte dann in die Tiefe wie ein Felsbrocken in eine Schlucht. Ein stechender Schmerz durchzuckte seinen rechten Oberschenkel, und er geriet ins Straucheln. Er taumelte nach vorn, griff nach der Waffe und schaffte es, seine Hände um den Griff zu legen, gerade als Scarletts Finger sich um den Abzug krümmte. Er warf sich zur Seite und zog die Pistole mit sich.

Ein Schuss löste sich, verfehlte aber sein Ziel, Raven

stürzte zu Boden und Scarlett mit ihm. Donna schrie auf und ließ das Steuer los. Das Boot begann sich zu drehen. Raven rang mit Scarlett um die Waffe und riss sie ihr aus der Hand, bevor sie einen weiteren Schuss abfeuern konnte. Der Boden unter ihm schwankte, als eine weitere Welle heranrollte, und plötzlich hatte er die Vision, dass das Boot kenterte und sie alle in ein nasses Grab riss, gerade als es ihm gelungen war, Scarlett zu entwaffnen und Donna zu retten.

„Verdammte Scheiße, Donna!", brüllte er frustriert. „Halt das Lenkrad fest und lass es nicht mehr los!"

Manche Familien machten einfach mehr Ärger, als sie wert waren.

KAPITEL 38

Der Schrei einer Möwe weckte Raven endlich aus seinem Dämmerzustand. Das erste Tageslicht drang durch die abgewetzten Vorhänge, und die Uhrzeit auf seinem Handy verriet ihm, dass er wie ein Toter geschlafen hatte. Zum ersten Mal seit langer Zeit hatte er den traumlosen Schlaf eines unbeschwerten Geistes genossen.

Aber sein Bein schmerzte immer noch und sein ganzer Körper war steif. Er wurde zu alt für solche Stunts wie am Tag zuvor. Und er hoffte inständig, dass er das nächste Mal, wenn er sich in die Lüfte erhob, bequem in einem Flugzeug sitzen würde, auf dem Weg in die Sonne. Nicht, dass Raven jemals viel für Sommerurlaub übrig gehabt hätte. Er sah keinen Sinn darin, faul am Strand zu liegen oder sich am Pool zu räkeln. Urlaub zu machen war eine Fähigkeit, die er nie wirklich gemeistert hatte.

Er schwang die Beine aus dem Bett und ging nach unten, um sich zu waschen und zu rasieren. Sein Haar war noch salzverkrustet, also massierte er es gründlich mit Shampoo ein, saß in der Wanne und ließ das Wasser aus dem Duschschlauch so lange über sich laufen, wie es der kleine Warmwasserboiler zuließ. Dann warf er einen kritischen Blick in seinen spärlich gefüllten Kühlschrank und beschloss, sich zum Frühstück etwas zu gönnen.

Das Café St. Nicholas war wahrscheinlich der beste Ort in Scarborough, um einen Morgenimbiss zu genießen. Es lag auf einer Klippe, nur wenige Meter vom Grand Hotel entfernt, und bot einen herrlichen Blick auf die South Bay und das Kurhaus. Das Café bestand aus zwei Waggons der alten Standseilbahn, die hier einst Touristen von der Klippe hinunter zum Strand und wieder hinauf befördert hatte. Jetzt standen die Waggons fest an ihrem Platz und dienten nicht mehr als Transportmittel, sondern boten stattdessen eine feine Auswahl an leichten Erfrischungen.

Raven bestellte schwarzen Kaffee mit Plundergebäck und nahm am Fenster Platz.

Unter ihm führte die alte Bahntrasse noch immer hinunter zum Strand. Der Sturm vom Vortag hatte sich gelegt, aber die weiße Brandung schwappte nach wie vor an den Strand und warf Gischt in die Luft. Möwen stiegen kreischend in den Himmel auf, auf der Suche nach ahnungslosen Opfern, die sie belästigen konnten. Doch heute störte Raven sich nicht halb so sehr wie sonst an ihrem aggressiven Verhalten. Ihre lauten Schreie gehörten genauso zum Meer wie Sandburgen, Zuckerwatte und Bingo.

Er nahm einen Bissen von seinem Gebäck und ließ die letzten Ereignisse Revue passieren. Nachdem er Scarlett entwaffnet hatte, war ein Rettungsboot losgeschickt worden, um die *Sea Dreams* sicher in den Hafen und die Passagiere an Land zu bringen. Scarlett war in Gewahrsam genommen worden, während Donna zu ihrem wartenden Ehemann nach Hause gebracht worden war. Darrens Reaktion war schwer zu deuten. Zu viel war in zu kurzer Zeit geschehen, als dass er es hätte verarbeiten können. Seine Tochter war unter Mordverdacht verhaftet worden. Sein Sohn war wegen einer Reihe von Drogendelikten angeklagt worden. Die schmutzigen Geheimnisse seiner Frau waren für alle Welt sichtbar. Darren hatte kein einziges Wort zu Raven gesagt, weder Dank für die Rettung von Donnas Leben noch Wut über die Verhaftung von Scarlett und Ethan.

Frank Jubb war jedoch nicht so zurückhaltend gewesen.

„Du bist ein Bastard, Raven", hatte er geschrien. „Du hast meine Familie zerstört."

Uniformierte Beamte hatten den alten Mann zurückgehalten, ihn an den Armen gepackt, während er schimpfte und tobte.

„Nein", entgegnete Raven. „Ich war es nicht, der deine Familie zerstört hat, Frank. Das haben sie ganz allein geschafft, aber du bist schuld. Du hast ein Kartenhaus gebaut, und jetzt ist es eingestürzt. Die Würfel waren gefallen, als du deinem Sohn beigebracht hast, wie man sich mit Betrug und Lügen durchs Leben schlägt. Danach war der Rest unvermeidlich. Wie du schon sagtest, Frank, Glück gibt es nicht."

Raven hoffte, dass er Frank, Darren oder Donna nie wieder sehen würde. Er trank den letzten Schluck Kaffee und verließ das Café. Er hatte einen Termin wegen seines Wagens.

★

Nach all den Überstunden, die Becca während der Ermittlungen gemacht hatte, hatte Raven ihr geraten, sich eine Auszeit zu nehmen. Sie schlief aus und ging dann zum Frühstück nach unten. Wie immer war ihre Mutter in der Küche damit beschäftigt, Würstchen, Speck und Rührei zu braten. Ihr Vater trug die Teller zu den Gästen ins Esszimmer und Liam saß am Frühstückstisch, einen Berg Essen vor sich und eine Tasse Tee in der Hand.

„Morgen, Liebes", sagte Sue. „Wie geht es dir heute?"

„Gut", sagte Becca.

„Dann habt ihr also eure Schurken geschnappt", sagte Liam. Zum ersten Mal spürte sie hinter seiner schnoddrigen Bemerkung einen Hauch von widerwilligem

Respekt. Vielleicht zählte die Verhaftung eines Mörders und die Zerschlagung eines Drogenrings in seinen Augen doch etwas.

Becca setzte sich zu ihm an den Tisch. „Raven hat die Heldentaten vollbracht. Ich habe nur geholfen." Obwohl sie, wenn sie es sich recht überlegte, eine Schlüsselrolle bei den Ermittlungen gespielt hatte. Ohne sie hätten sie vielleicht nie herausgefunden, dass Ethan Jubb Leah Briggs Schweigegeld zahlte. Ohne Jess wäre ihnen die Verbindung zwischen Scarletts Instagram-Foto und Patricks heimlichem Aufenthalt mit Donna in Gisborough Hall entgangen. Und Tony hatte seinen Teil dazu beigetragen, indem er unermüdlich Hinweisen nachging und ihnen die Beweise lieferte, die sie brauchten, um die verworrene Spur der Fakten zu entwirren und bis zum Ende zu verfolgen. Und dann waren da noch die fleißige Holly vom CSI und Dr. Felicity Wainwright, die Pathologin. Sie alle hatten ihren Beitrag geleistet und als Team zusammengearbeitet. Abgesehen von Dan natürlich. Der würde nie wieder als Polizist arbeiten.

„Was passiert jetzt mit Ethan?", fragte Liam.

„Ich gehe davon aus, dass er für eine lange Zeit ins Gefängnis kommt", sagte Becca.

„Dann bin ich ihn also los", sagte Liam und grinste. „Ich kann nicht sagen, dass es mir leid tut. Das macht mein Leben einfacher, wenn auch vielleicht weniger herausfordernd." Er spießte ein Würstchen auf seine Gabel und biss herzhaft hinein.

Sue stellte einen Teller mit Essen und eine heiße Tasse Tee vor ihr ab, bevor sie sich wieder an die Arbeit machte. Becca betrachtete das dampfend heiße Frühstück nachdenklich. „Du hättest mir wirklich helfen können, weißt du, Liam", sagte sie.

„Ja", murmelte er, den Mund voll mit Essen, „aber ..."

„Du wolltest deine Quellen schützen", unterbrach sie ihn. „Das verstehe ich, glaube ich. Aber auch ein anonymer Hinweis hätte sehr nützlich sein können."

„Klar."

„Und was das angeht", fuhr sie fort. „Ich habe nachgedacht. Damals, als wir den Mord an Max Hunt untersuchten, erhielten wir einen anonymen Anruf."

„Wirklich?" Liam häufte Rührei auf seine Gabel und schob es sich in den Mund.

„Ja", sagte Becca. „Deshalb haben wir das Haus von Lewis Briggs durchsucht und dort haben wir die Mordwaffe gefunden. Sie war der Schlüssel zu seiner Verhaftung. Der Anruf kam aus einer Telefonzelle, von einem jungen Mann, der seinen Namen nicht nennen wollte."

Liam schaute überall hin, nur nicht zu ihr. „Ach ja?"

„Du warst es, nicht wahr? Warum bist du nicht gleich zu mir gekommen?"

Er griff nach dem Tomatenketchup und drückte einen ordentlichen Klecks auf den Rest seiner Wurst und Eier. „Ehrlich, Becs? Das ist doch nicht so schwer zu verstehen. Ich hab ein Gerücht gehört und es gemeldet. Ich wollte keine unangenehmen Fragen beantworten. Ich wollte der Polizei nicht sagen, woher ich meine Infos hatte. Und ich wollte auf keinen Fall, dass du denkst, ich hätte mit Leuten zu tun, die mehr über Morde im Milieu wissen, als sie sollten."

Sie dachte über seine Erklärung nach und versuchte, seine Sicht der Dinge zu verstehen, aber sie konnte sich nicht mit seiner Einstellung abfinden. „Die Sache ist die, Liam, du bist mein Bruder. Ich muss wissen, dass ich dir vertrauen kann."

Er wischte seinen Teller mit einer Scheibe Toast ab und trank einen Schluck Tee. „Du kannst mir vertrauen, Schwesterherz. Das solltest du wissen. Außerdem hat mein Hinweis zur Verhaftung des Täters geführt, wo liegt also das Problem?"

Ein streitlustiger Unterton hatte sich in seine Stimme geschlichen, und Becca beschloss, das Thema nicht weiter zu vertiefen. In gewisser Weise hatte er recht. Seine Informationen hatten der Polizei geholfen, den Schuldigen zu fassen. Und obwohl er offensichtlich mit vielen zwielichtigen Gestalten verkehrte, gab es für sie keinen Grund, anzunehmen, dass er selbst in etwas Illegales verwickelt war. Oder zumindest nicht in etwas allzu Illegales. Sie schenkte ihm ein schiefes Grinsen. „In Ordnung, Bruderherz. Aber wenn du das nächste Mal etwas von deinen dubiosen Freunden hörst, informierst du mich zuerst.“

★

„Sie sind also sicher, dass ich es in zwei Tagen zurückbekomme?“

Raven hatte die Nummer angerufen, die Becca ihm gegeben hatte, und dem Mann am anderen Ende der Leitung sein Problem erklärt. Der Typ wirkte bemüht, aber sein Auftreten am Telefon war nicht gerade professionell. Es klang nicht so, als hätte er eine richtige Autowerkstatt. Jetzt, wo Raven persönlich bei ihm war, bestätigten sich seine schlimmsten Befürchtungen. Der Kerl schien von zu Hause aus zu arbeiten, denn die Garage vor seinem Haus war vollgestopft mit öligen Werkzeugen und alten Autoteilen. Seine „Werkstatt“ war an die Seite seines Hauses angebaut, was einen eklatanten Verstoß gegen alle bekannten Gesundheits- und Sicherheitsvorschriften darstellte. Raven zögerte, den BMW in der Obhut des Mannes zu lassen.

Der Kerl warf einen flüchtigen Blick auf den Kratzer am Auto und wischte sich die Hände an einem schmutzigen Lappen ab. „Kein Problem, Kumpel. Überlass ihn mir. Ich kümmere mich gut darum.“

„Das hoffe ich“, sagte Raven.

„So etwas sieht man nicht oft, nicht wahr?“, sagte der Mann und trat zurück, um die eleganten Linien des M6 zu bewundern. „Echt eine Schande, dass er so übel zugerichtet wurde.“ Er warf Raven einen vorwurfsvollen Blick zu.

„Ich kann Ihnen versichern, dass ich diesen Kratzer nicht verursacht habe.“

„Natürlich nicht, Kumpel. War bestimmt ein Teenager, was?" Der Mann zwinkerte ihm verschwörerisch zu. „Keine Sorge, wenn ich mit ihm fertig bin, ist er so gut wie neu. Hundertprozentig. Ich liefere keine schlampige Arbeit ab."

Raven war kurz davor, den Wagen zu nehmen und woanders hinzubringen, aber er widerstand dem Drang. Wenn Becca diesen Mann empfohlen hatte, musste er wohl etwas taugen.

Als er sich auf den Weg machte, klingelte sein Telefon. Für einen Moment fragte er sich, ob es seine Tochter war. Hannah hatte am Abend zuvor endlich auf seine E-Mail geantwortet und sich für die späte Antwort entschuldigt. Das Studium an der Uni hielt sie auf Trab, das war zumindest ihre Ausrede. Sie hatte in ihrer E-Mail optimistisch geklungen, ihm von ein paar Neuigkeiten berichtet und sich nach ihm erkundigt. Sie hatte sogar versprochen, ihn bald anzurufen.

Aber jetzt war es nicht Hannah, sondern der Immobilienmakler, der vor über einer Woche das Haus besichtigt hatte, um ihm einen Schätzpreis zu nennen. „Mr. Raven, ich rufe nur noch einmal an, um die Optionen zu besprechen und zu fragen, ob Sie bereit sind, Ihr Haus auf den Markt zu bringen. Ich empfehle Ihnen, schnell zu handeln, denn bald ist Weihnachten, und dann wird es sehr ruhig auf dem Immobilienmarkt."

Raven hörte sich geduldig das Verkäufer-Geschwätz des Mannes an, bevor er antwortete. „Danke für Ihren Anruf", sagte er, „aber ich habe beschlossen, doch nicht zu verkaufen."

*

Becca nahm den Stuhl direkt neben Sam und schloss die Hände um eine Tasse heißen Kaffee. Sie war froh, dass der Fall vorbei war. Jetzt konnte sie endlich mehr Zeit mit ihrem Freund verbringen. Es gab definitiv eine Menge zu erzählen. Sie wusste, dass sie mit niemandem über Details der Ermittlungen sprechen sollte, aber bei Sam war das etwas anderes.

„Scarlett hat also die ganze Zeit Fotos mit ihrem Handy gemacht, sogar als Raven aus dem Hubschrauber heruntergelassen wurde! Sie hatte auch Bilder von Patricks Ermordung, alles für die Nachwelt festgehalten. Offenbar hatte sie vor, sie auf Instagram zu posten, aber zum Glück hatte sie so weit draußen an der Küste keinen Empfang. Sie hat ihr ganzes Leben online gelebt und wollte auch so sterben."

Becca hatte Freunde, die ihr Leben in den sozialen Medien dokumentierten und Fotos von Essen, Haustieren, Freunden und Klamotten posteten, aber Scarlett Jubb hatte das Ganze auf ein völlig neues Level gehoben. Hätte sie Empfang gehabt, hätten ihre Millionen Follower womöglich live die Bilder eines echten Mordes gesehen.

„Scarlett hat sich die Nachricht von Patricks Telefon übrigens selbst geschickt, in der stand, dass er Shane in Redcar besuchen würde", erklärte sie. „Das war ihr Alibi und ein Ablenkungsmanöver, um die Polizei auf eine falsche Fährte zu locken. Ich glaube, sie wusste, dass Shane aufgrund seiner Vorstrafen wahrscheinlich wegen des Mordes an Patrick oder zumindest wegen Drogenbesitzes verhaftet werden würde. Es ging also auch um Rache. Sie gab Shane die Schuld daran, dass Patrick überhaupt erst kokainsüchtig geworden war. Und ich glaube, sie hat den Mord an Max Hunt absichtlich nachgeahmt, um den Verdacht auf ihren Bruder Ethan zu lenken, der Patricks Partner im Drogengeschäft war. Alles drehte sich um Rache – ihr perfektes Leben war ruiniert und sie wollte so viele andere wie möglich mit in den Abgrund reißen. Sie hat alles akribisch geplant.

Aber wenn die ganze Sache etwas Gutes hat, dann, dass Gordon und Janet Lofthouse angeboten haben, Leah Briggs finanziell zu helfen. Sie haben ein schlechtes Gewissen, weil Patrick Lewis zu einem Mord überredet hat, und wollen ihr Geld zur Wiedergutmachung verwenden. Das bedeutet, dass Leah und ihre Tochter jetzt finanziell abgesichert sind, auch ohne Ethans Geld."

Sam antwortete nicht. Seine Augen blieben geschlossen, sein Brustkorb hob und senkte sich langsam, während das Beatmungsgerät seine Arbeit verrichtete. Neben dem Krankenhausbett blinkte der Monitor seiner lebenserhaltenden Systeme in gleichmäßigem Rhythmus. Herzfrequenz. Blutdruck. Sauerstoffsättigung. Alles stabil. Nichts deutete darauf hin, dass er auch nur ein einziges Wort von ihr gehört hatte. Aber die Ärzte hatten ihr gesagt, dass es noch Hoffnung gab. Sie musste daran glauben, dass sie durch ein Gespräch etwas bewirken konnte.

Wie Ravens Mutter war auch Sam Opfer eines Unfalls mit Fahrerflucht geworden, aber im Gegensatz zu ihr war er nicht gestorben. Manchmal wünschte sich Becca fast, er wäre es. Dann wäre alles in einem Augenblick vorbei gewesen, statt dieser quälenden Zeitlupe, die vielleicht nie enden würde. Aber so empfand sie nur an den schwärzesten Tagen. An Tagen wie diesen wusste sie nicht, was sie ohne ihn tun sollte. Einige ihrer Freundinnen fanden es merkwürdig, dass sie immer noch an dieser Beziehung festhielt, aber Becca sah das nicht so. Sam brauchte sie jetzt mehr denn je, und der Gedanke, ihn im Stich zu lassen, machte sie krank. Wie würde Sam sich fühlen, wenn er zu sich käme und feststellen müsste, dass sie ihn einfach verlassen hatte? Und wie konnte sie ihn vergessen, wenn es doch noch eine Chance gab, dass er wieder gesund wurde?

Fast ein Jahr war seit dem Unfall vergangen, aber Becca hatte Sam nicht aufgegeben.

Schließlich war Liebe ewig.

Ihre Mutter hatte angedeutet, dass es an der Zeit war, nach vorne zu schauen, und Liam hatte sogar versucht, sie mit einem seiner Freunde zu verkuppeln. Aber Becca ließ sich nicht beirren. Ihr Vater war der Einzige, der sie wirklich verstand. David Shawcross war kein Mann der vielen Worte, aber seine Gefühle saßen tief. „Wenn deiner Mutter etwas zustoßen sollte, werde ich an ihrer Seite bleiben", hatte er zu Becca gesagt. „Egal, was passiert."

Becca nahm Sams Hand in ihre, spürte die Wärme und wusste, dass er trotz allem immer noch ein lebendiges menschliches Wesen war, mit Hoffnungen, Träumen und Erinnerungen, genau wie jeder andere auch. Sie wusste nicht, wie lange es dauern würde, bis er das Bewusstsein wiedererlangte, oder ob er überhaupt aufwachen würde. Die Ärzte hatten sie gewarnt, dass es zwar Hoffnung gab, aber nur eine kleine. Aber sie wusste, dass sie unbedingt an seiner Seite sein wollte, wenn er eines Tages die Augen öffnete.

Sie umklammerte seine Hand fest. Er reagierte nicht und seine Finger lagen schlaff in ihren. Aber das spielte keine Rolle. Sie hielt sie trotzdem fest. Sie würde sie niemals loslassen.

*

Raven bog von der Quay Street nach rechts ab und stieg den Hügel hinauf. Er war sich nicht sicher, wohin er ging, aber irgendwie schienen seine Füße ihren eigenen Plan zu haben. Eine Steintreppe führte hinauf zu einem grasbewachsenen Pfad, und er folgte der vertrauten, ausgetretenen Route, die er in seiner Jugend schon tausendmal gegangen war. Der schlammige Weg führte steil bergauf, vorbei an den Burgmauern, und fiel dann wieder ab, als er die Landzunge erreichte. Er passierte die Kirche St. Mary's und das Grab von Anne Brontë und ging weiter in Richtung Stadt.

Unterwegs hielt er an einem kleinen Blumenladen und kaufte einen Strauß Chrysanthemen – die Lieblingsblumen seiner Mutter. Er machte sich wieder auf den Weg und wusste nun genau, wohin er wollte. Es war ein langer Marsch mit einem weiteren Hügel, und zweifellos würde sich sein Bein am Ende des Weges lautstark beschweren, aber es gab keinen Ort, an den er jetzt lieber gehen würde.

Er schnaufte und keuchte, als er sein Ziel schließlich

erreichte. Zwei pechschwarze Vögel hockten auf dem Grabstein. *Die Augen und Ohren von Odin.* Als er sich näherte, flogen sie mit einem wütenden Krächzen davon.

Er entfernte die vertrockneten Blumenstängel vom letzten Besuch und platzierte die Chrysanthemen sorgfältig im Halter. Dann trat er einen Schritt zurück, um sein Werk zu begutachten. Nicht schlecht. Seine Mutter hätte sie besser arrangiert, aber sie hätte die Geste zu schätzen gewusst.

Jean Raven, geboren 1946, gestorben 1991. Geliebte Mutter und Ehefrau.

„Ich bin zu Hause, Mum", sagte er.

Es hatte lange gedauert, obwohl er sich geschworen hatte, niemals zurückzukehren, als er die Stadt vor all den Jahren verlassen hatte. Jetzt war er zurück, und es schien, als würde er für immer hier bleiben. Sein Lebensweg war fast so verschlungen gewesen wie der Weg, den er gerade zum Friedhof genommen hatte. Im komplizierten Gefüge des menschlichen Daseins war es oft schwer, Ursache und Wirkung klar zu trennen, aber in seinem Fall wusste er genau, warum er damals gegangen und warum er nun zurückgekehrt war. Beide Entscheidungen waren ihm durch Ereignisse aufgezwungen worden, auf die er keinen Einfluss hatte. Zuerst der Tod seiner Mutter, dann der seines Vaters. Zweimal war seine Familie zerbrochen. Aber jedes Mal war es seine Entscheidung gewesen, zu bleiben oder zu gehen, und nur seine. Er bereute keine von beiden.

Er blickte in die blasse, flimmernden Sonne, die sich dem Horizont näherte und lange, herbstliche Schatten auf das Gras warf. Bald würde der Winter kommen, Ravens liebste Jahreszeit. Heiße Getränke, kalte Morgenstunden, gemütliche Lichter in den Fenstern. Es war die Zeit der erfrischenden Spaziergänge und gemütlichen Mahlzeiten. Nicht zu vergessen das wohlige Knistern eines echten Kaminfeuers. In Ravens Haus gab es nur einen Gasherd, und der würde wohl kaum einer Sicherheitsprüfung standhalten, aber vielleicht konnte er ihn durch einen Holzofen oder sogar einen offenen Kamin ersetzen. Er fing bereits an, es als „sein" Haus zu betrachten und eine Zukunft darin zu sehen. Und das war etwas, womit er an diesem Ort nie gerechnet hatte.

Er drehte sich um und begann, den Hügel hinunterzugehen, in der Hoffnung, dass dieser Spaziergang für ihn zu einem regelmäßigen Ritual werden würde. Vom Hafen zur Burg, zum Friedhof und wieder zurück. Solange sein Bein mitmachte, würde er diesen Weg so oft wie möglich gehen.

Wie die ersten Kurgäste, die auf der Suche nach Heilung nach Scarborough gekommen waren, war auch Raven als gebrochener Mann in die Stadt zurückgekehrt. Und er hatte Heilung gefunden. Eine schmerzhafte Heilung, gewiss. Aber eine wirksame. Der Krebs, der ihn so lange langsam von innen zerfressen hatte, war nun entfernt, und er war wieder frei. Frei wofür, das wusste er noch nicht. Aber hier, zwischen den Steinen und Bäumen, mit Blick auf die Stadt und das Meer dahinter, während der Wind an ihm rüttelte und die Möwen ihre klagenden Schreie ausstießen, hier konnte er die Freiheit schmecken. Und sie schmeckte gut.

UNTER DER KALTEN ERDE
(TOM RAVEN #2)

Ein vergrabenes Skelett. Eine dunkle Verschwörung. Ein skrupelloser Mörder.

Nachdem Sturzfluten in einem beliebten Ausflugsgebiet ein menschliches Skelett freilegen, wird DCI Tom Raven mit den Ermittlungen beauftragt. Wer war der Tote und wie kam er dorthin?

Ihm zur Seite steht die forensische Anthropologin Dr. Chandice Jones, die die Herausforderung liebt, mit alten Knochen zu arbeiten. Doch ist Raven eine Herausforderung, die sie an ihre Grenzen bringt?

Währenddessen wird Detective Sergeant Becca Shawcross zu einem nahegelegenen Pflegeheim gerufen, wo sich ein älterer Bewohner angeblich das Leben genommen hat. Alles deutet auf einen Routinefall hin, doch Becca hat Zweifel. Könnte es sich um ein Verbrechen handeln?

Im Laufe der Ermittlungen entdecken Raven und Becca Gemeinsamkeiten. Und als die Ereignisse eine unheimliche Wendung nehmen, müssen sie zusammenarbeiten, um die Verbindung zwischen den beiden Todesfällen aufzudecken.

Denn manche Geheimnisse sollten besser für immer unter der Erde bleiben.

Die Tom-Raven-Reihe spielt an der Küste von North Yorkshire und ist perfekt für alle, die spannende Polizeikrimis lieben.

VIELEN DANK FÜRS LESEN

Wir hoffen, dass dir dieses Buch gefallen hat. Wenn ja, wären wir dir sehr dankbar, wenn du dir einen Moment Zeit nehmen und eine Rezension bei Amazon hinterlassen könntest. Herzlichen Dank.

BÜCHER DER TOM-RAVEN-REIHE

Tom Raven® ist eine eingetragene Marke von Landmark Internet Ltd.
Die Landschaft des Todes
Unter der kalten Erde
Das Sterben des Jahres

BÜCHER DER BRIDGET-HART-REIHE:

Bridget Hart® ist eine eingetragene Marke von Landmark Internet Ltd.
Todesstreben
Morden nach Zahlen
Tu nichts Böses
In Liebe und Mord
Ein dunkel leuchtender Stern
Prolog zum Mord
Totengeläut

ÜBER DIE AUTOREN

M S Morris ist das Pseudonym des Autorenduos Margarita und Steve Morris. Beide studierten an der Universität Oxford, wo sie sich 1990 kennenlernten. Zusammen schreiben sie Psychothriller und Kriminalromane. Sie sind verheiratet und leben in Oxfordshire.

www.ingramcontent.com/pod-product-compliance
Lightning Source LLC
Chambersburg PA
CBHW032145190626
46814CB00005BA/1848